Hundsrosen

Ulrich Urthaler, Jahrgang 1957, studierte Architektur, bevor er über berufliche Tätigkeiten im Bauwesen und im Fondsmanagement zum Schreiben fand.

Dieses Buch ist ein Roman. Handlungen und Personen sind frei erfunden. Ähnlichkeiten mit lebenden oder toten Personen sind nicht gewollt und rein zufällig.

ULRICH URTHALER

Hundsrosen

KRIMINALROMAN

emons:

Bibliografische Information der Deutschen Nationalbibliothek
Die Deutsche Nationalbibliothek verzeichnet diese Publikation in der Deutschen Nationalbibliografie; detaillierte bibliografische Daten sind im Internet über http://dnb.d-nb.de abrufbar.

FSC
www.fsc.org
MIX
Papier aus verantwortungsvollen Quellen
FSC® C083411

Umschlagmotiv: photocase.com/micjan
Umschlaggestaltung: Tobias Doetsch
Gestaltung Innenteil: César Satz & Grafik GmbH, Köln
Lektorat: Carlos Westerkamp
Druck und Bindung: CPI – Clausen & Bosse, Leck
Printed in Germany 2014
ISBN 978-3-95451-397-0
Originalausgabe

Ein Männlein steht im Walde ganz still und stumm
Es hat von lauter Purpur ein Mäntlein um.
Sagt, wer mag das Männlein sein,
Das da steht im Wald allein
Mit dem purpurroten Mäntelein?

Das Männlein steht im Walde auf einem Bein
Und hat auf seinem Haupte schwarz Käpplein klein,
Sagt, wer mag das Männlein sein,
Das da steht im Wald allein
Mit dem kleinen schwarzen Käppelein?

Das Männlein dort auf einem Bein
Mit seinem roten Mäntelein
Und seinem schwarzen Käppelein
Kann nur die Hagebutte sein.

Tanzlied von August Heinrich Hoffmann von Fallersleben

1

Es war unruhig im Wolfsgehege. Die Tiere waren aufgeregt wie sonst nur zur Fütterungszeit. Die aber war längst vorüber, das wusste Christoph. Normalerweise dösten die Tiere jetzt. Außer Langeweile, Fressen und Schlafen und so tun, als sei man noch ein richtiger Wolf, war ihnen ja nur wenig geblieben. Ein bisschen Herumrennen vielleicht noch, in dem baumbestandenen Gehege, das einen Wolf mit etwas gutem Willen an die Wildnis in Kanada oder Russland erinnern konnte, doch das war auch schon alles. Meistens liefen sie nur manisch im Kreis herum, auf einem abertausend Male abgelaufenen Pfad entlang des Wassergrabens, der das Areal begrenzte. Immer nur in ein und derselben Richtung gegen den Uhrzeigersinn, als wären sie auf ewig dazu verdammt.

Wenigstens war das Gehege groß, größer als das der meisten anderen Raubtiere im Zoo. Aber es handelte sich hier ja auch um Wölfe, Hetzjäger, die am Tag schon mal vierzig Kilometer und mehr liefen, wenn sie einer Beute auf der Spur waren. Und sie jagten eigentlich immer.

Mit Wölfen kannte sich Christoph Kaltenbach aus. Schon seit jeher hatten ihn diese sozialen und intelligenten Tiere interessiert, schon als er noch Kind war. Und jetzt war er noch faszinierter als früher. Vielleicht, weil ihn das Gefangenenschicksal der Wölfe an sein eigenes erinnerte: gefangen zu sein im Käfig seiner Schuld. Seit jenem Tag jedenfalls, an dem er seine Familie verloren hatte, verbrachte er einen Gutteil seiner Freizeit im Tierpark bei den Wölfen.

Stundenlang konnte er auf der Sandsteinmauer über dem Wassergraben sitzen und sie beobachten. Er kannte jedes der Tiere beim Namen, ihr jeweiliges Alter und sogar das Geburtsdatum der beiden Leitwölfe, eines stattlichen Bruderpaars. Er wusste um die komplexe Struktur des Rudels, welches Tier welche Rangordnung hatte und wer auf welche Weise mit wem verwandt war. Die Verhältnisse waren ihm so vertraut, dass er schon in den ersten

Minuten, nachdem er seinen gewohnten Platz eingenommen hatte, spürte, dass heute etwas nicht stimmte.

Fast alle Wölfe zeigten deutliche Zeichen von Angst. Mit eingezogenen Schwänzen schlichen sie in Demutshaltung umher und versuchten, den Rudelführern nicht in die Quere zu kommen, die äußerst aggressiv auftraten. Besonders zueinander verhielten sie sich, als wären sie auf Kampfeshandlungen aus, und genau das irritierte Christoph. Sonst gingen sie sehr friedfertig miteinander um, beinahe schon zärtlich, sodass der zuständige Pfleger die gewagte These aufgestellt hatte, dass die beiden wohl schwul seien. Natürlich war das Unsinn. Auch wenn Homosexualität bei Tieren ebenso normal war wie bei Menschen, so stammte der komplette Nachwuchs des Rudels von dem etwas kompakteren Bruder, dem man den Namen Kolja gegeben hatte. Einen russischen Namen, darüber hatte sich Christoph oft amüsiert, einen russischen Namen für ein Exemplar aus Alaska, einen Wolf aus der Gattung der Mackenzie-Wölfe, mit bis zu achtzig Kilogramm Gewicht eine der größten Unterarten überhaupt. Wenigstens hatte man den ein wenig schlankeren und hochbeinigen Bruder nach seiner Herkunft benannt. Tim hieß der, wohl nach der allgemeinen Bezeichnung »Timberwolf« für die in Nordamerika vorkommende Art, mutmaßte Christoph.

Aggressives Verhalten zwischen den Brüdern war ihm bisher nie aufgefallen, entweder hatten sie die Rangordnung schon vor Jahren geklärt, oder sie hatten das gar nicht nötig, so gut, wie sie harmonierten. Wennschon, dann hatte Kolja die höchste soziale Stufe im Rudel inne, da nur er sich mit der Alphawölfin paaren durfte, einem derben schwarzen Weibchen mit auffallend großem Kopf.

Christoph war indes nicht weniger angespannt als die Wölfe. Er glaubte, riechen zu können, dass gleich etwas passieren würde, denn heute war die Ausdünstung der Tiere, die ihm der träge Wind geradewegs zutrug, besonders streng, für Christoph ein deutliches Anzeichen, dass die Wölfe eifrig markiert hatten, Reviergrenzen zogen. Nur was passieren könnte, das wollte er sich lieber nicht vorstellen. Er fühlte sich hilflos dem Kommenden gegenüber. Eingreifen konnte er sowieso nicht, niemand konnte eingreifen, wenn sich Wölfe an den Kragen gingen. Allerdings kam es dabei höchst selten zu ernsthaften Verletzungen, weil das in der Auseinandersetzung unterlegene Tier dem Sieger seine Kehle zum tödlichen Biss zeigte und die Wölfe in dem Fall eine angeborene Beißhemmung hatten, sodass ein letaler Ausgang normalerweise ausgeschlossen werden konnte. Normalerweise.

Kämpfe innerhalb eines Rudels gab es außerdem nur in Gefangenschaft, wenn Tiere verschiedener Herkunft einfach zusammengepfercht wurden. In Freiheit bestand ein Rudel ausschließlich aus Familienmitgliedern, dem Elternpaar und dessen Nachkommen, und in einer Familie brachte man sich doch nicht gegenseitig um, oder?

Christoph hoffte also, dass nichts passieren würde. Er wäre zwar nicht so weit gegangen, das Rudel als seine Ersatzfamilie zu bezeichnen, doch fühlte er sich diesen Tieren näher als so manchen Menschen. Als würde er auf geheimnisvolle Weise zu ihnen gehören. Gerade die beiden Alphamännchen hatte er – ja, lieb gewonnen. Seltsam war das schon, dass man Wölfe lieb haben konnte, doch wahrscheinlich lag der Grund dafür in der Art ihres Umgangs miteinander, in dieser schönen Harmonie, die ihn über ihr armseliges Dasein als für immer Eingesperrte hinwegtröstete. Und Harmonie, das war das, was er brauchte seit damals.

Christoph begann zu singen. Ganz leise, damit nur er es hören konnte. Auch wenn sich sonst niemand am Gehege aufhielt, wäre es ihm doch peinlich gewesen, wenn irgendwer es mitbekommen hätte. Er sang dieses Kinderlied.

Ein Männlein steht im Walde.

Seinen Kindern hatte er das früher oft vorgesungen, zum Einschlafen. Seit sie nicht mehr waren, sang er es sich manchmal selbst vor. Um sich zu beruhigen, wenn er sich wieder so entzweigerissen glaubte, dass er keinen klaren Gedanken mehr fassen konnte. Um sich nicht mehr so einsam zu fühlen. Um sich jener Tage zu erinnern, als sein Leben noch ein Leben war, ein gutes Leben. Manchmal sang er auch nur, um sich wehzutun. So richtig weh. Wenn er das Lied dann nur summte, wenn es nur in seinem

Kopf spielte, waren die Kinder auf einmal wieder da. Und das war eigentlich das Schlimmste. Weil sie dann so präsent waren, dass er sie sogar riechen konnte. Ihren süßen Malzgeruch.

Nur ging es jetzt darum, die eigene Nervosität abzulegen. Vielleicht strahlte seine Unruhe ja auf Tim und Kolja aus. Er sang lauter, sie sollten ihn hören können, egal ob einer der Besucher mitlauschte und ihn für verrückt hielt. Tim und Kolja, sie kannten ihn doch. Und das bildete er sich nicht ein, gewiss nicht. Immer wenn er zum Gehege kam, liefen sie zu ihm, aber stets nur die zwei Brüder. Schauten ihn an aus ihren gelben Augen, die auf andere Menschen angeblich so unbarmherzig kalt wirkten, aber nicht auf Christoph. Schauten nicht weg, wenn er ihnen in die Augen sah, obwohl die Leute ja behaupteten, Wildtiere könnten den Blickkontakt mit Menschen nicht ertragen. So standen sie eine Weile da, Aug in Aug, um dann wieder ihre Runde ums Geviert aufzunehmen. Christoph nahm das als Begrüßung wahr, egal was die Pfleger dazu sagten.

Die anderen Wölfe beachteten ihn jedenfalls nicht. Nur Tim und Kolja. Wenn sie so vor ihm standen, nur wenige Meter durch den Wassergraben getrennt, fühlte er sich ihnen nahe. So nahe. Er sprach dann mit ihnen. Sagte so etwas wie: »Hallo, meine Freunde. Keine Angst, ich bin's nur. Der Christoph. Bin ja wie ihr. Bin einer von euch. Bin genauso gefangen in meiner Haut wie ihr in eurem Käfig, und Käfig ist Käfig. Gern wär ich wieder ein soziales Wesen, so wie ihr auch. Doch ich lass mich selbst nicht mehr. Hätt auch gern wieder eine Familie, so wie ihr eine seid. Und ihr braucht mich nicht zu beneiden, nur weil ich auf der anderen Seite des Grabens stehe. Denn ich stehe überall auf der falschen Seite. Klar, ihr könnt nicht hinaus in die sogenannte Freiheit, aber Freiheit in Einsamkeit ist manchmal noch brutaler als die Gefangenschaft, glaubt mir's.«

Solche Dinge sagte er. Und hatte oft den Eindruck, sie würden ihn tatsächlich verstehen.

»Hoffentlich passiert nichts«, sagte Christoph laut. So laut, dass er vor seiner eigenen Stimme erschrak. Und etwas leiser hinzufügte: »Und wenn, dann will ich es bitte nicht mit ansehen müssen.«

Doch er wusste, dass er jetzt nicht mehr wegkonnte, unmöglich. Er sang noch lauter. Mit tiefer Stimme, das wirkte doch beruhigend, auch auf Tiere, oder?

Ein Männlein steht im Walde, ganz still und stumm.

Die Wölfe standen sich nun direkt gegenüber, Aug in Aug. Ihr Fell war gesträubt, die Lefzen hochgezogen, die Reißzähne schimmerten bedrohlich.

Es hat von lauter Purpur ein Mäntlein um.

Plötzlich gingen sie aufeinander los, ohne Vorwarnung und ohne einen Laut. Christoph war nicht mehr in der Lage, sich zu rühren. Stumm vor Entsetzen sah er zu, wie die Wölfe kämpften. Wie sie sich ineinander verbissen.

Sagt, wer mag das Männlein sein, das da steht im Wald allein?

Die Bewegungen der Tiere waren jetzt so schnell, dass er nichts mehr erkennen konnte, nicht mehr, wer welcher Wolf war. Ein sich balgendes Bündel, das ihm nur noch wie ein einziger, sich rasend windender Körper erschien.

Mit dem purpurroten Mäntelein …

Es war furchtbar, so etwas mit ansehen zu müssen, doch er konnte den Blick nicht abwenden. Weil er trotz allem eigenartig fasziniert war von diesem archaischen Kampf, bei dem es, auch das wurde ihm nun bewusst, um Leben und Tod ging.

… und hat auf seinem Haupte schwarz Käpplein klein …

Kolja, den er aufgrund seiner massiven Struktur für den eigentlich Stärkeren gehalten hatte, schien allmählich zu ermatten. Seine Bewegungen wurden langsamer und langsamer.

»Gib auf«, sagte Christoph, »bitte gib auf, dann ist es vorbei.

Zeig ihm, dass du nachgibst, dass er das Rudel führen kann oder was auch immer. Aber bitte mach schnell.«

Sagt, wer mag das Männlein sein …

Aus Kolja war offenbar alle Kraft gewichen. Tim stand mit weit geöffnetem Kiefer über dem am Boden liegenden Bruder. Und der bot ihm tatsächlich die Kehle.

… das da steht im Wald allein …

Tim biss zu. Verbiss sich in Koljas Kehle, schüttelte den Wehrlosen wie eine Jagdbeute. War wie von Sinnen. Schüttelte und schüttelte. Dann war es vorbei. Der Wolf ließ von seinem getöteten Bruder ab und schlich davon. Aber nicht in Siegerpose, sondern mit eingezogenem Schwanz. In Demutshaltung. Oder war das Trauer?

Christoph erwachte aus seiner Schockstarre. Er rannte zum Gebäude der Zoodirektion. Das denkbar Unmögliche war passiert.

***

Der Wolf hatte das Kind sofort gesehen. Er hatte es gesehen, noch bevor er es gewittert hatte, denn sein Sehvermögen war ausgezeichnet. Wölfe konnten prinzipiell gut sehen, doch dieser Wolf hatte einen ganz speziellen Blick. Der Wolf war hochgradig erregt. Dennoch blieb er vorsichtig. Das Gebiet war dicht besiedelt, Menschen liefen hier zu jeder Tageszeit herum, Almbauern, Bergwanderer, Jogger, Mountainbiker. Nur am Abend, wenn die Dämmerung den Menschen die Sicht trübte, da wurde es ruhiger. In der Dämmerung waren sie nur noch vereinzelt unterwegs, sodass man sie manchmal auch ohne Begleitung antraf, und nur des Nachts hatte er die Wälder rund um die Kofler Wand für sich allein.

Der Wolf war klug. Er wusste, dass Menschenwesen wesentlich leichter zu bejagen waren als beispielsweise die flinken Rehe oder gar die wehrhaften Wildschweine. Menschen konnten ja nichts. Sie hörten schlecht, sie sahen schlecht, sie konnten weder schnell laufen noch hatten sie nennenswerte Kraft, sich zu wehren. Und Kinder … ein Kinderspiel sozusagen.

Das Mädchen ging am Waldrand entlang, dort, wo die dichten Hagebuttenhecken wuchsen. Es sang laut vor sich hin, deshalb konnte der Wolf es nicht verfehlen, als er die Verfolgung begann, selbst wenn ihm die Bäume die Sicht nahmen oder der launische Sommerwind die Witterung. Das Mädchen pflückte Blumen, die seltenen Orchideen, die hier gediehen. Es wusste nicht, dass die Blumen geschützt waren. Und es wusste nichts von der tödlichen Gefahr, die im Wald lauerte. Es war ein hübsches Kind, die Beine unter dem kurzen Kleid glatt und braun gebrannt, die Waden so unschuldig rund, wie nur kleine Mädchen sie hatten. Die brünetten Haare, in denen ein paar helle Strähnen in der Abendsonne wie getupftes Sommerlicht leuchteten, waren zu einem Pferdeschwanz gebunden, der im Takt des den Hang hinunterhüpfenden Mädchens hin und her wippte, hin und her.

Der Wolf nahm den tanzenden Pferdeschwanz ins Visier, der ihn so lockte, lockte und lockte. Das Mädchen sang lauter. Der Wolf kannte das Lied. Er hatte es schon öfter gehört.

Ein Männlein steht im Walde, ganz still und stumm.

Er fragte sich nicht, warum die Menschen manchmal laut sangen, wenn sie allein im Wald waren. Und warum sie dann auffallend oft dieses Lied sangen. Nein, natürlich stellte er keine Fragen, er war ein Wolf, nur ein Wolf. Das Seltsame war bloß, dass er im Moment keinen Hunger verspürte, nur dieses gewisse Jagdfieber und diese ihm wohlbekannte Art von Lust. Eine schön-schlimme Lust. Die Lust zu töten. Im Prinzip ein Reflex. Wenn Wölfe eine Schafsherde überfielen, konnte es passieren, dass sie die ganze Herde totbissen. Blutrausch sagten die Menschen dazu, doch war es lediglich der Instinkt, der Wölfe zu solchen Massentötungen trieb. Sie töteten auf Vorrat, um genug zu fressen zu haben, nicht um der Mordlust willen. Und nachgewiesene Angriffe auf Menschen hatte es in Europa seit Menschengedenken nicht gegeben. Dass Wölfe Menschen attackierten, gar lebensgefährlich verletzten, war also nur ein Märchen, das von Bauern und Jägern erzählt wurde, die Angst um ihr Vieh und ihren Wildbestand hatten. Nur dieser Wolf, der war definitiv anders geartet.

Flugs verkleinerte er den Abstand zu dem immer noch singenden Kind. Er lief lautlos, ohne das geringste Geräusch zu verursachen. Als Verfolgungsjäger konnte er zwar lange Zeit seiner Beute nachstellen, doch dieser Wolf liebte den Überraschungsangriff. Geschickt hielt er sich verdeckt im Schatten der Bäume. Bis zum Talgrund war es nicht mehr weit.

Schon kamen die ersten Bauernhöfe in Sicht, vorn gleich das behäbige Anwesen des Großbauern Josef Bichler, des Kaiserbauern, wie er in Hagstein seines großen Vermögens wegen genannt wurde, aber auch wegen seines großspurigen Auftretens.

Ihm gehörten die besten Weiden in der Gegend, er besaß das meiste Vieh, beinahe hundert Kühe, dazu etwa fünfzig Schafe, ein paar Ziegen, sowie erhebliche Anteile am Nutzwald. Und als sei dies alles nicht genug, betrieb die Familie auch das profitable Sägewerk direkt am Fluss sowie das erste Hotel am Platz. Bichler bestimmte die Regeln in jedem erdenklichen kommunalen und privatwirtschaftlichen Vorstand im Dorf, im Gemeinderat, in der Raiffeisenbank, der BayWa, dem Trachtenverein, den Gebirgsschützen und noch vielem mehr.

Und er züchtete Schäferhunde, die sich frei auf dem nicht umzäunten Grundstück bewegen durften und die sehr unangenehm werden konnten. Deshalb musste der Wolf jetzt handeln. Er nutzte eine Bodensenke für seine Attacke. Das Mädchen war dort vom Dorf aus nicht zu sehen. Der Angriff kam schnell und lautlos. Das Opfer hatte nicht den Hauch einer Chance.

***

Das Telefon läutete bereits am frühen Morgen. Christoph überlegte, ob er das Gespräch überhaupt annehmen sollte. Manchmal kamen noch Anrufe für seine Frau, irgendwelche Leute, die sie engagieren wollten, über ein Jahr nach ihrem Tod. Krisztina war freiberufliche Dolmetscherin gewesen, simultan sogar, für

Englisch und Ungarisch. Sie stammte aus Ungarn, aus einem kleinen Ort am Plattensee mit dem unaussprechlichen Namen Balatonmáriafürdő. Einem Ort, an dem guter Wein angebaut wurde, einem Ort, den Christoph geliebt hatte.

Diese Anrufe waren unerträglich. Jedes Mal sagen zu müssen, nein, tut mir leid, meine Frau ist verstorben. Als wenn er sie verleugnen würde. Als wenn sie wieder ein Stückchen mehr gestorben wäre. Toter noch als tot.

Lange Zeit konnte sich Christoph nicht entschließen, ihre Website abzumelden. Er wollte nichts löschen, was mit Krisztina zu tun hatte. Allein das Wort »löschen« … Erst als die Anrufe immer belastender wurden, hatte er die Homepage vom Netz genommen, und dennoch gab es immer noch welche, die nach ihr fragten.

Schließlich ging er doch noch ran. Vielleicht war es ja Atik, der einzige Freund, der ihm nach dem Unfall noch geblieben war. Doch es war nicht Atik. Auf sein »Hallo« meldete sich der Tierparkdirektor. Er bedanke sich für Christophs Aufmerksamkeit. Aufgrund seiner Beobachtungen habe man gestern den Kadaver des getöteten Wolfes obduziert. Man habe das Tier zwar so oder so auf die genaue Todesursache hin untersuchen müssen, doch vielleicht wäre dies dann anders vonstattengegangen, aus anderem Blickwinkel, sozusagen.

Den Kolja hätten sie also aufgemacht gestern. Und ein Wahnsinn, was sie da entdeckt hätten. Wirklich festhalten müsse sich der Herr Kaltenbach jetzt: Das arme Tier war total verkrebst. Metastasen, wohin man schaute. Unglaubliche Schmerzen müsse der Wolf gehabt haben. Und sie hätten es nicht bemerkt, auch nicht der Jens, der für die Wölfe zuständige Pfleger. Wo der doch sonst so zuverlässig sei.

»Und was wollen Sie mir damit zu verstehen geben?«, fragte Christoph.

»Hmmh«, machte der Zoodirektor. »Ob Sie's glauben oder nicht, aber nach langem Hin und Her sind wir zu einer zugegeben gewagten These gekommen: Das war Tötung auf Verlangen.«

Der Zoodirektor legte eine Kunstpause ein, als erwarte er eine wissenschaftlich fundierte Reaktion von Christoph. Oder zumindest so etwas wie: »Wahnsinn, ich fasse es nicht.«

»Sie haben doch erwähnt, dass Tim in Angsthaltung davongeschlichen ist, nachdem es vorbei war. Normalerweise hätte der nie zugebissen, nie. Ich kenne das Tier, und ich kenne die besondere Beziehung, die diese Brüder gehabt haben. Nein, ich bin mir sicher, das war aktive Sterbehilfe, auch wenn ich persönlich noch nie von einem solchen Vorfall gehört habe. Doch Sie wissen ja, Wölfe sind besonders soziale und hochintelligente Tiere.«

»Wahnsinn«, sagte Christoph.

»Ja, Wahnsinn.« Der Direktor wirkte erleichtert. »Und an dieser faszinierenden Entdeckung haben Sie Ihren Anteil, Herr Kaltenbach. Ist das nicht toll? Der Tierpark Hellabrunn würde sich gern erkenntlich zeigen. Wie mir die Pfleger erzählt haben, sind Sie ja relativ oft bei uns. Was halten Sie davon, wenn wir Ihnen eine Ganzjahresfreikarte schickten, würden wir Ihnen damit eine Freude bereiten?«

»Ja, schön. Das ist wirklich toll. Und vielen Dank«, sagte Christoph und legte auf.

Was sollte er schon groß erklären? Dem Zoodirektor beichten, dass er den Tierpark nie wieder betreten werde? Dass der Schock zu tief sitze? Dass mit dieser Sache alles wieder hochgekommen war, der Unfall damals, alles? Dass er seit zwei Tagen wieder diese schrecklichen Alpträume hatte. Wie sich der Unfall in einer Endlosschleife wiederholte, wieder und wieder. Wie er zu schnell in die Kurve gefahren war.

Mit über hundertzwanzig Stundenkilometern, wie die Sachverständigen später feststellten, wo doch nur achtzig erlaubt waren. Wie er die Kontrolle über den Wagen verlor, wie das Fahrzeug seitlich ausscherte, nach rechts, Richtung Baum. Der nagelneue Wagen, ein feuerroter BMW, auf den er lange gespart hatte, sein Traumauto. Innen schwarzes Leder. Mit ordentlich PS unter der Haube. Viel zu viel eigentlich.

Wie dann das Fahrzeug mit der Flanke gegen den Baum geknallt war. Wie es die komplette rechte Wagenseite aufgerissen hatte. Die Seite, auf der Krisztina saß und hinten Oskar. Der kleine Oskar. Wie sich das Auto durch den Aufprall regelrecht um diesen Scheißbaum wickelte. Wie auch noch der hintere Teil des BMW zerdrückt wurde und Nina, aufgrund des gewaltigen

Rückstoßes, wie die Sachverständigen ermittelten, aus dem Wagen geschleudert wurde. Die kleine Nina.

Sie war nicht sofort tot gewesen wie Oskar und Krisztina. Sie war verblutet, in seinem Arm. Alles war rot von ihrem Blut. Und er hatte nichts machen können, nichts. Nichts, außer sie im Arm zu halten. Ihr das alte Einschlaflied vorzusingen. Sie musste schon tot gewesen sein, da hatte er immer noch gesungen.

Ein Männlein steht im Walde.

Nein, in den Zoo würde er nicht mehr gehen, aus und vorbei.

Christoph zog sich fertig an. Er musste raus. Zu viel erinnerte ihn hier an seine Familie. Weil er alles so hatte liegen lassen nach dem Unfall, kein Stück weggeräumt, nichts verändert. Weil es den Anschein haben sollte, als würden alle drei jeden Moment wiederkommen. Jeden Moment. Krisztinas Kleider lagen noch immer auf ihrem Sessel im Schlafzimmer, genau so, wie sie sich die Sachen immer ausgezogen hatte, einfach über den Kopf und falsch herum auf den Haufen geknüllt, wo bereits andere ihrer Klamotten lagen. Die Ordentlichste war sie ja noch nie gewesen.

Das Spielzeug der Kinder stand noch im Wohnzimmer herum, die Autorennbahn, die er Oskar zu Weihnachten geschenkt hatte, und Ninas halbe Stofftiersammlung. Manchmal trat er aus Versehen auf irgendein Rennauto, und es zerbrach unter seinem Fuß. Dann musste er sich hinsetzen und einfach nur heulen, heulen, heulen. Wie ein einsamer Wolf. Doch verräumen wollte er trotzdem nichts. Und in die Wohnung hatte er auch niemanden mehr gelassen, seit damals.

Er nahm zwei der Handpuppen vom Sofa, mit denen er den Kindern manchmal etwas vorgespielt hatte, einen Zauberer und einen Polizisten, und zog sie über. Sie sahen sich an, der Zauberer auf der linken Hand und der Polizist auf der rechten. Nickten sich stumm zu. Doch zu sagen hatten sie sich nichts.

Christoph raffte sich auf, redete sich ein, sowieso gleich zur Arbeit zu müssen, obwohl er noch eine gute halbe Stunde Zeit hatte. Wie immer ging er im Anzug in die Dienststelle, mochten die

Kollegen noch so blöd daherreden. Ihre zu kurzen, verschmierten Lederjacken und modischen, zehnmal künstlich geflickten Jeans fand er albern. Als könnten sich die Kollegen nicht mit dem Alter abfinden. Als müssten sie dem Tatort-Klischee nacheifern. Klar, Bullen hatten so auszusehen. Runtergekommen. Wie Schimanski halt. Lächerlich.

Der Einzige, der außer ihm noch angemessen gekleidet war, das war Atik, Atik Alkay, sein Freund und Partner. Ein Kommissar mit Migrationshintergrund, wie es so schön hieß. Er war von türkischer Abstammung und bezeichnete sich selbst als den Quotenausländer der Dienststelle. Atik war jünger als er, fast zehn Jahre lagen zwischen ihnen. Atik war erst Anfang dreißig, doch bereits Oberkommissar beim Dezernat Mord und Totschlag im LKA. Seine Eltern waren in den siebziger Jahren als Gastarbeiter aus Anatolien nach Deutschland gekommen, Atik und seine drei Schwestern bereits in München geboren, im Stadtteil Westend gleich neben der Theresienwiese, wo alljährlich das größte Massenbesäufnis der Welt stattfand, das Oktoberfest. Ein anständiger Kanake, sagte Atik immer, der stammt aus dem Westend, woher sonst.

Mit Atik verband ihn eine tiefe Freundschaft, die seit dem Unfall noch an Tiefe gewonnen hatte. Noch am Unfallort hatte er ihn angerufen, völlig verwirrt. Dem Drang davonzulaufen hatte er zwar widerstanden, doch wusste er nicht mehr, was er tun sollte, war vollkommen apathisch.

***

Den Anruf würde Atik Alkay nie vergessen, an jedes einzelne Wort erinnerte er sich noch. Er hatte Christoph kaum mehr erkannt, nicht mal an der Stimme. Der da am Telefon sprach, das war nicht mehr Christoph, das war ein anderer. Ein völlig Gebrochener. Atiks erste Frage war gewesen, ob Christoph getrunken habe. Er kannte ja dessen Vorliebe für Wein. Und er kannte die Rechtslage. Zu schnell, okay. Schon mal scheiße. Aber wenn auch noch Alkohol im Spiel war, würde Christoph einer Anklage wegen fahrlässiger Tötung nicht entgehen können. Mindestens drei Jahre Haft hätte das bedeutet. Und den Rausschmiss sowieso, das Ende seiner Polizeilaufbahn.

»Du bist nicht gefahren, verstehst du.«

Diesen Satz hatte er Christoph am Handy eingebläut.

»Sag: ›Ich bin nicht gefahren.‹«

Er hatte Christoph den Satz immer wieder nachsprechen lassen, bis er das Gefühl hatte, jetzt hat er es kapiert.

Und Christoph hatte Glück, dass auf der einsamen Strecke niemand sonst unterwegs war. Noch vor dem Rettungswagen war Atik am Unfallort. Als die Kollegen von der Schutzpolizei eintrafen, hatte er bereits alles organisiert. Und im Speziellen alles präpariert. Nicht mal die Herren Sachverständigen waren ihm draufgekommen. In der unvermeidlichen Gerichtsverhandlung ein halbes Jahr später hatte er angegeben, direkt hinter Krisztina Kaltenbach gefahren zu sein. Alles mit eigenen Augen gesehen zu haben. Wie sie viel zu schnell in die Kurve gekommen sei, wahrscheinlich kannte sie die Strecke nicht und hatte die Situation einfach unterschätzt. Wie einem Wunder gleich Christoph Kaltenbach, der auf dem Beifahrersitz gesessen hatte, weil einen Tick zu viel getrunken, frühzeitig aus dem Wagen geschleudert wurde, früher noch als Nina Kaltenbach. Vielleicht weil die Beifahrertür nicht richtig geschlossen war. Dass ihm dieser Umstand das Leben gerettet habe. Dass er deshalb mit einem Beinbruch und ein paar Fleischwunden davongekommen sei.

Dass ihm das aber nicht viel genutzt habe, weil sein Kollege sich heute noch wünschte, er wäre gestorben, anstelle seiner Familie. Dass er nun sein Leben lang gezeichnet sein werde. Dass das genug der Strafe sei. Dass man Christoph Kaltenbach bitte schön nichts mehr unterstellen möge. Er kenne ihn seit Jahren. Immer zuverlässig, ein seine Kinder über alles liebender Vater, ein Familienmensch par excellence. Ein guter Polizist. Und ein guter Mensch.

Das Gericht hatte letztlich nicht den leisesten Zweifel an seiner Aussage, obwohl die Sachverständigen angedeutet hatten, dass so manches nicht zusammenpasse. Doch reden, das konnte Atik. Schon in der Pubertät, als andere türkische Jugendliche Probleme mit Gewalt zu lösen versuchten, gelang ihm dies mit Reden.

Das Verfahren gegen Christoph Kaltenbach wurde schließlich eingestellt. Und Christoph blieb weiter im Dienst. Natürlich machte sich Atik große Sorgen um seinen Freund. Weil der so seltsam wurde nach dem Unfall. Er weinte nicht, er rastete nicht aus. Er zeigte überhaupt keine Emotionen, als wäre jedes Gefühl aus ihm geflohen. Als wäre er kein Mensch mehr, zumindest nicht der, der er vorher war. Mechanisch verrichtete er seinen Job. Mechanisch lebte er weiter. Doch den Geschmack am Leben hatte er verloren.

Erst hatte sich Christoph versetzen lassen wollen. Ins Archiv. Irgendwohin, wo er nicht mehr mit realem Leid konfrontiert wurde. Höchstens mit Konservenleid aus alten Akten. Atik hatte ihn schließlich zum Bleiben überredet. Zu zweit würden sie es eher schaffen, dieses furchtbare Erlebnis zu bewältigen. Außerdem brauche er ihn, ohne seinen Partner könne er sich den Polizeidienst gar nicht mehr vorstellen. Also bitte.

Nach ein paar Monaten schien sich Christoph gefangen zu haben. Er verbrachte nun viel mehr Zeit im Kommissariat als früher, denn Zeit hatte er jetzt ja. Er war schon immer ein hervorragender Polizist gewesen, einer, der Verbrechen durchaus persönlich nahm, was ihn zwar um jegliche Distanz brachte und ihn schon ein paar Disziplinarstrafen gekostet hatte, seinen Arbeitseifer aber umso mehr herausforderte. München war wohl eine sichere Stadt, eine der sichersten Großstädte überhaupt, doch Mordfälle gab es auch hier, und die waren rückhaltlos aufzuklären.

Im Dezernat hatte er früher Spürnase geheißen. Oder Wolf. Weil er wie ein Wolf seine Beute, in dem Fall den Kriminellen, verfolgte, immer auf der Spur, und wenn es sein musste, monatelang. Oder Jahre. Aber am Ende brachte er jeden zur Strecke, jeden. Deshalb nannten ihn die Kollegen inzwischen Monsieur einhundert Prozent. Da war viel Neid dabei, klar. Außerdem waren die ungeklärten Umstände des Verkehrsunfalles noch zu präsent. Dass er da nur aufgrund von Atiks Aussage so leicht rausgekommen war. Niemand glaubte wirklich, dass seine Frau damals gefahren sein sollte, niemand. Christoph war einer, der nie einen anderen ans Steuer ließ, auch nicht im Dienstwagen.

Er fuhr. Immer. Auch wenn er etwas getrunken hatte, auch das war hinlänglich bekannt. Und auch, dass Alkay und Kaltenbach nicht nur Partner waren, sondern dickste Freunde, dicker noch als Blut.

Seit dem tragischen Unglück jedenfalls gehörte Christoph Kaltenbach nicht mehr dazu. Er wurde nirgends mehr eingeladen, und so hatte er sich von der Gesellschaft der Kollegen weitgehend zurückgezogen, blieb meistens allein. Doch auch das schien ihm egal zu sein.

★★★

Als er an jenem Morgen das Dienstzimmer betrat, fläzte Atik bereits in seinem Bürostuhl, die Füße auf den Tisch gelegt, und telefonierte mit seiner Mutter. Eigentlich, dachte Christoph, telefoniert er immer mit seiner Mutter. Er warf die blassblaue Akte, die ihm der Dienststellenleiter, Kriminalrat Korbinian Kraus, im Flur mit den knappen Worten »Ihr Fall« in die Hand gedrückt hatte, auf Atiks Schreibtisch. Im Gehen hatte er den Bericht der Kripo Rosenheim schnell überflogen. Es hatte genügt, um zu wissen, dass dies in der Tat sein Fall war. Und damit auch der seines Partners, dessen Vorgesetzter er als Erster Hauptkommissar des Dezernats war.

Atik schaute kurz auf, erst zu ihm, dann auf den Heftordner. Seine kräftigen Augenbrauen zogen sich hoch, als wollten sie aus seinem Gesicht fliegen. Christoph deutete auf die Akte und formte mit seinem Mund lautlos das Wort »wichtig«.

Atik richtete sich in seinem Stuhl hoch und nahm die Beine vom Tisch.

»Tehlike gecti, anne. Ben artik sona yapmalisiniz, bu gece tekrar ararim … Ne? … Evet, ben yapiyorum. Bye.«

»Deine Mama?«

»Meine Mama, ja«, seufzte Atik. »Was gibt's?«

»Lies«, sagte Christoph. »Komische Sache.«

»Woher hast du das, vom Alten?«

»Ich bin ihm gerade im Flur begegnet. Wie immer war er sehr kommunikativ. ›Ihr Fall‹, hat er gesagt. Das war's dann.«

»Kripo Rosenheim«, murmelte Atik. »Wieso brauchen die uns? Und warum landet das so schnell beim LKA?«

»Lies einfach.«

Atik sagte ein paar Minuten nichts, während er in der Kladde blätterte. Der Bericht war äußerst dürftig, er merkte sofort, dass die Kollegen aus Rosenheim mit dem Fall reichlich überfordert waren. Die tappten im Dunkeln. Und zwar richtig.

»Und?«, fragte Christoph, als Atik den Ordner wieder auf den Tisch warf.

Atik nahm die Füße vom Tisch und setzte sich gerade in seinen Bürostuhl.

»Schöne Scheiße. Ich dachte, so was gibt's nur im Film.«

2

Es war Benjamin Bichler, der die Leiche des Mädchens gefunden hatte, ausgerechnet er, der lichtscheue Geselle. Als die Sonne unterging, war er wie jeden Abend hinausgegangen, spazieren. Tagsüber blieb er immer im Haus, bei zugezogenen Vorhängen konnte er es einigermaßen aushalten. Benjamin, der von allen nur Benni genannt wurde, war das jüngste Kind des Kaiserbauern Josef Bichler, das jüngste von fünfen und das unglücklichste.

Der Vater gab seiner Frau die Schuld an diesem Versager, wie er seinen Sohn verbal abzustrafen pflegte, wenn er sich wieder einmal über dessen Unzulänglichkeiten ausließ, ganz egal, ob der noch im Raum war. Die Frau habe Schuld, weil sie ihn so verzärtelt hatte, weil der Bub ja angeblich so kränklich gewesen war als Kleiner. Dabei war es der Kaiserbauer, der nicht aufhören konnte, Nachwuchs zu zeugen, bis er endlich den erhofften männlichen Erben errammelt hatte, denn anders konnte man Bichlers tumbe Liebesmühen nicht bezeichnen.

Benjamin litt unter einer seltenen Krankheit, die erst korrekt diagnostiziert worden war, als die Gattin des ehemaligen deutschen Bundeskanzlers, Frau Hannelore Kohl, Selbstmord verübt hatte, weil sie das Licht der Sonne eben nicht mehr ausgehalten hatte oder was auch immer der Grund für ihre Tat gewesen war. Erst als im Fernsehen darüber berichtet wurde, ahnte Bichlers Frau Hanni, was mit ihrem Sohn los sein könnte. Sie fuhr mit ihm nach München, in die Dermatologische Klinik, dorthin, wo sie schon immer hinwollte, wenn ihr Mann das nicht als bloße Zeitverschwendung abgetan hätte. Es ihr nicht sogar verboten hätte.

»Der Junge hat einfach keine Lust, normal zu sein« war sein Kommentar, wenn Hanni Bichler einen neuen Vorstoß wagte, Benjamin nochmals untersuchen zu lassen. Er hielt Hannis Sohn (»Dein Sohn!«) schlichtweg für schwach. Er war kein Junge wie die anderen. Mondblass, als stamme er von einem erkalteten, sonnenfernen Planeten, spielte er nicht mit seinen Schulkameraden, nicht einmal mit seinen Schwestern, zumindest wenn die

Spiele im Freien stattfanden. Und da es auf dem Land üblich war, draußen zu sein, fand er sich schnell außen vor. Er interessierte sich nicht für das, wofür sich Buben so zu interessieren hatten, weder für Fußball noch fürs Skifahren, nicht einmal für Computer und all das Zeug. Benjamin las viel, vor allem Märchen, und als er elf Jahre alt war, schrieb er bereits eigene kleine Geschichten.

Josef Bichler ignorierte den Sohn. Er ignorierte dessen Krankheit. Dessen Schmerzen. Er glaubte dem Kind nicht, wenn es sagte: »Das Licht tut mir weh.«

»Blödsinn«, sagte er dann, »Licht kann nicht wehtun.«

Er ignorierte die Quaddeln auf Benjamins Haut und dass der Junge von unbeschreiblichem Juckreiz befallen wurde, wenn er sich länger im Hellen aufhielt. Erst als die Diagnose feststand, Urticaria solaris, Lichtallergie höchster Intensität, zeigte er etwas Einsicht, doch war ihr Verhältnis da bereits von zu viel Missverständnis und viel zu viel Entfremdung beschädigt, als dass es noch eine Wendung zum Guten hätte nehmen können.

Benjamin Bichler war mittlerweile einundzwanzig Jahre alt und lebte noch immer im Haus der Eltern in die selbst gewählte Dunkelheit hinein. Dank Cortison und Mengen an Sonnenschutzcreme hatte er seine Krankheit einigermaßen in den Griff bekommen. Durch das viele Cortison war er zwar aufgeschwemmt wie eine glibberige Qualle, doch bekam ihn sowieso kaum jemand zu Gesicht, und auf Äußerlichkeiten hatte er noch nie besonderen Wert gelegt.

Als er mit hereinbrechender Nacht den Hang hinaufstieg, um sich ein paar Hundsrosenblüten zu pflücken, die er für die Zubereitung seiner verschiedenen Tees benötigte, stieß er in der Bodensenke gleich oberhalb des elterlichen Hofes auf das blutige Bündel.

Benjamin erschrak nicht einmal. Mit der harten Neugier eines Wissenschaftlers trat er näher und drehte die auf dem Bauch liegende Leiche um. Es war Lisa Mühlbauer, eines der Kinder des Zweiten Bürgermeisters. Er erkannte sie an ihrem Kleid, das sie oft trug, ein himmelblau-weiß kariertes Kleid. Und an ihren braun gebrannten Beinen mit den hübsch runden Waden. Die waren ihm schon immer aufgefallen, diese besondere Form ihrer kleinen

Waden. Der Hals des Kindes war praktisch nicht mehr vorhanden. Irgendetwas Ungeheuerliches musste da gewühlt haben, gerissen, gebissen. Alles war voller Blut. Er sah nur noch Rot.

»Rot, rot, purpurrot«, flüsterte er, als er das tote Mädchen betrachtete, Worte aus einem Gedicht, das er selbst verfasst hatte.

Lisas Gesicht war kaum mehr zu erkennen. Es war zerfetzt, nur von wem? Von einem tollwütigen Hund vielleicht. Benjamin blickte hinab ins Tal. Um den Bichlerhof streunten die vier Schäferhunde des Vaters. Seit ihn als Kind eines der Tiere gebissen hatte, steckte ihm eine panische Angst vor Hunden in den Knochen, obwohl die nicht ins Haus durften, nicht wegen ihm natürlich, nein, sondern weil der Vater der Meinung war, dass ein Hofhund vor das Haus gehörte, nicht hinein.

Er sah, wie die Hunde sich spielerisch balgten. Wie sie nacheinander schnappten.

»Oh mein Gott«, flüsterte er. Dann rannte er wie ein Verrückter den Hang hinunter, in den Kuhstall, zur Mutter.

***

Fast zwei Stunden hatte es gedauert, bis die Polizei endlich am Fundort der Leiche eintraf. Hanni Bichler hatte das nächste Revier angerufen, und das war in Malling, etwa zwölf Kilometer entfernt. Die beiden Beamten, Polizeihauptmeister Gerhard Litzl und Polizeimeister Markus Heldt, waren noch mit einem Verkehrsunfall auf der Landstraße nach Walldorf beschäftigt. Ein belgischer Tourist war, »vor lauter Glotzen«, wie Litzl wortwörtlich in seinen Unfallbericht schrieb, auf die Gegenfahrbahn geraten und dort mit einem entgegenkommenden Fahrzeug zusammengestoßen. Gott sei Dank waren beide sehr langsam gefahren, sodass außer Blechschäden nichts passiert war.

Was ihnen allerdings Benjamin Bichler, der sie zusammen mit den Eltern an die Unglücksstelle geführt hatte, da mitten in der Nacht für ein blutiges Bündel präsentierte, das überstieg jegliche Vorstellungskraft selbst von hartgesottenen Polizisten. Heldt, erst seit Kurzem im Polizeidienst, rannte sofort hinter die nächste Hecke und übergab sich. Litzl hatte bereits einige heftige Unfälle mit verstümmelten Toten auf der Autobahn gesehen, doch das zerfleischte Mädchen war auch ihm zu viel.

»Welche Bestie macht so was?«, brachte er mühsam heraus, bevor er sich abwenden musste, die Hand vor dem Mund.

»Ein Hund«, sagte Benjamin kühl, »das kann nur ein besonders aggressiver Hund gewesen sein beziehungsweise mehrere. So schlimm, wie das Mädchen zugerichtet ist, das müssen gleich ein paar gewesen sein, wer weiß. Vielleicht ist die Lisa zu nah an unser Grundstück heran …«

Er sah seinem Vater provozierend ins Gesicht.

Der blieb äußerlich ruhig. Er wusste, dass jetzt jedes falsche Wort gegen ihn und seine Hunde verwendet werden konnte. Vor zwei Wochen erst hatte einer der Rüden einen Feriengast gebissen. Ein Kind, das ihn streicheln wollte. Und letztes Jahr hatte Ondra, die Hündin, einem Landstreicher arg zugesetzt. Der Mann war in einen Heuschober eingebrochen, um dort zu übernachten. Als er am Morgen herauskam, hatte die Ondra schon auf ihn gewartet. Weil es eben nur ein Penner gewesen war und Bichler der Kaiserbauer, war die Sache für Hund und Herrn glimpflich verlaufen. Dafür habe er ja die Hunde, hatte Bichler damals zu Protokoll gegeben, dass sie solche Kerle abfieselten.

»Wer das auch immer getan hat, das werden die Pathologie und die Kollegen aus Rosenheim schon rauskriegen«, sagte Litzl, der sich wieder halbwegs gefasst hatte. »Aber wer bringt's jetzt den Eltern bei?«

»Das übernehme ich«, sagte Bichler, froh, einen Grund zum Gehen gefunden zu haben. Er war schon ein paar Schritte den Hang hinunter, da drehte er sich nochmals zu Hannis Sohn um. Er sagte nur einen einzigen Satz: »Und du, für die Zukunft, merk dir eins: du – mit mir – nicht.«

Die beiden Polizisten blickten sich an. Hanni Bichler schloss die Augen und wandte den Kopf gen Himmel. Benjamin brachte ein missplatziertes Grinsen zustande. Das tote Mädchen war in dem Moment sekundär.

***

Einen Tag später lag der vorläufige Befund der Pathologie Rosenheim vor. Die erst achtjährige Lisa Mühlbauer war eines gewaltsamen Todes gestorben, die Todesursachen gleich mehrere. Dem Mädchen war das Genick gebrochen worden, ein schwerer Körper von etwa siebzig Kilogramm Gewicht musste sich mit voller Wucht auf sie geworfen haben. Danach oder zeitgleich, dies war nicht mehr eindeutig festzustellen, war die Arteria carotis, die Halsschlagader, durch extreme Gewalteinwirkung, mit relativer Sicherheit durch einen letalen Biss in die Kehle, durchtrennt worden. Zahnspuren konnten nachgewiesen werden, ebenso brutales Reißen und Zerren eines reißzahnbewehrten Kiefers im gesamten Bereich des Halses. Zusätzlich seien durch die massiven Bissverletzungen im Gesichtsbereich weitere erhebliche Blutungen aufgetreten, die allein schon zum Tode durch massiven Blutverlust geführt hätten.

Die erfahrene Pathologin, Frau Dr. Heide Probst, hatte tatsächlich Tierhaare an der Leiche gefunden und verifizieren können. Es handelte sich jedoch um keine Hundehaare, wie zuerst angenommen. Vielmehr wiesen die Fellreste auf Canis lupus, einen Wolf, hin. Sie seien zur weiteren Identifizierung in das Molekularbiologische Institut für Wolfsgenetik geschickt worden, das endgültige Ergebnis werde in wenigen Tagen erwartet.

Es liege jedenfalls kein Hinweis auf einen menschlichen Täter vor. Seltsam sei allerdings, dass das Tier, das Lisa Mühlbauer getötet hatte, nicht an der Leiche gefressen habe. Entweder sei es gestört worden, oder es sei dem Tier wirklich rein ums Töten gegangen.

Zur weiteren Untersuchung des Falles würden von der Kripo Rosenheim die entsprechenden Fachleute herangezogen, um den wahren Täter zu bestimmen. Ob es sich bei dem Tier um den vor drei Jahren um das Gebiet der Kofler Wand streunenden, dann aber wahrscheinlich wieder abgewanderten Wolf handele, werde derzeit ebenfalls im Molekularlabor, wo noch Kotproben des Wolfes lagerten, geprüft.

★★★

»Ein Wolf!« Josef Bichler schaute triumphierend in die Runde. Sein sonst schon flammendes Gesicht wurde noch ein paar Grade röter. Er hielt die Tageszeitung mit dem Aufmacher auf der ersten Seite in die Höhe. »Wolf zerreißt achtjähriges Kind!«, brüllte es der Titelbericht hinaus in alle Welt.

»Ihr wisst, was jetzt zu tun ist«, schob Bichler hinterher.

Am Stammtisch im »Goldenen Hirschen« erhob sich wüstes Geschrei.

»Das war garantiert das Drecksvieh, das mir vor drei Jahren die halbe Schafsherde gerissen hat«, ereiferte sich Karl Stieglmayer, einer der Schafzüchter im Ort.

»Aber wieso taucht der ausgerechnet jetzt wieder auf«, wandte der Dorfpfarrer Alois Koidl ein, »drei Jahre nach seinem Verschwinden?«

»Egal«, beschied Bichler. »Mir ist völlig wurst, welche Bestie da draußen rumläuft. Wir müssen die Bevölkerung schützen, damit nicht noch mehr passiert. Eine Treibjagd müssen wir organisieren. Und zwar so schnell wie möglich.«

»Beruhigt euch, Männer«, rief Koidl in den erneut aufbrandenden Lärm hinein. »Es ist doch noch gar nichts bewiesen, dass es ein Wolf war, lasst doch erst einmal die Polizei ihre Arbeit tun.«

»Die Polizei«, höhnte Bichler. »Denen ist nichts Besseres eingefallen, als gleich meine Hunde zu verdächtigen. Aber das sind keine Fachleute, oder? Die haben doch keine Ahnung, wozu so ein Wolf fähig ist, wenn er erst mal Blut geleckt hat. Wahrscheinlich lauert er schon wieder oben am Hang auf sein neues Opfer.«

Unwillkürlich gingen die Augen der Stammtischgäste hinauf zu den bewaldeten Hängen am Fuße der Kofler Wand.

»Morgen kann es ein weiteres Kind treffen«, sagte Bichler zu Hannes Authenrieth, der am Ende des Tisches saß und sich bisher nicht geäußert hatte. Auf dessen Meinung kam es jetzt an, schließlich war er der Oberförster und für die Jagden im Revier zuständig.

»Wenn du Ja sagst, Hannes, dann brauchen wir die Polizei nicht. Die Zeit drängt! Oder willst du warten, bis wieder ein Mädel tot im Wald liegt?«

Authenrieth wusste, dass er gegen Bichler keine Chance hatte.

Er war ein besonnener Mann und vertrat eigentlich Pfarrer Koidls Meinung, wonach es Sache der Rosenheimer Kripo war, den Fall zu klären und, falls es tatsächlich dieser Wolf war, sich die Genehmigung für den Abschuss vom Bayerischen Innenministerium zu holen. Eine Treibjagd auf den Wolf zu veranstalten, so einfach war das nicht. Wölfe waren strengstens geschützt, die Tötung einzelner Tiere ohne dringenden Grund und ohne ministerielle Weisung strikt verboten. Und dann gab es ja noch die ganzen Tierschützer. Als damals dieser Bär aus Italien zugewandert und schließlich erlegt worden war, hatte es heftigste Proteste gegeben, bis hin zu Morddrohungen gegen die Jäger, die das Tier schließlich auf der Kümpflalm erwischt hatten.

Authenrieth konnte sich noch gut an das tölpelhafte Verhalten des damaligen Umweltministers erinnern. Wie das alles dramatisiert worden war, nur weil der Bär, dem die Presse den Namen Bruno gegeben hatte, ein paar Schafe gerissen und einige Bienenstöcke geplündert hatte. Gut, der Bär war abends mal durch den Ort Kochel am See marschiert. »Problembär« hieß er dann auf einmal. Und er erinnerte sich an den Wolf bei Pöcking am Starnberger See, der fast zeitgleich mit dem Auftauchen von Bruno von einem Auto überfahren worden war und den die Staatsregierung sofort hatte verschwinden lassen. Nach Skandinavien hatte man das tote Tier geschickt, angeblich um festzustellen, ob das auch wirklich ein Wolf war und kein Schäferhund. Erst viel später, als Bruno schon ausgestopft im Museum in München stand und sich die Stimmung im Lande wieder beruhigt hatte, war die Presse von dem Vorfall mit dem Pöckinger Wolf informiert worden.

Die Sache war also heikel, ein Politikum sozusagen. Er persönlich hatte nichts gegen die Zuwanderung größerer Beutegreifer. Im Gegenteil, sie machten das Revier doch erst interessant, und vor allem würden sie das Rotwild niederhalten, das dem Wald durch Verbiss mehr schadete als alle Autoabgase. Doch so etwas hatte damals schon keiner hören wollen. Und nun war ein Kind tot, eine völlig andere Situation.

»Das wird Ärger geben«, sagte er in einem zarten Versuch, die Leute zur Vernunft zu bringen. »Euch ist schon klar, dass wir dazu eine Genehmigung mindestens vom Landratsamt brauchen, wenn nicht von ganz oben.«

»So sehe ich das auch«, sagte Pfarrer Koidl, »eine Petition –«

Weiter kam er nicht. Franz Mühlbauer, der Vater des toten Mädchens, war in dem Gasthof erschienen. Die Gespräche verstummten. Man machte ihm am Stammtisch Platz. Viel Platz, als wolle ihm keiner zu nahe sein.

»Morgen ist die Beerdigung«, sagte er, kaum hörbar. »Ich möchte kein großes Trara, versteht ihr. Lisa war ein leises Kind –« Seine Stimme erstarb.

Die Männer nickten und schauten betroffen in ihre Biergläser.

»Und du, Schorsch.« Er wandte sich an Georg Lang, den Vorstand der örtlichen freiwilligen Feuerwehr. »Du sorgst mir dafür, dass die Presse nicht zum Friedhof kommt, mir scheißegal, wie du das anstellst. Ich will keine Presseleute, verstehst du. Und auch keine Auswärtigen.«

***

Die Jagd auf den Wolf wurde bereits am Tag nach Lisas Begräbnis eingeläutet. Die Beerdigung hatte unter Anteilnahme der gesamten Dorfbevölkerung stattgefunden, doch hatte man weder Offizielle aus der hohen Politik, die sich wie üblich selbst eingeladen hatten, denn Wahlkampf war ja irgendwie dauernd, und trauernde Mienen am Grab eines toten Kindes machten sich immer gut, noch einen einzigen Journalisten gesehen. Die Feuerwehr hatte die Zufahrtsstraßen mit schwerem Gerät gesperrt, und wer dennoch versuchte, zu Fuß zum Friedhof zu gelangen und nicht nach Hagsteiner aussah, wurde von den Jungmännern von Trachten- und Schützenverein schnell abgefangen.

Es war eine schöne, weil leise Beerdigung. So wie die Eltern des toten Kindes sich es gewünscht hatten.

Im Morgengrauen, um fünf Uhr früh, zog die Jagdgesellschaft los. Zweihundert Treiber hatten sich gemeldet, Frauen und Männer, alles, was gut zu Fuß war und wild entschlossen, den tierischen Killer zur Strecke zu bringen. Bis zum späten Nachmittag durchstreiften sie die Wälder unterhalb der Felsenformation der Kofler Wand, doch außer Hasen, Rehen, Hirschen und ein paar versprengten Gämsen weiter oben am Berg kam den zwanzig überall postierten Jägern nichts ins Schussfeld. Nicht einmal ein Fuchs.

Am nächsten Tag versuchten sie es erneut, dieses Mal im Gebiet am Wendelstein, aber wieder ohne Erfolg.

Am dritten Tag waren nur noch ein paar Jäger unterwegs, nachts, in der Nähe des Leichenfundortes. Sie hofften, dass der Wolf zu seiner Beute zurückkehren würde, weil sie glaubten, er wäre beim Fressen von Benjamin gestört worden und hätte das Weite gesucht.

Josef Bichler, dem die Jagd hier gehörte, saß schon um einundzwanzig Uhr, beim letzten Tageslicht, auf einem der Hochsitze an. Er hatte den Jägerstand seinerzeit am Waldrand errichten lassen, direkt oberhalb seines Hofes, unweit der jetzigen Unglücksstelle. Damals hatte eine Rotte Wildschweine ihm einige Male die Maisfelder verwüstet, Wildschweine, die es in den Bergen eigentlich gar nicht geben sollte, die sich jedoch überall ausbreiteten, weil eben die natürlichen Fressfeinde Wolf, Bär und Luchs seit Ewigkeiten fehlten und der Mensch den schlauen Sauen nicht beikam. Angespannt lauschte er in die in den Wald einsackende Dunkelheit. Er wusste selbst nicht, warum, doch irgendwie war er sich sicher, dass er heute etwas schießen würde.

Gegen dreiundzwanzig Uhr, als ihn die Müdigkeit zu übermannen drohte, vernahm er ein Knacken, als wenn ein schweres Tier durch den Hochwald liefe. Mit aller Vorsicht griff er zu seinem Nachtsichtfernglas und richtete es dahin, wo das Geräusch herrührte. Bichler war leise, ganz leise. Als geübter Jäger wusste er, dass jede kleinste Bewegung das Wild aufscheuchen und es zur Flucht veranlassen konnte. In Schemen sah er etwas zwischen den Bäumen. Etwas, das nicht lief, sondern etwas, das hetzte. Um die Bäume sprang, wie ein Wolf. Deutlich konnte er jetzt die spitzen Ohren erkennen, die stehende Rute. Das musste die Bestie sein. Sein Herz klopfte wild, als er die Büchse hochnahm. Er musste ein paarmal tief durchatmen, damit er seine zitternden Hände unter Kontrolle bekam.

Der Wolf indes war aus dem Blickfeld verschwunden. Er war zu schnell, einfach zu schnell.

Verpasst! Bichler fluchte vor sich hin. Eine solche Gelegenheit würde sich so leicht nicht mehr bieten. Zumindest hatte er recht gehabt, so wie immer halt. Es war ein Wolf, nichts anderes.

Plötzlich kam das Knacken wieder näher. Er riss das Gewehr hoch, spähte kurz durch das Zielfernrohr. Da war er wieder, der Kindsmörder. Das blutrünstige Vieh. Bichler überlegte nicht lange. Wenn er jetzt nicht abdrückte, würde der Wolf erneut aus dem Zielbereich sein.

Den Schuss hörten alle im Tal. Es war ein einziger Schuss. Bichler schrie vor Jagdlust. Vor lauter Stolz. Er hatte den Killer erwischt, er, der Kaiserbauer, wer sonst! Dass ihm der Herrgott dieses Glück vergönnte. Das ganze Dorf würde ihn bewundern, ach was, das ganze Dorf, ganz Bayern, ganz Deutschland. Er sah schon die Schlagzeilen vor sich.

Über Handy informierte er die anderen Jäger im Wald. Siegesgewiss brüllte er in den Apparat.

»Ich habe ihn! Ich habe ihn! Ich hab das Schwein erlegt!«

Als die Jäger an der Stelle, an der das Tier verendet war, eintrafen, entdeckten sie einen weinenden Josef Bichler über einem leblosen, beige-braun gescheckten Körper. Es war Ondra, seine Lieblingshündin. Und es war ein perfekter Blattschuss.

***

Der Spuk fand nun schnell ein Ende. Nur einen Tag nachdem Bichler seinen eigenen Hund abgeknallt hatte, rief der Erste Bürgermeister im Ort, Ludwig Schneider, die Bevölkerung zur Versammlung in den Gemeindesaal. Wichtiges war zu verkünden. Die Ergebnisse aus dem Molekularlabor für Wolfsgenetik lagen vor. Schneider hatte einen Fachmann aus dem Institut dazugebeten, einen gewissen Dr. Volkmar Dietrich, der nun die Einzelheiten erklärte.

Tatsächlich handele es sich bei den an Lisa Mühlbauers Leiche gefundenen Fellresten, die dem Institut von der KTU Rosenheim geschickt worden seien, um Wolfshaare, tatsächlich. Als Erstes sei ihnen aufgefallen, dass es teilweise richtige Fellbüschel gewesen seien, ziemlich ungewöhnlich, als habe das Tier unter starkem Haarausfall gelitten.

Die weiteren Untersuchungen hätten ein nicht minder überraschendes Resultat erbracht. Die Haare nämlich stammten nicht von einem europäischen Wolf und schon gar nicht von dem Tier, das sich vor drei Jahren einige Zeit in der Gegend aufgehalten hatte. Die Haare seien eindeutig einer nordamerikanischen Wolfsart, einem sogenannten Timberwolf, zuzuordnen. Das Erstaunlichste aber sei, dass dieser Wolf bereits seit mindestens vierzig Jahren tot war. Es war also nur ein Tierfell, das sich jemand übergezogen hatte.

Der wahre Mörder: ein Mensch.

3

Manchmal wurde es dem Wolf unheimlich im Wald. Nachts, wenn er huschende Schatten um sich herum glaubte. Er wusste ja, dass da noch einer war. Legten sich die dunklen Gedanken dann zu schwer auf sein Gemüt, lachte er sich laut aus. Er war doch der Wolf, ein wildes Wesen des Waldes. Er müsste doch die Nachtschwärze lieben, so wie der andere auch. Den Verwandten, ja, den hatte er öfter schon beobachten können, wenn der auf Suche nach Nahrung durch das Gebiet an der Kofler Wand schlich. Einmal waren sie sich sogar begegnet.

Plötzlich waren sie sich gegenübergestanden, Aug in Aug, höchstens zehn Meter voneinander entfernt. Er im Kleid des Gefährten. Der andere gleich aggressiv. Das Fell gesträubt und die Lefzen hochgezogen, sodass er das furchtbare Gebiss sehen konnte. Eine gefährliche Situation. Das Herz war ihm in die Hose gerutscht, aber wie! Doch er hatte sich schnell wieder unter Kontrolle gehabt, schließlich wusste er, wie er sich zu verhalten hatte. Seine Verwandtschaft kannte man schließlich, oder? Wahrscheinlich hatte er den anderen an einem frischen Riss überrascht. Ehrenvoller Rückzug hieß das also, langsam, ohne Panik. Ein paar gemessene Schritte nach hinten, doch der Kollege hörte nicht auf zu drohen. Erst als er sich zu voller Größe aufrichtete, hatte es der andere vorgezogen, ebenfalls seiner Wege zu gehen, Gott sei Dank.

Seitdem trug er stets Waffen bei sich, wenn er nachts im Wald unterwegs war, einen ausziehbaren Schlagstock, den er sich in einem Geschäft für Militärbedarf gekauft, und ein Fahrtenmesser mit feststehender Klinge, das ihm der heimliche Vater vor vielen Jahren geschenkt hatte. Im Ernstfall müsste das genügen. Nicht dass er Angst vor dem Tode gehabt hätte, eher schon vor dem Schmerz. Vor dem, was vor dem Todeseintritt käme. Und er wollte sich nicht unbedingt von einem Kollegen von seinem Auftrag abhalten lassen. Was für eine Farce das gewesen wäre: Ausgerechnet ein Kollege beendet seine Mission vorzeitig.

Heute war er wieder auf der Jagd. Er hatte Geschmack am Töten gefunden, großen Geschmack. Wenn es dann vorbei war, hatte er einige Zeit Ruhe vor seinen Dämonen. Bis sie wieder anfingen, ihn zu terrorisieren, und er erneut losziehen musste.

Losziehen. Das hörte sich einfacher an, als es in der Praxis zu bewerkstelligen war. Immerhin war die Sache sehr zeitaufreibend. Er hatte ja auch nicht immer Erfolg. Im Großen und Ganzen war es wie bei den wild lebenden Vettern in Russland und Kanada. Jeder fünfte Angriff nur brachte das ersehnte Resultat.

Das Gebiet um die Kofler Wand hatte er sich aus verschiedenen Gründen ausgesucht. Zum einen kannte er sich hervorragend in den Bergen rund um den Spitzingsee aus. Die Gegend bot genug Schutz, um schnell untertauchen zu können, falls man ihm auf die Spur kommen würde. Und sie war dicht genug besiedelt, um auf reichlich Beute zu stoßen. Außerdem hatte vor einigen Jahren bereits ein Verwandter aus Italien dort sein Unwesen getrieben. Vielleicht der, den er manchmal traf. Man würde die unvermeidlichen Opfer daher erst einmal diesem Wolf ankreiden. Er hätte also genug Zeitvorsprung, bis – ja bis. Wenn er das nur wüsste. Wie lange es dauern würde. Wann es aufhörte. Irgendwann müsste es ja vorbei sein. Irgendwann müsste der Blutdurst gestillt sein. Bis es aber so weit war, hieß es Beute machen. Die Dämonen beruhigen, ihnen die Opfer darbringen, nach denen sie verlangten.

Von seinem Versteck aus konnte er das Geschehen im Tal gut überblicken. Die Orangensonne zog ihre Strahlen zögernd aus dem Tal zurück. Von Norden her züngelten erste Schatten auf die Weiden und Almen. Die stillen Momente des Ungefähren.

Das Ungefähre, wenn der Tag sich noch nicht zur Nacht entschlossen hatte, das war seine Stunde. Das war die beste Zeit, die Zeit des fliehenden Lichtes. Heute könnte also wieder sein Tag werden. Der Tag des Wolfes. Seit der Sache mit dem Kind oben am Bichlerhang war es schwer für ihn geworden. Die Menschen ließen ihre Kinder kaum mehr aus dem Haus, und wenn, dann stets nur unter strenger Aufsicht. Bloß ein paar Jugendliche waren am Abend noch unterwegs, aber das waren nicht die Objekte seiner Begierde. Die waren zu alt für seinen Geschmack.

Gestern erst, da wäre er beinahe schwach geworden und hätte seine Prinzipien verraten. Gerade hatte er den Wagen abseits der Forststraße auf einem vergessenen Waldweg abgestellt, als dieses junge Ding vor ihm direkt in den Wald lief. Eine langmähnige Blondine, vielleicht sechzehn, siebzehn Jahre alt. Der Klassiker schlechthin, obendrein noch in kurzen Hosen und engem Top, verdammt sexy für ihr Alter. Viel zu sexy. Und ziemlich naiv, so aufreizend gekleidet völlig allein durch die Landschaft zu marschieren. Eine Provokation sondergleichen, jeder normal veranlagte Mann würde da wohl auf krumme Gedanken kommen. Er war ihr eine Zeit lang nachgegangen, unschlüssig, was er tun sollte. Und sie, sie hatte ihn nicht einmal bemerkt. Ein Angriff wäre ein Kinderspiel gewesen, und er hätte sich einmal schadlos halten können an diesem jungen, geilen Fleisch. Doch da waren ja die Vorsätze. Er hatte letztlich anderes zu tun. Und erst musste das erledigt werden, bevor …

Heute war er froh, dass er diesem anderen Trieb widerstanden hatte. So was hielt nur ab von der eigentlichen Sache.

Der Wolf setzte das Fernglas an, ein gutes Glas mit sensationeller Optik, auch ein Geschenk des heimlichen Vaters. Am Sportplatz unten am Ortsrand beendete der Tennislehrer soeben die letzte Stunde. Die Kinder packten ihre Sachen ein und machten sich auf den Nachhauseweg. Er konnte jedes ihrer Gesichter sehen. Hübsche Kinder, von der Farbe des Sommers. Wie Äpfel schauten sie aus, mit ihren runden Kinderköpfen und roten, von der Anstrengung glühenden Wangen. Nette Kinder. Mädchen und Jungen. Ein Mädchen würde ins Schema passen. Das ganz außen links. Das Wasser lief ihm aus dem Mund. Er fand das zwar selbst höchst eklig, doch konnte er dieses gierige Geifern nicht verhindern. Wenn es so weit war, machte sein Körper, was er wollte.

Das Schema, ja. Es schwang sich auf sein Fahrrad. Ein schöner Kontrast war das, der weiße knappe Tennisrock und die gebräunten Kindchenbeine. Wirklich schön. Das Mädchen radelte Richtung Ortsteil Au. Gespannt verfolgte der Wolf seinen Weg. Saugte sich mit Hilfe des Fernglases an seinem Zielobjekt fest. Wie die Beinchen strampelten, auf, ab, auf, ab. Sah mit Appetit –

»ja da schau her« –, wie sich die kräftigen Wadenmuskeln unter der festen Haut abzeichneten.

Unten an der Straßenkreuzung bog es in den Waldweg. Unglaublich, aber es war haargenau der Weg zu ihm. Wenn das keine Fügung war. Das Kind radelte ihm direkt in den Rachen. Er packte das Fernglas weg und nahm das Fell des Gefährten aus dem Rucksack. Das war der schwierigste Teil der Übung, die externe Verwandlung. So gern er sich in den Gefährten als Spezies an sich verwandelte, dessen Fell überzuziehen kostete ihn jedes Mal Überwindung. Die Tierhaut war garantiert schon an die vierzig, fünfzig Jahre alt und stank entsetzlich. Und das, wo er doch so geruchsempfindlich war. Zudem war es schrecklich heiß unter dem Fell, sodass er bei der Arbeit stark schwitzte und das Ding mit der Zeit immer schlimmer roch.

Nur das Bewegen als Wolf fiel ihm inzwischen leicht. Er hatte auch lange dafür geübt und die Verwandtschaft eingehend im Zoo studiert. Behände lief er den mit krummen Kiefern bestandenen Abhang hinab, dem Mädchen entgegen. Momentweise fühlte er sich wohl. Alles passte. Vertraute Gerüche streiften sein limbisches System, der schwelgend zitronige Duft der in voller Frucht stehenden Himbeersträucher, des von der Sonne würzig gebackenen, kieferbenadelten Waldbodens, der Duft der Hundsrosen an den Hagebuttenhecken, der ihn an den zarten Geruch der rosa geblümten Bettwäsche erinnerte, wenn seine Mutter gewaschen hatte und die Laken auf der Leine trockneten.

Das Mädchen war jetzt nicht mehr weit. Mit dem sicheren Blick des geübten Jägers wählte der Wolf einen von Dornbüschen umwachsenen Unterschlupf nahe dem Weg aus. Dort würde er seiner Beute auflauern.

***

Marie von Mangelsdorff war auf dem Weg von der Tennisstunde nach Hause. Obwohl ihre Eltern es ihr eingeschärft hatten, auf keinen Fall die Abkürzung durch den Wald zu nehmen, und sie es immer wieder versprechen musste, hielt sie sich heute nicht an die Abmachung. Unbedingt wollte sie die Fernsehserie über diese nette Tierärztin sehen, denn Tierärztin, das wollte sie auch einmal werden, unbedingt. Angst kannte Marie nicht. Sie war in einem liberalen Elternhaus zwar ohne Geschwister, aber auch ohne Sorgen aufgewachsen. Marie war ein geliebtes Kind, offen und intelligent. Und durch das Waldstück war sie schon zu oft geradelt, als dass ihr irgendwelche Bedenken gekommen wären. Ein ganz kleines Wäldchen war das doch nur, da würde sie schnell durch sein. Natürlich hatte sie von der schrecklichen Sache mit Lisa gehört. Und natürlich kannte sie Lisa, schließlich waren sie in dieselbe Klasse gegangen. Doch dass das ein Wolf gewesen sein sollte, das hatte sie von Anfang an nicht glauben können.

Wölfe griffen Menschen nicht an, das wusste sie aus dem Naturkundeunterricht. Das waren hoch entwickelte, sehr soziale Wesen, die sich hingebungsvoll um ihren Nachwuchs kümmerten, hatte die Lehrerin, Frau Helmbrecht, ihnen beigebracht. Und böse, wie manche Medien sie darstellten, seien die schon gar nicht. Kein Tier sei böse. Wenn, dann sei es der Mensch. Und dann hatte Frau Helmbrecht ihnen einen Zeichentrickfilm vorgeführt, den die meisten Schüler schon kannten, nur Marie nicht.

»Das Dschungelbuch« hieß der Film. Und richtig lustig war der. Was Marie dabei am besten gefallen hatte, das war die Geschichte von den Wölfen und dem Findelkind, dem Mogli. Dass die Wölfe ein Menschenjunges gefunden hatten und nicht etwa gefressen, sondern großgezogen. Sogar im richtigen Leben habe es das verschiedentlich gegeben, hatte die Lehrerin erzählt, zum Beispiel in Südfrankreich, um das Jahr 1800 herum. Da habe man im Wald ein wildes Kind gefunden, von dem man glaubte, dass es von Wölfen an Kindes statt angenommen worden sei. Sogar einen Film gebe es darüber, »Der Wolfsjunge« von dem berühmten französischen Regisseur François Truffaut, und den werde sie ihnen gleich nach den Ferien zeigen, im nächsten Schuljahr, da seien sie schon groß genug dafür. Den Namen Truffaut nun kannte Marie von ihrer Mutter, die ebenfalls aus Frankreich stammte und die so alte Filme gern guckte, ganze Schränke voller DVDs hatten sie zu Hause.

Tiere liebte Marie über alles. Zu ihrem achten Geburtstag,

das war erst gestern gewesen, hatten die Eltern ihr diesen süßen kleinen Hund geschenkt. Sie hatte ihn Balu genannt, nach dem Bären aus dem »Dschungelbuch«. Denn wie ein Bärchen sah der Welpe ja auch aus, so braun das lockige Fell und so tapsig die dicken kleinen Pfoten. Marie freute sich schon auf ihn. Wenn sie jetzt gleich heimkommen würde, stünde er garantiert schon schwanzwedelnd am Gartenzaun und wäre ganz außer sich vor Glück.

Unten am Berg, kurz nach der alten Holzbrücke über die Schwarzach, wo der Kiesweg eine erste steile Kurve beschrieb, musste sie absteigen. Angestrengt schob sie ihr Fahrrad die Kurven hoch. Marie ging schnell, den Blick zum Boden gerichtet, den Lenker fest umklammert und die Arme weit nach vorn gestreckt.

***

Witzig, dachte der Wolf, der aus seinem Versteck heraus jede Bewegung des Mädchens verfolgte, witzig. Dass alle Kinder ihre Räder so schieben, so ernsthaft und bemüht, als hätten sie etwas ganz, ganz Wichtiges zu tun.

Das Mädchen war jetzt nur noch fünfzig Meter von ihm entfernt. Die Erregung stieg dem Wolf ins Blut. Er sang dieses Lied. Leise, sehr leise. Ganz für sich allein.

Ein Männlein steht im Walde.

***

Marie war so auf ihren Weg konzentriert, dass sie den Wolf erst bemerkte, als er direkt vor ihr stand. Seine Pfoten sah sie als Erstes. Komische Pfoten. Braune Pfoten, wie die von ihrem Balu. Als Letztes in ihrem kurzen Leben sah sie seinen Rachen. Die entsetzlichen Reißzähne. Dann war es vorbei.

4

»Ein Mensch«, sagte Atik, »ein Mensch, der sich ein Wolfsfell überstreift, um dann zu töten. Ist doch pervers, oder? Hast du so was schon mal gehört?«

»Nein. Aber es sagt einiges über den Täter aus.«

Christoph schüttelte sich bei dem Gedanken daran, wie der Mörder wohl über seine Opfer herfiel. Über unschuldige kleine Kinder.

»Irgendein traumatisches Erlebnis aus der Kindheit vielleicht«, sagte er, »so was in der Art. Eine Übersprungshandlung. Er tötet nicht selbst, verstehst du? Er lässt den Wolf morden, an seiner statt.«

»Aha. Das weißt du also jetzt schon. Respekt. Aber warum ausgerechnet als Wolf?«

Christoph zuckte mit den Achseln. »So weit bin ich noch nicht.«

»Und wie sollen wir vorgehen?«

Atik fischte eine bereits geöffnete Packung Zigaretten aus seinem Jackett, entnahm eine und hielt sie sich unter die Nase. Genießerisch schnüffelte er daran, klopfte sie mit dem Filter nach unten auf den Tisch und steckte sie wieder in die Packung.

»Wie du siehst, ich bin absolut resistent.«

Christoph grinste. Im Präsidium herrschte seit Jahren Rauchverbot. Nur Atik hatte sich einen Teufel darum geschert, sogar bei Besprechungen beim Chef gepafft. Und den Glimmstängel erst nach wiederholter Aufforderung gelöscht. Vor drei Monaten hatte er das Rauchen dann aufgegeben, aus freien Stücken, wie er behauptet hatte. In Wahrheit aber war er in seinem männlichen oder türkisch-bayrischen Stolz verletzt. Beim halbjährigen Fitnesstest war er beim Tausend-Meter-Lauf weit hinter Christoph zurückgeblieben, mit einer hundsmiserablen Zeit, wie ihm der Übungsleiter hämisch attestiert hatte. Am selben Tag noch hatte er seine Gitanes in den Abfall geworfen und seither tatsächlich keine einzige mehr geraucht. Nur das Anfassen und das Tabak-Aroma-Riechen, das konnte er nicht lassen.

»Wir müssen erst mal dorthin«, sagte Christoph, »die Leute befragen. Ich will mir ein Bild von der Gegend machen. Vor allem von den Einheimischen. Die Kollegen aus Rosenheim glauben, dass der Mörder zumindest gute Ortskenntnisse haben muss. Vielleicht stammt er ja aus der Ecke. Das heißt aber auch, mein Lieber, wir bleiben eine Zeit lang dort.«

»Bitte nicht«, stöhnte Atik. »Einen Tag, okay. Von mir aus zwei, aber nicht mehr. Das kann ich meiner Mutter nicht antun.«

Jetzt musste Christoph lachen. Immer wenn Atik etwas unangenehm war, schützte er seine Mutter vor. Doch er kannte seinen Freund. Atik war ein Stadtmensch, ein hundertfünfzigprozentiger. Ohne Stadt konnte er nicht leben und speziell nicht ohne München. Obgleich von türkischer Abstammung, war Atik der Parademünchner schlechthin. Er liebte alles, was der Stadt als typisch zugeschrieben wurde. Das Oktoberfest natürlich, das er jedes Jahr mindestens fünf Mal heimsuchte, in voller Tracht selbstverständlich. Die vielen Biergärten, wobei er den des Augustiner-Bräus in der Nähe des Bahnhofs des besseren Bieres wegen dem Seehaus im Englischen Garten vorzog, obwohl dort die hübscheren Mädchen zu finden waren, die Hasen, wie er sie im Idiom der Altmünchner Stenze bezeichnete. Atik, dessen Wurzeln in Afyon lagen, einer Stadt inmitten Anatoliens und weit weg vom Mittelmeer, war durchdrungen vom mediterranen Gefühl, der barocken Lust am prallen Leben, die der Münchner speziell mit den Italienern teilte. Dem Flanieren auf den Prachtstraßen, dem Sitzen in den Cafés, dem Sehen und Gesehenwerden, wobei man aber immer schön unter sich blieb.

Mit Inbrunst verzehrte er Mengen an Weißwürsten, die nach alter Gepflogenheit das Zwölf-Uhr-Läuten nicht mehr hören durften, ein Relikt aus alten Zeiten, als es die heutigen Kühlungsmethoden noch nicht gab, doch Atik war da ganz Traditionalist. Wenn die Kollegen zur Brotzeit am Nachmittag manchmal Weißwürste holten, lehnte er dankend ab, und selbst wenn es erst ein Uhr war.

Aus Trotz hatte er zum zweiten großen Fußballverein der Stadt, zu 1860 München, gefunden, den Löwen oder den Blauen, wie sie von ihren Fans genannt wurden. Weil er sich schon immer antizyklisch verhalten hatte, behauptete er, schließlich seien alle türkischen Jungs in seinem Viertel FC-Bayern-Anhänger gewesen, diese Scheißopportunisten, aber natürlich nur, wenn es um die Wahl eines deutschen Vereins ging. Prinzipiell war man ja für die Istanbuler Clubs, entweder für Beşiktaş, Fenerbahçe oder Galatasaray. Und daran gab es nichts zu rütteln. Nur Atik, der blieb dem TSV 1860 treu. Aus reinem Masochismus, meinte Christoph, denn Anhänger der dauernd ab- und wieder aufsteigenden Sechziger mit ihren ständigen Skandalen könne man nur als lupenreiner Masochist werden.

Wie es vielen geborenen Münchnern nachgesagt wurde, war auch Atik äußerst maulfaul, aber nur Fremden gegenüber. Da war er plötzlich der Meinung, dass ja schon alles beredet worden sei (»ausg'red is«), besonders von den wirklich wichtigen Töchtern und Söhnen der Stadt, von Annette Kolb und Eugen Roth, Karl Valentin und Franz Josef Strauß, von Curd Jürgens und Carl Amery, von Therese Giehse und Klaus Mann, von Hans Magnus Enzensberger und natürlich vom Kaiser, dem Beckenbauer Franze, und auch von Karl Marx, den bitte nicht vergessen, aber nicht den Philosophen und Verfasser des »Kapitals«, sondern den Komponisten bitte schön, denn ein Kommunist hätte zu dieser satten Stadt eher nicht gepasst, die hatte ja die andere Fraktion aus braunem Schoß geboren, die Herren Röhm und Himmler.

Über seine Stadt wusste er Bescheid wie kein anderer. Atik war sehr geschichtsbewusst, wohl weil er keine eigene Geschichte hatte außer der ewigen Gastarbeiter-Story: Türkischer Bub aus einfachen Verhältnissen, in angeblich halb kriminellem Umfeld im Westend aufgewachsen, macht Karriere ausgerechnet beim LKA und so weiter.

Es war also schon alles gesagt, und es war auch alles klar. Denn als München dann zu den Zeiten, in denen die Menschen alles vergleichen mussten und noch die blödsinnigsten Rankings aufstellten (Wer hat den stinkendsten Turnschuh? Ein US-Boy selbstverständlich, mit dem Olfaktorium genaustens nachgemessen und für am ekligsten befunden), als München dann in allen möglichen Tests von allen möglichen Instituten andauernd in die Top Ten der lebenswertesten Städte der Welt gewählt wurde, ja da hatte man es schon immer gewusst, München, logisch, was sonst, nichts Neues also. Denn der Münchner, der war in der Tat wie seine Stadt. Der genügte sich selbst. Wie seine Stadt war er ein ewiger Narziss, der sich in seinem Glanze sonnte und dem der Rest der Welt schnurzegal war.

Stundenlang konnte Atik, wenn er nicht in seiner Stammkneipe am Bahnhof versackte, in einer selbstverständlich italienischen Bar an der Leopoldstraße sitzen und still vor sich hin genießen, stundenlang an der stockhässlichen, smogbelasteten Leopoldstraße hocken und den scheinschönen Schwabinger Mädchen ungeniert auf die Beine und den Hintern glotzen. (Die wären allerdings auch enttäuscht gewesen, hätten er und die anderen Stenze es nicht getan.) Im Winter ging er, wie seinesgleichen auch, gerne an den Flaucher, ein renaturiertes Teilstück der die Stadt meist träge durchfließenden Isar, zum Entenfüttern und Glühweintrinken oder zum Eisstockschießen auf dem zugefrorenen Nymphenburger Kanal, wo er als einer der zielsichersten Schützen gefürchtet war.

Den sogenannten Zugereisten gegenüber gab er sich, vorsichtig ausgedrückt, sehr zurückhaltend. Und wie alle wahren Münchner neigte er zum Widersinn, speziell Obrigkeiten gegenüber.

Deshalb rauchte er im Präsidium, trotz Verbots. Deshalb telefonierte er mit dem Handy am Steuer seines aufgeblasenen, tiefergelegten 3er BMWs, eines mit unfreiwilliger Komik überfrachteten Relikts aus Türkengangtagen. Und genau deshalb war er bei der Mordkommission im Landeskriminalamt.

Mit den Vorschriften nahm er es nicht so genau, daher war es so wichtig für ihn, sie auswendig zu lernen. Denn nur wer die Regeln kennt, war seine Meinung, weiß auch, wann er sie übertritt, anders macht's ja keinen Spaß. Deshalb hatte er in der Polizeischule auch so hervorragende Noten, ohne dass einer seiner Lehrer den wahren Grund je erfahren hätte.

Kurzum, nicht nur in Christophs Augen war Atik ein ausgemachtes Schlitzohr beziehungsweise ein echter Sauhund, wie man in München zu sagen pflegte. Er sprach dieses himmelleichte Münchner Bayrisch, kannte alle wichtigen Menschen und Plätze der Stadt, die angesagten und die verdorbenen. Und hätte er nicht wie ein anatolisches Prachtexemplar von einem hünenhaft schönen Türken ausgesehen, mit Haaren praktisch überall, wo auch Haut wuchs, mit den hohen, dezent asiatischen Backenknochen und gefährlich schräg stehenden Samt- oder Glutaugen, je nach Stimmung, so hätte man ihn für die fleischgewordene Prophezeiung dieser Stadt halten müssen. So aber blieb stets der Widerspruch zwischen seinem Inneren und Äußeren, eingerahmt von allerlei skurrilen Anekdoten, wie jener von dieser unterbrochenen Türkeireise.

Einmal nämlich, als er München für kurze Zeit doch verlassen musste, wegen eines der vielen Familienfeste in Istanbul, war er schon am zweiten Tag frühmorgens zurückgeflogen, um in seinem Stammlokal ein Weißbier zu trinken, und am selben Abend wieder hin, schließlich war er der Trauzeuge eines seiner zahlreichen Cousins.

Doch anders als die meisten Kollegen hatte er eine richtige Biografie vorzuweisen und nicht nur einen Lebenslauf.

Christoph war völlig anders strukturiert. Umso erstaunlicher war ihre enge Freundschaft. Sein sozialer Hintergrund unterschied sich in jeder Beziehung von Atiks Herkunft. Dass Christoph ein echter »von« war, einer derer von Kaltenbach, das wussten nur wenige im Präsidium, außer seinem Vorgesetzten nur der Personalchef und natürlich Atik. Den Adelstitel hatte er an dem Tag abgelegt, an dem er in den Polizeidienst aufgenommen worden war.

»Ich bin schon seltsam genug«, hatte er damals gesagt, »da brauche ich diesen Schmarrn von Scheißtitel nicht auch noch.«

Sein Vater war Dirigent gewesen, der legendäre Carl Maria von Kaltenbach, aus einer »hornalten« (Zitat Christoph) Münchner Adelsfamilie stammend. Sogar eine Straße hatte man nach dem Vater benannt, posthum, nachdem er 2009 im Alter von gerade einmal vierundsiebzig Jahren das Zeitliche gesegnet hatte, und das ausgerechnet im Händel-Jahr, als der große Kaltenbach anlässlich des zweihundertfünfzigsten Todestags des berühmten Komponisten Georg Friedrich Händel an der

Staatsoper dessen »Tamerlano« aufführen sollte und dann auch noch, als Gastspiel, in Boston das Oratorium »Jephta«, eines seiner Lieblingswerke.

Ein Herzinfarkt hatte den guten Mann dahingerafft, in seinem geschätzten Englischen Garten, als er spät am Abend einer begabten Violinistin seines Orchesters die Besonderheiten der Händel'schen Ouvertüren näherzubringen suchte.

Insider wussten natürlich, was auf der Parkbank nahe dem Monopteros wirklich geschehen war beziehungsweise geschehen sollte, denn ein Kostverächter war der alte Kaltenbach beileibe nie gewesen. Christoph hatte dem Vater das nie verziehen. Nicht den Ehebruch, denn daran hatte man sich in den Jahren im Hause Kaltenbach gewöhnt. Nein, die junge, außerordentlich attraktive Geigerin war eine Freundin seiner Frau gewesen, eine Ungarin aus demselben Ort, der Krisztina erst kürzlich die Stelle im Orchester vermittelt hatte, und damit hatte der Alte diese gewisse Schwelle überschritten, die man nach Christophs Auffassung einfach nicht überschritt. Und selbst der Umstand, dass der Vater diesen Fauxpas letztlich mit dem Tode sühnen musste, stimmte Christoph nicht versöhnlich. Auch posthum nicht.

Nach des alten Kaltenbachs Tod war die Mutter richtig aufgeblüht. Ihr Leben lang hatte sie unter dem freundlichen Despoten gelitten, dem Mann, dem scheinbar alles zuflog, das musikalische Genie, die Anerkennung, das Geld, das Überbordende. Dem alles zu Füßen lag, die ehrenwerte und die schicke Gesellschaft, massenhaft falsche Freunde und unheilige Bewunderer und natürlich die Frauen, die wirklich schönen und begehrenswerten. Nicht dass Susanna von Kaltenbach keine gut aussehende Frau gewesen wäre, sonst hätte der damals schon bekannte Dirigent sie mit Sicherheit nicht geheiratet. Doch war ihre Schönheit vergänglich. Sie schien umso schneller zu altern, je häufiger ihr Gatte den Verlockungen seiner weiblichen Anhängerschaft erlag. Am Schluss war sie wie eingegangen, in sich versunken. Ihre Hülle lederte haltlos um ihren schmalen Körper herum, die Adern lagen wie dicke blaue Stromkabel auf ihrer transparenten Haut, und die heimlichen Leiden hatten ihre Mimik gänzlich gen Boden gezogen.

Susanna von Kaltenbach, eine geborene von Ufflen, stammte aus einem verarmten Adelsgeschlecht aus der Gegend von Bielefeld. Schon in jungen Jahren wurde ihr zeichnerisches Talent erkannt und gefördert, und so hatte die Familie nichts dagegen einzuwenden, dass sie nach dem Abitur an die Kunstakademie in München wechselte, noch dazu, wo man mit dem damaligen Leiter, Professor Sägebrecht, gut bekannt war. Sie hatte es sogar zu eigenen Ausstellungen in den vornehmen Galerien der Stadt gebracht, als das Schicksal sie in Gestalt des umschwärmten Carl Maria von Kaltenbach ereilte. Kaltenbach überrannte sie förmlich mit seiner Chuzpe, seinem Charme und seiner Männlichkeit, verfuhr er doch wie gewohnt nach dem cäsarischen Prinzip »veni, vidi, vici«.

Bereits nach einem halben Jahr Bekanntschaft ehelichte er Susanna von Ufflen und sorgte flott für standesgemäßen Nachwuchs, einen erstgeborenen Sohn, dem drei Jahre später ein gar reizendes, blondgelocktes Mädchen folgte. Nach alter Tradition erhielt der Sohn den Namen Carl Maria Christoph Nicodemus Maximilian Maurice Alexander, womit allen deutschen, französischen und preußischen Ahnen die gebührende Ehre erwiesen ward, und nach ähnlicher Diktion wurde das Mädchen Simonetta Louise Tyrolia Angelique Nadeshda Maria Goretti getauft.

Die Geburt des zweiten Kindes war hochdramatisch verlaufen. Simonetta kam über drei Monate zu früh auf die Welt, seinerzeit eine ziemliche Katastrophe. Mutter und Kind konnten zwar von den tüchtigen Ärzten des Privatklinikums an der Theresienwiese gerettet werden, doch musste man bei der Frau Mama essenzielle Leiterfunktionen durchtrennen, sodass Susanna danach keine Kinder mehr kriegen konnte.

Es blieb also bei Christoph und Simone, wie sie sich später aus eigenem Antrieb nannten, doch beide gediehen so gar nicht nach des Vaters Willen. Bis zu seinem überraschenden Tode hatte der alte Kaltenbach es nicht verwunden, dass gerade sein begabter Sohn, der mit vier Jahren das Klavierspiel erlernen musste und schon bald das wunderbare Talent des Vaters offenbarte, dass dieser Sohn mit sechzehn den Flügel für immer zuklappte und sich von da an nur noch für Rockmusik interessierte. Als er dann nach einem mäßigen Abitur auch noch zur Polizei ging, war es des Guten viel zu viel, und Vater und Sohn sprachen in den Jahren danach nur noch das Nötigste miteinander.

Auch Simone scherte aus der Reihe. Mit siebzehn brach sie das Gymnasium ab, machte ein paar Jahre lang nichts, arbeitete, wie peinlich, im Supermarkt ausgerechnet in der Straße des elterlichen Hauses an der Kasse, lernte beim Skifahren im Alpbachtal einen schneidigen Österreicher kennen, zog zu ihm nach Schwaz, einer Kleinstadt im unteren Inntal, trennte sich wieder, jobbte hier und da in Innsbruck und Hall und wurde schließlich Sennerin auf einer Hochalpe in Tirol, so wie es ihr Vater bereits vor fünfundzwanzig Jahren bei der Namensgebung vorausgeahnt haben musste, auch wenn Tyrolia der erste Vorname seiner Großcousine aus der österreichischen Linie derer von Kaltenbachs war.

Simone blieb unverheiratet. Dann und wann nahm sie sich einen Lover, einen der stark gebauten Bauernsöhne im Tal oder einen hübschen jungen Touristen, der bergwandernd ihre Alm besuchte, und war damit und mit ihren fünfzig Milchkühen, zehn Schafen, drei Katzen und zwei Hunden meistens glücklich, zumindest insofern, als sie den Kontakt zur Familie nur noch auf Sparflamme betrieb.

Susanna von Kaltenbach überlebte ihren Mann um lediglich zwei Jahre. Sie starb an einem launischen Föhntag in den Armen ihres Liebhabers, eines herzensbraven Bosniers namens Marijan Bijelovic, der ihr den Garten pflegte und wohl so manch anderes auch. Woran sie gestorben war, wusste niemand. Weder gab es Anzeichen irgendeiner Krankheit, noch verdächtigte man den guten Marijan, etwas nachgeholfen zu haben, denn der hatte nichts geerbt außer der Lederjacke des alten Kaltenbach, die ihm auch noch zwei Nummern zu groß war. Simone und Christoph hatten auf eine Obduktion verzichtet: Wenigstens im Tode sollte sie unversehrt sein.

»Immerhin habe ich ihn überlebt.«

Laut ihrem Geliebten waren dies ihre letzten Worte, und nur ihre Kinder wussten, wie das zu deuten war.

Im Polizeidienst stieg Christoph rasch zum Leiter des Dezernats OK der Münchner Kripo auf, OK für organisierte Kriminalität. Er hatte sich freiwillig dorthin gemeldet, weil er das organisierte Verbrechen für weit schlimmer als Mord und Totschlag hielt, weil er glaubte, dort etwas bewirken zu können, und weil er seinen Beruf ernst nahm, als Berufung nämlich. Da er sich als intelligenter als die meisten seiner Kollegen erwies und sonst niemand nach dem Posten gierte, ernannte ihn der Polizeipräsident schon im jungen Alter zum Ersten Hauptkommissar des Dezernats. Nach fünf aufreibenden Jahren beim OK war Christoph schließlich zu hundert Prozent desillusioniert. Gegen das organisierte Verbrechen war kein Kraut gewachsen, zudem beklagte er die mangelnde Unterstützung der europäischen Kollegen, namentlich der Italiener, denen die weltumspannenden kriminellen Strukturen am Arsch vorbeigingen, wie Christoph es ausdrückte. Wahrscheinlich, mutmaßte er, waren sie an die Existenz der Mafia zu sehr gewöhnt und hatten sich schlichtweg damit abgefunden.

Dann kam Berthold Hupf, der bisherige Leiter des Morddezernats bei den Kollegen vom LKA, bei einem selbst verschuldeten Verkehrsunfall ums Leben: Völlig betrunken wollte er mit dem Fahrrad vom Kloster Andechs, wo das berüchtigte dunkle Starkbier gebraut wurde, von der Klosterwirtschaft oberhalb des Ammersees also wollte er hinunter in seinen Heimatort Herrsching am Seeufer radeln, übersah jedoch in einer steilen Linkskurve den dort stehenden Bagger, und es kam, wie es kommen musste. Als der selige Kommissar Hupf nun den Posten unfreiwillig geräumt hatte, bewarb sich Christoph noch vor der Schamfrist – Hupf war gerade eine Stunde unter der Erde – um die Stelle und erhielt prompt den Zuschlag. Kriminalrat Kraus wollte den jungen Mann unbedingt in seinem Team, denn dessen außerordentliche Fähigkeiten hatten sich beim LKA längst herumgesprochen.

Als Assistenten stellte man ihm den türkischstämmigen Atik Alkay zur Seite, der in der Dienststelle wegen seiner Frohnatur und seiner vielfältigen Beziehungen – man konnte bei ihm beinahe alles zu Sonderkonditionen erwerben, vom Gebrauchtwagen bis zum Türkeiurlaub – zwar beliebt, aber seiner unkonventionellen Arbeitsweise wegen gern woanders gesehen wurde, bloß nicht als direkter Mitarbeiter bitte schön.

Der Personalrat hatte nicht geglaubt, dass das mit den beiden gut gehen würde, ein sehr zurückgenommener, gelegentlich cholerischer, eigenbrötlerischer Charakter wie der Kaltenbach und dazu der Berufsoptimist und Chefkomiker Alkay, niemals.

Näher gekommen waren sie sich über das Saufen, wobei Christoph den Wein liebte und Alkay das Bier, doch Alkohol blieb schließlich Alkohol, und wo guter Wein ausgeschenkt wurde, gab es meist auch ein anständiges Bier. Später stellten sie fest, dass Christoph im OK gegen zwei entfernte Verwandte von Alkay ermittelt hatte, jedoch zu keinem Ergebnis gelangt war, und Atik verschwieg geflissentlich, dass sich Christoph im Prinzip auf der richtigen Spur befunden hatte.

Gerade weil sie so gegensätzlich schienen, ergänzten sie sich zu einem perfekten Team und verzeichneten rasch unerwartete Erfolge. So klärten sie, kaum hatten sie einen Monat zusammengearbeitet, den hornalten Mord an der Kartoffelerbin Mathilde Pfannenstiel auf. Als »Kartoffelerbin« wurde sie in der Presse bezeichnet, da sie als einzige und unverheiratete Tochter des legendären Knödelfabrikanten Heinrich Pfannenstiel nach dessen Tod die Firma geerbt und geleitet hatte. Eines Tages fand man sie erschlagen in ihrem Büro auf. Schnell war ihr Ziehsohn Norbert, ein stadtbekannter Tunichtgut, den sie als Zwölfjährigen aus lauter Mitleid aus einem Heim zu sich geholt hatte, in Verdacht geraten, doch hatte der ein wasserdichtes Alibi. Zur Tatzeit hatte er sich in einem Hotel in Rimini aufgehalten, und dies wurde gleich von mehreren Zeugen bestätigt. Der Fall wurde nach Jahren als ungeklärt zu den Akten gelegt, bis eben Kaltenbach und Alkay kamen, denn dies war das Erste, was sie als Team angingen: sich mangels aktueller Morde nochmals die ungeklärten Fälle vorzunehmen.

Beim Studium der Akten fiel Christoph sofort der Name des Hotels in Rimini auf, »La Dolce Vita«, nach einem Film von Fellini, dem berühmten Sohn der Stadt. Der deutsche Eigentümer des Hotels, ein gewisser Stefan Obolnik, war damals beim OK ins Fadenkreuz seiner Ermittlungen geraten. Wie so oft ging es um Rauschgift, um den weitverzweigten Kokainschmuggel über Italien und die Netze der 'Ndrangheta, einer zwar weniger bekannten, aber äußerst effektiven und kaltblütigen Mafiavereinigung aus den Bergen des Aspromonte in Kalabrien, die maßgeblich den weltweiten Drogenhandel kontrollierte. Christoph hatte vermutet, dass Obolnik einer der Verbindungsmänner zu den deutschen Großdealern sei, doch er konnte ihm nie etwas nachweisen. Als er endlich, nach mühsamen Märschen durch die schläfrigen italienischen Behörden, einen Durchsuchungsbefehl für das Hotel erwirkt hatte und persönlich nach Rimini angereist war, hatte die zwanzigköpfige Spezialeinheit der Carabinieri nichts, aber auch gar nichts gefunden. Kein Kokain, keine Adressen von Dealern, keine Belege und Hinweise, nichts. Obolnik musste gewarnt worden sein, doch von wem? Und nun tauchte dieser Name wieder auf, »La Dolce Vita«.

Christoph zählte eins und eins zusammen und ließ Atik die Vergangenheit der Herren Norbert Pfannenstiel und Stefan Obolnik durchforsten, ob da etwa eine gemeinsame wäre, und siehe da, sie waren im selben Heim aufgewachsen. Nach und nach nahmen sie die Zeugen aus dem Hotel, die den Ziehsohn damals entlastet hatten, auseinander: zwei gebürtige Münchner, der eine als alter Schulfreund und der andere als ehemaliger Fremdenlegionär per se verdächtig, eine junge, gut aussehende Italienerin, die inzwischen rein zufällig in München bei der Knödelfabrik einen höheren Posten bekleidete, sowie den früheren Hausmeister des Hotels, einen verschrobenen Oberösterreicher, mittlerweile ebenfalls in Diensten von Norbert Pfannenstiel stehend.

Am Ende kam heraus, dass alle gelogen hatten. Des Ziehsohnes Alibi fiel zusammen wie ein Kartenhaus, und nach einer harten Nacht in Christophs und Atiks Händen gestand er den Mord.

Aus Habgier hatte er die Alte erschlagen und aus Rache, da sie ihn als Kind angeblich mehrfach missbraucht hatte.

Die Sache warf natürlich kein gutes Licht auf die seinerzeit ermittelnden Beamten. Hupf als Leiter der Sondereinheit war bereits gestorben und damit außen vor, nur für die beiden anderen Polizisten, die Hauptkommissare Wächter und Strehle, wurde es in der Folge noch unangenehm. Für Jahre gingen sie bei jeder anstehenden Beförderung leer aus und wurden obendrein von den Kollegen als Kartoffelkasper eins und zwei verhohnlacht.

Besonders Axel Strehle hatte die ihm von den Emporkömmlingen Kaltenbach und Alkay zugefügte Schmach nie verwunden. Erst hatte man ihm, der eigentlich nach Dienstjahren der Nachfolger von Berthold Hupf zum Ersten Hauptkommissar werden sollte, diesen Kaltenbach von der Kripo München vorgezogen, und dann löste der, mir nichts, dir nichts, einen seiner schwierigsten Fälle, den er damals als nicht aufgeklärt ad acta hatte legen müssen. Wenn er ehrlich war, musste er sogar zugeben, dass die zwei alles besser gemacht hatten als er und Wächter zuvor, und das machte alles nur noch schlimmer. Er zerbrach fast an seinem Neid auf die beiden stets im Anzug auftretenden Schnösel, die sich an kaum eine Dienstvorschrift hielten und dennoch vom Kriminalrat in jeder Beziehung gedeckt wurden, als hätte der einen Narren an ihnen gefressen. Als größte persönliche Niederlage jedoch empfand er, dass Kraus ihm aktuell nicht den Fall des Mörders im Wolfsfell übertragen hatte, schließlich stammte er doch aus Flintsbuch, einem Ort im Inntal unweit der Kindstötungen, und kannte als erfahrener Tourengeher jeden Winkel seiner Heimatberge. Hagstein im Schwarzachtal, das lag gerade mal zehn Kilometer von Flintsbuch entfernt und war eindeutig sein Revier.

Der Alte wusste das natürlich und war sich offenbar trotzdem nicht zu fein, dem Ersten Hauptkommissar die Sache anzuvertrauen. Und so wurde er einmal mehr übergangen. In einem Anfall von Kollegialität hatte er als Ortskundiger Kaltenbach sogar seine Hilfe angeboten, doch wies ihn der mit den Worten ab: »Ach Strehle. Hagstein, die Kofler Wand, der Hausberg aller Münchner! Als Kind bin ich da so oft gewesen, quasi aufgewachsen in der Ecke. Für mich ist das genauso heimatliches Terrain wie für dich. Und deshalb kriege ich das auch ganz gut ohne dich geregelt.«

Es waren Worte, die Strehle hart trafen und die er so leicht nicht vergessen würde.

***

In der Tat kannte sich Christoph im Schwarzachtal hervorragend aus. Auf dem nahe gelegenen Sudelfeld hatte er bereits im Vorschulalter das Skiifahren erlernt und so manchen Sommer mit Eltern und Schwester in einem Jagdhaus in der unmittelbaren Nachbarschaft verbracht. Später dann, als er selbst Familie hatte, waren sie mit den Kindern öfter zu allen möglichen Freizeitaktivitäten in die dortige Bergwelt gefahren.

Als er nun mit Atik im Dienstwagen nach Hagstein reiste und sie von der Autobahn München kommend den Irschenberg erklommen, sah er von ferne schon den Wendelstein grüßen, den höchsten Gipfel der Gegend, und fühlte sich auf Anhieb wieder zu Hause, auch wenn er seit dem tragischen Unfall nicht mehr hier gewesen war.

Nur Atik erlebte die hohen Berge und die dazwischen tief eingeschnittenen Täler mit Befremden. Schon als sie die enge Tatzelwurmstraße emporkurvten, die von Oberdorf im Inntal nach Hagstein leitete, wurde es ihm eng um den Hals, sodass er sich ständig mit dem Zeigefinger unter den Hemdkragen fuhr, um ihn zu lockern. Mit Erleichterung stieg er dann am Zielort aus, nachdem er festgestellt hatte, dass das Schwarzachtal gar nicht so beklemmend war wie befürchtet.

Aus Kostengründen – vom Kriminalrat wurden sie ja dauernd zum Sparen angehalten – mieteten sie sich ein Doppelzimmer in einer kleinen Pension namens »Annemarie« gleich neben dem Friedhof, auf dem Lisa Mühlbauer beerdigt war.

Ihr erster Weg führte sie denn auch zur Grabstätte. Sie konnten sie nicht verfehlen. Zahlreiche Kränze zeugten von reger Anteilnahme. Das Grab wirkte wie ein riesiges, blumengeschmücktes Mahnmal. Das schlichte Holzkreuz trug nur den Namen des Kindes und Geburts- und Sterbedatum. Lange standen sie erstummt davor.

Lisa Mühlbauer
geb. 20. April 2005
gest. 9. Juli 2013

»Acht Jahre ist sie nur geworden«, sagte Atik nach einer zähen Weile, als ihn Christophs Schweigen zu erdrücken begann.

»Genauso alt, wie meine Nina war«, sagte Christoph leise. Er bog das Knie und bekreuzigte sich, eine Geste, die Atik noch nie bei ihm gesehen hatte, nicht einmal auf der Beerdigung damals.

Langsamen Schritts verließen sie den Friedhof.

»Das zweite Mordopfer ist ja noch in der Pathologie in Rosenheim«, versuchte Atik das Gespräch wieder in amtliche Distanz zu lenken. »Ich könnte morgen allein hin, während du dich im Dorf umschaust. Arbeitsteilung, okay?«

Christoph blieb stehen. Er schien aus seiner Versunkenheit aufzuwachen. Er lächelte.

»Danke, mein Freund. Ein totes, zerfetztes Kind, das muss ich mir wirklich nicht antun.«

Am Nachmittag suchten sie den Bichlerhof auf, um Benjamin, der die kleine Lisa entdeckt hatte, zu befragen. Ihre Mitarbeiterin im Kommissariat, die stets hellwache Inken Möhricke, eine resolute Dame mittleren Alters, von der schönen Insel Hiddensee stammend, hatte ihnen nach nervtötender Diskussion mit dem Kaiserbauern einen Termin für vierzehn Uhr vereinbart.

Die Herren Polizisten sollten gefälligst pünktlich sein, hatte Josef Bichler unwirsch am Telefon verlangt, viel Zeit habe man nicht, und überhaupt sei ihm schleierhaft, was sein Sohn da noch groß erzählen solle, schließlich habe er den Kollegen aus Rosenheim schon alles gesagt. Der Junge stehe eh noch unter Schock, wie alle hier, besonders nach dem zweiten Mord an der Mangelsdorff-Tochter. Zehn Minuten gebe er ihnen, mehr nicht. Punkt vierzehn Uhr, hatte er ein paarmal wiederholt, denn die Hunde müsse er auch noch wegsperren, Fremden gegenüber seien die nämlich äußerst misstrauisch, da garantiere er für nichts.

Als sie Punkt vierzehn Uhr das Gehöft betraten, waren die verbliebenen drei Schäferhunde tatsächlich im Zwinger. Der beiden Männer ansichtig, veranstalteten sie sogleich den Höllenlärm, zu dem eine Wachhundmeute fähig war. Sie bellten und knurrten, sprangen am Gitter hoch und fletschten wild die Zähne. Während Atik erschrocken stehen blieb, schritt Christoph den Hunden entgegen. Ruhig und bedächtig. Je näher er kam, desto mehr regten sich die Tiere ab, bis das Bellen und Knurren und Geifern plötzlich ganz erstarb.

Atik war zu weit entfernt, er hörte nur undeutlich, wie Christoph auf die Hunde einredete. Er ging vor dem Zwinger in die Hocke, streckte die Hand durch die Drahtmaschen und ließ die Tiere schnuppern. Die sich soeben noch wie bösartige Zerberusse gebärdenden Rüden wedelten freudig mit den Schwänzen, und einer leckte sogar an Christophs Hand.

***

»Unglaublich.« Josef Bichler hatte die Szene vom Küchenfenster aus beobachtet. Noch nie hatte jemand seine auf den Mann dressierten Hunde ruhig halten können, noch nie. Und noch nie hatten sie einen Fremden an sich herangelassen, geschweige denn dessen Hand geleckt.

»Was ist das bloß für ein verdammter Scheißkerl«, murmelte er, bevor er zur Tür ging, um den Besuch hereinzulassen.

Die Beamten wurden nicht besonders freundlich empfangen. Wenn schon seine Viecher versagten, wollte wenigstens er sich so geben, wie er es eigentlich von ihnen erwartet hatte, misstrauisch, wachsam und jederzeit zum Zubiss bereit. Bis er sich zu einem brummigen »Grüß Gott« herabließ, musterte er die Polizisten aus der Stadt ungeniert von oben bis unten. Sie waren ihm nicht geheuer, nicht nur wegen der Sache mit den Rüden. So gar nicht nach Bullen sahen die aus, und irgendwie verhielten die sich auch anders, als er es gewohnt war. Nicht so devot wie die Pausenclowns aus Malling und auch nicht so zurückhaltend wie die Kriminaler aus Rosenheim.

Der Kleinere von beiden, der sich als Christoph Kaltenbach vorgestellt hatte, ein drahtiger Bursche, dessen Bewegungen etwas, ja, Katzenhaftes hatten, war für einen Kommissar zu sorgfältig gekleidet, lackaffig, fand Bichler, mit perfekt sitzendem Anzug und Einstecktuch und mit antiquiert anmutenden, viel zu guten Manieren, vom Idiom her auch noch ein zugereister Preuße. Soeben hatte dieser Typ ihm seine fast schon unheimliche Macht über seine Hunde demonstriert, eine Macht, mit der

Bichler nicht zurechtkam, vor allem, weil der vom Äußeren eher harmlos wirkte.

Er suchte nach einer Besonderheit in diesem sparsamen Gesicht, etwas, das dessen Dominanz über die Rüden erklärte, doch er fand nichts, sein forschender Blick glitt einfach nur ab an diesem eigenschaftslosen Gesicht mit den befremdlichen hellgrauen Augen. Erkaltete Augen, die wie erloschen wirkten.

Der Größere, ein gewisser Alkay, schien nicht minder widersprüchlich. Dem Aussehen nach ein Araber, sprach er den typischen Münchner Möchtegernbayerndialekt. Diese überkandidelte Sprache, mit der die arroganten Städter den Landlern schon immer den Bildungsunterschied um die Ohren gehauen hatten. Und für einen dahergelaufenen Wüstensohn tat auch er viel zu vornehm und gab sich für Bichlers Geschmack viel zu selbstbewusst. Nur, wenn der den Mund aufmachte, fühlte er sich unwillkürlich in dessen Bann gezogen. Ein unflätiger Mund war das, der so federleicht intonierte, mit Lippen wie Blüten. Unwillkürlich dachte Bichler an im Regen aufgequollene purpurrote Hundsrosen. Seltsam.

Wie seine Rüden musste er sich schütteln, um seine Gedanken zu lösen, die an den Polizisten hingen, als würden sie angesaugt.

Hannis Sohn hatte er befohlen, zunächst auf seinem Zimmer zu bleiben. Er wolle den Beamten erst mal auf den Zahn fühlen, was die so genau wollten.

Doch es kam anders, als sich Bichler dies vorgestellt hatte: Ihm wurde auf den Zahn gefühlt. Bald schwirrte ihm der Kopf vor lauter Fragen. Alles wollten die wissen. Warum, wieso, weshalb. Wann genau Benjamin die Leiche gefunden hatte. Was er da oben gesucht habe. Wieso er das Mädchen angefasst hatte. Alles Dinge, die er nicht erklären konnte. Ob er denn jemandem im Dorf so eine Tat zutrauen würde. Ob der Vater des Opfers vielleicht Feinde habe, schließlich sei der Herr Mühlbauer Zweiter Bürgermeister, eventuell war in seiner Amtszeit etwas vorgefallen, was dem einen oder anderen nicht gepasst hatte. Und, Gipfel der Unverschämtheit: wo er denn während der von der Pathologie festgestellten Tatzeit gewesen sei.

Und was die schon alles wussten! Dass Hannis Sohn diese Lichtallergie habe. Dass er irrtümlich seinen eigenen Hund erschossen hatte. Dass er die Leute zur Treibjagd aufgehetzt habe und, und, und.

»Gut, Herr Bichler«, sagte Kaltenbach endlich, nachdem die Kommissare ihn schier endlos gelöchert hatten, »jetzt holen Sie uns mal Ihren Sohn. Vielleicht kann er uns noch ein paar weitere Hinweise geben.«

Der Kaiserbauer fühlte sich behandelt wie ein Schulbub. Wortlos stand er auf und verließ den Raum.

»Was meinst du?«, fragte Christoph seinen Partner.

»Eigenartiger Vogel. Den sollten wir im Auge behalten. Hast du auf seine Hände geachtet? Wie roher Schweinsbraten, fett und fleischig. Dazu die brutale knallrote Visage. Sicher Bluthochdruck, leicht erregbar und so. Wahrscheinlich ein Gewaltmensch, wenn du verstehst, was ich damit sagen will.«

Christoph nickte. »Und genau deshalb bin ich jetzt auf den Sohn gespannt.«

Benjamin Bichler jedoch schien so gar nicht nach dem Vater geraten. Als er hinter ihm in die Stube trat, verschwand er beinahe hinter der massigen Gestalt des Alten. Der junge Mann war hochgewachsen, größer noch als der Vater, aber dünn, sehr dünn, transparent fast, als der ätherische Gegenentwurf zu seinem Erzeuger. Das Gesicht war von den vielen Medikamenten aufgedunsen, doch es war ein feines Gesicht mit tief liegenden dunklen Augen, blickdicht bewimpert, als wollten sie sich vor dem Licht schützen. Oder vor der Nähe. Die Haut war von solch extremer Blässe, wie Christoph es noch nie gesehen hatte. Als wäre sie noch nie von einem Sonnenstrahl berührt worden.

Im Gegensatz zu seinem Vater gab Benjamin den Beamten die Hand. Eine auffallend große Hand, die jedoch entgegengesetzt zu ihrer Dimension anatomisch der einer Frau glich, schmal mit langen Pianistenfingern. Christoph war überrascht, weniger davon, dass er überhaupt jemanden anfasste, sondern mehr davon, wie er das tat. Benjamins Handinnenflächen waren so weich, dass der Händedruck einer Zärtlichkeit glich, so angenehm, dass

Christoph die Hand einen Moment zu lange in seiner hielt und der Junge sie erschrocken zurückzog.

Christoph dachte sofort an den berühmten Findling Kaspar Hauser, auch wenn der Bichlersohn im Gegensatz zu Hauser alles andere als geistig zurückgeblieben war. Doch er war so komplett anders, anders nicht nur als der Vater. Anders als die Menschen im Dorf. Anders als die meisten Leute. Scheu. Sensibel. Subkutan, als hätte er sich unter seine eigene, zarte Haut zurückgezogen. Er besaß den gleichen kindlich neugierigen und dennoch unsteten Tierblick, wie das Nürnberger Findelkind ihn gehabt haben sollte, über dessen Herkunft es allerlei Spekulationen gab. Ein Fürstensohn sollte er gewesen sein, der, Intrigen zum Opfer gefallen, bis zu seinem sechzehnten Lebensjahr angeblich wie ein Tier in einem dunklen Raum gehalten worden war; ein Raum, so niedrig, dass er nicht aufrecht stehen konnte und meistens nur lag. So unwahrscheinlich weiche Hände und Füße soll er deshalb gehabt haben. Gerne hätte Christoph Benjamins Füße gesehen und berührt, gleichzeitig beschämt von seinen eigenen Gedanken.

Anfangs stockend, dann aber Satz für Satz sicherer werdend, berichtete der junge Mann, wie er Lisa Mühlbauer gefunden hatte. Dass er Hundsrosen pflücken wollte für seinen Kräuter-Blütentee, der den Juckreiz lindere und den er sich selbst zusammenmischen würde, nach einem Rezept des kundigen Kräuterweibleins im Ort, der alten Linsinger Philomena. Dass er wegen seiner Erkrankung erst bei Sonnenuntergang ins Freie konnte.

»Hundsrosen«, unterbrach Atik, »sind das nicht eigentlich Hagebutten?«

»Stimmt«, erwiderte Benjamin, »man nennt sie auch Hagrosen. Die meist rosa Blüten sind nur ein paar Tage geöffnet, deshalb muss ich immer mal nachschauen, oben am Hang, wo die Hecken stehen. Die Frucht, also die Hagebutte, die wächst dann erst im Herbst.«

»Ist ja krass«, sagte Atik. »Als Kinder haben wir die Hagebutten von den Hecken im Hof gepflückt und die Kerne den Mädchen unters Kleid auf den nackten Rücken gerieben. Das Zeug juckt ja ordentlich. Und Sie sagen, es hilft gegen Juckreiz?«

»Zumindest bei mir. Aber es ist nicht die Frucht, sondern die Blüte in einer bestimmten Zusammensetzung. In den Tee kommt ja noch mehr rein, Salbei, Teebaumöl, Malve, Hamamelis, solche Sachen halt.«

»Und die Hagebutte an sich«, fragte Christoph, »wogegen hilft die? Hagebuttentee liebe ich nämlich über alles.«

»Jetzt aber«, warf der Kaiserbauer ein. »Seid ihr wegen der Mordfälle da oder zum Rezepteaustauschen?«

Brüsk erhob er sich von seinem Stuhl und warf diesen fast um dabei. So breit stand er im Raum, dass Christoph das Gefühl hatte, es sei plötzlich zu eng in der Stube und die Luft auf einmal stickig.

»Wenn ihr zwei sonst keine Fragen habt, können wir die leidige Sitzung ja beenden.«

Christoph lächelte, doch es war ein Lächeln, bei dem es einen frieren konnte.

»Ihr Sohn ist volljährig, wenn ich mich recht erinnere. Also bestimmt er, wann die Sitzung zu Ende ist. Außerdem habe ich noch eine Frage, eine letzte.«

Er drehte sich Benjamin zu, der kerzengerade und mit halbem Hintern auf seinem Stuhl saß, die schneeweißen großen Hände fest ineinander verhakt.

»Wieso haben Sie das Mädchen eigentlich umgedreht?«

Ein Hauch von Röte stieg in das blasse Gesicht.

»Ich wollte sie noch mal anschauen, einfach so. Ich wusste sofort, dass die Lisa tot ist. Und ich dachte, dass das nur ein Tier gemacht haben kann. Ich wollte das sehen, also was das Tier genau getan hat.«

»Hmm«, räusperte sich Christoph. Sein Blick ging zu seinem Partner. »Willst du noch was wissen?«

»Ja.« Atik rückte näher an Benjamin heran und suchte den direkten Blickkontakt. »Sie brauchen jetzt nicht darauf zu antworten, aber gibt es jemanden im Dorf, dem Sie den Mord zutrauen? Hat sich vielleicht einer komisch dem Mädchen gegenüber verhalten, ein Erwachsener?«

Benjamin schaute seinen Vater an. Um seinen Mund zuckte es nervös. Dann schüttelte er heftig den Kopf.

Josef Bichler, der immer noch im Raum stand wie eine Drohung, beugte sich nach vorn. Seine groben Hände hielten die Tischplatte fest, dass die Knöchel weiß hervortraten. Seine Zunge fuhr heraus und leckte blitzschnell über die Unterlippe.

»Man will ja nichts gesagt haben, aber jetzt, wo ich so darüber nachdenke …«

»Was?« Christoph wurde ungeduldig. »Was wollen Sie nicht gesagt haben?«

»Na ja.« Bichler reckte sich empor und verschränkte die Arme vor dem mächtigen Brustkasten. »Im Dorf gibt es so einen Tierpräparator, den Simon Strussner. Nicht dass ich den jetzt verdächtigen will, um Gottes willen, nein. Aber wisst's ihr, merkwürdig ist der schon. Äußerst merkwürdig. Schleicht nachts oft im Wald herum, angeblich sucht er nach toten Tieren, die er dann mitnimmt und ausstopft. Vielleicht schaut's mal bei dem vorbei. Hübsche Sachen hat der in seiner verhauten Bude. Einen ausgestopften Adler zum Beispiel, wo auch immer er den herhat, denn Adler gibt's bei uns keine mehr. Und Marder und Füchse. Und –«

Er brach ab und schaute listig blinzelnd auf die Beamten herunter. Die Zunge tanzte erneut auf der Unterlippe.

»Und?«, fragten Christoph und Atik gleichzeitig.

»Und einen Wolf.«

5

Seine spätere Frau Krisztina hatte Christoph im Dienst kennengelernt. Nach monatelangen Mühen war es ihm gelungen, eine rumänische Bande auszuheben. Nach dem Vorbild der italienischen Mafia erpressten sie Schutzgelder von aus dem Balkan stammenden Ladenbesitzern, die sich in München niedergelassen hatten. Bei der Festnahme der acht Hauptverdächtigen war es zu einer folgenschweren Schießerei in der Schillerstraße gekommen, bei der ein Polizist schwer verletzt und eines der Bandenmitglieder getötet wurde.

Im Verhör aber biss sich Christoph die Zähne aus. Die Männer verstanden angeblich kein Wort Deutsch, und auch der herbeigerufene rumänische Dolmetscher kam nicht weiter, bis Christoph sich die Pässe der Leute nochmals genauer anschaute und des Rätsels Lösung entdeckte. Die meisten der Verhafteten stammten aus der Provinzstadt Sfântu Gheorghe, in der hauptsächlich eine ungarische Minderheit wohnte, die sich seit Menschengedenken standhaft weigerte, Rumänisch zu lernen.

Im Internet suchte er nach einem Übersetzer für Ungarisch und fand, an erster Stelle stehend, die sympathisch aufgemachte Website einer gewissen Krisztina Kemeny, Dolmetscherin für Ungarisch und Englisch. Sogar ihr Foto hatte sie ins Internet gestellt, ein wenig riskant, fand Christoph, der es gewohnt war, die Dinge gemäß den Sicherheitsaspekten eines Kriminalbeamten zu beurteilen. Die junge Frau war zwar keine ausgesprochene Schönheit, dazu waren die Brillengläser zu dick und der Mund zu riesig, aber selbst auf dem Computerbild konnte man erkennen, dass dieses Lachen, das aus jenem großen Mund fiel, höchst ansteckend sein musste. Und so war es auch.

Nur vierzig Minuten nach seinem Anruf – er hatte den Auftrag wie gewohnt als äußerst dringlich beschrieben – betrat ohne anzuklopfen eine kleine, aber äußerst resolute Person sein Dienstzimmer. Krisztina Kemeny kam einfach so herein, warf die Tür hinter sich zu und schaltete ihr strahlendes Lächeln an, sodass Christoph glaubte, die seit Tagen den Münchner Himmel verkleisternden Wolken hätten sich mit einem Male aus der Stadt verzogen, vor diesem Strahlen kapitulierend.

Sie hatte ihm auf Anhieb gefallen, als Mensch und als Frau, weil sie eine tosende Lebendigkeit ausstrahlte, eine Leichtigkeit, die ihm fehlte. Und weil sie so charmant war, so charmant, dass sogar die ungarischen Rumänen auf sie hereinfielen und endlich die Mäuler aufmachten. Christoph traute seinen Augen nicht, als er sah, wie die bisher finster dreinblickenden Gesellen plötzlich auftauten, wie sie temperamentvoll gestikulierten und mit der Übersetzerin in offenbar freundlichem Tonfall parlierten, als hielte man ein nettes Schwätzchen unter Nachbarn. Frau Kemeny schien einen Witz nach dem anderen zu reißen, denn immer wieder brachen die Burschen in fröhliches Gelächter aus, und am breitesten lachte diese rotblonde Ungarin, sodass Christoph sich hüten musste, nicht ebenfalls in dieses Gegackere einzustimmen, wo doch Ernst geboten war, denn schließlich befand man sich auf einer Polizeidienststelle, und immerhin ging es hier um organisierte Kriminalität.

Die ungarischen Rumänen schienen von argloser Naivität. Ohne Umschweife gaben sie die Schutzgelderpressungen zu, wobei sie behaupteten, mit den erzielten Gewinnen, wie sie ihre Untaten verharmlosten, Waisenhäuser in der ungarisch dominierten Provinz Covasna in Rumänien zu unterstützen. Eine freche Lüge, wie Christoph mutmaßte, was sich später jedoch als die reine Wahrheit herausstellte.

Das mit der Schießerei, übersetzte Frau Kemeny, tue ihnen furchtbar leid. Ihr Anführer, Fazekas Lajos, nebenbei der Einzige, der mehrere Sprachen beherrschte, habe einfach die Nerven verloren und blind drauflosgeballert und seine Dummheit letztlich mit dem Leben bezahlt. Kein anderer habe geschossen, nicht mal eine Waffe besessen, und selbst diese nach Fadenschein schmeckende Aussage wurde im Nachhinein durch die Ermittlungsergebnisse der KTU bestätigt.

Dass ihnen mehrere Jahre Gefängnis drohten, schien ihnen wenig auszumachen, solange dies in Deutschland vonstattengehe, denn daheim in Rumänien seien die Haftbedingungen ein bisschen anders. Da könne man froh sein, wenn man den Knast überlebte.

Christoph war hochzufrieden. Mit Hilfe der geschickten Dolmetscherin hatte er im Handumdrehen ein Geständnis der ganzen Bande erlangt und würde den Fall alsbald erfolgreich abschließen können.

Inzwischen waren ein paar Kollegen aus den benachbarten Dienstzimmern gekommen, um zu sehen, was es in Kaltenbachs Büro so Lustiges gab. Die ungezwungene Atmosphäre in dem sonst so vom spaßlosen Chef geeisten Klima lud immer mehr Beamte hinzu. Kollege Gusterer machte eine große Kanne Kaffee, die neue, kecke Kommissarin Swantje Baumann, um deren Gunst sich das halbe Dezernat mühte, holte vom Konditor Kuchen, und der altgediente Heinz Stubenrauch, der nur noch drei Monate bis zur Pension hatte, stellte ein ganzes Sortiment diverser kleiner Schnapsfläschchen auf den Tisch, wo auch immer die so schnell herkamen.

Ausnahmsweise drehte sich heute nicht alles um die hübsche Swantje Baumann, sondern um die strahlende und schlagfertige Dolmetscherin, die den neckischen Diskurs der Kriminaler eloquent beherrschte. Christoph hatte dem Treiben nur zugeschaut. Dass er wenig sagte, fiel nicht weiter auf, denn er hatte sich schon immer ein wenig abseits der Kollegen gehalten. Nur der neuen Kommissarin war es mit dem untrüglichen Instinkt einer Frau für Zwischenmenschliches nicht entgangen, wie sein Blick an Krisztina Kemeny hing. Wie er immer unruhiger auf seinem Stuhl hin und her rutschte. So entging es ihr auch nicht, dass Kaltenbach der Dolmetscherin in einem scheinbar unbedachten Moment einen Zettel zuschob. Was darauf stand, konnte allerdings nur Krisztina lesen: »Kennen Sie die Vogelbar am Eisbach im Englischen Garten?«

Und sie schrieb in einer hippeligen Handschrift zurück, bei der das erste Wort nach links und das zweite nach rechts kippte, als könnte sich die Schreiberin nicht für eine Richtung entscheiden: »Ja, warum?« Und er hatte in seinem schnörkellosen Stil, die Buchstaben wie gedruckt, geantwortet: »Heute Abend um acht Uhr?«

Sechs Wochen später war Krisztina bei ihm eingezogen, in seine große Drei-Zimmer-Wohnung in der Cuvilliesstraße im noblen Stadtteil Bogenhausen, eine Immobilie seines Vaters und, bevor Christoph sie nach seines Erzeugers Tod bezogen hatte, eines seiner bevorzugten Liebesnester. Die Wohnung hatte er anfangs nur widerwillig übernommen, weil er von der delikaten Historie wusste, sich dann aber schnell an die Annehmlichkeiten einer großzügigen Altbauwohnung in bester Lage gewöhnt. Und auch an die exklusive Nachbarschaft, die hauptsächlich aus liberalem Großbürgertum, aber auch manch bekanntem Regisseur und Schauspieler bestand.

Als ihre beiden Kinder dann geboren wurden, bestand Krisztina darauf, in einen halbwegs normalen Stadtteil umzuziehen, in dem die Sprösslinge eines Kriminalbeamten und einer Übersetzerin mit ihresgleichen groß werden konnten und nicht Gefahr liefen, den flamboyanten Dünkel der nachbarlichen Großkotze anzunehmen.

Es hätte also alles gut werden können.

Krisztina hatte sich noch gewundert, dass dieser blendend aussehende, offenbar aus bester Familie stammende Mann sich ausgerechnet in sie verliebt haben sollte, in eine ganz normale Frau, wie sie über sich selbst urteilte. Doch war ihr schnell klar geworden, dass der nette Herr Kommissar ganz anders gepolt war, als man bei einem so hübschen Mann glauben wollte.

Christoph stand der Sinn nach Innerlichkeit, auf Äußerlichkeiten legte er wenig Wert, nur auf gute Kleidung. Er suchte nach der Wärme, die er zu Hause nicht bekommen hatte und die Krisztina zuhauf in sich barg. Er liebte ihre Fröhlichkeit, die ihn, den tiefsinnigen Grübler, in lichtere Höhen hob.

So fanden sich beide am Beginn einer außergewöhnlichen Beziehung. Diesem großen Glück zwar zeitlebens nie ganz trauend, denn dazu, glaubte sie, sei das Schicksal einfach zu launisch, vertraute sie umso mehr dem Menschen Christoph Kaltenbach, den sie aus Rücksicht auf ihre konservative Verwandtschaft zu Hause in Balatonmáriafürdő drei Wochen vor der Geburt des ersten Kindes noch rasch heiratete.

Die Niederkunft verlief problemlos, obwohl sie mit achtunddreißig Jahren nicht mehr die Jüngste war, und es war das Mädchen, das sich Christoph so gewünscht hatte, und es sah Krisztina absolut ähnlich, was sich Christoph fast noch mehr gewünscht hatte. Nur ein Jahr später war dann das zweite Kind gekommen, Oskar, nach ihrem Onkel benannt, einem hoffnungsvollen Schriftsteller, der 1956 im Ungarn-Aufstand gegen die sowjetische Besatzung sein junges Leben verloren und den sie nie kennengelernt hatte.

Es hätte also alles so gut bleiben können.

Wenn nicht dieser Oktobertag gewesen wäre. Ein perfekter Tag eigentlich. Die Herbstsonne hatte geschienen, als hätte sie sich für diesen einen Tag besonders ins Zeug gelegt und die ganze Welt in goldenen Glanz gepackt. Am frühen Morgen schon waren sie aus der Stadt hinausgefahren in die Berge, nach Hagstein, um den Schwarzkogel zu besteigen, Christophs Lieblingsberg. Nicht von vorn, wo es nur mit Drahtseilen gesicherte Steige durch die Felswände gab, sondern von hinten, wo man relativ bequem über die Almen wandern konnte. Die Kinder hatten ausnahmsweise einmal nicht gequengelt (»Wie weit ist es denn noch …?«), weil die Eltern ihnen endlich den lang gehegten Wunsch nach einem Haus mit Garten erfüllen wollten, mit Schaukel und Fischteich und allem Drum und Dran.

Sie waren eine wenig belaufene Route abseits der Touristenströme gegangen, die dem Vater von früheren Wanderungen noch in Erinnerung war, hatten wegen der dort zu erwartenden Massen auf einen Hüttenbesuch am Gipfel verzichtet, die Verpflegung selbst mitgenommen und auf einer zauberhaften, einsam gelegenen Almwiese verzehrt.

Die Heimfahrt, die am Sonntag normalerweise schon ein wenig von den Gedanken an die bevorstehende Arbeitswoche beeinträchtigt war, verlief fröhlich wie nie. Christoph zuliebe waren sie noch in einem netten Weinlokal eingekehrt (»Der krönende Abschluss …«), dessen Wirt er ebenfalls noch von früher kannte und der diesen sensationellen Lagrein Dunkel einer speziellen Südtiroler Kellerei führte. Christoph hatte wieder einmal zu viel getrunken, doch sich nicht davon abbringen lassen, selbst zu fahren. Wie lustig er, der sonst eher Stille, doch auf den letzten Kilometern gewesen war. Vor München dann der übliche Stau auf der Autobahn. Christoph war vorher noch rasch abgebogen, wollte über Sauerlach auf der Landstraße weiter.

Im Verkehrsfunk wurde dann allerdings zäh fließender Verkehr hinter Sauerlach Richtung München gemeldet, und Christoph, der Staus hasste, war noch mal rechts abgebogen und auf einer wenig befahrenen, engen Straße dahingerast. Viel zu schnell. Dann war die Kurve auch schon da.

Bei der Beerdigung hatte Christoph im Abseits gestanden. Daneben, als wäre er nicht betroffen. Hatte scheinbar teilnahmslos die Beileidsbekundungen der Trauergäste entgegengenommen. Sich nicht einmal gewundert, dass niemand ihm Vorwürfe machte, nicht einmal Krisztinas Familie. Hatte das Gesicht zu einer Maske verzerrt, einer Maske, die sich tagelang nicht mehr lösen ließ, sodass er bereits Krämpfe im Kiefer bekam.

Nach einer arbeitsfreien Woche, zu der ihn Kriminalrat Kraus regelrecht hatte zwingen müssen und während der er beinahe bewegungslos auf dem Sofa saß, kaum etwas aß, kaum etwas trank und kaum schlief, hatte es ihn hinausgetrieben aus der Wohnung. Eines Nachts fing es an: Er verließ das Haus und lief durch die Stadt. Ziellos. Stundenlang. Bis der Morgen graute. Er spürte nur noch ein Bedürfnis: wegzugehen. Versuchte verzweifelt, wieder ins Lot zu gehen. Seinen anfangs schwankenden Gang zu begradigen, seinen Oberkörper, den es hin und her warf, unter Kontrolle zu bringen.

Einmal, der Tag graute schon, hatte ihn eine Polizeistreife aufgegriffen, weil sie ihn für betrunken hielt, obwohl er seit dem Unfall keinen Tropfen mehr getrunken hatte, keinen einzigen Tropfen. Er hatte es nicht ertragen. Angeschrien hatte er die Kollegen. Beschimpft. Da hatten sie ihn mitnehmen müssen aufs Revier, er trug ja keine Papiere bei sich und wehrte sich sogar gegen die vorläufige Festnahme. Kriminalrat Kraus hatte all seine

Beziehungen spielen lassen müssen, damit Christoph damals keine Anzeige bekam.

Er ging, weil er die unerhörte Stille in der Wohnung nicht mehr aushielt. Weil es draußen laut war, das Leben, und in der Wohnung still, der Tod. Er ging, bis auch diese Stadt immer stiller wurde, bis er glaubte, er müsse gehen und gehen, damit endlich dieser urbane, krank machende Lärm aufhörte. Die Stadt zur Ruhe kam. Und er auch. Endlos lief er, von Haidhausen hinüber in den Stadtteil Bogenhausen, die Cuvilliesstraße, den ehemaligen Wohnort, meidend, über die Isar bis nach Schwabing, zurück durch die Maxvorstadt, über Isarvorstadt und Giesing, Au, heim in sein Viertel, das nun nicht mehr das seine war, sondern ihm abstrakt und fremd vorkam. Endlos ging er, bis der Beton physisch in seine Füße drang, diese sich verhärteten, selbst zu Beton wurden, zu Stein wie sein ganzer Körper, sein ganzes Ich. Bis sein Gang teerig und teeriger wurde, zäh wie der Asphalt, den er schließlich beschritt, denn am Schluss trieb es ihn dergestalt ins Taumeln, dass er mitten auf der Straße laufen musste, den Mittelstreifen als Richtschnur sockelnd, um nicht umzukippen.

Warum nur hatte es nicht so gut bleiben können?

6

Es war Vollmond. Gelbfiebrig hing er über dem Tal und tauchte die Landschaft in ein unwirkliches Licht, das Licht der Schemen. Seit Tagen schon beobachtete der Wolf den Einödhof der Familie Pölz. Der Bub war ihm auf einer seiner getarnten Touren aufgefallen, den Touren, auf denen er sich als Mensch ausgab, als ein ganz normaler Mensch, und etwas anderes sahen die Leute ja auch nicht in ihm. Sofort ins Auge gestochen war ihm dieser etwa siebenjährige Junge, weil auch er sich von den anderen Kindern unterschied, ähnlich wie diejenigen, welche er vorher schon hatte opfern müssen. Der Wolf hätte nicht sagen können, was genau diese Besonderheit ausmachte und was es noch mal genau war, weshalb er sich immer nur die Speziellen aussuchte. Diejenigen, die sich abseits der anderen Kinder hielten. So wie der Kleine der Pölzens eben, der nicht mit seinen beiden Geschwistern herumtollte, sondern meistens still saß und etwas las. Er wusste es nicht. Er wusste nur, dass er sie töten musste, diese besonderen Kinder.

Auch heute, es war schon kurz vor zwanzig Uhr, hockte der Bub auf der Bank vor dem Haus, gleich neben dem Eingang. Der Wolf war ärgerlich. Dieses dumme Verhalten erschwerte es ihm enorm, die Beute zu greifen. Zudem lief ständig ein kleiner, nervöser Köter um den Buben herum, ein Cockerspaniel oder eine ähnliche Rasse, so gut kannte sich der Wolf mit den durch die Domestizierung verunstalteten Vettern nicht aus. Der Hund würde sofort Alarm schlagen, wenn er ihn im Fell des Gefährten sah, dem Fell, das er auch heute in seinem Rucksack versteckt hielt, jederzeit bereit, es überzustreifen, die andere Identität anzunehmen, wenn die Chance zu einem Angriff sich zeigte.

Die guten Gelegenheiten wurden immer spärlicher. In der Nacht war der Junge im Haus, wie inzwischen mehr oder minder alle Kinder im Schwarzachtal. Ihm war klar, dass ihn eine Attacke am helllichten Tag in höchste Gefahr bringen würde. Viele der Bauern besaßen ein Gewehr und würden nicht zögern, ihn wie einen tollwütigen Hund abzuschießen. Er selbst hatte das schon einmal erlebt, als der heimliche Vater mit ihm im Wald unterwegs war und sie auf diesen von Tollwut befallenen Fuchs trafen, den der Vater dann ruck, zuck abgeknallt hatte. Noch gut erinnerte er sich an den weißen Schaum, den das verendete Tier ums Maul hatte, einen kranken Geifer, der auch ihm oft aus dem Mund trat, wenn er seiner Beute ansichtig wurde, auch wenn es ihm dann jedes Mal vor sich selbst ekelte.

Doch der Junge, der kleine Junge! Er würde nicht von ihm lassen können, das wusste er jetzt schon. Und der Trieb, der gnadenlose Trieb, die Dämonen, ach, die Dämonen, sie wurden stärker und stärker, bedrängten ihn in den schlaflosen Nächten, zwangen ihn hinaus, immer hinaus, zu suchen und zu suchen, um zu töten und zu töten. *Kill, kill!*

Sein Mund zitterte, Spucke verklebte seine Lippen. Er musste sich beruhigen. Sich beruhigen. Er kam näher an das Gehöft, das vom Vollmond wie mit Scheinwerfern erhellt wurde, als sollte dort gleich eine Filmszene gedreht werden. Wie er es erwartet hatte, schlug der kleine Köter sofort an. Das Kind wurde auf ihn aufmerksam. Legte das Buch weg. Lächelte ihn aus der Ferne an, die Beine in eine Decke gehüllt, obwohl es noch angenehm warm war. Bewegte sich nicht. Hatte keine Angst. So ein hübscher Kerl. Großegroße Augen, schönerschöner Mund, weichesweiches Haar. Der Wolf ging am Gartentor vorbei. Der Hund kläffte. Böser Hund. Das Kind winkte, ja, es winkte ihm zu. Er winkte zurück, ein Mal nur, ganz schnell, und ging rasch seiner Wege, Richtung Wald.

»Wer war das?«, fragte Monika Pölz, die Mutter des Jungen, die soeben aus der Eingangstür getreten war. »Kanntest du den Mann?«

Der Bub schüttelte den Kopf. »Nö. Aber der sah nett aus.«

»Hör mal, Jakob«, sagte die Mutter, »du weißt doch, was mit der Lisa und der Marie passiert ist, wir haben ja schon oft mit dir und deinen Schwestern darüber geredet. Versprich mir, dass du nicht aus dem Garten gehst, verstehst du? Und vor allem geh nicht mit jemandem, den du nicht kennst, okay?«

»Schon gut, Mama. Trotzdem sah der nett aus, und außerdem hatte der Mann einen Strauß so kleiner Rosen in der Hand. Einer, der Blumen pflückt, das ist doch kein Böser, oder?«

Monika Pölz lächelte. Sie war so stolz auf ihren Jüngsten, der so blitzgescheit war und so schön formulieren konnte, obwohl er erst die zweite Klasse besuchte. Dass sie die Mutter war, sah man schon von Weitem. Jakob hatte das gleiche Kastanienhaar, das nur selten geschnitten wurde, sodass die langen Locken ungezügelt über sein zartes Gesicht fielen, als wollten sie mit ihrem Wildwuchs den sanften Charakter des Kindes ausgleichen. Und er hatte die gleichen hellbraunen Augen wie sie, deren Tiefe den Betrachter glauben machten, er sehe in einen schimmernden Bernstein.

»Vielleicht ist es so, wie du sagst. Aber bei Erwachsenen weiß man nie, woran man ist. Also pass immer schön auf dich auf.«

»Klaro. Und der Lucki ist ja auch noch da.«

Als der Spaniel seinen Namen hörte, kam er schwanzwedelnd angelaufen, legte sich vor Jakob auf den Rücken und ließ sich am Bauch streicheln.

»Jetzt komm rein«, sagte die Mutter, »es gibt gleich Abendessen. Rosalie und Julia warten schon auf dich.«

***

Der Tierpräparator Simon Strussner lebte in einem halb zerfallenen Haus, direkt an der Hauptstraße, gleich vor dem Kirchplatz. Eine Schande für das ganze Dorf sei die Bruchbude, hatte sich Bichler ereifert, als er den Polizisten den Weg zu Strussner beschrieb, eine Schande.

Atik musste lange klingeln, bevor die Tür geöffnet wurde.

»Simon Strussner?«

»Was wollen Sie?«, fragte der Mann.

»Atik Alkay, Oberkommissar im Landeskriminalamt.«

Er trat zur Seite und wies auf Christoph.

»Mein Kollege Kaltenbach, Erster Hauptkommissar beim LKA. Wir hätten ein paar Fragen, wegen der Kindsmorde. Dürfen wir einen Moment herein?«

»Ausgerechnet mich wollen Sie befragen?« Strussner bückte sich und trat aus der niedrigen Tür. Erst jetzt, als er sich zu voller Höhe aufrichtete, sah man, wie groß der Mann war. Und wie kräftig. Trotz seines Alters, Christoph schätzte ihn auf mindestens siebzig, wirkte er kein bisschen gebrechlich. Eher bedrohlich.

»Reine Routine«, sagte Christoph. »Wir befragen alle Dorfbewohner. Jedem kleinsten Hinweis müssen wir nachgehen, damit diese Morde endlich aufhören.«

»Soso, reine Routine.« Strussner lächelte, doch ein bitterer Zug mischte sich in das Lächeln. »Ist schon komisch. Immer wenn es irgendein Problem im Ort gibt, bin ich derjenige, der automatisch damit in Verbindung gebracht wird. Aber was soll's.«

Höflich wies er mit der Hand zur Tür, als wäre er der Ober in einem feinen Restaurant. Christoph zögerte einen Moment.

»Na, kommen Sie schon, ich beiße nicht, egal was die Dörfler Ihnen über mich erzählt haben.«

Das Innere des Hauses stand in krassem Gegenteil zum ruinösen Äußeren. Strussner bewohnte ein altes Bauernhaus ganz aus Holz, die Zimmerdecke so niedrig, dass er stets den Kopf einziehen musste, um nicht an einem der gewaltigen Holzbalken anzustoßen. Dennoch hatte er ein paar ordentliche vernarbte Schrammen auf der Stirn, die darauf hindeuteten, dass es ihm eben nicht immer gelang.

»Setzt euch.« Strussner wies auf einen langen Holztisch mit zwei alten Bänken davor. »Mögt's einen Schnaps? Oder seid ihr welche von denen, die behaupten, sie seien im Dienst und dürften keinen Alkohol trinken?«

»Nix da«, antwortete Atik, bevor Christoph ablehnen konnte. »Logisch nehmen wir einen, oder?«

Christoph nickte stumm.

»Einen Selbstgebrannten hab ich. Und ein alter Schwarzbrenner bin ich, wenn's euch nicht stört.«

»Wir sind von der Mordkommission«, sagte Christoph, »und nicht vom Finanzamt oder von der Gewerbeaufsicht.«

»Hatte ich mir fast gedacht.« Ungelenk wandte sich Strussner ab und ging in einen Nebenraum im hinteren Teil der Stube.

Christoph bemerkte, dass er das rechte Bein nachzog. Die Beamten sahen sich um.

»Innen hui, außen pfui«, sagte Atik. »Schaut aus wie frisch renoviert.«

»Restauriert«, verbesserte Christoph. »Das ist alles liebevoll und originalgetreu restauriert. Da hat sich einer viel Mühe gemacht.«

Er erhob sich und strich mit der Hand über das alte Gebälk, mit einer fast zärtlichen Geste.

»Das Holz ist mindestens zweihundert Jahre alt, wenn nicht älter. Der hat die Oberflächen nicht einfach sandgestrahlt. Das ist mit der Stahlbürste abgeschrubbt, in Kleinstarbeit, und dann mit Bienenwachs nachbehandelt. Wahnsinn.«

»So was siehst du?«

»Hmmh. Mein Vater hatte früher mal eine alte Jagdhütte, gar nicht weit von hier. Bei einem irren Sturm, wie er in den Bergen öfter vorkommt, ist eine riesige Fichte entwurzelt worden und auf das Haus gefallen. Das war danach praktisch Kleinholz. Mein Vater hat die Hütte dann wieder aufbauen und die kaputten Bretter und Balken mit alten Hölzern von irgendwelchen Stadeln ersetzen lassen. So wie hier. Echt schön.«

»Okay. Aber wieso lässt er die Bude außen so verfallen? Da schafft er sich doch bloß Ärger. Hast ja gehört, was der Bichler gesagt hat.«

Christoph nahm wieder Platz. In der Hand hielt er einen antiquiert aussehenden Holzhobel.

»Sogar altes Werkzeug hat er benutzt.«

»Hörst du mir eigentlich zu?« Atik fuchtelte mit der Hand vor Christophs Gesicht.

»Entschuldige. Doch ... ja. Warum er außen nichts macht, hast du gefragt. Weil ihm die Volksmeinung scheißegal ist, schätze ich. Vielleicht will er ja auch Ärger. Und vielleicht hat er eine doppelte Moral oder Einstellung oder was auch immer. Die Hülle scheint ihm nicht wichtig.«

Strussner kam zurück. Er stellte ein Tablett mit drei Wassergläsern und einer dickbauchigen Flasche am Tisch ab.

»Kirschgeist«, sagte er. »Nach einem Rezept noch von meinem Großvater selig.«

Mit einem lauten Plopp zog er den Korken aus der Flasche und goss die Wassergläser zu fast drei Vierteln voll.

»Ihr vertragt's doch was, oder?«

Christoph hatte seit über einem Jahr keinen Alkohol getrunken, geschweige denn Hochprozentiges. Der Schnaps brannte auch gleich wie Feuer in seiner Kehle, sodass er heftig husten musste.

Der Tierpräparator lachte. »Ah, die Burschen aus der Stadt, ist wohl ein bisserl zu stark für euch!«

»Wie viel Prozent hat der denn?«, fragte Atik.

»Keine Ahnung, etwa fünfzig, schätz ich.«

Christoph hatte ausgehustet. »Verdammt gutes Zeug, Herr Strussner.«

»Ja, ein gescheiter Schnaps hält Leib und Seele zusammen, sag ich immer. Bloß zu viel darf man halt nicht erwischen, sonst ist's vorbei mit der Seel.«

»Sie stopfen Tiere aus?«, fragte Atik.

»Gewiss, schon in der zweiten Generation. Mein Vater hat damit angefangen, den Herren Jägern aus der Stadt die Trophäen zu präparieren. Und ich hab dann weitergemacht. Ist eine ehrige Sach, den armen Viechern wieder ein bisserl Leben zurückzugeben, aber anstrengend. Und eine rechte Sauerei, das Abziehen, das Säubern der Felle. Aber man gewöhnt sich dran.«

Er schob die geleerten Gläser zusammen und goss nach, wieder zu drei Vierteln.

»Einen gibt's noch, aber dann ist Schluss. Nicht dass es nachher heißt, ich mach die Herren Kriminaler besoffen.«

»Können wir die Präparate mal sehen?«, fragte Christoph und stürzte den Schnaps hinunter.

»Freilich. Kommt's mit, ich hab nix zu verbergen.«

Strussner stand mühsam auf und stakste voran in ein weiteres Zimmer. Er bewegte sich mit einer auffälligen Kantigkeit, als würde er in Winkeln gehen, auf Rechteck-Rechteck folgte Quadrat auf Quadrat.

»So, das ist meine Werkstatt.«

Die Polizisten trauten ihren Augen kaum. In einem großen Raum mit halbrund gemauerten Deckenbögen, der früher wohl als Kuhstall gedient hatte, stand eine große Menge ausgestopfter Tiere. Das heißt, sie standen nicht einfach so herum, nein. Die präparierte Fauna war inszeniert, als verharre sie nur für einen Augenblick im Stillstand, um sich gleich wieder frei zu bewegen, als wäre sie quicklebendig. Oben an der Decke schwebte ein kolossaler Adler, die Fänge nach vorn gestreckt, als würde er jeden Moment den Fuchs packen, der sich unter ihm duckte, nach oben der vermeintlichen Gefahr entgegenblickend, den Fang gebleckt. Daneben hatte ein großer Uhu eine veritable Ratte gepackt und setzte an, sie zu verspeisen. Ein Rehbock flüchtete vor einem unsichtbaren Jäger, ein Baummarder raufte mit einer Wildkatze, ein Wiesel hatte eine Maus im Maul und machte sich mit seiner Beute davon. Und ganz hinten, in der Ecke, röhrte lautlos ein gewaltiger Hirsch.

»Ist ja wie im richtigen Leben«, sagte Atik.

»Sensationell, Herr Strussner. Es ist wirklich so, als hätten die Tiere jetzt eine zweite Vita.« Christoph beugte sich nach vorn und schaute dem Hirsch ins geöffnete Maul. »Sogar den Speichel haben Sie nachgestellt. Was ist das eigentlich?«

»Das ist Speichel«, sagte Strussner. »Aber meiner. Und konserviert, damit ich nicht dauernd nachspucken muss, haha. Nur, mein absolutes Prachtstück, das habt ihr noch nicht gesehen. Kommt, das ist im anderen Zimmer.«

Sie betraten einen kleinen Raum, der ähnlich einem Kinderzimmer eingerichtet war, aber einem, wie man es in altvorderer Zeit hatte, mit einer Wiege aus Weidengeflecht, einem Spinnrad, ein paar alten Holzpuppen, einer Art Wickelkommode mit einem Steinkrug darauf, so wie damals eben, als es noch kein fließendes Wasser in den Haushalten gab. Vor einem ausgedienten Kanapee stand eine Schaufensterpuppe, ein Kind. Es trug einen Korb in der Hand und hatte ein Kopftuch auf, ein rotes Kopftuch. Vor dem Mädchen hatte sich ein furchterregendes Tier aufgebaut, den Rachen weit geöffnet, sodass man die gefährlichen Zähne sehen konnte. Es war ein ausgestopfter Wolf.

»Rotkäppchen und der Wolf«, sagte Christoph leise.

»So hatte ich mir das vorgestellt.« Strussner wirkte verlegen. »Ich wollt die alten Märchen nacherzählen, in so schlichten Darstellungen halt. Eine Spinnerei, ich weiß. Aber was fällt einem einsamen alten Mann nicht so alles ein, wenn er sonst niemanden hat.«

»Woher hatten Sie das Wolfsfell?«, fragte Atik. »Wölfe sind hier doch gar nicht heimisch.«

»Früher schon und vor drei Jahren war ja wieder einer zugewandert, ein echter Italiener. Leider ist er wieder fort, abgewandert, behaupten die Leut, doch ich sag, den hat einer von den

Jägern gewildert. Die im Schwarzachtal kennen kein Pardon, das hat man schon gemerkt, damals, als sie den Bären einfach zusammengeschossen haben. ›Problembär‹ haben sie ihn genannt, den Meister Petz, obwohl er bloß seiner Natur gefolgt ist, halt mal einen Bienenstock ausgeräubert hat. Doch das Tier ist nie das Problem, meine Herrn, in Wahrheit ist der Mensch das größte Problem, das die Schöpfung je hervorgebracht hat. Und ich bin mir nicht sicher, ob der Herrgott das inzwischen nicht auch als seinen größten Fehler ansieht.«

»Und woher stammt nun das Fell?« Atik ließ nicht locker.

»Puuh«, machte Strussner, sprach jedoch nicht weiter.

»Herr Strussner, das ist hier eine polizeiliche Ermittlung. Wir ratschen nicht bloß rum, verstehen Sie? Was ist jetzt mit der Wolfshaut?«

Simon Strussner kratzte sich am Schädel. Sagte erst mal nichts. Wollte aus der Stube gehen, hielt inne und drehte sich plötzlich um.

»Kann mir schon denken, was ihr euch so denkt. Dass ich da dahintersteck, hinter den Morden. Bin ja so ein komischer Kauz. Sagen ja alle hier im Dorf, dass ich nicht ganz sauber sei. Aber bei meiner Seel, ich hab nichts Unrechtes getan. Das Wolfsfell hab ich gefunden, vor zehn Jahren schon. Versteckt war's in einem blauen Plastiksack, da oben im Wald, nicht weit vom Bichlerhof. Da hab ich's halt mitgenommen, keine Ahnung, wer das dort abgelegt hat, und keine Ahnung, wem's gehört hat. Ist doch nichts Schlimmes, oder?«

Zurück in der Stube ließ er sich auf die Bank fallen, als wäre er auf einmal völlig erschöpft.

»Wir verdächtigen noch niemanden«, sagte Christoph und nahm neben Strussner Platz. »Auch Sie nicht. Wir holen nur Erkundigungen ein, das ist unser Job. Es sind Kinder getötet worden, Kinder aus Ihrer Gemeinde. Das ganze Dorf ist in Aufruhr, und wir haben brutalen Druck von den Vorgesetzten, weil die wiederum Druck von der Öffentlichkeit haben.«

»Und von der Politik«, mischte sich Atik ein.

»Jaja«, sinnierte der Alte, »die Politik. Die hat unser schönes Bayernland kaputtgemacht, mit ihrem dauernden Fortschritt,

Fortschritt und, wie es so harmlos heißt, der Entwicklung der ländlichen Gebiete. Da muss noch ein Skilift her und noch einer und Schneekanonen natürlich, weil's inzwischen zu wenig Schnee hat, und noch ein Einkaufzentrum, und eine Kiesgrube muss aufgemacht werden, mitten in der herrlichsten Landschaft, weil man ja diesen Scheißbeton braucht, um billig zu bauen. Und weil es den Menschen nicht mehr genügt, die wunderbare Natur hier zu genießen, muss man ihnen was bieten, eine Hüpfburg oben am Gipfel und einen Klettergarten, als wenn die Felsen nicht langen täten, und die Grünflächen werden für Parkplätze zugeschüttet, obwohl schon ausreichend da sind, aber die anderen Gemeinden rüsten ja auch immer mehr auf, da darf man nicht hintanstehen, da muss investiert werden, weil, man will ja immer mehr, vor allem immer mehr Geld. Die Leut verkaufen sich wie die Nutten an die Touristen. Früher hat man Heimatabende für die Gäst veranstaltet, aber jetzt müssen's Events sein, Showauftritte am besten mit dem Heinzi Hinteresser oder sonst so einem Hundsfott. Mit volkstümlicher Musik hat das schon lang nix mehr zu tun, das ist volkstümelnder Schrott vom Computer und reine Abzockerei. Die Natur geht in den Arsch, aber der Politik ist es wurscht, Hauptsach, die Leut verdienen ein Geld und bedanken sich bei der nächsten Wahl mit dem Kreuzerl an der richtigen Stell.«

Er hielt inne und nahm die Beamten fest in seinen Blick.

»Ja, da schaut's ihr, wenn so ein alter Depp wie ich sich beklagt, über die Zuständ, weil das alle alten Deppen so machen, aber vielleicht haben wir Alten ja doch ein bisserl recht, sind ja schon so lang auf der Welt und haben schon so viel gesehen.«

»Herr Strussner«, warf Atik schnell ein, bevor der Präparator weiterreden konnte, »so viel haben Sie schon gesehen, sagen Sie, und im Wald sind Sie ja angeblich auch des Öfteren in der Nacht. Ist Ihnen bei Ihren Streifzügen eventuell was aufgefallen, ein Mann, der sich verdächtig verhalten hat, oder sonst was in der Art?«

»Gesehen, gesehen.« Strussner stand auf und wanderte in der Stube hin und her. Das Bein zog er jetzt noch mehr nach als vorhin, fand Christoph.

»Sehn tu ich so manches im Wald. Und verdächtig sind viele, die da nachts unterwegs sind. Die Wilderer zum Beispiel, solche gibt es immer noch, aber keine wie früher, die der Hunger rausgetrieben hat, weil der Wald und das Wild den Oberen gehörte, und die nix abgaben. Die von heute, die sind nur auf den Kitzel aus. Die brauchen das, das Adrenalin, weil das Leben ja sonst so langweilig ist. Und Angst haben die vor mir, das kann ich euch flüstern, weil ich hin und wieder einen erwisch. Die hören mich nicht, weil ich so leise bin, und dann schleich ich mich von hinten an und zack!«

Mit einer blitzschnellen Bewegung, die man dem alten Mann nicht zugetraut hätte, packte er Atik am Genick und hielt ihn für eine Sekunde eisern fest, um dann gleich wieder loszulassen und sich zu entschuldigen. Sein heißes Blut gehe manchmal mit ihm durch, weil die Dreckskerle, diese modernen Wilderer, oft nicht träfen und die Tiere dann elend verrecken müssten, in langen Todeskämpfen. Und weil die so moderne Waffen hätten, kleine Kaliber, dass man den Schuss nicht so hört, und die Patronen seien einfach zu mickrig, um größeres Wild wie Hirsch und Gams zu töten, und dann krepierten die eben irgendwo im Unterholz. Manchmal finde er so ein armes Viecherl, und dann gebe er ihm halt den Gnadentod.

»Sie besitzen auch eine Waffe?« Atiks Stimme schärfte sich.

»Nix da, Waffe. So was brauch ich nicht. Wozu hat der Herrgott mir zwei so Trümmerhänd gegeben.«

Er legte seine Pranken auf den Tisch und vollführte eine Drehbewegung, als wenn er jemandem das Genick brechen würde.

»Na ja, und zwei der Wilderer hab ich mal richtig verdroschen. Und ihr Gewehr kaputt gehauen. Die lassen sich hier nie wieder blicken, da könnt's Gift drauf nehmen. Und ja, wenn's interessiert, ich war oben am Bühl, als das mit der Marie von diesen adligen Herrschaften passiert ist, dem unglückseligen Ding. Nicht weit weg, aber leider zu weit, um eingreifen zu können. Gesehen hab ich nix, aber wenn ich diesen Wahnsinnigen erwischt hätt, umbracht hätt ich den, auf der Stell umbracht.«

Strussners Augen blitzten. Seine Hände, gewaltig schwer und knotig wie von der Sonne ausgetrocknete Schiffstaue, arbeiteten aneinander. Christoph konnte es sich gut vorstellen, dass dieser alte Sonderling noch genug Kraft hatte, um einem jungen Wilderer Vernunft und die Achtung vor dem Tier einzubläuen. Doch war er auch zu mehr fähig? Er konzentrierte sich darauf, Strussner genau zu beobachten, während Atik ihn weiter ausfragte – ihre gewohnte Taktik mit den üblichen festgelegten Rollen. Atik, aufgrund seines Äußeren dazu prädestiniert, spielte den bad cop, Christoph den nice guy. So brachten sie einiges aus den Verhörten heraus, weil diese Vertrauen zu Christoph fassten und genau das erzählten, was sie eigentlich nicht erzählen wollten.

Strussner schien sich wieder gefangen zu haben. Er zog eine Schublade einer alten Bauernkommode auf, nahm ein Kuvert heraus und schüttelte den Inhalt auf den Tisch. Es waren Personalausweise und Pässe, die er einigen Wilderern abgenommen hatte.

»Da könnt's schaun, ob da einer dabei ist, der in euer Raster passt. Ich selber glaub nicht, dass die zu einem Kindsmord fähig sind, doch ihr sollt mir nicht nachsagen, ich hätt euch nicht geholfen. Viel mehr weiß ich auch nicht.«

»Könnte es jemand aus dem Dorf gewesen sein?«, fragte Atik.

»Nein.« Strussner stützte den Kopf in die Hände. »Nein. Das sind allesamt brave Leut, rechte Spießer zwar und leidenschaftliche Jäger sind auch drunter, aber einen Mord, nein. Den traue ich hier niemandem zu.«

»In Ordnung, Herr Strussner.« Christoph sammelte die Pässe ein und steckte sie ins Kuvert zurück.

»Ich glaube, es ist besser, wir nehmen die an uns und übergeben die Dokumente den dafür zuständigen Kollegen. Nicht dass man die Sachen noch bei Ihnen findet. Denn dann kriegen Sie richtigen Ärger.«

Strussner nickte. »Gut. Ihr seid's zwei anständige Burschen. Wenn ich was Wichtiges noch hab für euch, dann meld ich mich.«

Atik überreichte ihm seine Visitenkarte. »Wir sind in der ›Pension Annemarie‹. Da können Sie uns eine Nachricht hinterlassen. Oder haben Sie Telefon?«

Der Alte lachte. »So rückständig bin ich auch wieder nicht. Ich hab sogar ein Handy.«

Als sie sich verabschiedeten, fasste Strussner Christoph an der Schulter. »Versprecht's mir, dass ihr den Mörder findet. Wenn hier noch so was Furchtbares passieren sollt, drehen die Leut durch. Dann gibt's hier Treibjagden auf alles und jeden. Und die Dorfgemeinschaft ist für Jahre zerrüttet.«

»Wir tun unser Bestes«, erwiderte Christoph. »Und ich bleibe hier, bis ich das Schwein gefunden hab, das verspreche ich.«

»Hast du das wirklich vor?«, fragte Atik, als sie außer Hörweite waren.

»Mir bleibt doch nichts anderes übrig. Aber du kannst morgen, wenn du in Rosenheim bei der Pathologie vorbeischaust, gleich weiter nach München fahren und Bericht erstatten. Ich komm hier schon allein zurande. Wenn was ist, ruf ich dich an. Bist ja in einer guten Stunde wieder hier, okay?«

»Wie du willst«, seufzte Atik. »Aber steigere dich nicht so in die Sache hinein, nicht dass du den Überblick verlierst, weil die Emotionen noch mit dir durchgehen.«

»Keine Sorge, Atik, ich bin in Ordnung.«

»Was hältst du von Strussner? Glaubst du, er könnte was mit den Morden zu tun haben?«

»Quatsch. Das wäre zu einfach. Natürlich, Rotkäppchen und der Wolf … Seltsam ist das schon. Und Leute, die so tierlieb sind wie der, die können's oft nicht mit den Menschen. Aber einen Mord, nein. Das ist 'ne arme alte Sau, verbittert vielleicht, aber mehr auch nicht. Trotzdem habe ich das Gefühl, dass er noch mehr weiß, als er uns erzählt hat. Auf ihn aufpassen werd ich auf jeden Fall.«

»Und was hältst du von der Geschichte mit dem gefundenen Wolfsfell? Klingt ziemlich abenteuerlich, oder?«

»Ich weiß nicht. Ich hab ihn die ganze Zeit beobachtet. Dass er direkt lügt, denke ich nicht. Wenn er uns etwas verheimlichen will, dreht er den Kopf weg. Als er behauptete, er habe das Ding im Wald gefunden, hat er mir in die Augen geschaut. Aber umso wichtiger ist dieser Aspekt für uns. Vielleicht hatte der Mann, der die beiden Kinder getötet hat, schon vor Jahren die gleichen schlimmen Obsessionen, und eventuell hat ihn der Verlust des Fells erst mal daran gehindert. Mag ja sein, dass er in seinem Wahn gemeint hat, eine höhere Macht oder seine Dämonen oder was auch immer ihn zu diesem irrsinnigen Verhalten treibt, hätten ihm ein Zeichen gegeben, sodass er seine Vorhaben erst mal verschoben hat, bis es halt nicht mehr ging. Bis die Dämonen wieder stärker wurden.«

»Kann sein«, sagte Atik. »Ich glaub auch nicht, dass Strussner es war. Dafür ist er zu alt, auch wenn er noch verdammt fit ist und eine Scheißkraft hat.« Er rieb sich den Nacken. »Nachts im Wald möchte ich dem nicht begegnen, auch wenn er kein Wolfsfell anhat. Aber Spaß beiseite: Um in so ein Pelzkostüm zu passen, dazu ist er eh zu riesig – und zu ungelenk, um sich darin bewegen zu können. Der Mörder ist eher so ein kleinerer, sportlicher Typ. Auch nicht so alt. Einer, der mit der Art von Wölfen vertraut ist.«

Er blieb stehen und sah seinen Freund von der Seite an.

»So einer wie du.«

»Genau«, sagte Christoph, »so einer wie ich.«

***

Als der Wolf von seinem Streifzug zurückkehrte, lag der Einödhof der Familie Pölz in dunkler Stille. Die Menschen schienen zu Bett gegangen zu sein. Die Wanderung durch den nächtlichen Wald hatte ihn ruhig gemacht. Die Dämonen hatten sich momentweise verflüchtigt. Der Trieb zu töten war einer leisen Melancholie gewichen, ein Zustand, den der Wolf liebte, denn es war der friedvolle Augenblick nach großer Erregung und großer Trauer, und große Trauer empfand er nach jedem Mord, bis eben der innere Schweinehund wieder lauter und lauter bellte, in ihm brüllte, nach Rache, Blut und Tod.

Er konnte der Versuchung nicht widerstehen und trat näher an das Haus heran. Vor dem Haus parkte der blaue Kombi des Vaters. Rainer Pölz war also daheim. Die Familie schlief sicherlich einträchtig in ihren Betten und träumte von der schönen heilen Welt. Wie er sie beneidete.

Er setzte den Rucksack ab, entnahm eine Hagenbuttenblüte und legte sie auf die Treppenstufen vor dem Eingang. Er würde wiederkommen.

7

Christoph war froh, dass Atik am Morgen gleich nach dem Frühstück nach Rosenheim gefahren war. Froh, dass er nicht dabei zu sein brauchte. Das waren stets die schrecklichsten Momente in seinem Berufsleben. Ermordete Kinder anschauen. Nie würde er sich an so etwas gewöhnen, nie.

In der Nacht hatte er wieder von seinem Verbrechen geträumt. Von Nina. Von der Unfallärztin. Wie sie gesagt hatte, dass sich Nina das Genick gebrochen habe. Dass er nichts habe tun können. Wie ihm die Sanitäter sein Kind mit sanfter Gewalt aus den Armen hatten nehmen müssen. Weil er Nina nicht hergeben wollte.

Es war besser, jetzt allein zu sein. Allein mit seinen Gedanken. Die Morde gingen ihm näher, als er anderen zugestehen wollte, nicht einmal seinem einzigen Freund gegenüber. Zwei tote Kinder. Das war nur schwer zu ertragen. Warum nur tötete der Verrückte seine Opfer in der Verkleidung eines Wolfes, warum? Atik hatte recht. Es musste einer sein, der ein irgendwie geartetes Verhältnis zu Wölfen hatte. Ein traumatisches Kindheitserlebnis, wie er sofort in Betracht gezogen hatte, könnte tatsächlich die Ursache sein. Vielleicht war der Mörder als Kind von einem wolfsähnlichen Hund gebissen worden. Einem Schäferhund oder Husky. Und wenn dem so war, musste er schlimm gebissen worden sein, ins Gesicht vielleicht, weil er den Kindern ja, nachdem er ihnen das Genick gebrochen hatte, die Gesichter zerstörte. Und in der Tat musste es ein Jüngerer sein, einer, der sich harmonisch und schnell in dem Wolfskostüm bewegen konnte, falls der Killer wirklich auf allen vieren herumschlich. Ein Sportler oder Artist. Und einer, der oft in den umliegenden Bergen unterwegs war, dafür sprach seine Ortskenntnis. Oder früher in der Gegend gewohnt hatte. Oder immer noch wohnte.

Er rief im Büro an. Inken nahm sofort ab, als hätte sie auf seinen Anruf gewartet. Er erzählte, was bisher geschehen war. Erzählte von dem seltsamen Bichlersohn. Inken hatte ein gutes Gespür für die Menschen, ihre Meinung war ihm immer wichtig. Sie sagte: »Einer, der Märchen und Gedichte schreibt, kann sein Innerstes öffnen. Der kann auch was rauslassen. Der bringt nicht gleich jemanden um, glauben Sie mir.«

Sie solle sich um behördlich registrierte Hundeattacken im Landkreis kümmern, gab er ihr auf. Alle Meldungen der letzten dreißig Jahre durchgehen.

»Der ganzen letzten dreißig Jahre?«, fragte sie. »Wissen Sie, was das heißt, wie viel Arbeit das ist?«

»Das schaffen Sie schon. Morgen erwarte ich Ihren Bericht.« Er legte grußlos auf.

Christoph beschloss, den heutigen Tag erst einmal wirken zu lassen. In sich hineinzuhorchen. Herumzuschlendern, das Schwarzachtal näher zu erkunden. Als Kind war er zwar sehr oft hier gewesen, doch hatte er vieles vergessen. Er musste die Landschaft aus den Augen eines Wolfs betrachten, das könnte der Schlüssel sein. Aus den Augen eines mörderischen Wolfs. Sich selbst wie ein Wolf verhalten. Dem Mörder so auf die Spur kommen. Ihm war klar, dass er mit den üblichen Methoden – die Leute ausfragen, die Vergangenheit der potenziell Verdächtigen erforschen, die Wilderer, deren Pässe sie sichergestellt hatten, verhören, die KTU nochmals anrücken lassen, einen Profiler hinzuziehen, vielleicht sogar einen Massen-Gentest anordnen – nicht weiterkommen, dass all das nicht genügen würde.

Atiks gestrige Worte waren ihm im Gedächtnis geblieben. »Einer wie du«, hatte er gesagt. Vielleicht war ihm der Täter näher, als er glaubte. Ihm sogar in gewissen Dingen ähnlich. Wenn das stimmte, könnte ihm dies zumindest das weitere Vorgehen erleichtern.

Ab wann verwandelte sich der Mann in den Wolf, was ging in ihm vor, wenn er sich das Wolfsfell überzog? Plante er die Morde, oder überließ er sich dem Zufallsmoment? Warum brauchte er überhaupt diese Verwandlung? Und wer war er vorher?

Er zog sich seine Bergstiefel an, schnürte den Rucksack und machte sich auf den Weg. Am Bichlerhof vorbei durchstreifte er das Waldstück, an dem die kleine Lisa getötet worden war. Er stellte sich vor, wie der Mörder das Kind entdeckt hatte. Was er dabei fühlte. Wie hatte sie ausgesehen, was gab den Ausschlag dafür, sie umzubringen? Es lebten so viele Kinder im Ort, und alle spielten mehr oder minder draußen im Freien, bewegten sich seit eh und je in Wald und auf Wiesen, allein und zu mehreren. Es hätte jedes Kind treffen können. Warum gerade sie? Sie war hübsch, okay. Er hatte sich die Fotos angesehen, die der Polizei von den Eltern zur Verfügung gestellt worden waren. Es gab sogar ein Bild vom Tag der Tat. Braunes Haar, im kurzen Sommerkleidchen die braunen Beine.

Dann die Marie von Mangelsdorff. Auch von ihr hatte er ein Foto vom Tag des Verbrechens, der Tennislehrer hatte es vor dem Training geknipst. Dunkles Haar, im Tennisröckchen die braunen Beine.

Er nahm die Fotos der beiden Mädchen aus dem Rucksack, setzte sich auf die Wiese genau an der Stelle, an welcher der Mord passiert war. Der Bereich war noch durch die rot-weißen Bänder der Kripo Rosenheim abgesperrt. Fast eingeschlossen fühlte er sich, als er sich auf dem weichen Gras niederließ. Eingeschlossen in das Verbrechen.

Die Fotos der Kinder. Auffallend die schön braunen Beine. Kinderbeine. Vielleicht war das der Trigger. Vielleicht ein Muster. Vielleicht doch ein sexuelles Motiv. Immerhin hatte er bislang nur Mädchen getötet, auch wenn von der Pathologie keinerlei sexuelle Übergriffe festgestellt werden konnten. Ein verstecktes sexuelles Motiv, das nicht einmal dem Killer bewusst war.

Und er musste es lange in sich getragen haben, vorausgesetzt, es war der Mörder, der das Wolfsfell seinerzeit im Wald versteckt hatte. Christoph wusste aus Erfahrung, dass Triebtäter ihre Gewaltphantasien oft über Jahre kanalisieren konnten. Sie suchten Prostituierte auf, verlangten nach Sadomaso-Spielchen, schlugen daheim ihre Frauen oder ließen sich schlagen, tauschten sich in Internetforen mit perversen Gleichgesinnten aus und, und, und. Bis sie es irgendwann nicht mehr aushielten. Bis sie es wollten. Töten wollten, töten mussten.

Er war sich sicher, es mit einer solchen Spezies zu tun zu haben. Einem, der im realen Leben komplett unauffällig war.

Eher reserviert. Einem, dem er auf seinen Touren rund um die Kofler Wand sogar begegnen konnte. Ob er ihn erkennen würde?

Im Wald hinter ihm knackte es im Unterholz. Christoph drehte sich um. Es war nichts zu sehen. Das Knacken hörte auf. Er widmete sich wieder den Kinderfotos. So süße Mädchen. Die Marie erinnerte ihn ein bisschen an Nina, seine Tochter. Seine ebenfalls tote Tochter.

Aus dem Wald drang erneut ein Geräusch, als ob ein schwerer Körper auf trockenes Holz trat. Mit einem Satz sprang Christoph auf und rannte in die Richtung, aus der das Knacken gekommen war. Das Geräusch entfernte sich. Da war jemand auf der Flucht. Christoph steigerte sein Tempo. Er war ein sehr ausdauernder Läufer und mit seinen vierundvierzig Jahren noch beweglich wie ein Junger. Geschickt sprang er über Wurzeln und Farne, ohne dabei großen Lärm zu verursachen. Der oder das vor ihm war lauter, wesentlich lauter. Er konnte ihm folgen, ohne ihn zu sehen. Er rannte nur dem Geräusch nach, knack, knack. Der vor ihm versuchte, über den Bergrücken zu entkommen. Oben verlief eine Forststraße, das wusste Christoph noch von früher.

Was würde er tun, wenn er der Mörder wäre und ein Bulle hinter ihm her? Weiter den Berg hinauf oder Richtung Tal? Höher, klar. Jeder läuft automatisch höher. Ein Reflex.

Christoph wandte sich nach rechts. Der Verlauf der Forststraße bergan, war ihm erinnerlich, ging nach rechts. Das Knacken entfernte sich, blieb aber hörbar. Der Hang wurde steiler. Christoph kletterte auf allen vieren. Höher, immer höher. Zwischen den Latschenkiefern war jetzt der Weg zu sehen. Er fingerte seine Pistole aus dem Halfter, zog sich an letzten Wurzeln hoch und stand schwer atmend auf der Forststraße.

Von links vernahm er das Schließen einer Wagentür. Ein Motor sprang an. Mit der Waffe in der Hand rannte er los. Der Flüchtige musste sein Auto dort abgestellt haben. Und Christoph war in die falsche Richtung gelaufen. Er hörte den Wagen anfahren, Kies knirschte. Vor ihm die Kurve, dahinter musste das Auto sein. Motorengeräusche, zweiter Gang. Ein Diesel. Dritter Gang …

Die Bergstiefel wurden schwerer und schwerer. Sein Herz hämmerte. Er kriegte kaum noch Luft. Die Beine versagten ihren

Dienst. Nur noch der Wille trieb ihn voran. Nach der Kurve nichts mehr zu sehen. Eine leere Gerade. Der Wagen weg.

»Scheiße, Scheiße, Scheiße!«

Christoph brüllte. Schrie seine Wut hinaus in den Wald. Ein Eichelhäher beschimpfte ihn meckernd. Krähen flogen auf. Ein leiser Wind mahnte ihn zur Ruhe. Er ließ sich auf die grasbestandene Böschung fallen. Durchschnaufen. Herunterkommen. Christoph schloss die Augen. Dachte an Lisa, an Marie. Er war so nahe dran an dem Schwein gewesen, so nahe. Er war sich so sicher, dass er den Mörder aufgespürt hatte. So sicher. Den Ort seines Verbrechens hatte der wieder aufgesucht, verrückt. Wie unvorsichtig. Wie dreist. Oder hatte er dort etwas gesucht, etwas, das er vielleicht verloren hatte?

Als er die Augen wieder öffnete, sah er vor sich auf dem Weg ein paar Zweige liegen, Zweige mit rosa Blüten. Er sprang hoch und hob sie auf. Es waren Hundsrosen.

***

Der Wolf fluchte. Schrie seine Wut über sich selbst hinaus. Wie hatte er nur so blöd sein können, so verdammt blöd. Welch absurde Idee, Hundsrosen an der Stelle abzulegen, wo er die Lisa gepackt hatte. Gleich daneben wuchs ja die Hecke. Da blühten sie doch zu Hunderten. Das hätte doch gereicht als natürliche Totengabe.

Der Polizist aus der Stadt. Er hatte ihn gesehen. Nicht gehört. Der war so leise. Ein Schleicher. Wie schnell der war, wie flink. Wie ein Tier. Schneller als er. Flinker als er. Tierischer. Wölfischer.

Scheiße, Scheiße, Scheiße. Die Wagenspuren. Aufgrund der Wagenspuren könnten sie ihn identifizieren. Er musste noch mal hin, alles verwischen. Koste es, was es wolle. In einer Stunde vielleicht. Oder doch gleich. Der Bulle würde die KTU rufen, das war klar. Die aus Rosenheim wahrscheinlich. Ob er warten würde? Der Erste Hauptkommissar im LKA vom Dezernat Mord und Totschlag. Auf ihn? Egal. Er musste es riskieren, sonst war's vorbei. Aufhören ging nicht. Der kleine Pölz. Der Jakob. Der wartete auf jeden Fall auf ihn. Auf den bösen Wolf. Nein, er musste es riskieren. Vielleicht könnte er den Herrn Kaltenbach ja kalt erwischen. Von hinten. Das Messer hatte er ja dabei.

Den Kaltenbach, ja. Dann hätte er eine Weile seine Ruhe. Den Kaltenbach stufte er sowieso gefährlicher ein als dessen Partner, diesen Türken.

Der Kaltenbach war ein wenig wie er. Fast wie er. Und gerade deshalb so wahnsinnig gefährlich.

Er stellte den Wagen auf einem die Forststraße kreuzenden Waldweg ab. Aus dem Rucksack nahm er das Fell des Gefährten. Mit der rechten Hand schlüpfte er in den Rachen. Klappte die Kiefer auf und zu. Der Gefährte schaute ihn an aus seinen gelben Wolfsaugen. Traurig. Er schaute immer traurig drein, der Arme.

»Was sollen wir machen? Sollen wir umdrehen? Ihn töten, den Herrn Kommissar?«

Der Gefährte nickte. Es war beschlossen.

8

Atik Alkay saß zufrieden mit sich und der Welt in seinem Büro. Es war allerdings nicht sein richtiges Büro. Sein richtiges Büro im LKA nannte er *ofis*, die türkische Bezeichnung hierfür. Das jedoch, was er als sein Büro ausgab, war das »Peace«, seine Stammkneipe in der hinteren Landwehrstraße, einer Ecke im Bahnhofsviertel, die genauso gut in Istanbul hätte bestehen können. Die Amtssprache war eine Mischung aus ein bisschen Deutsch und ein bisschen mehr Türkisch, desgleichen der Verkehr, die Geschäfte und die Läden, ein Gemischtwarenviertel, so vielfältig wie die Menschen, die hier wohnten und arbeiteten. Man lebte in weitgehend friedlicher Koexistenz, als der urbane Beweis, dass Multikulti noch lange nicht tot war, wie manche Politiker populistisch behaupteten.

Deutsch geführt waren die paar Elektroläden und Bäcker, türkisch die Fahrschule, die Banken, Obst- und Dönerläden und arabisch die Geldwechselstuben und Juweliere. Zwischen alldem behaupteten sich das Vereinshaus Christlicher Junger Menschen, der CVJM, gute und weniger gute Hotels, Tabledance-Bars und Beate-Uhse-Devotionalien. Die Straße war belebt, zu jeder Stunde. Männer undefinierbarer Herkunft lungerten Tag und Nacht in freundlichen und unfreundlichen Gruppen herum. Am Ende der Straße klotzte wie ein Pfeiler und Mahnmal die katholische Kirche St. Paul, inmitten all des Wühlens, Hupens und Tosens einen Platz der Stille schaffend.

Und es gab das »Peace«, nicht nur aufgrund des Namens einen weiteren Ruhepol der Landwehrstraße bildend. Die Kneipe gehörte einem Deutschen, einem, den jeder nur Pies nannte, weil er seine internationalen Gäste, Türken, Araber, Senegalesen, Ghanaer, Elfenbeinküstler, Kroaten, Serben und Deutsche, stets nur mit dem Peace-Zeichen begrüßte.

Pies hieß schon Pies, bevor er das Lokal in den achtziger Jahren von Edi Sinowacek, einem an Leberzirrhose erkrankten Wiener, übernommen hatte und es von »Scharfes Eck« auf »Peace«

umtaufte. Geboren wurde er als Bernhard Ruttenbürger. In der Schule nannte man ihn ab der achten Klasse Nuttenwürger, bis er, ein schmächtiger kleiner Kerl, die hehre Kunst des Karate erlernte und ab dato wieder der Bernie war. Bevor er später dann, im Besitz des schwarzen Gürtels, etwaige Streitigkeiten durch seine handwerklichen Fähigkeiten schlichten musste, hatte er die Kontrahenten immer mit den Worten, »*Peace*, Leute, *peace*« ermahnt, und so war dann eben Pies entstanden.

Er kam aus einer Stadt in, je nach Sichtweise, Nord- oder Westdeutschland namens Datteln, einer Stadt, die niemand kannte, die aber tatsächlich existierte, Atik hatte es extra nachgeprüft. Nach dem Abitur 1966 hatte es ihn des Studiums wegen nach München verschlagen. Im Prinzip hatte er Germanistik und noch irgendetwas, das er inzwischen vergessen hatte, studieren wollen, war dann aber in die Kreise um den legendären Politaktivisten Dieter Kunzelmann geraten und hatte sich hauptsächlich in der studentischen Revolte gegen das sogenannte Establishment engagiert. Gemeinsam mit Kunzelmann stellte er jede Menge Demos und Happenings auf die Beine und trieb sich in allerlei damals angesagten Formationen herum, dem Sozialistischen Deutschen Studentenbund natürlich, der Münchner Subversiven Aktion und dem Münchner Ableger des Zentralrates der umherschweifenden Haschrebellen. Und auch den hatte es wirklich gegeben, wie Atik recherchierte. Später wechselte Kunzelmann, der entgegen dem guten Pies nie studiert hatte, nach Berlin, und gründete mit Fritz Teufel und Rainer Langhans die sagenumwobene erste deutsche Kommune K1, und Pies hatte, seines Mitstreiters verlustig, endlich genug von der Revolution.

Eine Zeit lang kostete er seine romantischen Träume in alternativen Lebensgemeinschaften auf der Mittelmeerinsel Gomera aus und kehrte schließlich total abgebrannt nach München zurück, um sich fortan ganz dem Alkohol im »Scharfen Eck« zu widmen. Als Edi Sinowacek dann ins Krankenhaus musste und sich niemand um das Weiterbestehen der Kneipe kümmerte, schwatzte Pies der Brauerei den Posten des »chef de ausschank« ab und wurde bald als neuer Wirt etabliert, da Edi mit der transplantierten Leber nicht zurechtkam und in den Ruhestand ging.

Den Platz hinter seiner Theke verließ Pies so gut wie nie, maximal zu ein paar Stunden Schlaf und gelegentlichen Besorgungen. Im Dauerdienst am menschlichen Seelenheil hatte er in den Jahren eine gewisse staatsmännische Souveränität entwickelt und war seiner Klientel bester Freund, bester Finanzier und bester Psychiater in einem. Zusammen mit seinem Laden, einer original Siebziger-Jahre-Geschmacksverirrung, den er wie sich selbst nie renovierte, war er in Würde konserviert worden und eine lebende Reminiszenz an die *funky good old times*.

Irgendwann, als Atik für seine Mutter in der Landwehrstraße Gemüse einkaufte, hatte er das Lokal entdeckt und war schließlich dort hängen geblieben. Sein Büro nannte er es aus diversen Gründen. Zum einen hielt er sich häufiger in diesem Office als in dem beim LKA auf. Zum anderen arbeitete er tatsächlich dort, meistens zumindest. Im »Peace« traf sich ein Querschnitt der Münchner Bevölkerung, grantelnde bayerische Rentner, heimlich Whiskey trinkende Sunniten, die Nacht ausklingen lassende Prostituierte mit ihren zuhaltenden Sales-Managern, kosovarische Kleinkriminelle und italienische Großmarkthändler, brave Hausfrauen und böse Hausbesitzer und noch so viele mehr. Im »Peace« erfuhr Atik alles, was er für den Polizeidienst brauchte. Wer wen bestach. Wer wen betrog. Wer wen schlug. Wer wen erpresste. Wer wen wahrscheinlich ermordet hatte. Und manche Geschichten waren sogar wahr.

»Schon lange nicht mehr gesehen«, sagte Pies, als er Atik das zweite kleine Helle hinstellte.

»Wieso, ich war doch bloß zwei Tage weg?«, erwiderte Atik.

»Eben.«

»Ich war im Ausland, weißt du. In einem Ort, so ähnlich wie Datteln. Ein Ort, der echt existiert, auch wenn du sicher noch nie von ihm gehört hast.«

»Hagstein? Klar kenn ich das Kaff. Steht doch in der Zeitung.« Er kramte die heutige Ausgabe unter seinem Tresen hervor und schlug die dritte Seite auf. »Da, schau.«

Atik las die Überschrift: »Horrormorde in Hagstein«. Darunter stand in fetten Lettern: »Der böse, böse Wolf geht um.« Daneben das großformatige Bild eines zähnefletschenden Wolfskopfes, an den ein menschlicher Körper fotomontiert war.

»Hier.« Pies' krallenartiger Zeigefinger – von Nägelschneiden hielt er nicht allzu viel – wies auf eine Textzeile. »Die reden von dir und deinem Kumpel.«

Auf den zunehmenden öffentlichen Druck hin hat die Polizei endlich reagiert und zwei ihrer besten Kommissare ins Schwarzachtal entsendet, die legendären Munich Vice Cops Christoph Kaltenbach und Atik Alkay.

»Scheiße«, sagte Atik, obwohl er sich ziemlich geschmeichelt fühlte.

Den Blödsinn mit den Munich Vice Cops hatte ein Münchner Lokalreporter erfunden, in Anklang an die stilbildende US-Fernsehserie »Miami Vice« aus den achtziger Jahren.

Auch da waren zwei gut aussehende und trendig gekleidete Polizisten im Einsatz gegen das organisierte Verbrechen, allerdings als verdeckte Ermittler. Doch im Gegensatz zu Kaltenbach und Alkay fuhren sie scharfe schwarze Ferraris als Dienstwägen und keinen älteren weißen Audi, das Einzige, was Atik ehrlich an seinem Job bedauerte. Und klar, der Vergleich hinkte, weil Atik fand, dass er auf jeden Fall wesentlich besser aussah als dieser Philip Michael Thomas, der im Film den Quotenfarbigen Ricardo Tubbs spielte. Und auch Christoph stand dem Frauenschwarm Don Johnson, in der Serie den Sonny Crockett gebend, in nichts nach. In der Zeitung war denn auch ein gelungenes Foto von ihnen, das damals diese hübsche Reporterin geschossen hatte, eine tolle Frau, die er jedoch in schlechter Erinnerung hatte, weil sie seinen Avancen völlig überraschend nicht erlegen war.

Es gab immer nur dieses eine Foto in den Gazetten, Christoph und er, extrem lässig vor der Kulisse des Maximilianeums, natürlich in hellen Sommeranzügen, mit geliehenen Ray-Ban-Sonnenbrillen (die Journalistin hatte darauf bestanden) und er, Atik, mit einer Zigarette im Mundwinkel, saucool wie seinerzeit der französische Lebens- und überhaupt Künstler Serge Gainsbourg.

Der Artikel aber setzte sie beide gehörig unter Druck. Der

Schreiberling, ein alter Redaktionshase namens Rochus Gerdemann, wusste genau, wie man das hinkriegte. Er stellte die Kommissare als die Allzweckwaffe schlechthin gegen das Böse in der Welt dar, als die Supercops, die dem feigen Mörder in Nullkommanichts, das stand tatsächlich so in der Zeitung, in Nullkommanichts das Handwerk legen würden.

»In Nullkommanichts«, sagte Pies und grinste. »Was machst du dann noch hier?«

»Bier trinken«, sagte Atik, »das, was ich immer mache. Bier trinken, die Lauscher aufstellen und nachdenken.«

»Und, habt ihr schon eine Idee, einen Verdächtigen vielleicht?«

»Mensch, Pies, wir stehen grad mal am Anfang unserer Ermittlungen. Dass es irgend so eine perverse Sau ist, das ist das Einzige, was wir haben.«

»Ist nicht jeder Mörder 'ne perverse Sau?«

»Du wirst lachen, die meisten Morde passieren im direkten sozialen Umfeld.«

»Aha. Und was soll das heißen?«

»Dass potenziell jeder eine perverse Sau ist. Das Böse steckt wahrscheinlich in jedem von uns, es braucht oft nur einen Auslöser, und schon kommt's zur Katastrophe. Heut früh war ich im Leichenschauhaus in Rosenheim, mir das zweite Mordopfer angucken. Da vergeht dir der Appetit, das kann ich dir flüstern. Derjenige jedenfalls, der das getan hat, das ist die perverseste Sau weit und breit.«

Pies nahm zwei Schnapsgläser aus dem Regal und schenkte Raki ein.

»Trink! Damit du wieder Appetit kriegst.«

Sie kippten den Anisschnaps hinunter und knallten die Gläschen auf die Bar.

»Besser?«

Atik nickte. »Besser.«

»Was ist mit den DNA-Spuren, hat sich da nichts ergeben?«

»Du schaust zu viel Krimis, Pies. DNA-Spuren. Die nutzen nur was, wenn wir zufällig Übereinstimmungen in der Gendatei finden. Das bedeutet, der Mörder müsste schon mal kriminaltechnisch behandelt worden sein. War aber nichts.«

»Und sonst die ganzen Kindsmörder, habt ihr euch die schon vorgenommen?«

»Ich sagte doch, mit DNA war nichts. Jeder, der aufgrund von Sexualdelikten auffällig geworden ist, muss seine DNA abgeben. Und die meisten, die in Frage kommen könnten, haben das beste Alibi der Welt.«

»Das wäre?«

»Die sitzen. Ganz einfach. Aber was anderes. Hast du in letzter Zeit die Eberspächer Rosi gesehen?«

»Vorgestern war sie kurz da, wieso?«

»Du weißt, dass sie nicht so gut auf mich zu sprechen ist, weil ich damals, als ich noch bei der Sitte war, ihr Bordell hab hochgehen lassen. Aber eventuell erzählt sie dir ja was, du weißt schon, nach dem vierten Cognac wird sie immer recht redselig. Frag sie doch mal, ob eins ihrer Mädels so 'nen perversen Kunden hat. Einen mit Vorliebe für ganz junge Dinger. Einen der gern schlägt oder meinetwegen auch mal zubeißt. Sich vielleicht sogar zum Ficken kostümiert.«

»Du meinst, da rennt einer im Wolfsfell in den Puff? Das glaubst du doch selbst nicht.«

»Natürlich nicht.« Atik stand auf und legte einen Fünf-Euro-Schein auf die Theke. »Stimmt so. Aber jemand, der sich gern in einen anderen verwandelt, als sein Alter Ego so etwas Unchristliches tut wie putzige kleine Nutten vögeln, der könnte sich auch so einen alten Pelz überziehen, um kleine Kinder zu töten, kapiert?«

»Kapiert.« Pies pulte sich ausgiebig mit dem Zeigefinger im linken Gehörgang, als suche er nach einem Pfropfen. Das tat er oft, wenn ihm etwas durch den Kopf ging und es nicht herauswollte. »Ich hör mich mal um.«

Er schaute auf den Geldschein und auf Atiks Rechnung. Sie betrug inklusive Kaffee fünf Euro sechzig.

»He, warte!«

Doch Atik war bereits aus der Tür. Plötzlich hatte er es sehr eilig. Etwas Wichtiges war ihm eingefallen.

***

Egal, wohin er sein Handy hielt, er bekam einfach keinen Empfang. Christoph wütete. Immer wenn man das Drecksding am notwendigsten brauchte, funktionierte es nicht. Er wusste instinktiv, dass er hierbleiben musste, hier, bei den Reifenspuren. Aber ohne KTU keine Identifizierung. Wenn der Mörder auf die wahnsinnige Idee kommen würde, die Reifenspuren zu verwischen, dann würde er wieder auftauchen, und zwar sehr bald. Vorausgesetzt, es war sein Wagen und nicht irgendein gestohlenes Fahrzeug. Er sah auf seine Armbanduhr, eines der wenigen Geschenke seines Vaters, das er behalten hatte. Die Uhr trug er immer, Tag und Nacht, obwohl sie vom Vater kam. Weil sie so schön war. Ein Erbstück noch vom Großvater, ein Schweizer Chronograf, der in all den Jahren keine Sekunde nachgegangen war. Sie zeigte elf Minuten nach zehn. Nur eine Viertelstunde zuvor hatte er den Killerwolf fast geschnappt.

Christoph überlegte, was er an dessen Stelle tun würde, wenn das Auto ihm gehörte. So eine Denkphase dauerte höchstens zehn Minuten. Das Abflauen der Erregungsphase etwa fünf, sechs. Denn dass sich der Wolf in höchster Aufregung befunden hatte, dessen war er sich sicher. Er hatte ihn gestört, in einem Moment, als er es offenbar nicht erwartete. Er hatte ihn gejagt, er war ihm nähergekommen. Eine Viertelstunde. Mit dem Auto ein Stück des Weges hinunter, in voller Panik. Dann der Schock. Die Erkenntnis: die Fahrzeugspuren. Er würde zurückkehren, klar. Und damit rechnen, erneut auf den Verfolger zu stoßen, auch klar. Kindermörder waren im Allgemeinen feige Kreaturen, doch im Notfall brachten sie auch einen Erwachsenen um. Der Wolf würde ihn also töten wollen. Am besten aus dem Hinterhalt. Prima. Die Frage war nur, ob der ebenfalls eine Schusswaffe besaß. Egal.

Christoph hangelte sich die Böschung hoch und zwängte sich ins Farndickicht unter ein Dornengestrüpp. Himbeeren, da wuchsen schon Himbeeren. Er probierte eine, doch sie war sauer. Unreif. Er schaute sich um. Von seinem Versteck aus konnte er die Straße und ein Stück des Hochwaldes oberhalb beobachten. Er lauschte in die Stille hinein. Nichts war zu hören. Es war friedlich, wie ein Wald nur friedlich sein konnte. Der Eichelhäher hatte sich beruhigt, kein Knacken im Unterholz, nichts. Er wartete. Besah seine Pistole, eine Neun-Millimeter-FN-Browning-HP aus belgischer Fabrikation, eine etwas antiquierte, sehr schwere Waffe, seit 1935 nahezu unverändert auf dem Markt. Die Waffen-SS hatte sie bereits getragen, und ein vergoldetes Exemplar hatte sich bei dem libyschen Diktator Gaddafi gefunden, als ihn die Rebellen nahe der Stadt Syrte gefasst und getötet hatten.

Er mochte diese altmodische Pistole. Wie sie roch. Nach veröltem Eisen. Wie eine echte Waffe eben riechen musste. An alle anderen Polizisten war die neue Heckler & Koch P7 ausgegeben worden. Leichter, schneller, präziser. Nur er hatte auf seinem alten Ding bestanden, für das er eine Ausnahmegenehmigung besaß. Am Schießstand hatte er nachweisen können, dass er immer noch gut genug war, auch wenn die Treffsicherheit früherer Tage seit dem Unfall nachgelassen hatte. Seine Hand zitterte manchmal.

Er würde sofort schießen. Sofort und egal wohin. Sobald der Mörder auftauchte, würde er den abknallen und das Ganze nachher als Notwehr deklarieren, damit hatte er kein Problem. Kraus würde ihn schon decken. Und die Presse sowieso. Feiern würden sie ihn, nicht nur in München, in ganz Bayern, in ganz Deutschland. Klar, der Kaltenbach von Munich Vice, der hat's mal wieder geschafft, er hat das Schwein gekriegt. Ein kurzes »Halt! Stehen bleiben! Polizei!« und voll eins auf die zwölf. Christoph lud das Magazin durch, ein metallisches Klicken, das unwahrscheinlich beruhigend klang. Angst kannte er nicht. Nicht mehr. Früher hatte er oft Angst gehabt, dass ihm etwas passieren würde. Doch nach dem Tod seiner Familie war ihm alles gleich – ob am Leben oder bei den Lieben im Grab, was machte das für einen Unterschied …

Da! Da war doch was. Christoph hob den Kopf. Sein Gehör war ausgezeichnet, neben der Uhr wenigstens ein vernünftiges Erbe vom Alten. Zwischen den Bäumen am Hang über ihm schien sich etwas zu bewegen. Der Mörder war zurück.

★★★

»Kill, kill. Kill, kill.« Der Wolf suchte sich Mut zu machen. Flüsterte vor sich hin. *»Kill, kill.«*

Er hatte Angst, Angst vor diesem Kaltenbach, der garantiert irgendwo im Dickicht auf ihn lauerte. Er hatte eigens das Fell des Gefährten übergezogen, hoffend, die Macht des Wolfes würde sich wieder auf ihn übertragen, so wie es immer war, sobald er in dessen Gestalt schlüpfte. Das Fell behinderte ihn, doch ohne den Gefährten hätte er es nie und nimmer gewagt, es mit Kaltenbach aufzunehmen. Viel zu viel wusste der von ihm. Der Kommissar war mit Sicherheit bewaffnet. Und er hatte nur sein Messer dabei. So verdammt nahe müsste er an den heran, so verdammt nahe. Ihn von hinten überfallen. Der erste Stich musste sitzen. Kaltenbach war zäh. Den Unfall damals hatte er auch schon als Einziger seiner Familie überlebt. Der erste Stich … Danach konnte er dem Gefährten die Leiche überlassen, keine Ahnung, was der dann anstellen würde mit dem.

Der Wolf war nervös. Je näher er an die Stelle kam, wo er den Wagen am Morgen abgestellt hatte, desto stärker klopfte sein Herz, so laut, dass er schon fürchtete, allein sein Herzschlag könnte ihn verraten. Er schlug einen Bogen, den Hochwald hinauf. Von oben würde er kommen, von oben. Wenn nur nicht diese Höllenangst wäre. Die Angst vor dem Schmerz. Kaltenbach würde sofort schießen, klar.

Der fackelte nicht lang. Ein kurzes »Halt! Stehen bleiben! Polizei!« vielleicht, und schon würde der wie ein Wahnsinniger drauflosballern.

Der Wolf verharrte. Der Schwanz des Gefährten hatte sich zwischen seinen Schenkeln eingeklemmt. Ja, auch der Gefährte hatte Angst. Die Angst vor den Menschen steckte in ihren Genen, nachdem Wölfe über Jahrhunderte hinweg nur Böses von den Menschen erfahren hatten, zumindest in Europa. Nachdem der Mensch sie fast ausgerottet hatte, bis auf die Vettern im Osten. Doch die tatsächlichen Bestien, das waren die Menschen mit ihren todbringenden Eisen. Wölfe hassten den Eisengeruch, denn wo Menschen waren, waren auch die Eisen. Die Fangeisen. Die Gewehre. Und jetzt roch er es. Ganz deutlich roch er das böse Eisen. Der Mensch, der Kaltenbach, musste ganz in der Nähe sein, ganz in der Nähe. Der Gefährte hob witternd den Kopf. Der Geruch kam von unten, Richtung Straße. Vorsichtig kletterte der Wolf den steilen Abhang hinunter. Da vorn, keine vierzig Meter entfernt, unter dem Gebüsch, da war etwas. Ein Mensch.

Kaltenbach.

Leise, leise. Nur noch dreißig Meter. Leise, leise.

Ein Männlein steht im Walde.

Nur noch zwanzig.

Ganz still und stumm.

***

Eine fließende Bewegung. Hoch und die Drehung, die Browning im Anschlag, alles eins. Hundertmal geübt. Das Feuern, einmal, zweimal. Sichern. Nichts zu sehen. Waffe nach links, nach rechts richten. Nichts. Vor ihm plötzlich ein Schatten. Ein Tier. Ein Wolf. Rannte aufrecht den Berg hoch. Der Killer. Ganz ruhig. Nächster Schuss. Lauter Schrei, Treffer. Der läuft immer noch. Hinterher.

»Halt! Stehen bleiben! Polizei!«

Der rannte weiter. Nächster Versuch. Schuss! Daneben. Scheißescheißescheiße.

»Sofort stehen bleiben, oder ich schieße!«

Schwachsinn, du hast doch schon geschossen, dachte Christoph. Der ist zu weit weg. Aus dem Ziel. Hinterher, hinterher. Renn, renn!

Christoph raste den Hang hoch, immer dem Geräusch des Fliehenden nach. Er hatte ihn getroffen, aber wertvolle Zeit verloren. Weil er doch wieder Skrupel gehabt hatte, stehen geblieben war, verdammt noch mal. Dem Mörder die Chance zum Ergeben gegeben. Als wenn das jemals etwas genützt hätte. Die Vorschrift, die verdammte Vorschrift. Das komplette Magazin hätte er abfeuern sollen, so lange, bis keine Patrone mehr im Lauf war. So lange, bis das Schwein verreckt am Boden lag.

Wenigstens war er schneller als der, ausdauernder. Er war der wahre Wolf, nicht der Verrückte vor ihm. Christoph konzentrierte sich auf seinen Lauf. Lief stumm, mit zusammengepressten Zähnen. Lief und lief. Holte den Mörder ein. Langsam, doch er holte ihn ein. Stolperte plötzlich über irgendetwas, das am Boden lag. Das er nicht gesehen hatte. Fiel. Und schnell wieder hoch, die Pistole im Anschlag. Alles eins. Aber nichts zu sehen. Und nichts mehr zu hören. Vor ihm, auf dem Moos zerknäult, eine völlig verdreckte Tierhaut, das Wolfsfell. Und Blut, überall Blut.

Den Wolf hatte er erlegt. Aber nicht den Mörder.

9

Der Wolf war schon einmal angeschossen worden. An fast derselben Stelle, der rechten Schulter. Er wusste deshalb, dass er nicht sterben musste. Nicht so schnell wenigstens. Nur die verdammte Blutung musste gestillt werden. Ein Druckverband musste her. Gott sei Dank kannte er jemanden, der das für ihn erledigte. Der das auch konnte. Der keine Fragen stellte. Der ihm schon immer aus der Klemme geholfen hatte. Der heimliche Vater.

Er hatte ihn angerufen, kurz nachdem er Kaltenbach abgehängt hatte. Der arme Kaltenbach! Hatte wohl doch Skrupel gehabt. Hatte sich vorschriftsmäßig verhalten, wie dumm! Hatte nicht sein ganzes Magazin auf ihn abgefeuert, wie er befürchtet hatte. Ihn nicht wie einen tollwütigen Hund abgeknallt. Armer Kaltenbach. Guter Kaltenbach.

Doch es tat weh, so weh. Schmerzen konnte er nicht ab, hatte er noch nie abgekonnt. Wegen des falschen Vaters, der ihn halb bewusstlos geprügelt hatte als Kind. Nicht nur einmal, nein immer wieder, sodass er sich oft hatte verstecken müssen, hinterm Haus, unterm Hagrosenbusch, der ihm Deckung bot und Schutz. Wo es so gut roch, wenn der Busch in Blüte stand, nach Seife, nach Unschuld, nach Mutter.

Schlimmer jedoch wog der Verlust des Gefährten. Eine Verzweiflungstat. Um schneller laufen zu können. Um dem Kaltenbach etwas vor die Füße zu werfen, was ihn stoppen würde. Ein Opfer. Und wie richtig er gehandelt hatte. Das Verfolgen hatte aufgehört, das unbarmherzige Verfolgen. Ein gnadenloser Jäger war der Kaltenbach. Wie ein Wolf war der Herr Hauptkommissar, ausdauernd und tödlich zielgerichtet. Der Einzige, der ihn zur Strecke bringen könnte. Weil der wie er war. Weil der verstand, was in ihm vorging. Weil der sich in einen Wolf versetzen konnte, genau wie er.

Doch der Gefährte! Er konnte nicht anders, er heulte. Legte wie ein Wolf den Kopf zurück und heulte seinen Schmerz in die Wälder hinein.

Einen neuen Gefährten brauchte er, und zwar schnell, bevor die Dämonen zurückkamen und nach mehr Gaben verlangten.

Der heimliche Vater würde ihm eins besorgen, ein schönes neues Fell. Bestimmt. Das alte hatte er auch schon besorgt. Und die Reifenspuren würde er auch verwischen, bevor die KTU zur Stelle war. Das hatte er ihm am Telefon versprochen. Kaltenbach war schon zu weit entfernt, erfolgreich weggelockt hatte er den. Und der heimliche Vater nah, so nah. Er hatte Zeit genug, um alle Spuren zu tilgen, Gott sei Dank. Warum nur hatte er sich dem Vater nicht schon früher offenbart? Gut, auch heute hatte er Ausreden gebraucht. Gewildert habe er. Und geweint am Telefon, da hatte er sich nicht groß verstellen müssen. War ja wirklich traurig. So traurig …

Was die Polizei jetzt wohl mit dem Gefährten anstellte? Zerrupfen würden sie ihn, zerstückeln in der KTU, den Armen der Ärmsten. Analysieren, analysieren, wieder und wieder. DNA-Vergleich, das volle Programm. Versuchen, rauszukriegen, woher das Fell stammte. Doch er würde scheitern, der Herr Kommissar. Diesmal würde er auf ganzer Linie scheitern, dem heimlichen Vater war der nämlich nicht gewachsen, nein. Und der würde dichthalten, zumindest solange er nichts davon ahnte, was wirklich vorgefallen war. Und noch vorfallen würde, denn der kleine Pölz ließ ihn nicht los. Ein bisschen Geduld noch, ihr Lieben, und freut euch des Lebens, bald ist alles vorbei. Es ist nur ein kleiner Aufschub, bis der neue Gefährte kommt und die Schulter wieder in Ordnung ist, nur ein kleiner Aufschub. Doch der Wolf wird zurückkehren, mächtiger und furchtbarer als je zuvor.

Wenn nur die Schmerzen ein wenig nachließen. Alles Mögliche hatte er sich schon reingepfiffen, Valoron und Ibuprofen, alles, was er immer im Wagen mithatte, wegen seiner ständigen Kopfschmerzen, doch nichts half. Die Blutung hatte er einigermaßen stillen können, doch der Autositz mit dem schönen Leder war erst mal hin.

Dieser Kaltenbach. Böser Kaltenbach. Er hatte ihn zu Recht so gefürchtet. Irgendwann würde er ihn töten müssen. Eine Pistole hatte er ja, doch sie würde ihn verraten, wenn er Kaltenbach damit erschoss. Dann musste eben das Gewehr her. Sein Jagdgewehr, mit dem er schon so manches Wild erlegt hatte. Die Waffe war sauber, weil unregistriert, umständlich zwar in der Handhabung, weil er sie auseinanderbauen musste, damit sie in den Rucksack passte, aber wenigstens würde man ihm nicht auf die Schliche kommen. Und genauer schießen konnte er auch damit. Irgendwo würde er schon auf ihn treffen, im Wald. Und dann war's vorbei mit dem Herrn Kommissar.

***

»Und das Blut?«

»Hundert Prozent Übereinstimmung mit den an den toten Mädchen gefundenen DNA-Spuren. Du hast ihn erwischt, Christoph, gratuliere.«

»Da gibt es nichts zu gratulieren … Moment.« Christoph wechselte das Handy zum anderen Ohr.

»Was ist?«

»Ah, nichts. Von der Ballerei bin ich halb taub, außerdem habe ich mir die rechte Schulter geprellt, als ich über das Scheißfell gestolpert bin. Wie auch immer, ich hätte ihn treffen müssen, Atik. Das war eine lausige Vorstellung.«

»Du hast ihn doch getroffen, was willst du eigentlich?«

»Aber nicht tödlich.«

»Vielleicht kommt das ja noch. Jedenfalls muss der Kerl ordentlich Blut verloren haben. Wie geht's jetzt weiter?«

»Na, das volle Programm. Krankenhäuser, Ärzte, Tierärzte …«

Atik lachte. »Tierärzte? Du sagtest doch, es war ein Mensch.«

»Klar war's ein Mensch. Kann aber sein, dass er einen Veterinär kennt, der ihm hilft. Ich will das ganze verfluchte Programm, hörst du? Jede verdammte Krankenschwester im Landkreis, alles, was irgendwie Verletzungen kurieren könnte, alle müssen kontaktiert werden. Ich will das Schwein endlich fassen. Noch so eine Chance krieg ich nicht.«

»Jetzt dampf mal ab, Alter. Der Killer ist erheblich verletzt, sein Fell weg. Wir werden also eine Zeit lang Ruhe vor dem haben. Ich hoffe, sie genügt, um ihn zu entlarven.«

»Das hoffe ich auch. Denn der wird wieder zuschlagen, da bin ich sicher.«

»Was ist mit den Reifenspuren? Was sagt die KTU?«

»Es ist zum Kotzen, Atik. Der Regen hat alle Spuren verwischt. Nichts zu machen. Regen! Die ganze Zeit kein Tropfen, auch gestern ein superblauer Himmel, kein Wölkchen. Und auf einmal fängt's das Schiffen an. Als wenn ein bekackter afrikanischer Regengott auf der Seite des Mörders stehen würde.«

»Interessant.«

»Was?«

»Deine Fäkalsprache. Interessant, so was aus dem Munde eines Hochwohlgeborenen zu hören. Immer wenn du bei einem Fall nicht weiterkommst, fängst du an, wie ein Müllkutscher zu labern.«

»Du bist ein Scheißkanake, Atik, weißt du das?«

»Logisch.«

Christoph lachte. »Ich vermisse dich.«

»Ich vermisse dich auch, mein Fürst. Bussi.«

Christoph legte auf. Dieser türkische Bajuware schaffte es doch immer, ihn zum Lachen zu bringen.

Atik hatte ihm von seiner Theorie berichtet. Dass der Mörder in Varieté- oder Zirkuskreisen zu finden sein könnte. Ein Verwandlungskünstler. Ein Artist. Einer, der über außerordentliche Körperbeherrschung verfügte. Irgend so was. Dass sie alte Akten durchforstet hätten, er und die Möööhricke. Er betonte das immer so, um sie damit aufzuziehen. Die gute alte Möööhricke. Die halbe Nacht hätten sie damit verbracht. Zwei Männer seien ihnen aufgefallen, beide mit krimineller Vergangenheit. Der eine, Gernot Wiedl, einundvierzig. Als Zauberer habe der sich in halbscharigen Varietés versucht, ein kleiner, wendiger Bursche. Mit Jungfraudurchsägen und Sich-selbst-von-der-Bühne-verschwinden-Lassen, der übliche Käse halt. Leider ein bisschen pervers. Seine Spezialität war es, morgens in der Frühe, wenn die jungen Mädchen auf dem Schulweg durch den Englischen Garten gingen, plötzlich aus dem Gebüsch zu hüpfen, nur mit einem Pelzmantel angetan, den aufzuschlagen und sein erigiertes Glied zu präsentieren. Diverse Anzeigen, diverse Zwangstherapien. Seit einem knappen Jahr spurlos von der Bildfläche verschwunden.

»So einer ist doch harmlos«, hatte Christoph gemeint.

»Der nicht«, hatte Atik geantwortet. »Kommt aus der ehemaligen DDR, dort drei Jahre inhaftiert wegen versuchter Vergewaltigung seiner Mutter. Die Akten waren zeitweise verschwunden. Ich hab da aber so einen Kumpel, früherer Stasi-Mann. Verkehrt bei Pies. Alles klar?«

»Ja, ich kenne deine Methoden zur Genüge. Was ist mit DNA-Spuren, und was hat der Mann mit dem Schwarzachtal zu tun?«

»DNA haben wir keine. Erkennungsdienstlich ist der nie behandelt worden, warum auch immer. Aber jetzt kommt's: Der ist als uneheliches Kind aufgewachsen. Sein leiblicher Vater stammt angeblich aus Hagstein.«

Woher Atik das habe, hatte er gefragt. Na, von seinem Stasi-Informanten. Ob der denn zuverlässig sei. Die von der Stasi seien schon immer die Zuverlässigsten gewesen, hatte Atik behauptet, von geradezu preußischer Disziplin.

Immerhin sei das ein Anfang, hatte er dann gesagt. Und Atik: »Die Fahndung läuft bereits.«

»Und der Zweite?«

»Hans Günther Brecheis, ein übler Bursche. Aufgewachsen in Malling, dann nach München umgezogen. Mehrfach vorbestraft wegen gefährlicher Körperverletzung, das letzte Mal vor drei Jahren.«

»Ja und?«

»Danach verliert sich seine Spur. Er hat bei irgendeinem Wanderzirkus angeheuert, als Entfesselungskünstler und Raubtierdompteur. Wo er sich momentan aufhält, keine Ahnung.«

»Und woher hast du das nun wieder, auch aus dem ›Peace‹?«

»Nein. Von seinem Vater. Der lebt noch, hier in München. Ich war auch schon bei ihm, gleich heute Morgen. Der Sohn hat dort immer noch sein altes Zimmer. Und rate mal, was da an der Wand hängt.«

Ein Wolfsfell, hatte er geraten. Atik hatte gelacht. Und gesagt, nicht ganz, aber die Wände seien über und über mit Fotos von Wölfen tapeziert. Über und über. Und der alte Herr Brecheis habe gemeint, dass der Hans Günther schon als Kind so von den Tieren fasziniert gewesen sei. Am liebsten hätte er auch Wölfe dressiert, aber die habe es im Zirkus nicht gegeben. Vermutlich ließen die sich nicht abrichten.

Wie auch immer, den Brecheis habe er auch schon zur Fahndung ausgeschrieben.

Wie Atik das beim Chef durchgekriegt habe, nur wegen so eines mickrigen Anfangsverdachts?

Der gute Kraus habe brutal Druck. Der Erste Bürgermeister von Hagstein sei bei derselben Partei wie der Innenminister. Man kenne sich eben. Und fürchte um den Ruf der Gemeinde, gerade jetzt, kurz vor den Sommerferien, wenn die ganzen Touristen antanzten. Ein in den Wäldern rumgeisternder Kindermörder sei da nicht die beste Werbung. Und Christoph solle sich mal umhören, wer da im Ort als potenzieller Vater von diesem Gernot Wiedl in Frage komme. Es müsse einer sein, der um 1970 herum in der damaligen DDR war, und zwar in der Gegend von Winterberg in Thüringen, dort sei der Typ nämlich geboren.

»Mach ich«, hatte er gesagt, das aber nicht ernst gemeint. Er glaubte nicht an Atiks Theorie. Er hatte den Killer gesehen, wenn auch nur undeutlich und von hinten. Das war kein Artist. Der war nur relativ fit, aber nicht so fit wie er, Christoph. Vom Bewegungsablauf schätzte er ihn in seinem Alter. Und der Mörder lebte seiner Auffassung nach noch immer hier in der Gegend, dazu waren seine Ortskenntnisse einfach zu gut.

Christoph zog die Schuhe aus und legte sich angezogen auf das Bett in seinem Pensionszimmer. Rollte sich vorsichtig auf die linke Seite, denn die rechte Schulter schmerzte bei jeder Berührung. Er war müde, doch zum Schlafengehen war es noch zu früh. Die letzte Nacht hatte er keine Ruhe gefunden, obwohl er hier sonst besser schlief als zu Hause, wo ihn zu viele Erinnerungen plagten. Die letzten beiden Tage waren anstrengend gewesen. Gestern die Verfolgungsjagd. Die maßlose Enttäuschung. Dann die KTU, vier Mann hoch, plus die Gerichtsmedizinerin aus Rosenheim plus der Herr Oberstaatsanwalt aus München, Eberhard Gräfe, mit Gefolge. Er konnte Gräfe nicht ausstehen, diesen arroganten, karrieregeilen Pinsel. Dem es egal war, ob der Verdächtige auch wirklich der Täter war. Hauptsache, er konnte der Presse schnell einen Schuldigen präsentieren. Nie teilte er Christophs Bedenken, wenn die Indizien so eindeutig waren, dass sie bereits zum Himmel stanken. Wenn Christoph mal wieder der Meinung war, da habe der wahre Mörder eine falsche Spur gelegt.

»Sie mit Ihren Vermutungen«, hieß es dann immer. »Lassen Sie doch mal fünfe grade sein. Ist doch schön, wenn ein Fall sich flott aufklärt. Und jetzt hören Sie endlich mit dem Rumbohren auf, Kaltenbach, das führt zu nichts.«

Wie er dann oft heimlich zusammen mit Atik weiterermittelt hatte, auf eigene Faust, und schließlich den wahren Mörder gefunden. Und den Gräfe sauber bloßgestellt. Schon längst abgesägt hätte der Oberstaatsanwalt Atik und ihn, wenn nicht Kriminalrat Kraus gewesen wäre. Kraus hatten sie alles zu verdanken, alles. Und sie gaben ihm in barer Münze zurück, mit hundert Prozent Aufklärungsquote, zumindest bisher.

Nur in diesem aktuellen Fall, da würde er bis an sein Limit gehen müssen, das spürte Christoph. Weil der Mörder skrupellos genug war, die direkte Konfrontation zu suchen, und sei es nur, um seine Spuren zu verwischen. Gestern hatte der Mörder ihm bereits seine Grenzen aufgezeigt. Er war nur knapp davongekommen, wäre fast selbst zum Opfer geworden. Wenigstens hatte er den Wahnsinnigen verletzt. Doch der würde Rache schwören, dessen war sich Christoph bewusst. Und weitermorden, jetzt erst recht.

Christoph starrte an die leere Wand. Drehte den Kopf nach rechts. Ein Kleiderschrank aus schlichtem Fichtenholz, daneben Atiks leeres Bett. Links ein einfacher Tisch, ein Stuhl, darüber das Fenster zur Straße. Davor, draußen, in braunem Plastikblumenkasten die in den Bergdörfern üblichen Geranien. Über ihm, am Kopfende des Bettes, das Jesuskreuz, die Pflichtdekoration jeder bayerischen Pension. Er setzte sich auf und drehte sich zum Kreuz. Der Gottessohn, den Kopf nach rechts gewandt, die Augen geschlossen. Was wollte er nicht sehen, der Herr Jesus? Was konnte er nicht sehen? Christophs, sein Leid? Warum drehte er den Kopf so weg? Wandte er sich endgültig ab von ihm? Konnte auch er ihm nicht verzeihen, so wie er sich selbst nicht verzeihen konnte? Warum nur ließ er zu, dass Kinder umgebracht wurden? Warum nur hatte er ihm gestern nicht geholfen? Warum der plötzliche Regen? Wandte er sich sogar von diesem Dorf ab?

Wen sollte er noch befragen zu diesen Morden? Wer wusste Bescheid über die Menschen hier im Ort? Wem beichtete man seine Sünden? Dem Pfarrer. Wem sonst? In einem bayerischen Dorf beichtete man noch dem Herrn Pfarrer, so wie früher.

Christoph zog sich seine Schuhe an, nahm das Sakko von der Stuhllehne und verließ eilig die Pension. Die Kirche und das Pfarrhaus waren gleich nebenan.

***

Pfarrer Koidl wollte soeben sein Abendbrot einnehmen, als es an der Tür klingelte. Es war der Kommissar aus München, der es geschafft hatte, sich binnen weniger Tage höchst unbeliebt im Dorf zu machen. Offenbar glaubte der fest daran, der Kindsmörder sei in ihren Reihen zu finden. Einige seiner Schäflein hatten sich schon bei ihm beschwert. Unmöglich sei solch ein Verhalten. Geschäftsschädigend sogar. Ein Mörder in dieser friedliebenden Gemeinde. Was sich der denn einbilde. Ob er, Koidl, nicht seine Beziehungen spielen lassen könnte, er habe doch zusammen mit dem Herrn Weihbischof studiert. Und der habe doch Einfluss auf die Staatskanzlei. Die dann darauf einwirken könne, dass das LKA den unbequemen Kommissar abzog und durch einen ersetzte, der besser hierherpasste. Einer, der den Mörder dort suchte, wo er nach Meinung aller zu suchen war, nämlich außerhalb des Dorfes. So ähnlich könnte das doch gehen. So funktioniere es doch immer in Bayern. Wo die Uhren halt ein bisschen anders gingen als im Rest der Republik.

Koidl hatte nachgedacht, was zu tun sei. Das Seelenheil seiner Gemeinde war ihm zwar wichtig, aber absoluten Vorrang hatte natürlich, dass das Morden endlich aufhörte. Dass dieser Wahnsinnige endlich verhaftet wurde, egal, ob der nun aus dem Dorf stammte oder nicht. Die toten Kinder hatte er gut gekannt, vom Religionsunterricht. Und getauft hatte er sie auch. Die Elternpaare hatte er bereits zweimal besucht, versucht, Trost zu spenden, ein hoffnungsloses Unterfangen. Er hatte sich auch Gedanken gemacht, wer zu solchen Taten fähig wäre. Aber letztlich traute er niemandem aus dem Ort so etwas zu. Zumindest nicht direkt. Denn niemand konnte in die Psyche der Menschen schauen, nur Gott allein. Und der hielt sich bekanntlich aus allem Irdischen heraus. Nur wenn er an eine bestimmte Person im Dorf dachte und an das unselige Beziehungsgeflecht, da wurde es Koidl ungemütlich. Dann zwickte es im Herzen, sodass er sich ins Gebet flüchten musste. Denn sagen durfte er niemandem etwas.

Natürlich gab es da noch mehr Ungereimtheiten, nicht alle waren einander grün, so wie in jeder Gemeinschaft eben. Und es gab zwei Fraktionen, die Abhängigen, wie er sie intern nannte, oder auch die Bichler-Fraktion, und die wenigen anderen, die Unabhängigen. Abhängig waren so manche im Dorf, schließlich war Bichler der größte Arbeitgeber in der unmittelbaren Gegend. Klar war da ein gewisser Neid auf den Kaiserbauern, der alles an sich riss, was er an sich reißen konnte. Und so geschickt der Bichler in geschäftlichen Dingen war, so ungeschickt verhielt er sich oft seinen Mitmenschen gegenüber. Doch Gott hatte ihn schon vor etlichen Jahren gestraft, ohne dass er wusste, dass er überhaupt gestraft worden war. Nur er, Koidl, wusste davon. Die Hanni, Bichlers Ehefrau, hatte es ihm gebeichtet damals. Aber als Beichtvater war er an seine Schweigepflicht gebunden. Und genau das machte ihm zu schaffen.

Und jetzt auch noch der Polizist. Koidl hatte ihn zwar ebenfalls kontaktieren wollen, ihn zur Contenance ermahnen und darauf hinweisen, dass man hier im Ort vorsichtig sein musste mit Verdächtigungen. Aber nicht heute Abend. Am Abend brauchte er seine Ruhe. Seine Flasche Rotwein. Seine Bücher. Und bestimmt keinen wissbegierigen Kommissar.

Wenigstens war der höflich, sehr höflich sogar. Und eigentlich auch nett. Und obendrein recht gut aussehend, fand Koidl. Klischeehaft fast, ähnlich den Cops dieser realitätsfernen US-Serien. Und gar nicht so aufdringlich, wie er befürchtet hatte.

Man unterhielt sich über dies und das, die Probleme der Gemeinde im Allgemeinen und im Besonderen, den neuen und den alten Papst, Letzterer aus derselben Gemeinde stammend wie Koidls Großmutter, das wunderbare Rom, das beide kannten und schätzten, Koidl aus seiner leider nur kurzen Zeit als Regens der deutschsprachigen Neupriester im Vatikan und Kaltenbach, da er einige Monate im Rahmen eines bilateralen Austausches zur Bekämpfung des organisierten Verbrechens die Arbeitsweise der italienischen Polizei studieren durfte. Der Herr Kaltenbach erwies sich als ein durch und durch kultivierter Mensch, gut katholisch und überhaupt nicht so, wie sich der Pfarrer einen Kriminaler der Mordkommission vorgestellt hatte. Das bereits schon dünne Eis brach vollends, als sich dann noch herausstellte, dass beide dasselbe Gymnasium in München besucht hatten und Christoph tatsächlich der Sohn des von Koidl bewunderten Dirigenten Carl Maria von Kaltenbach war.

Spontan lud der Geistliche zum gemeinsamen Abendmahl ein, »falls Sie so etwas Exotisch-Ordinäres wie Kutteln mögen«.

Christoph mochte. Die Vorliebe für Innereien stammte noch aus seiner Rom-Zeit, wo Kutteln, Nieren, Hirn und Herz als besondere Leckereien galten. Überraschend war nur, dass ein bayerischer Dorfpfarrer *tagliatelle con le trippe*, Bandnudeln mit Rindermagen, kochte, und das noch nicht einmal schlecht.

Der Geistliche sprach dem Rotwein fleißiger zu als dem Mineralwasser, nur Kaltenbach lehnte das bereits gefüllte Glas dankend ab.

»Sie sind nicht etwa noch im Dienst?«, fragte Koidl, gleich ein wenig misstrauisch geworden.

»Nein, nein«, beeilte sich Kaltenbach zu versichern, »ich bin nur überzeugter Antialkoholiker.«

Im Prinzip stimmte das ja. Den Schnaps vom alten Strussner hatte er nur getrunken, weil man in Bayern auf dem Land einen Selbstgebrannten nicht einfach ablehnte. Und schon gar nicht von einem wie Strussner. Der Schnaps war Christoph indes nicht gut bekommen. Sofort hatte er den beruhigend wärmenden Alkohol gespürt, der ihm gleich in den Kopf gestiegen war. Und sofort hätten alte Rituale eingesetzt, das Saufen bis zum Gehtnichtmehr, noch einen und noch einen. Doch er kannte seine Schwächen und hatte sich nach einem Jahr Abstinenz gut im Griff.

So widmete sich Koidl allein der Flasche und wurde nach jedem Glas ein Stück redseliger. Natürlich wollte er alsbald wissen, ob Kaltenbach schon eine Spur habe, irgendeinen Verdacht.

»Das wollte ich eigentlich Sie fragen, Herr Pfarrer. Sie kennen die Dorfbewohner doch am besten.«

Koidl schüttelte den Kopf. »Hier im Ort kommt niemand in Frage, das können Sie mir bei Gott glauben.«

»Aber vielleicht gibt es jemanden, der uns Hinweise auf den möglichen Täter geben könnte. Einer, der ihn deckt, unwissentlich vielleicht. Ich will da vorerst gar keine Schuld zuweisen. Einer, der ahnen könnte, wer sich unter dem Wolfsfell versteckt.«

Wieder schüttelte Koidl energisch den priesterlichen Schädel, sodass die letzten, penibel an die kahlen Stellen geklebten Haare verwehten und ihm wie ausgefranste Federn vom Kopf standen.

»Nein, nein und nochmals nein. Für die meisten meiner Schäflein lege ich die Hand ins Feuer. Die haben alle eine Heidenangst, dass der Mörder zurückkommen könnte. Es gibt hier viele kinderreiche Familien. Sie wollen doch nicht im Ernst davon ausgehen, dass da irgendjemand so einen durchgedrehten Killer deckt und am Ende noch sein eigenes Kind in Gefahr bringt.«

»Das habe ich so auch nicht behauptet«, antwortete Christoph kühl. »Aber Sie selbst haben doch soeben gesagt, Sie könnten für die meisten Ihrer Schafe die Hand ins Feuer legen. Die meisten sind aber nicht alle.«

Der Pfarrer begann zu schwitzen. »Herrgott, man redet halt so. Können Sie für jeden Ihrer Leute geradestehen?«

»Nur für einen, doch das genügt mir. Ich habe hier im Ort einen, vorsichtig ausgedrückt, seltsamen jungen Mann kennengelernt –«

Koidl ließ ihn nicht ausreden. »Sie sprechen von dem Benni, dem Bichler-Sohn. Der war es aber nicht, der könnte nicht mal einer Fliege was zuleide tun.«

»Mag sein. Doch irgendetwas stimmt mit dem Burschen nicht. Außerdem glaube ich nicht, dass er der leibliche Sohn vom alten Bichler ist.«

Pfarrer Koidl, der gerade von seinem Weinglas trank, verschluckte sich, prustete und hustete, kriegte sich gar nicht mehr ein, so war ihm der Schreck in die Glieder gefahren. Langsam dämmerte es ihm, warum das LKA diesen Kaltenbach geschickt hatte.

Christoph klopfte ihm auf den Rücken. »Besser?«

»Besser, ja. Danke.« Koidl starrte Christoph unverhohlen ins Gesicht, als suche er dort die Antwort, die er selbst schon seit Jahren kannte. Doch des Kommissars Miene blieb scheinbar unbewegt. Fertig aber war er noch lange nicht.

»Und Sie, Herr Pfarrer, wissen, wer der wahre Vater ist, habe ich recht?«

Koidl konnte nur noch nicken. Dieser Kaltenbach hatte eine Art … eine Art, der man nicht widerstehen konnte.

»Doch Sie dürfen es mir nicht sagen. Weil Sie sonst das Beichtgeheimnis verletzen.«

Wieder ein Treffer. Koidl fühlte sich wie ein angeschlagener Boxer. Sein Kopf bewegte sich von selbst auf und ab, als würde er ihm nicht mehr gehorchen.

»Dann sage ich Ihnen, wer Benjamins Vater ist.«

Obwohl der Pfarrer es genau wusste, blickte er mit Spannung auf Christoph, diesen netten Polizeibeamten aus bestem Hause, der so harmlos wirkte, aber offenbar in den Menschenseelen lesen konnte wie in einem offenen Buch.

»Es ist der Simon Strussner, der Tierpräparator.«

Koidl sank in sich zusammen. »Wie haben Sie das rausgekriegt? Niemand im Dorf weiß das.«

»Außer Ihnen und Hanni Bichler, Herr Pfarrer. Ganz so schwer war das allerdings nicht. Benjamin hat nichts vom alten Bichler, gar nichts. Und auch nur ein wenig von der Mutter. Ich habe den Strussner in seinem Haus aufgesucht, um ihm ein paar Fragen zu stellen. Der Josef Bichler gab mir den Tipp, angeblich sei der Strussner im Ort ein Außenseiter, ein höchst eigenartiger Mensch. Also haben mein Kollege und ich ihn unter die Lupe genommen. Ich habe ihn genau beobachtet, mir seine Hände angeschaut. Seine Augen, seine Art, sich zu bewegen, zu sprechen. Ich hatte das Gefühl, das ist der Benjamin, nur fünfzig Jahre älter.«

»Kommen Sie.«

Koidl erhob sich und winkte Christoph, ihm zu folgen. Er ging in sein Arbeitszimmer und schlug ein dickes Buch auf, das Kirchenregister. Fotos fielen heraus. Christoph bückte sich und reichte dem Pfarrer die Schwarz-Weiß-Aufnahmen.

Koidl fingerte in den Bildern und zog schließlich eines hervor. »Hier.«

Christoph besah sich das Foto eingehend. »Der Benni?«

Der Pfarrer lachte. »Falsch geraten. Der Strussner ist das, als junger Mann.«

»Ein verdammt schneidiger Bursche.«

»Ja, das war er. Der Frauenschwarm im Dorf, auch wenn's keine zugab. Wo doch die meisten schon verheiratet waren, als …«

»Als was?«

Koidl holte tief Luft. »Als er sie schwängerte. Der Benjamin, Herr Kommissar, der ist nicht das einzige Kind, das der Strussner gezeugt hat.«

***

Die folgenden Tage verbrachte Christoph mit weiteren Erkundungen, wobei er sich alle Mühe gab, sich möglichst geräuschlos zu verhalten. Er sprach mit beiden Elternpaaren der getöteten Kinder. Fand schnell einen emotionalen Zugang, indem er von seinen eigenen Erlebnissen erzählte, wusste er doch am besten, wie unfassbar es war, ein Kind zu verlieren. Seine behutsamen Nachforschungen führten jedoch zu keinem Ergebnis. Bei beiden Familien ergaben sich keinerlei Hinweise auf etwaige Motive, die den Täter zu solch schrecklichen Morden hätten bewegen können.

Dennoch ließ er sich in seiner Meinung nicht beirren, dass der Killer im Umfeld zu suchen war, vielleicht nicht im familiären Umfeld, wie bei den meisten Gewaltverbrechen, aber zumindest musste es einen örtlichen und personellen Zusammenhang geben.

Tagelang streifte er durch die Gegend. Untersuchte wieder und wieder die Gebiete um die beiden Tatorte, ob sich nicht etwas fände, was den aufmerksamen Augen der KTU entgangen war.

Bestieg bei einbrechender Dämmerung die diversen Hochsitze in den Bergen rund um das Dorf, von denen man die Siedlung im Tal gut einsehen konnte. Lauerte wie der Jäger auf das Wild, auch wenn er nicht erwartete, den Mörder anzutreffen. Doch er wollte keine Option auslassen. Ihm war klar, dass der Täter einige Zeit brauchte, um sich von seinen Verletzungen zu kurieren. Bis dahin musste er jeden Winkel des Schwarzachtals erforscht haben, um dem Verbrecher zumindest in Bezug auf die Ortskenntnisse ebenbürtig zu sein. Denn wenn sich noch mal eine Chance bot, den Mann zu fassen, musste dieser Versuch sitzen. Er musste denken wie er. Denken wie der Kindsmörder, der nur eines im Sinn hatte: weiter zu töten. Immer weiter, bis … ja bis.

Er probierte sämtliche Varianten aus, wie dem Verbrecher auf die Spur zu kommen wäre. Nahm sich eine alte Decke, die er in seinem Pensionszimmer im Schrank gefunden hatte, warf sie sich über, um wie der Killer auf allen vieren durch die Wälder zu kriechen. Sich wie ein Wolf zu fühlen. Die Zähne zu fletschen und zu knurren, wenn er ins Tal hinuntersah, um nach potenziellen Opfern zu spähen. Bis ihn eines Abends ein Wanderer in einer solchen Situation überraschte und angesichts des am Boden kauernden, fürchterliche Tierlaute von sich gebenden Wesens entsetzt floh, um die Polizei zu alarmieren, der wahnsinnige Kindsmörder sei wieder aufgetaucht.

Die Wogen waren zwar schnell geglättet, als die herbeigeeilten Polizisten aus Malling feststellten, dass das schreckliche Getier kein anderer als der Herr Kommissar war, doch es war kaum eine Stunde vergangen und Christoph wieder in der Pension zurück, als sein Mobiltelefon klingelte. Kriminalrat Kraus war am Apparat.

»Sagen Sie, Kaltenbach, haben Sie noch alle Tassen im Schrank? Was soll das Theater? Sie erschrecken mir nur die Menschen mit Ihrem Firlefanz. Das muss ein Ende haben. Morgen früh packen Sie Ihre Siebensachen und kommen ins Kommissariat zurück, verstanden?«

»Das ist nicht Ihr Ernst.«

»Und ob das mein Ernst ist. Hat Sie denn niemand angerufen, keiner informiert? Lesen Sie keine Zeitung?«

»Vielleicht hat man versucht, mich zu erreichen. In den Wäldern hier hat man allerdings schlechten Empfang. Trotzdem verstehe ich nicht ganz, was Sie meinen.«

»Oberstaatsanwalt Gräfe hat gestern Abend eine Pressekonferenz gegeben und den Mörder für tot erklärt, erschossen von Ihnen, Kaltenbach. Die Zeitungen von heute sind voll davon. Sie werden als Held gefeiert. Gratuliere zu diesem schnellen Erfolg.«

Christoph musste sich setzen. Er war bereits in aller Frühe aus dem Haus gegangen und hatte sich den ganzen Tag in den Bergen herumgetrieben. Als wäre er der Wolf. Und Wölfe lasen weder Zeitung, noch hatten sie Telefon. Er hatte sich lächerlich gemacht, das war alles, was er erreicht hatte. Und nun noch diese unsinnige Mitteilung, er habe den Killer tödlich getroffen.

»Tot, wieso tot? Hat man die Leiche gefunden und anhand der DNA identifiziert?«

»Das nicht. Aber wie auch Ihnen bekannt sein dürfte, haben die Morde aufgehört. Und bei dem vielen Blut, das der Verrückte verloren hat, ist mit an Sicherheit grenzender Wahrscheinlichkeit davon auszugehen, dass er irgendwo jämmerlich verreckt ist. Also Sieg auf der ganzen Linie. Mensch, Kaltenbach, freuen Sie sich doch endlich. Der Fall ist geklärt, und Sie können wieder nach Hause!«

»Moment mal.« Christoph sprang auf und ging in raschen Schritten in dem engen Raum auf und ab. »Habe ich richtig gehört: Die Leiche ist unauffindbar, und deshalb glaubt der Idiot von Staatsanwalt, der Mörder hat die Schussverletzung nicht überlebt? Nur damit er mal wieder gut dasteht? In welchem Film bin ich hier eigentlich? Nicht mit mir, Herr Kraus, nicht mit mir. Der Killer läuft irgendwo da draußen frei herum, kuriert sich aus und tötet das nächste Kind. Wollen Sie dafür die Verantwortung übernehmen? Ich jedenfalls nicht. Ich bleibe, bis ich das Schwein erwischt habe.«

»Christoph.« Der Kriminalrat versuchte es auf die nette Tour. »Ich kann Sie nicht in jedem Fall decken. Wenn ich jetzt die Ermittlungen weiterlaufen lasse, kriege ich den größten Ärger aller Zeiten. Könnte es nicht tatsächlich so sein, dass der Täter irgendwo verblutet ist?«

»Könnte, könnte. Aber wir müssen sichergehen. Ich will eine Hundertschaft, gleich. Die soll den ganzen verdammten Wald durchkämmen. Wenn, dann muss er hier verreckt sein. Und dann finden wir ihn auch. Ansonsten hat er sich was weiß ich wo versteckt und leckt sich seine Wunden.«

»Der Blutverlust war laut KTU sehr stark. Wenn er es wirklich geschafft haben sollte, müsste er ärztliche Hilfe in Anspruch genommen haben. Aber Ihr Kollege Alkay hat alle in Frage kommenden Kliniken, Doktoren, Krankenschwestern et cetera et cetera befragt. Und zwar ohne Ergebnis. Also.«

»Kriege ich die Hundertschaft?«

Korbinian Kraus seufzte. »Sie sind ein harter Brocken, Christoph. Aber wenn Sie es unbedingt auf eine Auseinandersetzung mit Gräfe anlegen, von mir aus. Diesmal geht es allerdings auf Ihre Kappe. Ich weiß offiziell von nichts. Die Hundertschaft ordern Sie.«

Fürs Erste war Christoph zufrieden. Er schaute auf das Display seines Handys. Es zeigte mindestens zwanzig Meldungen an, SMS und vergebliche Anrufe. Atik musste den ganzen Tag über versucht haben, ihn zu erreichen.

Er wählte seine Nummer.

»Alter!« Atik klang erleichtert. »Ich dachte schon, das Monster hat dich aufgefressen. Wo zum Henker warst du?«

»Im Wald. Aber das spielt jetzt keine Rolle. Ich habe soeben mit Kraus gesprochen.«

»Dann weißt du es also.«

»Allerdings. Aber so läuft es nicht. Kraus hat mir quasi freie Hand gegeben, er ist draußen, verstehst du?«

»Hmmh. Was soll ich machen?«

Christoph berichtete von seinen letzten Erkenntnissen. Vom Besuch beim Pfarrer. Dass er sich definitiv sicher sei, dass er den Mörder nicht tödlich getroffen habe. Und dass er morgen Punkt acht eine Hundertschaft erwarte, mit Spürhunden und allem Pipapo.

»Okay, Herr Großwesir. Ich lass das Kommando anrollen. Und wenn sie nichts finden?«

»Dann habe ich leider recht gehabt.«

»Der Gräfe wird dir den Tod an den Hals wünschen, mein Freund.«

Christoph lachte bitter. »Mir egal. Lieber den Gevatter Tod als den wölfischen Killer. Denn der spielt noch mal in einer anderen Liga. Im Gegensatz zum Tod holt der sich nämlich die ganz Jungen. Doch ich werde ihn aufspüren, und wenn es das Letzte ist, was ich auf dieser Welt tue.«

»Genau das habe ich befürchtet.« Atik klang besorgt. »Du bist in Gefahr, Alter.«

»Weiß ich. Der Kerl läuft ja noch frei rum, und ich stehe garantiert auch auf seiner Speisekarte.«

»Das meine ich nicht. Die Gefahr bist du selbst. Ich bin morgen mit von der Partie. Gibt doch nichts Schöneres, als am freien Wochenende in den Scheißbergen herumzukriechen.«

»Du hast einen frei, Atik.«

»Ich hab schon so viele frei bei dir. Wird Zeit, dass du wieder das Saufen anfängst. Allein trinken macht keinen Spaß, weißt du?«

Christoph ging hinunter, um sich eine Zeitung zu kaufen. Am Kiosk schrien ihm schon von Weitem die Aufmacher der Tagesblätter entgegen.

»Blattschuss! Supercop erlegt den Kindermörder!«
»Eine ganze Gegend atmet auf. Münchner Kommissar bringt den unheimlichen Killer vom Schwarzachtal zur Strecke!«
»Der Wolf ist tot! Kindermörder von Hagstein von Munich Vice Cop erschossen.«

Selbst bei seriösen Journalen war der vermeintliche Tod des Wolfs Thema Nummer eins. Und alle glaubten den Einlassungen der Staatsanwaltschaft. Christoph war außer sich. Am liebsten hätte er diesen Gräfe angerufen. Ihn zur Sau gemacht. Und danach den Dienst quittiert, ein für alle Mal. Und den Mörder auf eigene Faust weiterverfolgt. Oder, noch besser, Gräfes Tochter entführt. Gräfe hatte eine Tochter, das wusste er. Um die zwanzig mochte die sein. Entführen, ja. Damit dieser eitle Fatzke auch mal spürte, wie das war, wenn man ein Kind verlor. Am eigenen Leib erfuhr, welche Qualen das waren. Scheißidee. Scheißidee. Natürlich.

»Was fabuliere ich da für einen Mist zusammen«, sagte er laut.

Aber dieser bescheuerte Idiot! Gleich die gesamte Presse heißzumachen, ohne ihn vorab zu informieren. Ein Nachspiel wird das haben, Herr Oberstaatsanwalt.

Christoph versuchte sich zu beruhigen. Ruhig durchzuatmen. Die Entspannungsübungen, die ihm die Therapeutin beigebracht hatte, zu initiieren. Fäuste ballen, loslassen. Arme anspannen, entspannen. Schultern anspannen, loslassen. Beinmuskeln anspannen, entspannen. Doch dieses Mal funktionierte es nicht.

Er ging ins nächste Wirtshaus, wo er sofort erkannt und mit großem Hallo empfangen wurde. Sich an den Stammtisch setzen musste. Eingeladen wurde. Sich von unzähligen Fremden auf die Schultern klopfen ließ. Sich wie das letzte Arschloch vorkam. Das allerletzte.

Wenigstens war es nicht die Gaststätte, in der der Kaiserbauer verkehrte. Den hätte er jetzt am allerwenigsten ertragen. Die Leute waren nett zu ihm. Ein paar kannte er. Wahrscheinlich war das die andere Fraktion, von der Koidl gesprochen hatte. Ein paar der Offiziellen, die er befragt hatte. Die so misstrauisch gewesen waren. So unverständlich reserviert, als ob er ihnen Böses wollte. Und jetzt waren sie so nett, so wahnsinnig nett. Der Erste Bürgermeister. Der Mensch von der Post. Der Mann seiner Pensionswirtin. Der Förster, wie hieß der noch? Authenrieth, genau.

Christoph trank Bier. Weil ihm nichts anderes angeboten wurde. Zum Ablehnen war er im Moment zu schwach. Außerdem wollte er saufen. Von ihm aus auch Bier, das er eigentlich nicht mochte. Das er nicht vertrug. Doch er trank und trank. Bis ihm schlecht wurde und er gerade noch aus der Wirtsstube kam, um sich im Gott sei Dank verlassenen Biergarten zu übergeben.

***

Wie Kaltenbach es vorausgesehen hatte, fand die am Morgen angerückte Hundertschaft nichts. Den ganzen Tag über streiften die Beamten in geordneten Reihen durch den Wald, untersuchten jedes noch so eng bewachsene Dickicht, doch ohne Erfolg. Die Hundestaffel gab ihr Bestes, stöberte allerlei Getier auf, doch keine Leiche, nichts. Ein paarmal schlugen die Hunde zwar an, aber es war nur ein toter Hase oder ein verendetes Reh.

Nur Atik fand etwas. Am Rand der Forststraße, an der Böschung unterhalb einer mächtigen Tanne. Natürlich waren auch ihm die rosa Blütenblätter aufgefallen, die noch verstreut und vom letzten Regen durchweicht auf dem Schotterweg pappten. Aber das war nicht das Entscheidende. Das wichtige Indiz hatte sich einen halben Meter darüber befunden, ein paar feine Haare, Tierhaare, die an einem Dornenbusch hängen geblieben waren.

»Ab in die KTU«, sagte Christoph, den Atik herbeigewinkt hatte, »doch das Ergebnis kann ich dir jetzt schon mitteilen.«

»Der hat dich ganz schön an der Nase herumgeführt«, sagte Atik. »Lockt dich den Berg hoch, überlässt dir sein Fell und kehrt in großem Bogen zu seinem Auto zurück. Ein äußerst kaltblütiger Bursche.«

»Und verdammt zäh.«

Christoph ließ das Fundstück mit spitzen behandschuhten Fingern, um die DNA-Spuren des Täters nicht mit eigenen zu verunreinigen, in einen durchsichtigen Plastikbeutel fallen und hielt es gegen das Licht.

»Zäh, wie es nur ein Wolf sein kann. Hat jede Menge Blut verloren und rennt einfach weiter. Hab ich dir schon die Geschichte erzählt, was Wölfe machen, wenn sie mit der Pfote in eine Schnappeisenfalle geraten?«

»Igitt. Ist ja hinterhältig.« Atik schüttelte sich. »Ich dachte, so was ist verboten.«

»Ist es auch, wird aber von Wilderern immer noch praktiziert, leider. Doch der Wolf weiß sich zu helfen, wenn auch auf ziemlich brutale Art und Weise. Der Freiheitsdrang eines wilden Wolfes ist extrem, angeblich noch stärker ausgebildet als bei jedem anderen Wildtier. Er beißt sich oberhalb des Eisens die Pfote durch, samt Knochen, und befreit sich somit.«

»Mann, Christoph. Du mit deinen Wolfstorys. Mir wird allein vom Zuhören schlecht. Überlebt das Tier das eigentlich?«

»Wölfe sind besonders hart im Nehmen. Nicht immer kommt das Tier mit dem Leben davon. Wenn er in einem sozialen Rudel lebt, hat der Wolf vielleicht Glück und wird mit durchgefüttert, allerdings nur, wenn es genug Nahrung gibt.«

»Und wenn nicht?«

»Verhungert er.«

»Und du meinst, du kannst wölfisches Verhalten auf unseren Mörder anwenden?«

»Da bin ich mir sogar sicher. Der Täter sieht sich als Wolf. Er glaubt fest daran, dass die speziellen Eigenschaften eines Wolfes auf ihn übergehen, wenn er sich das Fell überzieht.«

»Und was sind das für Eigenschaften?«

»Mut bis zur Verzweiflung. Unglaubliche Härte. Absolute Zielorientierung. Und ein nicht zu schlagender Überlebenswille.«

»Na toll.« Atik zog sich sein verschwitztes T-Shirt aus und stand einen Augenblick mit nacktem Oberkörper da. Die Kolleginnen von der Bereitschaft, die sich inzwischen auf dem Forstweg gesammelt hatten, nachdem Christoph das Signal zum Einstellen der Suche gegeben hatte, tuschelten. Einige kicherten nervös.

Atik zeigte sich indes unbeeindruckt von der vereinten Aufmerksamkeit. »Wenn das so ist, dann werden wir den Killer wohl nie kriegen.«

»Da täuschst du dich.«

Christoph stieg zu Atik in den Wagen, legte den Sicherheitsgurt um und bedeutete Atik, der prinzipiell ohne fuhr, es ihm gleichzutun.

»Wir werden ihn fassen. Weil ich genauso denken und fühlen kann wie ein Wolf. Verlass dich drauf.«

10

Für Jakob Pölz war es ein Tag wie jeder andere. Man zählte die letzte Woche vor den Ferien. Am Morgen war er mit seinen Schwestern in den Schulbus eingestiegen und wurde vor der Grundschule in Hagstein abgesetzt. Die Geschwister fuhren weiter bis nach Miesbach, sie waren älter und besuchten bereits das Gymnasium. Nach Unterrichtsschluss holte ihn wie immer die Mutter ab. Sein kleiner Hund Lucki saß bereits hinten im Fond und begrüßte ihn stürmisch, als hätten sie sich seit Wochen nicht gesehen.

Nach dem Mittagessen, er hatte sich aussuchen dürfen, was die Mutter kochen sollte, und hatte sein Lieblingsgericht gewählt, Germknödel mit Vanillesoße, ging er auf sein Zimmer und machte seine Hausaufgaben. Jakob war ein Junge mit Disziplin und großem Willen. Schon früh hatte er diese Charaktereigenschaften offenbart, wie so viele Kinder in seiner Situation.

Mit den Schularbeiten war er schnell fertig. Er besaß eine rasche Auffassungsgabe und erledigte all das, wozu man seinen Kopf brauchte, flinker als die meisten seiner Altersgenossen. Die Lehrer bescheinigten ihm eine überdurchschnittliche Intelligenz und prophezeiten ihm bei seinem Fleiß und Ehrgeiz eine glänzende Zukunft. Ein erfolgreicher Anwalt könnte er einmal werden, da er sehr gut vortragen konnte, oder ein Wissenschaftler, weil er die Dinge sehr genau nahm, vielleicht sogar ein bekannter Schriftsteller, denn er hatte eine blühende, jedoch niemals in Lügen abdriftende Phantasie und konnte wunderbare Sätze formulieren.

Am Nachmittag zeigte sich der Sommer von seiner schönsten Seite. Die paar Wolken, die am Morgen noch über dem Tal gehangen waren, hatten sich verzogen und gaben einen kristallglasklaren Himmel frei. Jakob wollte in den Garten, mit Lucki spielen. Das Gehen fiel ihm heute besonders schwer, aber er ließ sich vor der Mutter nichts anmerken, nicht dass sie sich wieder Sorgen machte. Er nahm seinen gewohnten Platz auf der Bank vor dem Haus ein und zog die Decke über die Beine, obwohl es hübsch warm war. An den Beinen aber war ihm oft kalt, und mit Decke war es so schön gemütlich.

Er besaß mehrere solcher Decken, am liebsten jedoch war ihm die für draußen, eine besonders weiche mit Tim-und-Struppi-Motiven. Tim und Struppi: Die Heftchen verschlang er geradezu. Malte sich in fast noch bunteren Bildern als im Comic aus, er sei Tim und der Lucki natürlich an Struppis Stelle. Die tollsten Abenteuer erlebte er dann in seiner Phantasie, rannte die höchsten Berge hoch, durchschwamm die reißendsten Flüsse, sprang auf fahrende Züge auf, bereiste völlig allein, nur mit dem treuen Lucki an seiner Seite, fremde und exotische Länder – all das, was er in der Realität eben nicht konnte.

Sein kleiner Hund wartete schon im Garten auf ihn. Auf das Spiel. Jakob warf einen kleinen roten Ball, und der Spaniel lief hinterher, brachte den Ball zurück und ließ ihn vor Jakob fallen, sodass er ihn aufheben und erneut werfen konnte. Der Hund wurde des Spiels nie überdrüssig und rannte und rannte, als ginge es um sein Leben. Und Jakob war so froh, dass er diesen Hund hatte, der ihm nie von der Seite wich. Einen Spaniel hatte er sich damals ausgesucht, als die Eltern seinem sehnlichen Wunsch nach einem Hund nachgaben. Er wollte unbedingt einen Spaniel, weil die so lustig aussahen und weil die zu jedem Streich bereit seien, hatte die Züchterin damals gesagt. Der Vater hatte einen großen Hund haben wollen, einen Deutschen Schäferhund, einen aus der Zucht vom Bichler, weil das gute Wachhunde seien und er selbst den ganzen Tag über nicht da und der Hof ja recht abseits liege. Doch Jakob hatte sich durchgesetzt. Schäferhunde mochte er nicht, und schon gar nicht welche vom Bichler. Denn den mochte er auch nicht.

Jakob warf den Ball immer weiter, und der Lucki rannte immer schneller. Oft sah Jakob gar nicht mehr, wohin der Ball rollte, doch der Spaniel fand ihn jedes Mal und brachte ihn stolz zurück.

***

Die Mutter hängte derweil hinter dem Haus die Wäsche auf, hörte aber, wie ihr Sohn lachte und Kommandos gab und wie der

Hund freudig bellte. Die Sonne brannte inzwischen ordentlich herunter, und die Wäsche würde schnell trocknen.

»Jakob, crem dich mit der Sonnenmilch ein«, rief sie, »nicht dass du dir noch einen Sonnenbrand holst.«

Jakob gab keine Antwort. Wahrscheinlich hörte er sie nicht, weil der Hund so laut bellte. Jakob und sein Lucki. Die zwei waren unzertrennlich. So viel Spaß hatten sie miteinander. Und seit das Tier im Haus war, war aus ihrem manchmal so ernsthaften Sohn ein richtig fröhliches Kind geworden. Der Spaniel war einfach die beste Therapie für den Buben.

Das Bellen verebbte.

Jetzt hat er wohl genug, der Lucki, dachte Monika Pölz und nahm die letzten Wäschestücke aus dem Korb. Gleich würden ihre beiden Mädchen nach Hause kommen und ein Auge auf Jakob haben, während sie schnell nach den Kühen schauen konnte, die auf der oberen Weide hinter dem kleinen Waldstück grasten. Sie packte den leeren Korb und ging zurück ins Haus in den Wäschekeller, um die Handtücher aus dem Trockner zu holen.

***

Jakob rief nach seinem Hund. Der Lucki war einem besonders weiten Wurf nachgelaufen und nicht wiedergekommen. Wo war der verflixte kleine Kerl nur? Versteckte der sich etwa? Ein neues Spiel? Mühsam erhob sich der Junge und schaute nach, wo sich der Spaniel herumtrieb. Doch er war nirgends zu finden. Sollte der abgehauen sein? Jakob machte sich Sorgen.

»Lucki, Lucki!«

Nichts zu hören, kein Bellen, nichts.

»Lucki, hierher. Komm schon, du alter Gauner!«

Jakob humpelte zum Schuppen im hinteren Teil des Gartens, in dem der Vater den Rasenmäher und andere Gerätschaften aufbewahrte. Ging einmal um die Holzhütte herum. Und! Natürlich, da war er ja, der Lucki. Stellte sich schlafend. So ein kluger Hund, dachte Jakob. Wie der sich verstellen kann.

»Jetzt steh schon auf, Lucki. Ich hab dich entdeckt.«

Der Spaniel aber rührte sich nicht.

»Lucki?«

Jakob trat näher. Wie leblos lag sein Hund da. Jakob hockte sich daneben, ohne dass Lucki einen Laut von sich gab.

»Lucki! Was ist los mit dir?«

Er hob den Hund halb hoch, versuchte ihn auf die Beine zu stellen. Da klappte der Kopf des Tieres haltlos nach vorn.

»Lucki, Lucki!«

Das Kind begann zu weinen. Weil es wusste, dass etwas ganz Schlimmes passiert war. Aber dass noch etwas weit Schlimmeres passieren könnte, das wusste der kleine Jakob nicht. Weil sich ein Kind so etwas nicht vorstellen konnte.

Er hielt den toten Hund in seinen Armen, wiegte ihn hin und her. Dicke Tränen kullerten auf das Fell. Plötzlich vernahm Jakob ein seltsames Geräusch. Es war ein böses Knurren, wie von einem großen Hund. Er sah hoch. Vor ihm stand ein leibhaftiger Wolf.

***

Christoph fluchte. Sein Chef hatte ihn nach München zurückbeordert, obwohl er richtiggelegen hatte. Obwohl die angebliche Leiche des Kindsmörders nicht aufgefunden worden war. Doch Oberstaatsanwalt Gräfe hatte auf einer Aussprache bestanden, unter sechs Augen. Die Unterredung sollte am Nachmittag stattfinden, in Gräfes Büro. Christoph verspürte nicht die geringste Lust, sich mit Gräfe überhaupt auseinanderzusetzen, geschweige denn, sich für den Einsatzbefehl der Hundertschaft zu rechtfertigen.

In den Medien hatte das Polizeikommando ein vielfältiges Echo hervorgerufen. Im Rundfunk wurde bereits ausgiebig mit selbst ernannten Fachleuten darüber diskutiert, und auch die lokalen TV-Sender hatten sofort reagiert und Sonderberichte zum Thema geschaltet.

Fragen gab es viele. Warum plötzlich die Bereitschaftspolizei großflächig das Areal um den ersten Mord untersuchte, wenn der Täter doch angeblich tot sei. Ob etwa noch ein Kind vermisst werde. Ob der Mörder etwa doch noch frei herumlaufe. Wer dann die Bevölkerung vor dem Wahnsinnigen schütze. Und warum der Oberstaatsanwalt erst vorgestern vollmundig verkündet hatte, der Wolf sei erlegt worden.

Der Pressesprecher beim LKA hatte alle Hände voll zu tun, die Schar der Journalisten abzuwimmeln, die seit dem frühen Morgen das Präsidium regelrecht belagerten. Vor allem wollte er dringend vermeiden, dass einer der Reporter mit Kaltenbach sprechen konnte. Es war bekannt, dass der Erste Hauptkommissar kein Blatt vor den Mund nahm, und es war bekannt, dass er schon seit Langem einen Kleinkrieg gegen Gräfe führte. So stand er nun im Blitzlichtgewitter vor dem Eingang zum LKA und versuchte, die Wogen zu glätten, Zeit zu gewinnen, bis die neuen Erkenntnisse vorlagen.

Wie ein eingesperrtes Tier lief der Erste Hauptkommissar in seinem Büro herum. Er war außer sich. Schimpfte vor sich hin.

»Herrschaft, Alter«, rief Atik, »jetzt komm mal wieder runter! Du weißt doch, was für ein Trottel der Gräfe ist. Also *cool down*. Vertrag dich mit ihm oder tu wenigstens so, als würdest du dich vertragen. Wir brauchen keine Fronten innerhalb der Truppe, die Front liegt da draußen, irgendwo in diesen bekackten Wäldern. Dort ist der Krieg zu führen, nicht hier.«

»Schon gut, schon gut.«

Christoph zog sich vom Fenster zurück, wo er den Auflauf der Pressemeute beobachtet hatte.

»Du hast ja recht. Wir werden schon irgendeinen Konsens finden, was wir den Medien jetzt zum Fraß vorwerfen.«

Er ließ sich in seinen Bürostuhl fallen. Drehte sich im Sessel hin und her. Stand auf und ging zum Fenster zurück. Setzte sich wieder hin.

»Nervös?«

»Ich hab ein saublödes Gefühl, Atik. Mich hält es nicht in der Stadt. Ich muss so schnell wie möglich nach Hagstein zurück.«

»Jetzt verfall mal nicht in Hektik. Selbst wenn du vor Ort wärst, könntest du einen weiteren Mord nicht verhindern. Und selbst wenn eine berittene Hundertschaft die Kinder dort bewachen würde: Wenn der Mörder sich wen ausgesucht hat, wird er den auch erwischen, so kaltblütig, wie der ist. Wir können nicht das ganze Dorf evakuieren. Dann schlägt der verrückte Killer eben im nächsten Kaff zu, wer weiß.«

»Du wirst lachen. Evakuierung. Ich habe tatsächlich daran gedacht. Wie auch immer, sobald ich bei Gräfe raus bin, fahre ich zurück.«

»Dann komme ich mit.«

»Du bleibst schön da und hältst die Stellung. Mein Bauchgefühl sagt mir, dass ich die Sache allein klären muss. Wenn ich deine Hilfe brauche, melde ich mich, okay?«

***

Die Unterredung beim Oberstaatsanwalt dauerte keine Viertelstunde. Man einigte sich auf ein gemeinsames Kommuniqué der Öffentlichkeit gegenüber, doch die persönlichen Fronten waren danach noch verhärteter als bisher.

Am späten Nachmittag gab die Pressestelle des LKA einen vorläufigen Bericht heraus. Mit dem Einsatz der Bereitschaft und der Spürhunde habe man lediglich sichergehen wollen, dass der Kindsmörder auch tot sei. Die Leiche sei zwar noch nicht gefunden worden, die Indizien wiesen jedoch nach wie vor darauf hin, dass der Täter seinen Schussverletzungen erlegen sei. Noch sei die Gefahr nicht zu hundert Prozent gebannt. Die Polizei werde alles Notwendige unternehmen, um die Bevölkerung zu schützen, und habe daher ein mobiles Einsatzkommando nach Hagstein geschickt. Die Beamten würden die gesamte Gegend um die Ortschaft herum kontrollieren, bis man eben die Leiche entdeckt habe. Oder den Mörder gefasst, falls er, was unwahrscheinlich sei, doch überlebt habe. Im Moment jedoch bestehe keine Alarmbereitschaft, da der Täter, selbst wenn er noch einmal davongekommen wäre, so schwer verletzt wäre, dass mit neuen Mordanschlägen derzeit nicht zu rechnen sei.

***

Verena Drewitz hörte die Botschaft wohl, glaubte aber kein Wort davon. In jüngster Vergangenheit hatte der Oberstaatsanwalt schon zweimal voreilig falsche Angaben gemacht, um dann von dem ermittelnden Kommissar Kaltenbach eines Besseren belehrt zu werden.

Die Reporterin arbeitete bei einem der lokalen Fernsehsender der Stadt, Munich TV. Sie hatte die Stelle vor zwei Jahren angenommen, weil sie nach der Journalistenschule bei seriösen Sendern nicht untergekommen war, trotz Empfehlungen und trotz bester Noten. Verena hatte das Pech, zu gut auszusehen. Und sie hatte das Pech, dass die Personalleiterinnen ebenfalls weiblichen Geschlechts waren und keine über ihren Schatten springen konnte und einer jungen schönen Frau eine Chance gab. Der Neid ließ es einfach nicht zu. Nun war sie bei diesem Yellow-Press-Sender, wie sie ihn nannte, gelandet und zuständig für alles, was nach Sensation roch. Und Sensationen waren neben den Prominentenkreisen vor allem bei der Kriminalpolizei in den Dezernaten Mord und Totschlag zu finden.

Den Kaltenbach kannte sie aus diversen Presserunden. Wenn der offizielle Sprecher des LKA, Richard Plank, keine Lust auf die nervtötenden Befragungen der Journaille hatte, schickte er manchmal Kaltenbach und dessen Partner, den stadtbekannten Womanizer Atik Alkay, vor. Beide höchst fotogen und beide höchst beliebt bei den Medien, weil sie so herrlich anders waren als die sonst so knochentrockenen Beamten beim LKA.

Ihr Reporterinstinkt sagte ihr, dass da etwas nicht ganz koscher war im Fall des Mörders im Wolfspelz. Gräfe hatte ordentlich zurückrudern müssen. Was nichts anderes hieß, als dass der Täter noch lebte. Und wahrscheinlich bald wieder zuschlagen würde.

Sie nahm ihr Mobiltelefon zur Hand und wählte eine Nummer aus dem Adressbuch. Seit einiger Zeit schon hatte sie einen Informanten im LKA, der sie regelmäßig mit den wichtigsten Interna versorgte, von denen die Medien eigentlich nichts wissen durften. Im Gegenzug ließ sie ihm ebenso regelmäßig eine nette Belohnung in Form von Sex zukommen. Allerdings stellte sie sich nicht selbst zur Verfügung, denn in diesen Dingen war sie ziemlich konservativ.

Außerdem mochte sie den Kerl nicht. Der hatte etwas höchst Seltsames an sich. Allein schon dieser stechende Blick. Nein, sie hatte eine alte Schulfreundin dazu überredet, die kurz vor dem Abitur die Schule geschmissen hatte. Seit Langem kokainabhängig, war Melanie Scharfreiter in den unerbittlichen Kreislauf der Beschaffungskriminalität geraten und hatte sich den Drogenkonsum als Prostituierte finanziert. Vom Kokain war sie inzwischen weg, aber nicht von den Freiern. Zu leicht war das Geld verdient und zu mager ihre Berufschancen als zweifach wegen illegaler Prostitution, Drogenhandels (wenn auch in geringen Mengen) und Diebstahls Vorbestrafte. Verena hatte ihr früher ein paarmal mit Geld ausgeholfen, und Melanie zahlte nun mit vollem Körpereinsatz zurück.

Sie erreichte ihren Informanten auf seinem privaten Handy.

»Hallo, hier ist Verena. Kannst du sprechen?«

»Jaja. Ich bin nicht im Büro, ich bin beim Einkaufen und allein. Was gibt's?«

»Was weißt du über den Fall des Mörders im Wolfsfell?«

Der Mann lachte. »Ah, so läuft der Hase. Einiges, meine Süße. Aber das wird teuer, diesmal.«

»Bisher hast du immer bekommen, was du wolltest. Also: Wie ist die Sachlage?«

»Wir müssen davon ausgehen, dass der Mörder noch frei herumläuft. Der Kaltenbach scheint mal wieder richtigzuliegen. Leider.«

»Was heißt das, ›leider‹?«

»Ach, vergiss es. Ich weiß jedenfalls, dass er heute noch nach Hagstein zurückfährt.«

»Und das mit dem mobilen Einsatzkommando, stimmt das denn?«

»Offenbar schon. Der Chef hat bereits Unterstützung vom SEK angefordert. Was interessiert dich eigentlich an der Sache?«

»Das ist *das* Thema momentan. Jeder will doch wissen, wie es weitergeht, ob der Mörder noch lebt oder nicht. Gibt es irgendeine Spur?«

»Allem Anschein nach nicht. Aber ich bin ja raus aus dem Fall.«

»Ich weiß. Geht der Kaltenbach allein zurück?«

»Keine Ahnung. Aber warum … Ach so, verstehe. Der schöne Kommissar! Du bist doch nicht etwa hinter ihm her?«

»Lass das. Mein Interesse ist rein beruflich. Und selbst wenn dem nicht so wäre, ginge es dich nichts an. Trotzdem vielen Dank für die Info. Ich schicke Melanie jetzt eine SMS, damit du deine Belohnung kriegst. Viel Spaß denn auch.«

Verena legte auf. Sie hasste es, von diesem Typen »Süße« genannt zu werden. Und sie hasste es, überhaupt auf ihn angewiesen zu sein. Doch sie wollte ja Karriere machen, nicht um jeden, aber um so manchen Preis. Damit sie endlich von diesem lächerlichen Sender wegkam. Dazu musste sie *exciting news* bringen, und zwar exklusiv. Und so häufig wie möglich auf dem Bildschirm präsent sein. Präsenz prägte ein, und vielleicht sah sie ja mal einer der Bosse beim Öffentlich-Rechtlichen oder einer von den großen Privaten, von denen es genügend in München gab.

Verena ging ins Büro des Redaktionsleiters, Harry Mechtersheim. Sie konnte ihn zwar nicht besonders gut leiden, doch wusste sie, dass er auf sie flog. Kein Grund zwar, sich darauf etwas einzubilden, denn Mechtersheim war klein, dick und roch entsetzlich aus dem Mund, und außerdem flog er auf alles, was irgendwie fraulich war, allerdings weitgehend erfolglos. Doch war diese Kenntnis der weiblichen Belegschaft sehr nützlich, wenn sie etwas von ihm wollte.

Ohne anzuklopfen, trat sie in sein Büro. Ganz die Kokette, schob sie die Papiere, die überall auf dem Schreibtisch herumlagen, zur Seite und hievte ihr hübsches Hinterteil mit elegantem Schwung auf die nun frei gewordene Tischplatte. Dass ihr Rock dabei weit nach oben rutschte und ihre braun gebrannten Beine in voller Pracht entblößte, war natürlich nur ein Versehen. Die Wirkung jedoch war phänomenal.

In kürzester Zeit hatte sie alles erhalten, was sie brauchte: die Genehmigung, nach Hagstein zu reisen und dort so lange zu bleiben, wie sie selbst es für nötig hielt. Die Erlaubnis, Sascha Dementschuk, den fähigsten Kameramann von Munich TV, zu ordern, falls es ihr notwendig erschien. Das Okay, im besten Hotel am Ort, dem »Bichler Plaza«, logieren zu dürfen. Und darüber hinaus durfte sie noch Mechtersheims Dienstwagen, einen geländegängigen SUV der Marke Mercedes, benützen, da sie ja eventuell in die steilen Berge fahren müsste, auf unwegsamen

Forststraßen immer dem Mörder und seinem Verfolger, dem Kommissar Kaltenbach, hinterher.

***

Mechtersheim atmete tief durch, nachdem Verena sein Büro verlassen hatte. Er nahm ein Taschentuch aus der Hose und wischte sich die verschwitzte Stirn ab. Natürlich war ihm klar, dass das soeben eine Showveranstaltung gewesen war und er nie eine Chance bei der Drewitz haben würde. Aber schön war's dennoch.

***

Christoph Kaltenbach hatte gerade seine Sachen ins Auto gepackt, sich hinters Steuer gesetzt und wollte den Motor starten, als sein Handy klingelte. Pfarrer Koidl war am Apparat. Vor lauter Aufregung brachte er kaum einen vollständigen Satz zustande.

»Der Wolf, der Wolf! Ich meine, der Dings, der Mörder. Er ist wieder da. Bei der Heiligen Jungfrau, Sie müssen sofort kommen, Herr Kommissar!«

»Was ist passiert?« Christoph musste sich alle Mühe geben, ruhig zu bleiben. Als Chefermittler blieb man doch ruhig, in jeder Phase, oder? Und zeigte niemals etwas von sich, niemals.

»Der Mörder hat ein Kind angefallen«, redete der Pfarrer weiter auf ihn ein. »Es ist so schrecklich. Sie haben doch gesagt, ich soll Sie gleich anrufen, wenn irgendwas vorfällt. Mein Gott, und jetzt ist er wieder aufgetaucht, und das furchtbare Morden fängt wieder an.«

»Beruhigen Sie sich, Herr Pfarrer. Noch mal: Was ist genau passiert? Ist das Kind tot?«

»Nein. Wie durch ein Wunder hat der Kleine überlebt. Aber der Mörder! Er wird sicher wiederkommen und sein Teufelswerk zu Ende bringen wollen.«

Christophs linke Hand, die das Lenkrad fest umklammert hatte, als müsse er sich daran festhalten, entkrampfte sich. Sein Herzschlag ging von wild auf normal zurück.

»Gut. Gut, dass das Kind noch lebt. Ich wollte sowieso gerade los. In einer Stunde bin ich in Hagstein. Ist die nächste Polizeidienststelle schon verständigt worden?«

»Ja. Die Mutter des Jungen hat gleich angerufen. Ich hab nur durch Zufall erfahren, was geschehen ist. Die Leute suchen den geistlichen Rat ja nicht mehr so wie früher.«

»Wie heißt das Kind, und wo wohnen die Eltern?«

»Pölz. Der Junge ist der Jakob, das jüngste Kind. Die Eltern wohnen am Einödhof, wenn Sie von der Kirche Richtung Au fahren, die Schwarzach entlang und –«

»Ich weiß, ich kenne den Hof«, unterbrach ihn Christoph. »Wenn ich bei Pölzens fertig bin, melde ich mich bei Ihnen. Auf Wiederhören.«

***

Der Wolf hatte sich schneller erholt, als er es selbst für möglich gehalten hatte. Doch Wölfe waren zäh, zäher als andere Raubtiere. Die Schulter schmerzte zwar höllisch, bei jeder kleinsten Bewegung, doch er hatte Glück gehabt. Die Kugel hatte ihn in die rechte Schulter getroffen, und der Wolf war Linkshänder. Außerdem war es ein glatter Durchschuss gewesen. Er hatte deswegen viel Blut verloren, doch musste die Patrone nicht herausoperiert werden. Kein Arzt, kein Krankenhaus. Nur den heimlichen Vater hatte er gebraucht.

Die Geschichte mit dem Wildern hatte der ihm glatt abgenommen, hatte er doch früher selbst gewildert. Damit der Alte nicht erst auf komische Gedanken käme, hatte er ihm diesen kapitalen Bock mitgebracht, den er vor wenigen Tagen oben am Wendelstein geschossen und dann bei sich zu Hause in den Keller gepackt und beinahe vergessen hatte. Und der Vater hatte nichts gemerkt, nichts. Natürlich hatte es einen Mordsärger gegeben, vor allem, als er nach einem neuen Fell verlangt hatte. Wozu er das denn brauche. Ob er denn nicht von diesem Verrückten gehört habe, der als Wolf verkleidet in den Wäldern rumrannte und kleine Kinder umbrachte? Einen Verrückten hatte der Vater ihn genannt! Der Wolf hatte sich wahnsinnig zusammenreißen müssen, um nicht total auszurasten. Einen Verrückten!

Dennoch hatte es der Alte nicht darauf beruhen lassen. Hatte immer wieder nachgehakt, ob er was mit dem Kindsmörder zu tun habe. Dem etwa helfe oder sonst was. Vorsichtig musste er sein. Vielleicht ahnte der Vater doch was. Wo er denn das alte Fell gelassen habe. Der vergaß wohl gar nichts. Und er hatte geglaubt, der sei schon senil. Um eine Ausrede aber war er nicht verlegen. So übel gerochen habe der alte Pelz mittlerweile, dass er ihn hatte wegschmeißen müssen. Und nun sei die Stelle an der Wand über seinem Bett kahl und leer. Überall die schönen Wolfsbilder, doch ein Fell, das fehlte jetzt eben. Wo er die Wölfe doch so mochte! Als Talisman. Als Glücksbringer.

Seit das Fell weg sei, leide er wieder unter diesen schrecklichen Alpträumen: dass der Stiefvater noch lebe und ihn wieder verprügele, wieder und wieder! Das Wolfsfell, das habe ihn halt beschützt vor diesen schlimmen Träumen, ob's der Vater glaubte oder nicht. Das sei diese Psychokacke von früher, wegen der er doch so lange in Therapie gewesen war. An der er immer noch arg zu kauen habe, ganz arg. Da könne er doch nichts dafür, oder?

Der Wolf wusste genau, wo er den Alten packen konnte. Damals, als Kind, hatte er noch gedacht, der furchtbare Schläger daheim sei sein echter Vater. Weil die Mutter ihn als solchen präsentiert hatte. Als die Prügeleien dann zu richtigen Gewaltorgien ausarteten und er immer öfter nicht in die Schule konnte wegen der vielen blauen Flecken und zugeschwollenen Augen, da hatte die Lehrerin die Mutter einbestellt. Allein. Und hatte ihr ins Gewissen geredet. Zur Polizei solle sie gehen. Zum Jugendamt. Dass es so nicht weitergehe. Ob die Mutter denn auch geschlagen werde. Aber dem war nicht so. Seine Wut auf die Welt ließ der Stiefvater immer nur an ihm aus. Auch nicht an den beiden Halbschwestern. Waren ja auch seine leiblichen Kinder. Nur er war das Kuckucksei, das Falsche, das Widerwärtige. Der Bankert.

Doch zur Polizei wollte die Mutter nicht gehen, viel zu viel Angst hatte sie vor dem Brutalo. In ihrer Not musste sie sich dann an seinen Erzeuger gewandt haben, seinen richtigen Vater. Und der hatte sofort gehandelt, so wie man in den bayerischen Bergen nun mal mit solcherlei Gesocks verfuhr. Abgepasst hatte er die Drecksau. Als der eines Abend wie so oft stockbesoffen aus dem Wirtshaus kam. Für fünf Wochen hatte der danach ins Krankenhaus gemusst, für fünf Wochen gleich. Da sei kein Knochen mehr heil geblieben, hatten die Ärzte gesagt.

Die Polizei war damals gleich ein paarmal angetanzt, im Spital und zu Hause. Wer ihn denn so zugerichtet habe. Doch der Stiefvater hatte angegeben, sich an nichts erinnern zu können. Weil er halt sauber einen in der Krone gehabt habe. Und einen Verdacht … nein. Keinen blassen Schimmer habe er. Weil die Mutter auch nichts dazu sagen konnte, waren die Ermittlungen bald eingestellt worden. Das Schlagen hatte dann aufgehört. Nur die Bedrohung nicht. Die grausamen Worte. Und die waren fast noch schlimmer als alle Schläge.

Viel später erst, auf ihrem Sterbebett, als die Mutter noch nicht sechzigjährig ihrem Krebsleiden erlag, da hatte sie ihm gebeichtet, wer sein richtiger Vater war. Ein ganzes Jahr hatte er gebraucht, um mit allem fertigzuwerden. Mit dem Tod der Mutter. Mit dem neuen, dem heimlichen Vater. Doch dann ist er zu ihm. Komisch war der anfangs zu ihm gewesen. Voll auf Distanz. Hatte ihn ständig beobachtet. So seltsam angesehen. Erst allmählich hatte der Vater zu ihm gefunden. Immer noch ohne große Nähe, aber mit Pflicht, so etwas Ähnlichem wie Verantwortung. Jedenfalls war er seitdem da, wenn er ihn brauchte. Ohne viel Federlesens.

Eines Tages hatte der Alte ihm das dann erzählt, das mit dem Stiefvater. Dass er dem, als er halb tot vor ihm lag, gedroht habe, ihm das nächste Mal das Genick zu brechen, wenn er seinen Sohn noch mal anrühre. Nun ja. Seitdem verspürte er fast so etwas wie Mögen für den Alten. Obwohl der ihn so lange nicht anerkannt hatte. Immerhin aber hatte er ihn von dem Finsterling befreit. Oder war es nur Bewunderung, was er für ihn empfand? Dass der sich damals getraut hatte, den riesigen Stiefvater anzugehen. Doch der heimliche Vater, der war noch größer und viel, viel stärker. So groß wäre er auch gern gewesen, doch leider hatte ihm die Mutter das Kleine vererbt. Nun ja. Richtig geliebt hatte er immer nur seine Mutter, sonst niemanden auf der Welt. Richtig verehrt hatte er sie. Nach ihrem Tod fühlte er sich so entzweigerissen. Einsam. Wie ein Wolf eben, aber einer der grauen Einzelgänger.

Ohne Rudel. Ohne Familie. Aber jetzt war da noch der heimliche Beschützer, auch nicht schlecht.

Das mit dem Fell klärte sich dann Gott sei Dank. Zwei Tage später hatte er es. Und spürte gleich wieder die alte Stärke, als er es daheim anprobierte. Sogar noch stärker fühlte er sich. Stärker als je zuvor, Verwundung hin oder her. Mit dem neuen Gefährten hatte er sich schnell anfreunden können, nicht nur, weil der besser roch als der alte. Der war auch gefährlicher als sein Vorgänger, viel gefährlicher. Weil der eine Vorgeschichte hatte, eine wahre. Der heimliche Vater hatte es ihm berichtet, als er ihm das Fell übergab.

Ein sibirischer Wolf sei das gewesen, ein gewaltiger Bursche von geschätzt siebzig Kilo. Nahe einem kleinen Ort in der Gegend vom Baikalsee musste der sein Unwesen getrieben haben, ein Einzelgänger wie er. In den eisig kalten Wintern, wenn den Leuten die Rotze in der Nase einfror, sei der immer ins Dorf gekommen, nachts. Habe die Schafe aus dem Stall rausgezerrt, ein furchtloser, starker Wolfsrüde. Keine Angst vor den Hunden hatte der, im Gegenteil, auch Hunde standen auf seinem Speiseplan. Und er kannte nicht mal Angst vor den Menschen, die mit Feuer und Stöcken und Gewehren gerannt kamen, wenn sie ihn beim Riss an einem Schaf oder sonst einem Viehzeug erwischten. Eines Tages hatte er ein Kind getötet und angefressen, ein ziemlich dummes Kind, das ihn von den Schafen wegtreiben wollte, und kurz darauf ein zweites angefallen. Appetithalber wahrscheinlich.

So sei das nun mal bei den Menschenfressern unter den Prädatoren, hatte der Vater erklärt. Wenn sie einmal auf den Geschmack von Menschenfleisch gekommen seien, würden sie immer weiter nur Menschen töten. Weil die so leicht und locker zu jagen waren, ganz einfach. Von Wölfen sei ein solches Verhalten eigentlich nicht bekannt, doch Ausnahmen bestätigten die Regel. Nur Großkatzen seien bekannt dafür, dass sie sich mal einen Menschen holen würden, speziell die Tiger in den Sundarbans, den riesigen Mangrovenwäldern im Flussdelta von Ganges, Brahmaputra und Meghna. Den Rekord aber halte der zu trauriger Berühmtheit gelangte Leopard von Rudraprayag in

Indien, der angeblich weit über einhundert Menschen auf dem Gewissen gehabt haben solle.

Die Leute in dem russischen Dorf jedenfalls hätten sich am Ende kaum noch aus dem Haus getraut, aus Angst vor dem riesigen Wolf. Dann aber seien die Jäger losgezogen, die man zu Hilfe gerufen habe, die erfahrensten, die man finden konnte. Zwei Monate fast hatten sie gebraucht, bis sie ihn erlegen konnten, so ein schlauer Bursche war das. Und dann habe man ihm das Fell abgezogen und im Dorf aufgehängt, damit ein jeder den toten Kindsmörder bestaunen könne.

Durch einen Zufall war es dann zum heimlichen Vater gelangt. Und nun hatte er es. Er. Und damit die irrsinnige Kraft und Zähigkeit dieses Wolfes. Denn die wilde, unbezwingbare Seele des Wolfes, die blieb in dessen DNA.

Früher, als er sich das mit dem Wolf so überlegt hatte, da hatte er noch recht verrückte Dinge getan. Hatte sich im Internet Wolfsknochen besorgt – war gar nicht so einfach –, die klein gemahlen, sich einen Sud daraus gemacht und das abscheuliche Zeug getrunken. Wahnsinn. Würde er heute nicht mehr tun. Er war ja kein Kannibale, oder? Damals hatte er noch geglaubt, nur so gehe die Kraft des Wolfes auf ihn über. Dann aber hatte er gemerkt, dass er es so nicht konnte. Das mit den Kindern. Er musste sich verwandeln in einen Wolf. Als er dann diesen ersten Wolfspelz beim heimlichen Vater sah, da war er dann auf die Idee mit dem Fell gekommen.

Der neue Gefährte also, der hatte auch schon getötet. Sogar Kinder. Besser ging's eigentlich nicht. Als er das erste Mal mit der Hand in den Wolfsrachen geschlüpft war und mit dem Gefährten das alte Spiel spielte, wer ist gut, wer ist böse, da wusste der sofort Bescheid. Der kannte schon alle! Dann hatte er die Namen, die auf seiner Liste standen, dem Gefährten vorgelesen. Wer sterben sollte. Und der Wolf nickte dort, wo auch er genickt hätte. Als er dann den Kaltenbach erwähnte, da hatte der Gefährte nur noch geknurrt. Ganz wild wurde der, dass er ihn kaum noch bändigen konnte. Und keine Spur von Angst, nicht so wie der alte Gefährte! Das nächste Mal würde er ihn also töten können, ganz einfach.

Der Neue war sogar ihm etwas unheimlich. Der hatte Macht, selbst über ihn. Der wollte töten, töten. Noch viel mehr als der Alte. Reißen wollte der, beißen, zerfetzen, zerstören die kleinen Gesichter, kaputt machen die unversehrten hübschen Körper, oh, oh. Da hatte er sich ja einen angelacht, mein lieber Herr Gesangsverein.

***

Noch am selben Tag, als Mechtersheim ihr das Okay gegeben hatte, war Verena Drewitz nach Hagstein aufgebrochen. Sie hatte noch kurz Melanie Bescheid gesagt, dass die vorbereitet war auf den Informanten. Denn dann musste sie das Peitschenzeug aus dem Waffenschrank holen, wie sie das zu bezeichnen pflegte, und sich umziehen als Domina, in Lack und Leder. Unangenehm, aber wenigstens brauchte sie nicht zu vögeln mit dem.

Verena freute sich auf die Zeit in den Bergen. Erstens war das Wetter schön. Sie kam zwar ursprünglich nicht aus Bayern, sie war in Stuttgart aufgewachsen, aber sie mochte die Berge. Die hatten was. Kraft strahlten die aus. Und eine gewisse Gefahr, sobald das Wetter umschlug. Dann konnten die bislang so friedlichen Almen und romantischen Bergketten plötzlich sehr bedrohlich wirken. Und jedes Jahr fanden genug Menschen in den Bergen den Tod, meist durch Unachtsamkeit und Selbstüberschätzung und nicht durch einen perversen Kindermörder.

Zweitens war der Job interessant. Aufregend sogar, wenn der Killer noch am Leben war. Die Vorstellung, dem schneidigen Kommissar Kaltenbach dicht auf den Fersen hinterherzujagen, wenn der den Mörder zu fassen versuchte, war doch irgendwie crazy.

Eventuell konnte sie sogar etwas aus den verstockten Bauerntrampeln herauskriegen. Dem Kaltenbach helfen, den Täter zu entlarven. Aus den Promis bekam sie ja auch fast alles heraus, was sie haben wollte. Und dann die Story: Unerschrockene Journalistin kämpft an der Seite des Rechts gegen das Böse in der Welt. Verena lachte. Sie und ihre blühende Phantasie.

Im Ort brauchte sie das Navi gar nicht groß zu bemühen, der

riesige Kasten des »Bichler Plaza« war nicht zu übersehen. Der Page brachte ihre Koffer ins letzte freie Zimmer, leider war bis auf die King's Suite alles ausgebucht, doch die Kosten trug ja zähneknirschend der Sender.

Verena packte ihre Sachen aus, duschte und zog sich bergmäßig um, eine elastische kurze Hose, die ihre langen Beine sehr vorteilhaft zur Geltung brachte, Trekkingschuhe und ein eng anliegendes Top, vielleicht etwas zu sexy für die Gegend, aber sie wollte ja gefallen. Auch dem Kaltenbach, den es jetzt aufzuspüren galt.

11

Wie ein Magnet zog der Einödhof der Pölzens den Wolf an. Der Junge, der Junge! Er war ihm nicht aus dem Kopf gegangen, die ganze Zeit nicht, als er die verletzte Schulter halbwegs auskurierte. Hatte geträumt von dem. Seinem leckeren Fleisch. Seine äußere, menschliche Stimme sagte ihm zwar, dass er den Buben in Ruhe lassen solle, zu gefährlich sei das Unternehmen, der Kleine zu gut behütet. Nur die innere, tierische Stimme, die sagte was ganz anderes. Bedrohte ihn sogar. Und wieder war er so entzwei. Wieder war der Zweikampf zwischen Mensch und Tier in ihm entbrannt. Am Schluss siegte, wie fast immer, der Wolf. Außerdem stand der kleine Pölz ganz oben auf seiner Liste. Also. Da hatte die äußere Stimme nachgegeben. Gesagt: von mir aus. Vielleicht ist es dann endlich vorbei. Weil sie dich schnappen werden, bei dem Versuch. Diesmal werden sie dich schnappen. Verlass dich drauf.

Sicherheitshalber ist er dann mit der Hand in den ausgebeinten Wolfskopf. Sollte der doch das letzte Wort haben. Ihm die Entscheidung abnehmen. Und der fand klare Worte.

Tu es! Tu es, verdammt noch mal! *Kill, kill!*

So machte er sich auf den Weg. Schon vor Jahren hatte er erwogen, eines der Kinder vom Pölz Rainer zu holen. Aber da war die äußere Stimme noch stärker gewesen. Dann waren die Mädchen zu alt, um als Opfer noch durchzugehen bei den Herren Dämonen. Manchmal aber musste man nur warten können, und schließlich entwickelte sich der Kleinste zur perfekten Gabe. So hübsch war der geworden, ganz die Mama.

Den Rainer Pölz kannte er noch von früher. Ein extrem Schüchterner war der gewesen, mit eingefallenem Gang und Hängeschultern, während der Pubertät mit mehr Pickeln im Gesicht als Haut. Einer, der nie eine abgekriegt hatte. Der am Samstagabend in der Dorfdisco am Rand stand und die knutschenden Pärchen auf der Tanzfläche beobachtete. Um dann plötzlich rauszurennen, wohin auch immer. Nie hatte er den mit irgendeinem Mädchen gesehen, nie.

Eigentlich hatte er den Rainer gemocht, mehr so aus der Ferne, denn befreundet waren sie nicht. Er hatte ihn gemocht, weil der auch so anders war, auch ein Handicap hatte, ein Außenseiter wie er. Richtig leid hatte er ihm getan, damals. Als der Wolf weggezogen war, nach München, hatte er ihn aus den Augen verloren und erst wiedergesehen, als er wieder öfter in die Gegend kam.

Umso mehr war er erstaunt, dass sich tatsächlich eine für den Rainer gefunden hatte, eine verdammt Hübsche sogar. Auch noch nett. Und gleich drei Kinder, eins süßer als das andere. Und der Rainer kein Außenseiter mehr, im Gegenteil. Der hatte es geschafft, ein geachtetes Mitglied der Gemeinde zu werden. Ausgerechnet der. Den Einödhof hatte er auch noch geerbt, weil der ältere Bruder, der eigentlich den Hof hätte übernehmen sollen, beim Holzfällen im Wald umgekommen war. Jetzt betrieb er die Landwirtschaft nur noch im Nebenerwerb. Tagsüber arbeitete er als Metzger im Supermarkt, ein tüchtiger Mann, haha. Eine glückliche Familie, haha. Noch.

Nur zwei Tage lang hatte er den Pölzhof observiert. Zwei schlimme Tage, während deren es in ihm schrie, brüllte. Während deren die Dämonen ihn drängten und regelrecht hinausschubsten aus seinem Versteck.

Tu's! Tu's endlich.

Am Mittwoch entschloss er sich zum Zugriff. Länger konnte er die Dämonen nicht hinhalten. Nachmittags war nur Monika Pölz im Haus, und der Junge saß allein vor dem Eingang, dort, wo er immer saß.

Der Wolf schlich sich von hinten heran, nahm die Obstbaumwiese als Deckung, die der Rainer immer noch nicht gemäht hatte, obwohl das Gras schon mehr als kniehoch stand. Auf allen vieren kroch er ans Haus. Sah, wie die Mutter des Jungen die Wäsche aufhängte, ein Bild häuslichen Friedens. Erinnerte sich an seine Mutter. An die rosa Bettwäsche. An die feinseifenen Gerüche. Den Geruch der Mutter. Sie roch immer ein wenig nach Kuhstall, aber nicht unangenehm. Sondern nach stalliger Wärme. Nach frischer warmer Milch. Die Zitzen, ja. Wie oft hatte er sie sich herbeigewünscht. Sich danach gesehnt, dass die Mutter ihn säuge, immer. Die Mutter mit ihren vollreifen Brüsten. Als Baby hatte sie ihn nicht stillen dürfen, weil der Stiefvater dagegen war. Sie würde sonst so üble Hängetitten kriegen, und da stehe er nun überhaupt nicht drauf. Nein, ihren schönen Busen sollte sie behalten und musste Medikamente nehmen, die die Milchproduktion verhinderten.

So gern wäre er gesäugt worden, so gern! Mit dreizehn Jahren hatte er die Geschichte Roms gelesen. Wie die Stadt gegründet worden war, von Romulus und Remus, den Findelkindern, die von einer Wölfin gefunden und gesäugt wurden. Das Bild in dem Buch hatte sich ihm eingeprägt: die Wölfin mit ihren festen Zitzen und die milchsaugenden Kleinkinder darunter.

Dem Wolf schossen die Tränen ins Gesicht. »Ich kann es nicht! Ich kann es nicht. Lieber Gott, so hilf mir doch. Ich will es nicht.«

Er lag im Gras und zitterte. Plötzlich war die andere Stimme da. Die böse.

»So. Auf einmal betest du zum lieben Gott. Wo du doch sonst mich anbetest, du treuloser Geselle. Erinnerst du dich nicht mehr an unsere Abmachung? An den Pakt, den wir geschlossen haben? Ich muss dir wohl wieder einen schicken, der dich quält. Der dich prügelt. Willst du jetzt aufgeben? So kurz vor dem Ziel? Oder willst du gar in den Knast? Weißt du nicht, was Kindermördern dort droht? Deine Mitgefangenen, sie werden dich treten und schlagen. Vergewaltigen werden sie dich, töten gar, wenn sie erfahren, wer du im wirklichen Leben bist. Kindermörder stehen im Knast ganz unten auf der sozialen Stufe. Im Dreck. Mit denen darf man alles machen. So wie der Stiefvater damals. Willst du das wieder haben? Willst du das?«

»Nein! Nein!« Der Wolf schrie fast. War viel zu laut. Er hielt sich die Ohren zu und krümmte sich im Gras.

Auf einmal der Köter, der verfluchte Köter! Er musste ihn gehört haben. Bellend kam der Hund auf ihn zu. Schnell fingerte er das Fell des Gefährten aus dem Rucksack. Warf es nur halb über sich, denn das Drecksvieh war schon da. Doch es genügte, um ihm die nötige Kraft zu verleihen. Ein Spaniel gegen einen sibirischen Wolf, haha! Das kleine Drecksvieh aber war nicht zu beeindrucken, schnappte nach seinem Bein. Der Wolf erhob sich und versetzte dem Hund einen kräftigen Tritt. Das reichte aus, dass der kleine Körper gleich zwei Meter weit durch die Luft flog. Dann war der Wolf schon über ihm. Ein kräftiger Ruck am Hals, linksrum, rechtsrum, bis er es krachen hörte und kein Widerstand mehr zu spüren war.

»So endet es«, raunte er dem leblosen Körper zu, »wenn man sich mit dem mächtigen Wolf anlegt.«

Er packte den Kadaver beim Ohr und schleifte ihn hinter den Geräteschuppen. Niemand hatte ihn bemerkt, auch nicht das Fehlen des Hundes. Er hatte noch genug Zeit, sich das Fell komplett überzuziehen, mit Händen und Füßen in die Ledertaschen zu schlüpfen, die er an die Vorder- und Hinterläufe des Gefährten genäht hatte. Nun war er ganz der Wolf. Jetzt war er wieder Herr der Lage.

Plötzlich ein Geräusch, als ob etwas auf dem Boden schleifte. Leise Schritte, gedämpft durch den Rasen. Der Wolf verzog sich hinter das Kopfende des Schuppens, wo das Brennholz gelagert wurde. Verbarg sich hinter einem hohen Stapel. Lauschte. Hörte Weinen. Kindliches Weinen. Das musste der Junge sein, der kleine Junge!

Der Wolf begann zu schwitzen, fürchterlich zu schwitzen. Mit dem Gedanken »Jetzt oder nie!« kroch er hinter dem Holz hervor. Sah sich plötzlich auf allen vieren dem Jungen gegenüber. Der hielt das Hündchen wie ein Baby in seinem Arm. Dicke Tränen kullerten aus seinen Augen. Bernsteinaugen, wie der Wolf nun erkannte. Die gleichen Augen, wie seine Mutter sie hatte.

Das Kind erschrak, verfiel aber nicht in Panik. Es erhob sich und wich ein paar Schritte zurück. Zog das linke Bein nach. Schaute ihn eher neugierig als ängstlich an. Aus diesen unergründlichen Bernsteinaugen.

»Wer bist du? Hast du das dem Lucki angetan?«

Der Wolf konnte sich kein Stück rühren. Kein Wort brachte er heraus, starrte nur auf das Bein in der hübschen kurzen Hose. Es war verkrüppelt.

Mit einem Schlag wich alle Kraft aus ihm. Er konnte es nicht.

Er konnte es einfach nicht. Musste sich zusammenreißen, um überhaupt was zu tun. Zu fliehen. Abzuhauen, schnell, schnell. Er schlüpfte aus den Ledertaschen und stand auf, mit einem letzten Blick durch die Sehschlitze, die er in des Gefährten Fell gebohrt hatte, auf den Buben. Dann drehte er sich um und verschwand Richtung Wald.

***

Christoph war beeindruckt von der Stärke dieses Kindes. Mit fester Stimme und klaren Worten schilderte Jakob Pölz die Begegnung mit dem Wolf. Dass er erst gedacht hatte, das sei ein echter. Angst habe er nicht so arg gehabt. Echte Wölfe täten dem Menschen nämlich nichts. Dann sei der Wolf aufgestanden, und da habe er gemerkt, dass das ein Mensch war, der sich nur verkleidet hatte. Aber der war so schnell abgehauen, dass er nicht erkannt habe, wer sich unter dem Fell verbarg.

»Du bist ein sehr, sehr tapferer Junge, Jakob. Wahrscheinlich war es dein Mut, der den Mann letztlich vertrieben hat. Nur das mit deinem Hund, das tut mir echt leid.«

Jakob sah dem Kommissar in die Augen. Er nickte mit ernster Miene, als nähme er das Beileid des Polizisten hiermit an. Im Gesicht des Jungen erkannte Christoph bereits Züge eines Erwachsenen, ein kleines Gesicht, das schon einiges erlebt hatte, und dennoch war es von entwaffnender Unschuld. Dieser Widerspruch war ihm schon des Öfteren bei behinderten Kindern aufgefallen, was auch immer der Grund dafür sein mochte. Ein ausnehmend hübscher Junge war das. Und was der für schöne Augen hatte, kastanienfarbener noch als jede Kastanie.

»Meinst du, der Mann in dem Fell hat den Lucki umgebracht?«, fragte das Kind.

»Was haben denn meine Kollegen gesagt, die dich vorhin befragt haben?«

»Dass sie es noch nicht genau wissen. Dass sie noch so was abwarten müssen, eine Ob… Menno, ich hab das Wort vergessen.«

»Eine Obduktion?«

»Genau, das war es. Ob-duk-tion.«

Für einen Moment erhellte sich Jakobs Miene, um sich sofort wieder zu verdüstern.

»Heißt das, die schneiden den Lucki auf?«

»Ja. Leider. Das müssen sie tun. Aber der Lucki wird das nicht mehr spüren. Außerdem nähen sie ihn wieder zu, so wie bei einer Operation, wenn man den Blinddarm rausnimmt. Da muss der Arzt auch schneiden und wieder zumachen. Das ist also nichts Schlimmes, und weißt du, ich bin überzeugt, dass auch die Tiere eine Seele haben. Und die vom Lucki ist jetzt garantiert bereits im Hundehimmel und schaut von seiner Wolke auf dich herunter.«

In den Augen des Jungen blitzte es kurz auf, als wäre ein Sonnenstrahl durch einen Bernstein gegangen.

»Wirklich?«

»Warum nicht? Oder fällt dir was Besseres ein?«

Jakob wandte sich seiner Mutter zu. »Ich will raus, Mama, ich will die Wolke vom Lucki sehen.«

»In Ordnung, mein Schatz.« Monika Pölz strich ihrem Sohn über den Kopf. »Wir gehen raus. Schau'n wir mal, ob wir die Wolke auch erkennen.«

Es gingen alle ins Freie, die sich im Wohnzimmer um den Kommissar und Jakob geschart hatten, seine Schwestern Rosalie und Julia, der Vater, Oma und Opa, die zur moralischen Unterstützung der aus allen Ankern gerissenen Familie aus Miesbach herbeigeeilt waren, und auch Pfarrer Koidl, der es sich nicht hatte nehmen lassen, den Pölzens seinen Beistand anzubieten, obwohl ihn niemand hierzu gebeten hatte.

Sie gingen hinaus, und Jakob legte seine kleine Hand in die des Kommissars, eine Geste, die Christoph zutiefst ergriff. Lange, lange war es her, dass er eine Kinderhand in seiner gehabt hatte. Das zarte, unverbrauchte Fleisch zu fühlen. Wo es doch nichts Schöneres gab auf dieser Welt, als dieses kleine große Vertrauen zu spüren.

Nun standen sie alle auf der Straße vor dem Haus und blickten nach oben, in den weiß-blauen Himmel. Tatsächlich hatten sich wattige Wolken gebildet, die sich im aufkommenden Wind zu bizarren Formen türmten. Rainer Pölz packte sich seinen Sohn auf die Schultern, denn der wollte dem Lucki noch näher sein, und wenn's nur ein kleines Stückchen wäre. Christoph blieb neben Monika Pölz.

»Was fehlt dem Jakob denn?«, fragte er leise.

»Er hat MS. Multiple Sklerose. Da war er grad mal vier, da haben es die Ärzte diagnostiziert. Aber er trägt seine Krankheit mit unglaublicher Tapferkeit. Meistens merkt man ihm gar nichts an.«

»Entschuldigen Sie bitte, dass ich so direkt gefragt habe. Ich meinte aber was ganz anderes, ich meinte das mit seinem Bein.«

»Ach das. Er ist schon so auf die Welt gekommen, eine Missbildung, wahrscheinlich aufgrund der MS-Erkrankung. Genau konnte es uns aber bisher kein Arzt sagen. Warum interessiert Sie das?«

»Weil ich so eine These habe. Ich suche nach einer Erklärung, warum der Mörder dem Jakob nichts getan hat.«

Befremdet sah Monika Pölz den Polizisten von der Seite an.

»Verstehen Sie mich bitte nicht falsch, Frau Pölz. Ich bin heilfroh, dass Ihrem Sohn nichts passiert ist. Das mit seinem Hund ist ja schon heftig genug. Außerdem …«

»Was ist außerdem?«

Christoph ließ Zeit verstreichen, bevor er antwortete. »Ich hab selbst meine beiden Kinder verloren. Bei einem Unfall. Ich weiß, wie das ist. Deswegen freue ich mich über jedes Kind, das lebt und glücklich ist.«

Christoph sprach so leise, dass Monika Pölz sehr nahe kommen musste, um ihn zu verstehen. So nahe, dass er ihren Duft roch. Ein Hofgeruch, dachte er. So riechen Bäuerinnen. Frisch. Warm. Nach Heu. Und ein bisschen nach Vieh.

»Oh Gott. Das habe ich nicht gewusst.« Monika griff nach seinem Arm und drückte ihn sachte. »Das tut mir wahnsinnig leid, Herr Kaltenbach.«

»Schon gut. Sie konnten das ja nicht wissen. Aber wie gesagt, ich habe da so eine These.«

»Glauben Sie, der Mörder hatte es eigentlich auf meine Mädchen abgesehen? Und deshalb Jakob verschont, weil er ein Bub ist?«

»Ich denke nicht. Ihre Mädchen sind, Gott sei's gedankt, zu

alt, um in sein Raster zu passen. Falls er eins hat. Ich glaube eher, es war die Behinderung, die ihn abgeschreckt hat. Vielleicht tötet er nur Makelloses. Ich bin mir nicht sicher, aber die beiden toten Kinder waren auffallend hübsch. So wie Jakob auch. Bis der Mörder seine Behinderung entdeckt hat.«

Er drehte sich um. Im Garten hinter ihnen waren die Kollegen von der KTU noch in vollem Einsatz. Jeden Quadratzentimeter durchsuchten sie, jeder Grashalm wurde auf mögliche Spuren umgebogen und begutachtet.

»Ob die was finden, Herr Kommissar?« Großvater Pölz war an Christoph herangetreten. »Und sind Sie überhaupt sicher, dass das der Schweinehund war, der die beiden Mädchen umgebracht hat?«

Christoph wollte antworten, wurde aber vom Kollegen Besold, der die kriminaltechnische Untersuchung leitete, unterbrochen.

»Sieh mal, Chef, was wir da Schönes haben.«

In der Hand hielt er ein paar rosa Blütenblätter.

»Hundsrosen«, sagte Christoph. Er prüfte, ob da irgendwo Heckenrosen wuchsen, doch nichts war zu sehen. »Ja«, sagte er, »ich bin sicher. Es war derselbe Mann. Der Mann, der Lisa und Marie auf dem Gewissen hat.«

»Schau mal, Herr Kommissar!«

Der Ruf ließ sie sich umdrehen. Jakob deutete nach oben. »Ich glaub, das ist Luckis Wolke. Die sieht doch aus wie ein Hund, oder?«

Aus den weißen Watteknäueln schob sich eine seltsame Formation empor. Tatsächlich konnte man einen Hund darin erkennen. Aber einen mit spitzen Ohren. Die Wolke wurde größer und größer. Der Hundekopf schien sich über das Tal zu beugen.

Immer deutlicher wurde das Bild, so deutlich, dass es sogar die Menschen im Dorf bemerkten.

***

Verena Drewitz war gerade unterwegs, die Örtlichkeit erkunden, auch in der Hoffnung, Kaltenbach zu begegnen, denn wo er untergekommen war, wusste selbst ihr Informant nicht, als ihr mehrere Passanten auffielen, die mit in den Nacken gelegten Köpfen in den Himmel starrten. Da schaute sie eben auch nach oben, was es da Verwunderliches zu beäugen gab. Neben ihr hielt eine alte Frau inne. Es war Philomena Linsinger, das alte Kräuterweiblein, die Krauthex, wie sie im Dorf genannt wurde. Ihre gebeugte Gestalt habe sie nicht bloß vom Alter, behaupteten die Leute, sondern weil sie, seit man sich erinnern konnte, den Kopf stets nur nach unten gen Erdboden neigte, auf der Suche nach irgendwelchen seltenen Pflanzen. Umso schwerer tat sie sich jetzt, den bodenwärts eingewachsenen Kopf in die Gegenrichtung zu drehen, nach oben. Doch was sie dort am Firmament erblickte, machte sie schaudern.

»Seht«, murmelte sie, »seht nur«, sich drastisch steigernd, bis ihre altersschrille Stimme weit über den Marktplatz gellte.

»Schaut nur! Ein Zeichen! Ein Wolfskopf, ein weißer Wolf! Heilige Jungfrau Maria, Mutter Gottes, der Mörder ist zurück.«

Die Krauthex wankte. Griff nach rechts, um Halt zu finden. Sie erwischte Verenas nackten Oberarm und krallte sich so fest, dass die Journalistin Tage danach noch blaugrüne Druckstellen hatte. Verena versuchte, die alte Frau zu stützen, doch trotz ihres geringen Ausmaßes war sie schwer wie Blei. Beide sanken zu Boden. Und weil es sich im Sitzen besser schaute, blieben sie da nebeneinander hocken, gleich einem gestrauchelten Sinnbild für die brutalstmögliche Unterschiedlichkeit ein und desselben Menschengeschlechts. Da die moderne, anatomisch perfekte, gepflegte, ultrasexuelle junge Frau und dort ein skelettgewordenes bäuerliches Trachtenwesen aus Altvordererzeit, verschrumpelt wie eine zerzauste Zirbelkiefer.

Inzwischen hatte sich der Cumulus fractus in Form eines Wolfskopfs, der drohend über dem Dorf dräute, abermals verwandelt. Der Wind als furioser Gestalter der Wolkenwelten schuf ein neues Bild, das zunächst nur die kundige Philomena Linsinger als solches erkannte.

»Ein Omen, ein Omen! Schaut, was uns der Herrgott als Mahnmal schickt!«

Und jetzt guckte noch der letzte cool gebliebene Jugendliche in Hip-Hop-Hose, Schlabber-T-Shirt und Baseballkappe hinauf in den bayerischen Himmel. Der Wolfs- oder Hundskopf veränderte sich, mäanderte an seinen Rändern, es schob und schob sich Watteball an Watteball, und siehe da: Das Wolkenbild war fertig und wurde von der alten Linsinger prompt definiert.

»Die Hundsrose! Eindeutig die Hundsrose! Es ist sein Zeichen, das Zeichen des Wolfes. Leut, der böse Wolf ist heimgekehrt, um über uns zu richten, und er wird uns die Kindlein nehmen, eins nach dem anderen.«

Verena schaute wie gebannt nach oben. Mit etwas Vorstellungskraft oder ein paar Schnaps oder was sich die alte Frau neben ihr sonst noch reingepfiffen hatte, konnte man durchaus eine stilisierte Rose im Wolkenbild erkennen, vor allem, als sich die Formation, von Sonnenlicht und Wasserdampf beeinflusst, dezent rosa verfärbte.

Die Passanten auf der Straße wirkten leicht verstört, weniger vom eindrucksvollen Schauspiel am Himmel, sondern mehr von den Deutungen der Krauthex. Denn ob man's glaubte oder nicht: In der Vergangenheit hatte die Linsinger Philomena schon öfters irgendwelche Ereignisse vorausgesagt, und manchmal hatte sie sogar richtiggelegen mit ihren Ahnungen. Nicht dass die längst aufgeklärten Bewohner der Berge noch so abergläubisch gewesen wären wie einst, aber mit einer heidnischen Angst bekamen es schon manche zu tun, die an jenem Tag am Marktplatz waren und das Drama mitverfolgten.

Und die Krauthex sollte recht behalten: Das Drama ging weiter.

12

Außer den Blütenblättern der Rosa canina, der Hag- oder Hundsrose, hatten die Spezialisten der KTU noch jede Menge DNA gefunden sowie ein paar feine Härchen, die, wie sich später herausstellte, teils vom armen Lucki, teils von einem russischen Wolf stammten. Die menschliche DNA schließlich war zu neunundneunzig Prozent baugleich mit dem bei den vorhergegangenen Taten verifizierten Genmaterial.

Nur den Wolf, den fanden sie nicht. Das mobile Einsatzkommando hatte unter Leitung des ortskundigen Oberförsters Authenrieth das gesamte Gebiet um die Kofler Wand durchsucht. Sogar einen Spezialhubschrauber, der mit Infrarot ausgerüstet den Gebirgszug umflog, hatte man angefordert, doch vom Mörder keine Spur.

»Der ist meiner Meinung nach gar nicht in die Berge geflüchtet«, sagte Christoph.

Atik hatte ihn angerufen, um die neuesten Informationen, die beide gesammelt hatten, abzugleichen.

»Ich schwör dir, das ist einer von hier. Der hat sich sein verfluchtes Fell abgezogen, es in seinem Rucksack oder sonst wo verstaut und ist seelenruhig in den Ort marschiert. Als ganz normaler Mensch.«

»Und niemand merkt, dass in seinem Inneren ein ganz anderer Film abläuft. Ein Horrorfilm.«

»Genau. Ein Schreckensszenario, in dem er das Makellose, das Unschuldige zerstört. Vielleicht auch das Glück von Familien. Alle drei Kinder lebten beziehungsweise leben in besten Verhältnissen.«

»Das würde bedeuten, er kannte diese Familien. Also doch einer aus dem Umfeld, der Klassiker schlechthin. Man müsste recherchieren, wer in der Gegend eine unschöne Kindheit hatte.«

»Es könnte aber auch sein«, sagte Christoph, »dass er selbst eine Behinderung hat. Keine körperliche, sondern eine geistige. Sozusagen aus Selbsthass das Perfekte auslöscht.«

»Dann müssen wir wohl oder übel das komplette Dorf zum Gentest bitten. Das wird Ärger geben«, seufzte Atik.

»Mit Sicherheit. Aber Zeit wird's, egal ob sich die Leute nun echauffieren oder nicht. Die Frauen können wir so oder so ausschließen. Ich denke, es genügt, wenn wir uns auf die männliche Bevölkerung konzentrieren, Männer zwischen achtzehn und sechzig Jahren. Und die Großgewachsenen können wir ebenfalls ausschließen. Der Jakob Pölz hat gesagt, der Mann sei eher klein gewesen. Und ziemlich schnell.«

»Dann fällt der alte Strussner aus.«

»Den hatte ich von vornherein nicht im Visier. Trotzdem habe ich immer mehr das Gefühl, der verbirgt was. Ich werde ihn heute noch aufsuchen. Vielleicht rückt er ja endlich mit der Wahrheit heraus. Vor allem interessiert mich, wo der Mörder so flott ein neues Fell hergekriegt hat. Der Strussner ist doch Spezialist für Tierfelle.«

»Dann nimm ihn mal schön in die Zange. Ich organisiere inzwischen den Gentest. Ach übrigens, der Alte hat dir Unterstützung geschickt.«

»Oje. Hoffentlich nicht den Strehle.«

Atik lachte. »Nein, vor dem bist du sicher. Der ist krankgeschrieben. Aber es kommt noch schlimmer. Frau Professor Hannewald persönlich wird dich heimsuchen.«

»Ach du Scheiße. Warum ausgerechnet die?«

»Weil die anderen möglichen Profiler entweder im Urlaub oder sonst wo engagiert sind. Also hat er die Hannewald angefordert.«

»Mensch, Atik! Hast du Kraus nicht gesagt, dass ich die hier nicht brauchen kann?«

»Doch. Ich hab ihm sogar gesteckt, dass du sie nicht leiden kannst.«

»Und? Wie hat er reagiert?«

»Gelacht hat er. Und mich gefragt, ob ich einen kenne, den der Herr Kaltenbach wenigstens ein bisschen leiden kann, außer meiner Wenigkeit natürlich.«

Jetzt lachte auch Christoph. »Okay. Ich werde sie schon abschütteln können. Wo wohnt die Schreckschraube? Ich hoffe doch, nicht in unserer Pension.«

»Doch. Sie hat sogar das Zimmer neben dir, mein Schatz. Viel Vergnügen also.«

»Du bist wirklich ein Scheißkanake, Atik, weißt du das?«

»Und du bist ein bekackter Adeliger. In diesem Sinne ...« Atik legte feixend auf.

Die Hannewald, Heilandzack! Die Gaudibremse schlechthin. Frau Professor Dr. Sybille Hannewald, im Präsidium die bittere Pille genannt. Doktorin der Psychologie, Inhaberin eines Lehrstuhls an der Ludwig-Maximilians-Universität. Profilerin beim LKA. Buchautorin. Gast diverser Talkshows im Fernsehen. Ihr Gesicht tauchte schlichtweg überall auf, wo es etwas Psychosomatisches oder Sozialphilosophisches zu diskutieren galt, als hätte man sie als Klischee überzogener Männerphantasien, wie sich so eine Seelenheiltante zu geben hatte, mehrfach geklont.

Die Hannewald war hyperintellektuell, dabei stets ein wenig verhuscht, und sie war eine entschiedene Frauenrechtlerin. Deswegen und weil sie keinen Mann hatte, war man sich in Herrenrunden einig, dass sie eine Lesbe sei, und was für eine. Und gerade deshalb hatten sich ein paar Kollegen nicht entblödet, sie anzumachen, jedoch eine brüske Abfuhr kassiert.

In den Talkshows war sie ein gern gesehener Gast, weil sie schlagfertig war und verbal äußerst aggressiv und weil sie, das musste man ihr lassen, dabei auch noch gut aussah. Welche Verschwendung, hatte Atik gemeint, der aber fein genug war, ihr Anderssein zu akzeptieren und es eben nicht bei ihr zu probieren.

Und jetzt hatte Christoph sie am Hals. Und Atik den Herrn Kriminalrat. Freiwilliger Massen-Gentest, hoffentlich bekam er das beim Alten durch.

Christoph machte sich auf den Weg zu Simon Strussner. Im Gehen überlegte er, wie er den Tierpräparator möglichst unauffällig aushorchen konnte. Der Mann war nicht auf den Kopf gefallen und sehr misstrauisch. Er ging langsam. Das Gehen war ihm gleichzeitig Denken. Immer noch war dieser Rhythmus in ihm. Ein Geh-Gang, ein Gedankengang. Mit jedem Tritt auf das Kopfsteinpflaster initiierte er die Bewegung von Synapse zu Synapse, zumindest kam es ihm so vor. Und sofort fiel ihm ein, wie er sich auf harmlose

Weise Eintritt verschaffen konnte, um Strussner dann in ein Gespräch zu verwickeln. Ihn dahin zu leiten, wo er ihn haben wollte.

Wieder musste er ewig lange klingeln, bis ihm endlich geöffnet wurde.

»Ein Tierfell?« Strussner musterte ihn argwöhnisch, als er sein Begehren vortrug. »Wozu in aller Welt brauchen Sie ein Tierfell?«

»Ich will's mir an die Wand hängen, als Dekoration. Ihre Präparate haben's mir ehrlich gesagt angetan. Was haben Sie denn so, was sich für eine Wohnzimmerwand eignet?«

»Ich hab nix zu verkaufen, alles ausverkauft.« Strussner keilte sich mit gespreizten Armen und Beinen in den niederen Türstock ein. Seine Mimik verhärtete sich. »Gehen Sie! Kaufen Sie sich Ihr Zeug woanders.«

Christoph verlor die Geduld. »Strussner, es bringt nichts, mir den Weg zu versperren. Ich will Ihnen nichts Böses, aber ich kann auch anders. Lassen Sie mich gefälligst hinein, sonst hole ich mir einen Durchsuchungsbescheid.«

Zögernd gab der Alte nach. Christoph sah, wie die Anspannung aus seinem Körper wich: das Signal einzutreten. Er schlüpfte unter Strussners Arm durch und ging schnurstracks hinter in den Ausstellungsraum, ohne das »He, halt, was soll das!« des Hausherrn zu beachten.

»Wie wär's mit einem Rehfell?«, fragte er und befühlte die auf einem Stapel geordneten Tierhäute.

»Aber wirklich nur für die Wand.« Strussner wirkte erleichtert. Offenbar wollte der Kommissar tatsächlich nur ein Fell kaufen. »Für den Fußboden eignen sich Rehfelle nicht. Denen gehen schnell die Haare aus.«

Christoph zog ein dunkelbraunes, fast schwarzes Teil aus dem Stapel. Die Haare des Tieres fühlten sich hart an, richtig borstig.

»Was ist das denn?«

»Wildsau. Ein recht großes Stück, von einem ausgewachsenen Eber.«

»Aha.« Christoph drehte und wendete das Fell. Es war groß, aber nicht so, dass ein Mensch darin verschwinden konnte. Er fragte sich, wie groß so eine Wolfshaut wohl sein musste, dass ein Mann hineinpasste.

»Wie schwer wird denn so ein Wildschwein?«

»Ein Eber? Na, bis hundertfünfzig Kilo können die schon wiegen. Das werden richtige Prachtkerle, wenn das Futterangebot stimmt.«

»Aber hier in der Gegend kommen sie nicht mehr vor, oder?«

Strussner lachte. »Was denken Sie, was hier alles noch rumläuft. Klar gibt's die Sauen. Wieder. Die vermehren sich wie die Karnickel. Durch die Klimaerwärmung kommen mehr Frischlinge durch den Winter als früher. Und weil's so viel zu fressen gibt, werfen die Sauen gleich ein paarmal im Jahr. Und natürlich fehlt der Wolf.«

»So einer wie der Ausgestopfte, gell. Den würde ich mir gern noch mal anschauen.«

»Das geht nicht«, sagte Strussner kurz angebunden.

»Wieso?«

»Weil er weg ist.«

»Was heißt ›weg‹?«

»Herrschaftszeiten! Wird das jetzt doch ein Verhör, ja? Verkauft hab ich ihn, was sonst.«

»Verstehe.« Christoph ließ es vorerst dabei bewenden. Er merkte, dass Strussner zumachte. »Dann nehm ich die Wildsau, wenn's recht ist.«

»Was sollte das eigentlich vorhin?«, fragte Strussner, als er das Fell einpackte. »Das mit dem Durchsuchungsbescheid, mein ich.«

»Ach, alter Polizistentrick. Sie hätten mich doch sonst nicht reingelassen, stimmt's? Aber nix für ungut. Ich wollte einfach bloß ein Fell haben.«

Strussner, der gebeugt über dem nun fertig verschnürten Paket stand, richtete sich auf.

»Wollen S' noch ein Schnapserl? Ich hab noch so einen speziellen Selbstgebrannten.«

»Oh, gern.«

Innerlich schüttelte es Christoph. Auch wenn der letzte Schnaps nicht schlecht war, so hatte er sich doch geschworen, nie wieder Alkohol zu trinken, nie wieder. Und jetzt musste er bereits zum dritten Mal in kürzester Zeit antreten, nach dem Ausrutscher in der Wirtschaft. Aber vielleicht kam er auf die Weise näher an den Mann heran, Schnaps trinken verband schließlich.

Strussner stellte zwei Gläser auf den Tisch und holte eine Steingutflasche aus dem Schrank. Es waren zwar nur kleine Gläser, aber es waren eindeutig Wassergläser. Schon wieder. Keine Schnapsgläschen. Der Kerl wird sie diesmal aber sicher nicht so vollschenken, dachte Christoph, ist ja noch helllichter Tag. Und Strussner goss ein, bis zum Rand.

»Hoppla! Ist mir das Flascherl ein bisserl ausgekommen. Na, macht nix. Das ist ein Zirbengeist, der ist gesund. Prost!«

Strussner leerte sein Glas auf einen Zug. Christoph tat es ihm nach, dann war das Zeug schneller unten. Doch der Schnaps schmeckte besser als gedacht.

»Das letzte Mal hatten Sie uns einen Kirschgeist eingeschenkt. Der war echt gut. Aber der, der ist noch feiner. Was ist das noch mal?«

»Zirbenschnaps. Den mach ich auch selber. Eigentlich ist das kein richtiger Schnaps, sondern ein Aufgesetzter. Hat auch nicht so viel Alkohol wie der Kersch. Da kann man noch einen nehmen.«

Der Tierpräparator und Fachmann für Hochprozentiges goss nach.

Christoph ließ den relativ dickflüssigen Alkohol auf der Zunge zergehen. »Lecker! Wirklich lecker. Zirben, das sind doch die unreifen Zapfen der Latschenkiefern, oder?«

Strussner nickte. Jetzt war er in seinem Element. Schnaps brennen, schwarz natürlich, das war neben dem Tiereausstopfen seine Leidenschaft.

»Die pflück ich oben an der Kofler Wand. Noch grün müssen's sein, die Zapferln. Ich schneid sie auf und tu sie in eine klare Glasflasche. Mit einem zweifach gebrannten Wacholder, den ein Bekannter von mir herstellt, füll ich auf und streu Zucker drüber, nicht viel, sonst kriegt man einen ordentlichen Schädel, wenn man zu viel von dem Zeug erwischt, aber der Zucker muss sein, sonst fermentiert das Ganze nicht. Dann stell ich die Flasche ein paar Wochen in die Sonne und schau dem Schnapserl beim Rotwerden zu. Ist er ganz rot, so wie der hier im Glas, ist der Zirbengeist fertig.«

»Klingt einfach. Aber die Zirben muss man erst mal finden.«

»Ach, wachsen tun die überall, aber die besten gibt's halt an der Südflanke unterhalb dem Koflergipfel, wo's gut steil ist und die Sonne schön draufknallt. Da kommt auch sonst keiner hin, höchstens die Philomena, die alte Krauthex.«

»Und der Mörder, der Wolf.« Christoph schaute Strussner fröhlich ins Gesicht, doch der erschrak. Erschrak so heftig, dass seine knochige Gestalt zusammenzuckte.

»Wie kommen S' denn da drauf?«

»Ach, nur so. Weil ich, wäre ich der Wolf, mich dort verstecken würde. Das Unterholz ist fast undurchdringlich, und einsam ist es auch, wie Sie selber sagen.«

»Ja, schon.« Strussner blinzelte mit seinen tief in die Wetterfalten eingegrabenen Augen. »Müssen S' halt mal hinschaun. Vielleicht finden S' ihn ja dort.«

»So. Meinen Sie?«

Strussner spitzte die Lippen und wiegte bedächtig den Kantschädel. »Wohl. Ich hab ihn schon gesehen dort.«

Christoph blieb der Mund offen stehen. »Was? Und das sagen Sie mir erst jetzt? Wann haben Sie ihn gesehen und wo genau?«

Strussner hatte es nicht eilig mit der Antwort, kratzte sich ausgiebig am Hinterkopf und tat so, als würde er angestrengt nachdenken.

»Wann, wann … schätzungsweise vor acht Tagen. Im Morgengrauen, als ich hoch bin, nach Gamskadavern schaun. Da oben treibt sich nämlich ein Wilderer herum, der auf Gamsen aus ist. Und sie manchmal nicht g'scheit erwischt, sodass sie elendiglich verrecken, die altbekannte Schweinerei halt. Wie auch immer, hat mich erst gar nicht bemerkt, das Viecherl. Ich konnt in aller Ruh beobachten, wie er runter ins Tal sicherte. Hübscher Bursche, bisserl dürr, aber einen guten Kopf hat er und ein schön glänzendes Fell. Wollen S' noch einen?«

Christoph wusste nicht, was er sagen sollte. Verkohlte ihn der Alte? Der schenkte erst einmal nach.

»Wohlsein!«

Sie leerten die Gläser.

»Besonders groß ist er ja nicht. Höchstens fünfunddreißig Kilo schwer. Dem Äußeren nach ist der aus Italien zugewandert, so wie damals der junge Rüde. Wahrscheinlich ist er auf der Spur des anderen gekommen. Wussten Sie, Herr Kommissar, dass Wölfe noch jahrelang die Spuren ihrer Artgenossen verfolgen können? Sind schon bemerkenswerte Tiere, gell.«

»Habe ich Sie jetzt richtig verstanden? Sie meinen einen richtigen Wolf, oder?«

»Ja was denn sonst? Ist doch schön, wenn wieder einer hier ist. Und der ist schlauer als der von vor drei Jahren. Der geht nicht an das Vieh der Bauern, der bleibt schön im Wald. Holt sich die verendeten Tiere, so wie ich.«

Christoph lächelte schwach. Der Strussner hatte ihn sauber an der Nase herumgeführt. Doch das war noch nicht das Ende ihrer Unterhaltung. Der Kommissar ließ sich bereitwillig noch einen Zirbengeist einschenken, dann machte er Ernst.

»Schade, dass die ausgestopfte Version weg ist. Sie können sich sicher noch erinnern, wer der Käufer war. Ich muss das leider nachprüfen, Herr Strussner. Wie Sie wohl gehört haben, ist der Mörder wieder unterwegs. Mit einem neuen Fell. Nicht dass der zufällig bei Ihnen war, und Sie haben ihm völlig ahnungslos den präparierten Kollegen verhökert. Also: Name, Adresse.«

Er holte seinen Notizblock und einen Kugelschreiber aus der Tasche und schaute Strussner erwartungsvoll und gleichzeitig streng an. Der hielt dem Blick nicht stand. Senkte den Kopf. Schien zu grübeln. Plötzlich hob er den Schädel und starrte am Kommissar vorbei ins Leere.

»Ein Russe. Ein Russe hat den gekauft. Den Namen hab ich leider nicht. Wissen S', Herr Kommissar, das Ganze ging schwarz über die Bühne, ohne Rechnung. Ich hoffe, Sie verpfeifen mich jetzt nicht beim Finanzamt.«

Strussner verzog den Mund zu einem gequälten Grinsen.

»Nicht dass ich wegen so was noch ins Gefängnis muss.«

»Ich bin nicht bei der Steuerfahndung, Herr Strussner. Ich bin bei der Mordkommission. Und wegen eines nicht versteuerten Tierpräparats ist noch keiner im Knast gelandet. Aber wegen Beihilfe zum Mord. Und das gibt gleich mehrere Jahre.«

Strussner rutschte nervös auf seiner Bank hin und her, doch Christoph war noch nicht fertig.

»Sie wissen wahrscheinlich, dass der Mörder versucht hat, den kleinen Jakob Pölz zu töten. Wir haben bei der Familie Pölz im Garten Spuren von Wolfshaaren gefunden. Die DNA wird gerade in der KTU untersucht. Und, Herr Strussner …«

Er beugte sich über den Tisch und kam mit seinem Gesicht ganz nahe an Strussners.

»… ich kann Ihnen noch was verraten. Damals, als ich mit meinem Partner, dem Herrn Alkay, bei Ihnen war, da habe ich mir erlaubt, ein paar Haare aus Ihrem ausgestopften Exemplar zu ziehen. Die DNA habe ich bereits bestimmen lassen. Wenn sie nun mit der DNA der Haare aus Pölzens Garten übereinstimmt, dann können Sie sich auf was gefasst machen. Dann nehme ich Sie auseinander wie eine Weihnachtsgans, Ihr ganzes Scheißleben werde ich durchforsten. Sämtliche von Ihnen unehelich gezeugten Kinder werde ich ins Präsidium einbestellen und verhören. Von ein paar wissen wir nämlich schon, Sie waren ja richtig fleißig in Ihrer Jugend.«

Christoph ließ seine Worte erst einmal wirken. Strussner schien geschockt. Er starrte weiter vor sich hin, als wäre er nicht mehr bei sich.

»Es war ein Russe. Ich sagte es Ihnen doch.« Die Worte fielen wie harte Steine aus seinem Mund. »Ein Russe.«

Der Kommissar stand auf.

»Gut. Wir werden auch das rauskriegen, verlassen Sie sich darauf. Sie sind ein alter Mann, Strussner. Jeder begeht mal einen Fehler. Erlösen Sie sich. Machen Sie reinen Tisch. Noch ist es nicht zu spät. Oder wollen Sie warten, bis der wahnsinnige Mörder wieder ein Kind tötet? Ich gebe Ihnen bis morgen, zwölf Uhr Mittag, Zeit. Dann bin ich wieder bei Ihnen. Wenn Sie mir dann weitere Märchen auftischen, werde ich Sie wegen des Verdachtes der Beihilfe zu mehrfachem und versuchtem Mord festnehmen. Ich hoffe, Sie nutzen Ihre Chance. Es ist Ihre letzte.«

Mit diesen Worten ließ Christoph den Tierpräparator allein.

Er war nicht einmal wütend auf den alten Mann. Leid tat er ihm. Der hatte nicht gewusst, wer der Mörder war. Bis jetzt. Doch er kannte ihn. Und jetzt wusste er, dass er einen Mörder gedeckt hatte, wenn auch nicht mit Absicht. Einen Moment war Christoph unsicher, ob es schlau war, dem Strussner so viel Zeit zu geben. Nicht dass der selbst tätig werden würde, wie bei den Wilderern vor Kurzem noch. Doch der Alte war so geknickt, dass er ihm nicht mehr handlungsfähig schien. Er würde ihn im Auge behalten. Vielleicht führte er ihn ja geradewegs zum Mörder.

Als er nachdenklich auf die Straße trat, ohne zu schauen, wo er hinging, lief ihm eine hübsche junge Frau in den Arm.

»Oh, entschuldigen Sie bitte, ich hab nicht aufgepasst.« Christoph nahm seine Sonnenbrille ab. »Ich kenne Sie irgendwoher.«

»Klar kennen Sie mich.« Die Frau lächelte ihn an. »Sie erinnern sich nicht?«

Christoph hob bedauernd die Hände.

»Verena Drewitz von Munich TV. Ich hab Sie ein paarmal interviewt.«

»Richtig! Jetzt fällt's mir ein. Ich wusste nur nicht, wo ich Sie hinpacken soll. Was treibt Sie denn nach Hagstein?«

»Dasselbe wie Sie, Herr Kaltenbach: der Mord an den kleinen Mädchen.«

»Verstehe. Der Mord. So was interessiert die Medienwelt. Sind Sie allein hier? Ihre sonst gleich in Scharen auftretenden Kollegen habe ich noch gar nicht entdeckt.«

Verena Drewitz fuhr sich mit den Fingern durch ihre dunkle Lockenmähne.

»Ich bin meistens etwas schneller als die Konkurrenz. Aber die werden garantiert noch herbeiströmen, sobald ein neuer Mord passiert.«

»Jaja, das Verbrechen. Die gute und schöne Kultur genügt nicht mehr, da gibt die Kultur des Bösen doch viel mehr her. Leider fasziniert die Leute nichts mehr als das vermeintlich Böse. Und die Damen und Herren Schmieranten der Schreihalsblätter tun ihr Übriges dafür, damit das Verbrechen hübsch schaurig in allen Einzelheiten präsentiert wird, damit sich zukünftige Mörder gleich ein wenig Anleitung holen können. Wobei …«, Christoph schaute der Reporterin tief in die Augen, »… wobei ihr Journalisten von den Privatsendern ja kein bisschen besser seid.«

»Ach, kommen Sie. Investigativer Journalismus hat doch schon vieles aufgedeckt, was ohne uns Reporter im Verborgenen geblieben wäre. Und auch bei der Polizeiarbeit haben wir euch doch teilweise nützliche Dienste erwiesen. Sogar Mörder wurden erst durch Presseleute entlarvt.«

»Ausnahmen bestätigen die Regel.«

»Sie mögen uns Medienmenschen nicht, liege ich da richtig?«

»Mögen Sie denn Ihre Kollegen, Frau Drewitz?«

Verena schmunzelte.

»Nein. Die meisten nicht.«

»Sehen Sie, da haben wir wenigstens etwas gemeinsam. Trotzdem möchte ich Sie bitten, meine Arbeit hier nicht zu behindern. Am besten, Sie halten immer etwas Distanz zu mir, dann werden wir prima miteinander auskommen.«

Verena ließ sich von solchen Grobheiten nicht beeindrucken. Von der Münchner Bussigesellschaft war sie Härteres gewohnt, es sei denn, den ABC-Prominenten lag etwas auf dem Herzen, was sie gern über die Medien lancieren wollten: in eine begehrte Filmrolle hineingeschrieben zu werden etwa. Eine Kontrahentin mit der Preisgabe allerlei peinlicher Intima loszuwerden. Oder wahlweise den Geschäftspartner. Irgendwelche Halbwahrheiten fanden sich immer, die die sogenannte Öffentlichkeit interessieren konnten. Und auf Peinliches stürzte sich die Presse nicht minder gern als auf wirklich Kriminelles.

»Einverstanden, zumindest was den beruflichen Abstand anbelangt. Ihre Ermittlungen haben selbstverständlich Vorrang vor allem Medialen. Aber zu einem rein privaten Abendessen darf ich Sie doch einladen, oder verbietet das Ihr Berufsethos?«

Eigentlich wollte Christoph das Haus des alten Strussner überwachen. Persönlich, weil er die wichtigen Dinge niemand anderem als Atik oder sich selbst anvertraute. Aber er hatte Lust auf einen unbekümmerten Abend mit einer ebenso klugen wie gut aussehenden Gesprächspartnerin. Das erste Mal seit über einem Jahr hatte er Lust auf Ablenkung. Auf relative Normalität. Scheiß drauf, dachte er. Genauso gut kann sich einer vom MEK vor die Haustür vom Strussner stellen. Warum soll ich mir die ganze Nacht um die Ohren schlagen?

Und zu seinem eigenen Erstaunen hörte er sich sagen: »Sehr gern, aber ich lade ein.«

Mit leichtem Schwindel ging Christoph in sein karges Pensionszimmer zurück, so sehr freute er sich auf diesen Abend. Er glaubte sich zu erinnern, die Drewitz von Munich TV schon immer gemocht zu haben. Schon als Krisztina noch da war. Gemocht, nicht begehrt, denn Christoph hatte stets nur Augen für seine Frau gehabt. Gemocht, weil die trotz allem Ehrgeiz immer fair geblieben war. Und intelligent war sie, viel zu intelligent für so einen Boulevardsender. Außerdem fühlte er sich geschmeichelt, dass so eine hübsche Frau mit ihm zu Abend essen wollte, auch wenn ihm klar war, dass ihr berufliches Interesse an ihm das persönliche überwog. Doch egal. Es sollte nur ein Abend sein. Ein Abend mal ohne Mörder. Ein Abend mal, ohne sich selbst aufzufressen, sondern nur das, was am Tisch war.

Er wählte die Telefonnummer des Leiters des mobilen Einsatzkommandos, Felix Scharnagel. Den Felix kannte er noch von der Polizeischule, ein guter Mann, loyal und zuverlässig. Ob er ihm ein, zwei Beamte stellen könne, für eine Überwachung. Ja, die ganze Nacht. Nein, der Strussner selbst sei nicht verdächtig. Aber er kenne wahrscheinlich den Mörder. Vielleicht verlasse er ja das Haus in der Nacht, das bringe der öfter. Dranbleiben dann, auf jeden Fall dranbleiben. Nicht aus den Augen verlieren. Und wenn was Wichtiges sei, bitte verständigen. Er komme sofort dazu, egal wie spät in der Nacht. Der Strussner könne der Schlüssel zu den Morden sein, also.

Christoph nahm ein Bad. Er probierte das Duschzeug aus, das Atik hatte stehen lassen, und roch danach wie ein brünftiger Moschusochse. Typisch Atik. Christoph war jetzt sehr entspannt. Aus seiner Garderobe wählte er den dunkelblauen Anzug aus, den er noch zusammen mit Krisztina in diesem Nobelladen in der Maximilianstraße gekauft hatte. Gut, der war im Preis heruntergesetzt, weil gerade Sommerschlussverkauf war, aber immer noch viel zu teuer für einen Kriminalkommissar. Und eigentlich viel zu edel.

»Ädel«, wie sein Frau damals gesagt hatte, »ächt ädel«. Manchmal kam ihr ungarischer Dialekt noch durch. Wie er den geliebt hatte! Diesen kleinen, maliziösen, ungarischen Unterton mit diesem gemütlichen »jöi«, das man hinter jedem Satz erwartete. Gekauft hatte er den Anzug auch nur, weil Krisztina darauf bestanden hatte. Weil er so gut darin aussehen würde. Sie mochte es, wenn er sich schön machte für sie. Als wäre er die Frau und sie …

Jetzt aber, wo er sich mit einer anderen Frau verabredet hatte, kam er sich nicht einmal treulos vor. So wie er sich garantiert noch vor einem Monat gefühlt hätte. Nein, ihm war leicht zumute, federleicht. Es war ja nur ein Abendessen, was soll's.

***

Am nächsten Morgen wachte Christoph spät auf. Mit Kopfschmerzen, wie er sie schon lange nicht mehr gehabt hatte. Mit solchen Kopfschmerzen, dass er die Augen gar nicht aufbekam. Als Kind hatte er die schlimmsten Kopfschmerzen überhaupt gehabt. Deformation der Halswirbelsäule, hatten die Ärzte konstatiert, zu denen ihn seine Mutter reihenweise geschleppt hatte. Verengung des Spinalkanals, zusätzlich eine Skoliose, in vier Etagen gleich. Eine Operation unumgänglich. Die Frau Mama hatte dann so lange weitere Fachleute konsultiert, bis sie einen gefunden hatte, der von einer OP abriet. Ausgerechnet ein Orthopäde, einer vom alten Schlag. Der schickte die beiden zu einem sogenannten Wunderheiler in den Bergen, gar nicht weit von Hagstein entfernt. Der Wunderheiler stellte sich als ein hornalter Bauer heraus, der sich hauptsächlich darauf verstand, lahme Gäule zu kurieren. Doch er kurierte auch Christoph, mit allen möglichen Kompressen und Tinkturen, mit Quaddeln und Salben und manueller Therapie.

Tatsächlich hatte er dann ein paar Jahre Ruhe, bis pünktlich zu seinem Vierzigsten die Probleme wieder auftraten, allerdings nicht mehr so akut wie in der Kindheit. Der Wunderheiler war inzwischen leider verstorben, an einem Hirntumor, und Christoph gewöhnte sich an den Schmerz wie an einen alten Bekannten, der einem noch nie besonders sympathisch, eigentlich auch kein richtiger Freund war, aber irgendwie immer noch da.

Nun war er in fast schon vergessener Vehemenz zurückgekehrt. Christoph versuchte sich damit zu trösten, dass er einfach zu viel Alkohol erwischt hatte gestern. Zwei Flaschen Wein oder so ähnlich hatten sie zusammen getrunken, an diesem wunderbaren Abend, bevor sie noch woanders einen Absacker genommen hatten, er und die Drewitz, die sich als wirklich nett herausgestellt hatte, bezaubernd, könnte man sagen, und wo …

Er puzzelte den Abend zu einem Bild.

Verena. Als er die Augen aufschlug, fand er sich in einem fremden Bett in einem fremden Zimmer. Sehr luxuriös eingerichtet, eine richtige Suite. Vorsichtig drehte er den Kopf zur Seite. Neben ihm lag sie. Verena Drewitz. Tief schlafend. Ach du Scheiße. Er betrachtete sie. Ob in ihrem Gesicht vielleicht etwas lag, was Schlüsse auf den Ausgang der letzten Nacht zuließ. Denn er konnte sich nur noch vage entsinnen.

Ihre Gesicht schien gelöst. Wie weich gezeichnet, mit ein paar neckisch in die Stirn fallenden Haarsträhnen und der mondän verschmierten Schminke, doch ansonsten spurenlos. Leise stand Christoph auf, dabei seine völlige Nacktheit registrierend. Lautlos schlich er zu der Tür, hinter der er das Badezimmer vermutete. Er lag richtig, es war das Bad, ein Bad ganz in Marmor. Hübsch. Am Waschbecken untersuchte er sein Geschlecht, ob wenigstens das ihm verriet, was in der Nacht passiert war. Doch es war nichts Verdächtiges zu sehen oder zu riechen. Christoph schlich zum Bett zurück und beschloss, sich erst mal tot zu stellen. Vielleicht vergingen dann auch die Kopfschmerzen. Als er unter die Decke schlüpfen wollte, wachte Verena auf. Ihr Blick war ernst. Und sie sprach kein Wort.

Christoph versuchte ein Lächeln, doch es geriet ihm reichlich windig. Er wusste nicht, was er jetzt sagen sollte. Wie den Anfang finden zu einem harmlosen, aber nicht peinlichen Gespräch? Souverän wirken, aber wie? Small Talk konnte er nicht. Wie kleine Worte kneten für die schönste Sache überhaupt? Falls sie denn stattgefunden hatte.

Verena ließ ihn noch ein wenig zappeln, bis sie sich zur

Rettung der Situation entschied. Sie rollte ihren schlafwarmen Körper auf ihn und küsste sanft seinen Mund. Christophs Geschlecht reagierte sofort, und mit der Erektion kam partiell die Erinnerung zurück, als sei sein Glied der Katalysator der gestrigen Geschehnisse.

»Oh lálá«, sagte Verena, als auch sie Christophs Zustand spürte, »hast du immer noch nicht genug?«

»Wir sind per Du?« Am liebsten hätte er sich auf die Zunge gebissen, den Satz zurückverlangt von seinen dämlichen Stimmbändern.

Doch Verena nahm es freundlicherweise als Scherz.

»Okay. Soll ich wieder ›Herr Kommissar‹ zu dir sagen, nachdem du mich die halbe Nacht so bearbeitet hast?«

Christoph wusste nicht, was ihm peinlicher war: die erneute Erektion oder sein dummer Satz eben. Oder dass er sie, wie war das, »bearbeitet« hatte? Mein Gott.

»War's denn schlimm?«

Verena lachte. »Nein. Ganz im Gegenteil: Es war wunderschön.«

»So etwas ist mir noch nie passiert«, versuchte er sich an einer Entschuldigung, obwohl keine verlangt war und auch nicht angebracht. Doch er war einfach zu durcheinander, um klar denken zu können.

»Tröste dich.« Verena strich ihm liebevoll die Haare aus dem Gesicht. »Mir auch nicht. Das sollte aber eine Wiederholung nicht ausschließen, oder was meinst du, Herr Kommissar?«

Eine gute Stunde später stand Christoph frisch geduscht und bester Dinge auf der Straße. Der Kopfschmerz hatte sich beruhigt. So gut wie momentan hatte er sich seit Ewigkeiten nicht gefühlt. So leicht, so beschwingt. Aber da war noch mehr. Er fühlte sich befreit. Und gleichzeitig geborgen.

Was so ein bisschen Sex doch ausmacht, dachte er. Und wie gut das gelaufen war. Vor ein paar Wochen, ach, vor ein paar Tagen noch hätte er sich überhaupt nicht vorstellen können, wieder mit einer Frau zusammen zu sein. Und plötzlich war es so einfach. Und es blieb ein Gefühl der Großartigkeit. Der

Körperlichkeit. Der Wärme eines Frauenleibes. Die Rückkehr zum Mutterleib. Die Heimkehr überhaupt zur Mutter Erde. Zum Leben. Unbeschreiblich. Das Weiche, Feine, Zarte, Duftende.

Er hätte singen können. Schon so lange hatte er nicht mehr gesungen. Wo er früher doch so gern gesungen hatte, nicht nur in der Rockband, die seine Freunde und er schon zu Schulzeiten gegründet hatten und die bis vor zehn Jahren noch immer existiert hatte. Bis so langsam alle Familien hatten und keine Zeit mehr.

Warum nicht singen! Warum nicht tanzen!

Christoph probierte ein paar Tanzschritte, breitete die Arme aus und sang, was ihm gerade durch den Kopf ging, ein Stück, das sie damals oft gespielt hatten: »Rebel Rebel« von David Bowie, einem seiner *favourites*. Er hörte das harte Gitarrenriff, den knalligen Beat des Schlagzeugs, seine eigene Stimme, die nun laut aus ihm heraus den Refrain brüllte: *»Hot tramp, I love you so!«*

Die Leute auf der Straße blieben stehen und drehten sich nach ihm um. Aber das war ihm jetzt egal. Eigentlich war ihm gerade alles egal, sogar der verfluchte Mörder. Strussner!

Scheiße, den hatte er fast vergessen. Pflichtschuldigst rief er Felix Scharnagel an. Ob es etwas Neues gebe. Nein, Strussner habe das Haus nicht verlassen. Zwei Mann hätten die Bude die ganze Nacht observiert, einer vorn und einer am Hintereingang. Ob er jetzt seine Leute abziehen könne, es sei schon nach zehn, und er brauche sie anderweitig.

»Klar doch«, sagte Christoph bester Laune. »Ich wollte ihm eigentlich bis zwölf Uhr Zeit geben, aber macht ja nichts, wenn ich etwas früher komme. Ist vielleicht sogar besser, ihn zu überraschen. Und danke noch mal! Ich werd mich revanchieren, bei Gelegenheit.«

Schnurstracks marschierte er zu Strussners Haus. Die Kollegen standen bereits auf der Straße und warteten auf ihn. Man sah ihnen die Übernächtigung an. Und die schlechte Laune, die umso schlechter wurde, als sie Christophs Hochstimmung wahrnahmen. Seinen Moschusduft rochen.

»Ihr habt einen gut bei mir, Leute. Wenn ich wieder in München bin, hocken wir uns mal zusammen, und ich geb einen aus.«

Die Polizisten tauschten Blicke. Was war nur mit Kaltenbach los, sonst die Mürrischkeit in Person und jetzt so kameradschaftlich, wie man ihn noch nie erlebt hatte. Egal, sie waren froh, für zwei, drei Stunden ins Bett zu kommen, denn am Nachmittag ging die Suche nach dem Mörder weiter, heute oben am Wendelstein.

Christoph klopfte an Strussners Tür. Klingelte. Rief. Keine Antwort. Er umrundete das Gebäude und rüttelte an der Hintertür. Nach einigem Hin und Her ließ sie sich öffnen. Er trat ein und fand sich in einem dunklen, engen Flur.

»Herr Strussner! Ich bin's nur, Kaltenbach. Bitte nicht erschrecken, die Hintertür stand offen. Herr Strussner? Sind Sie da? Hallo!«

Auf eine Reaktion wartete Christoph vergebens. Wahrscheinlich hat er sich vor lauter Kummer die Hucke vollgesoffen, dachte er, und liegt noch halb tot in der Kiste.

Er ging durch die Räume im Erdgeschoss, rief immer wieder nach dem alten Mann. Langsam wurde Christoph nervös. Wenn der doch abgehauen war? Am Ende gab es noch einen weiteren Zugang zum Haus. Aber grad blöd waren die Kollegen ja auch nicht. Der Schnaps von gestern stand noch auf dem Tisch, ebenso die beiden Gläser. Doch wo war Strussner? Auf einmal hatte er ein sehr schlechtes Gefühl. Christoph durchsuchte das ganze Haus, von oben bis unten. Er stieg sogar auf den Dachboden. Wer weiß …

Als er die Luke zum Speicher nach oben klappte, sah er Strussner auch schon. Ein kunstvoll geknüpftes Seil war um seinen Hals geschlungen. Seine langen Beine baumelten in der Luft. Der alte Mann hatte sich erhängt.

13

Anfangs versuchte er es mit purem Wolfsgeheul, weil er sich seiner Tränen so schämte. Aber er konnte nichts dagegen tun. Das Wasser lief ihm nur so aus den Augen. Schließlich weinte er, wie ein Mensch weinte. Er konnte nicht mehr aufhören, bis sein Körper keine Tränenflüssigkeit mehr produzierte und seine Augen brannten und leer waren wie sein krankes Herz. Aus der Zeitung hatte er es erfahren müssen! Der heimliche Vater! Der liebe, liebe Vater! Die letzte Bindung zur Menschenwelt.

Und natürlich musste es ausgerechnet der Kaltenbach sein, der ihn gefunden hatte. Erhängt! Erhängt! Was hatte den Vater nur zu einer solchen Tat getrieben? Das konnte doch bloß der Kaltenbach gewesen sein, mit seinen unbarmherzigen Verhörmethoden. Er kannte das ja. Der Kaltenbach, ja. Niemand anders. Der war schuld an Vaters Tod. Hätte er ihn nur früher getötet, abgeschossen wie einen Hund.

Aber was nicht ist, das kann noch werden. Kaltenbachs Zeit war abgelaufen, endgültig. Und nicht nur das. Ihm fiel gleich noch etwas ein, wie er den verhassten Kerl ein für alle Mal vernichten konnte, sodass ihm auch posthum die amtlichen und gesellschaftlichen Ehren verweigert würden. Zerstören würde er das gesamte beschissene Leben dieses Vatermörders, zerstören auf immer und ewig und sogar noch nach seinem dreckigen Tod.

Der Wolf nahm das Jagdgewehr von der Wand und betrachtete es liebevoll. Strich sanft mit der Hand über den kalten Lauf. Er war ein guter Schütze, das hatte er schon oft bewiesen. Er rieb und rieb über den Gewehrlauf, immer schneller, rieb sich in Rage, schrie dabei Unverständliches, rieb und rieb, bis der Lauf in seinen Wahnvorstellungen länger und länger wurde, wuchs und wuchs, bis er hinüberreichte zu Kaltenbach und direkt hineinstieß in dessen Schädel, wieder und wieder.

***

Als Sybille Hannewald in Hagstein eintraf, befand sich der Ort in heller Aufregung. Die Kunde von Strussners Selbstmord hatte sich wie ein Lauffeuer herumgesprochen.

Deshalb nahm auch niemand Notiz von der bekannten Autorin, als sie sich in der »Pension Annemarie« einmietete. Nachdem sie ihr Zimmer bezogen hatte, klopfte sie bei Kaltenbach gleich nebenan, doch er schien außer Haus. Sie probierte seine Mobilfunknummer, doch er nahm nicht ab. Rein aus Routine schickte sie ihm eine SMS und bat darin um Rückruf, auch wenn sie aus Erfahrung wusste, dass er ihrer Bitte nicht nachkommen würde. Christoph Kaltenbach rief nie jemanden zurück, außer Atik Alkay, seinem präpotenten Türkenfreund.

Dieser Kaltenbach! Sie hatte sich nicht darum gerissen, den Profilerauftrag zu übernehmen, als sie vom Kriminalrat hörte, dass Kaltenbach die Ermittlungen leitete. Aber Nein sagen konnte sie dann doch nicht. Aus blankem Ehrgeiz. Um es diesem Kaltenbach zu zeigen, dass er auf ihre Fähigkeiten angewiesen war, zumindest in diesem verzwickten Fall. Die Psychologin nahm sich fest vor, dass ihr der Hauptkommissar diesmal nicht entwischen würde, wie sonst oft. Das war ja seine Spezialität, sich dünn zu machen, wenn er etwas nicht wollte. Wie ein schlüpfriger Aal war er dann, schlichtweg nicht zu fassen. Ein lausiger Kollege, so kooperationsbereit wie ein alter Elefantenbulle.

Wie auch immer, irgendwann würde er ihr schon über den Weg laufen, spätestens zur Bettgehzeit. Hagstein war klein.

An der Rezeption erkundigte sie sich nach dem Haus des Simon Strussner. Annemarie Steingasser, die Pensionswirtin, wusste, dass das Fräulein Professor aus der Stadt eine berühmte Psychologin war und nebenher für die Polizei arbeitete. Sie hatte sie auch schon im Fernsehen gesehen. Eine kluge und selbstbewusste Frau war das, die sich von der Männergesellschaft nichts sagen ließ. Immer schön Kontra gab. Das hatte ihr gefallen. Nun war sie bemüht, aus der Frau Professor (»Dem Fräulein Doktor? Wie red ich die bloß an?«) herauszukriegen, ob der alte Simmerl tatsächlich der verrückte Kindsmörder war, wie viele Leute im Dorf behaupteten.

Doch Sybille Hannewald konnte dazu nichts sagen. Oder

wollte sie nicht? Der Stand der Ermittlungen sei noch nicht so weit gediehen, dass man eine endgültige Aussage treffen könne. Sie suche jetzt ihren Kollegen, den Herrn Kaltenbach, vielleicht sei der schon weitergekommen. Und wenn, dann erfahre es die Frau Steingasser als Erste. Damit gab sich die Pensionswirtin zufrieden. Fürs Erste.

***

Ja, es stimmte: Für die meisten im Dorf war Strussner der Mörder. Schon immer hatten sie es gewusst, dass mit dem Alten was nicht in Ordnung war. Da gab's zum Beispiel diese nie verstummenden Gerüchte, dass er einige Frauen im Ort geschwängert haben sollte. Früher war er ja ein schneidiger Bursch gewesen. Groß und stark. Ein Draufgänger war das, öha! Und immer hinter den Röcken hinterher, egal, ob die jetzt verehelicht waren oder nicht. Ein Schlawiner halt, ein Ausg'schamter. Und ein paar der Jüngeren im Dorf, die waren ihm doch wie aus dem Gesicht geschnitten. Aber die untreuen Weiberleut hielten ja geflissentlich das Maul, und die gehörnten Ehemänner hatten wohl keine Ahnung, was für einen Bastard sie da für ihr eigen Fleisch und Blut genommen hatten. Aber was Genaues wusste man eben nicht. Leider.

Nur, dass der Strussner schon immer ein komischer Kauz gewesen war. Und gewalttätig, jawoll. Nicht grad wenig Mannsbilder hatte der vermöbelt, damals, zu Zeiten der seligen Wirtshausschlägereien, und sogar vor Kurzem noch hatten ein paar junge Burschen eine unangenehme Bekanntschaft mit ihm machen müssen, angeblich weil er sie beim Wildern erwischt habe.

Und dann seine nächtlichen Touren. Da wird's halt über ihn gekommen sein, das Animalische. Manche werden ruhig im Alter und manche richtig pervers, beim Strussner hatte man's ja geahnt, irgendwo. Und einen ausgestopften Wolf hatte der doch auch in seiner Hütt'n, oder? Da zählt man einfach eins und eins zusammen, und schon ist der Fall klar. Da reicht der gesunde Menschenverstand, wozu braucht's da noch einen Kriminaler aus der Stadt? Also.

So und ähnlich lauteten die Kommentare im Dorf. Die Menschen, so schien es Christoph, waren ganz froh, dass sie den ungeliebten Tierpräparator los waren und ihm auch gleich die Morde in die Schuhe schieben konnten. Mit dem Gentest würde er sich nun noch schwerer tun als zuvor, da konnte er jetzt noch so auf die Offiziellen und Honoratioren einreden, die er sich sofort einen nach dem anderen vorgenommen hatte, nur um nicht den Eindruck zu erwecken, das Ding sei bereits gegessen und man könne in Ruhe wieder seinen Geschäften nachgehen. Der Mörder sei ja tot, habe sich selbst gerichtet, Gott sei's gedankt.

Er beschwor die Leute regelrecht. Dass der Strussner nie im Leben der Täter war, weil zu groß und zu alt. Weil er ihn erkannt hätte, an seinen eckigen Bewegungen. Derjenige, den er angeschossen hatte, der lief rund. Wie ein Tier. Und schnell, verdammt schnell. Ein Mann in Strussners Alter hätte niemals in solcher Geschwindigkeit vor ihm fliehen können, geschweige denn in so ein Fell gepasst. Und vor allem: Was bitte schön war mit der Schusswunde? An dem Toten habe man nach erstem Augenschein keinerlei Verletzungen entdecken können.

Doch die Menschen waren stur. Weil es so schön bequem war.

Christoph verlor wertvolle Zeit im Wettlauf mit dem Mörder. Erst musste Strussners DNA mit der bereits als tätergleich verifizierten DNA verglichen und dann das negative Ergebnis amtlich verkündet werden. Erst dann konnte er den Massen-Gentest anordnen, falls Atik den Kriminalrat schon so weit hatte. Dass das DNA-Ergebnis negativ sein würde, davon war er zu hundert Prozent überzeugt. Bis dahin jedenfalls würde er seine Kontrollgänge in den Bergen fortsetzen. Allein. Nur so hatte er eine Chance, den Mörder zu fassen, denn dass das MEK, das seit Tagen in geschlossener Formation die Wälder durchstreifte, dass die allenfalls den echten Wolf, von dem Strussner erzählt hatte, aufschrecken würden, das war Christoph klar. Der falsche war viel zu gerissen, um einer durchs Gehölz brechenden Einheit in die Hände zu laufen.

Abgesehen davon wollte er wirklich allein sein. Er fühlte Mitschuld an Strussners Freitod. Statt sich mehr um den Alten zu kümmern, hatte er den Hardliner raushängen lassen und den armen Hund mit seiner Verantwortung alleingelassen. Stattdessen hatte er sich mit einer Frau vergnügt. Idiotisch hatte er sich verhalten, wie ein Spätpubertierender. Sicher, es war eine sensationelle Nacht gewesen, wenn er Verenas Aussagen Glauben schenken durfte. Und ein nicht minder sensationeller Morgen, denn den hatte er in allen Details miterlebt. Nüchtern und mit allen Sinnen.

Versagt aber hatte er dennoch. Nicht im Bett, sondern auf der ganzen Linie.

Nachdem er den Tatbestand in Strussners Haus aufgenommen hatte und die KTU einmal mehr angerückt war, rief er Verena an. Erzählte ihr, was geschehen war. Sie möge ihm verzeihen, aber er brauche erst mal ein wenig Abstand. Er mache sich die größten Vorwürfe, und da sei er kein guter Gesprächspartner. Und auch sonst zu rein gar nichts zu gebrauchen. Ein paar Tage bat er sich aus, um wieder in die Reihe zu kommen.

***

Verena dachte erst an eines seiner Ausweichmanöver, damit er sie vielleicht auf die Weise abschütteln könne, doch er klang wirklich geschockt am Telefon. Und Christoph war kein guter Schauspieler, das wusste sie seit dieser Nacht. So akzeptierte sie schließlich seinen Wunsch, denn sie mochte ihn. Sie mochte ihn wirklich.

***

Nachdem er das Gespräch beendet hatte, klingelte erneut sein Handy. Es war sicher schon der dreißigste Anruf heute. Alle hatten ihn angerufen, alle. Atik natürlich. Und Kraus, gleich drei Mal. Felix vom MEK. Die Jungs von der KTU. Der Pfarrer (»Der Simmerl, niemals, egal was die Leut sagen …«). Josef Bichler, in Hochstimmung (»Hat sich die Drecksau endlich aufgehängt, aus Angst vor dem allerhöxten Gericht …«). Der Polizeipräsident sogar (»Gratuliere. Manchmal klären sich die Dinge von allein …«).

Christoph hatte nicht die geringste Lust, noch mehr zu reden.

Erklärungen abzugeben. Immer wieder das Gleiche vorzukauen. Kauen, kauen, bis der Kiefer schmerzte. Er schaute aufs Display. Der Name Dr. Hannewald blinkte auf. Auch die noch. Sicher nicht. Nicht jetzt, nicht heute. Auf die hatte er die wenigste Lust. Er ließ den Anruf Anruf sein und steckte sein Handy in die Tasche.

Ruhe brauchte er. Ruhe, um nachzudenken, was der Mörder als Nächstes tun könnte. Sich wieder hineinzuversetzen in den Wolf. Den es so trieb, dahin, wo das Makellose war. Das Glück, das er nie hatte. Auf das er maßlos eifersüchtig war, so furchtbar neidvoll, dass er es zerstören musste. Er musste es tun, damit er mit seiner eigenen kaputten Existenz noch leben konnte. Er konnte sich das gut vorstellen, der Christoph Kaltenbach, weil ihn ebensolche Gedanken bewegten. Manchmal. Manchmal hatte auch er nicht mehr sein wollen. Nur noch schlafen. Wegdösen, aber auf immer. Wenigstens die Identität wechseln, wenn's denn ginge. Aus der befleckten Haut schlüpfen, in eine reine hinein. Ein anderer sein. Einer mit Normalität. Oder wenigstens etwas ganz anderes machen, raus aus der Routine. Etwas Kreatives machen, nicht Musik, nein, da war er auf alle Zeit vorbelastet. Aber schreiben. Schreiben von etwas Großem. Von dem, was ihm so fehlte seit einem Jahr. Ein Jahr, eine Ewigkeit. Eine immerwährende Ewigkeit. Schreiben, ja. Schreiben von der Liebe zu einer Frau. Die nicht aufhörte, wehzutun.

Ich erzähle von einer großartigen Liebesgeschichte.

So könnte der Roman beginnen.

Ich erzähle von einer einzigartigen Liebesgeschichte.

Und dann würde er über Krisztina schreiben, ohne sie zu beschreiben. Nur von ihrer beider Geschichte würde er erzählen. Dass so eine Liebe eben das Wunderbarste war auf der Welt. Das Geheimnis schlechthin. Dass man dafür alles tat, was man sonst nicht tat, auch das Schlechte, das Böse, das ja eigentlich diametral zur Liebe stand. Aber man machte es: Lügen. Betrügen. Stehlen. Rauben. Morden. Kriege führen …

Ja, selbst Kriege wurden geführt, im Namen der Liebe. Und je stärker die Liebe, desto unerbittlicher die Kriege. Troja zum Beispiel.

Doch letztlich verlor ein jeder.

Ein jeder alles.

Der Strussner, der musste auch alles verloren haben, verloren in dem Moment, wo er, Christoph, ihm die harte Wahrheit ins Gesicht geschleudert hatte. Man brachte sich nicht so einfach um, weil man einen Mörder gedeckt hatte. Man entschloss sich dann zur letzten Gewalt, wenn es nicht mehr anders ging. Wenn die Wahrheit größer wurde als man selbst. Wenn sie einen überragte, einen erdrückte mit ihrer schieren Wucht. Doch was war die Wahrheit? Was war Strussners Wahrheit? Wen hatte er gedeckt?

***

Er ging ins Wirtshaus. Zum »Goldenen Hirschen«, wo sie alle saßen mit ihren breiten bayrischen Ärschen. Wo sie alles aussaßen, die Lüge und die Intrige. Wo er erklärter Feind war, haha. Angaffen wollte er sich lassen, von den verderbten Dörflern, von ihrer verlogenen Wahrheit. Angaffen und zurückglotzen, affektiert und arrogant, wie er es ja so gut konnte. Und wehe, einer würde ihm blöd kommen!

Doch niemand wagte es, ihm blöd zu kommen. In solchen Situationen konnte Christoph Kaltenbach einen derart unheimlichen Kokon um sich flechten, dass dessen Stahlkraft, obwohl nur aus Willen gewoben, die Menschen einschüchterte. Verstummen ließ wie in jenem Augenblick, als er den »Goldenen Hirschen« betrat und große Kälte mitbrachte, obwohl es so lau war draußen. Sie abprallen ließ an dieser Haut aus Kälte. Denn Stahl war kalt, sehr kalt.

Jetzt hatte er nur noch Bock darauf, sich zu betrinken. Nicht Lust, sondern Bock. Denn was anderes war er doch nicht, ein geiler Bock. Und saufen, ja. So wie früher. Alles wegzusaufen aus dem geplagten Hirn. Es einzuweichen in hundert Prozent Alkohol, jawohl. Er ließ sich etwas zu essen kommen; was, das hatte er bereits beim Bestellen vergessen. Nur die Flasche Lagrein, die war jetzt wichtig. Die hatten tatsächlich einen akzeptablen Lagrein in dieser Dorfwirtschaft. Abgefüllt von derselben Kellerei wie damals, vor dem Unfall. Nur einen anderen Jahrgang.

Scheiß drauf.

Auch er war jetzt ein anderer. Obwohl von den Höhen des Vormittages bis zu den Niederungen des Abends nur ein paar Stunden vergangen waren. Doch was hieß das, ein paar Stunden? Ein Mensch war gestorben, durch eigene Hand. In ein paar Stunden. In ein paar Stunden, da konnte sich ein Leben verändern. Von glücklich zu tragisch. Scheiß drauf.

Und auch das war dem Kaltenbach nicht fremd, nein. Bloß aufgehängt, das hätte er sich nicht. Er dachte an die Momente, wo er dagesessen war, daheim auf der Couch. Eine Handpuppe links, eine Handpuppe rechts in der Hand, Kasperl und Krokodil. Wie die sich die Fragen und Antworten zuspielten: Sollte er? Sollte er nicht? Hatte er Schuld? Hatte er nicht? Sollte er's jetzt tun, endlich? Sollte er nicht?

Und dann hatte er sich die Pistole in den Mund gesteckt, das kalte Eisen. Nicht die Dienstwaffe, die wollte er nicht entehren mit feiger Tat. Nein, es war eine, die er mal eingesteckt hatte, bei einer Drogenrazzia, eine Smith & Wesson, Großkaliber was weiß ich was. Da wäre nichts übrig geblieben von Christoph Kaltenbachs Kopf. Dann wäre alles gelöscht, wunderbar. Nur ein Geschmeiß aus Hirnmasse und Knochenteilchen und Blut an der Wand. Und komisch, genau das hatte ihn abgehalten. Der Gedanke, die Wohnung seiner Familie durch seinen Dreck zu beschmutzen. Zu beflecken das Glück der einst glücklichen Familie. Und es hatte geholfen, gleich vier Mal. Vier Mal die Waffe ins Maul und vier Mal die Angst und die Scham und die Sorge um die Wand, um die makellose, heimelige Poesie dieser Wohnung, größer als der Selbsthass.

Beim letzten Versuch war er aufgestanden, weil er plötzlich diese Idee hatte. Das Surrogat für die Selbstjustiz. Die schwere Wohnungstür aus Eichenholz massiv. Einmal aufgemacht, den

Hax rein, den bösen Hax, der auf dem Gaspedal stand und stand, und zugeknallt und herrlich, wie das krachte. Mittelfußbruch par excellence. Und dann noch mal, macht hoch die Tür, die Tor macht weit, rein mit dem Arm, der den Wagen gelenkt hat, und zu die Tür, die Tor haut zu und Unterarmbruch, wie gut das tat.

***

Christoph bestellte gerade die zweite Flasche, als die Tür aufging und Frau Professor Dr. Hannewald eintrat. Ihr strenger Blick, eingerahmt und fokussiert durch eine schwarz gehornte Rudi-Dutschke-Brille, fiel sofort auf ihn. Auf die volle und die leere Flasche. Na denn!

Er musste so mitleiderregend ausgesehen haben, dass die Hannewald gar nicht anders konnte, als nur lieb zu sein. Sie sagte nicht einmal: »Aha, Sie trinken wieder.«

Nein.

Stattdessen sagte sie: »Aha, ein zweitausendzehner Lagrein, da trink ich doch einen mit.«

Sie setzte sich neben ihn, ohne groß zu fragen, ob es ihm recht wäre. Die Frage hätte sich jedoch so oder so erübrigt, denn dass es ihm unrecht war, das sah sie ihm schon von Weitem an. Und dass er Hilfe brauchte. Sie roch das sogar. Seine Einsamkeit. Einsame Männer rochen anders als Menschen in intakten Beziehungen. Nicht gerade streng, nicht gerade nach altem Mensch. Aber doch ein bisschen so. Und da war immer nur ein Geruch. Da fehlten die anderen, die gemeinschaftlichen Gerüche, nach einer Frau, nach Kindern.

Die Psychologin fing ein freundlich-harmloses Gespräch an, wobei mehr sie es war, die redete. Kaltenbach hörte meist nur zu oder auch nicht. Er trank in Höchstgeschwindigkeit. Immerhin gab er bereitwillig Auskunft über das Geschehen vor Ort, je mehr er den Zustand der letzten Nacht erreichte. Er berichtete von den möglicherweise verdächtigen Personen und ihren Marotten und Charakteren. Person für Person ging er durch. Jetzt hörte Sybille Hannewald zu. Schließlich nahm sie eine Papierserviette und zeichnete ein Diagramm, das, als es fertig war, die Beziehungen der Opfer, ihrer Familien und der sonst Befragten und Beteiligten untereinander darstellte, mit verwirrenden Kreuzen und Pfeilen, sodass Christoph nicht ganz schlau wurde aus dem Gekritzel. Vielleicht war es ja auch nur der Alkohol.

Die meisten Pfeile liefen zwischen Josef Bichler, Benjamin und Strussner hin und her. Wie ein indianisches Pfeilgewitter sah es da aus.

»Benjamin Bichler«, sagte Sybille Hannewald nachdenklich. »Warum schließen Sie ihn so konsequent als Mörder aus?«

»Weil ich auch den Benjamin erkannt hätte, Frau Doktor. Trotz Fell. Und der Bursche ist ewig lang, wie soll er da in einen Wolfspelz reinpassen? Außerdem war es helllichter Tag, als ich den Mörder am Tatort erwischt habe. Und helllichter Tag, als der Angriff auf den kleinen Pölz stattfand. Der Junge hat doch diese Lichtallergie, der geht tagsüber nicht raus. Nein, der Benjamin, das ist ein Weicher. Und erst seine Hände. Die müssten Sie mal anlangen. Das sind keine Mörderhände.«

Christoph erzählte von seinem Eindruck, als er Benjamin vernommen hatte. Von dem Vergleich mit Kaspar Hauser. Die Psychologin hob ihren Kopf, den sie tief über ihr Diagramm gebeugt hatte.

»Hauser? Kaspar Hauser? Interessant. Wussten Sie, dass man heute davon ausgeht, dass dieser angebliche Findling ein pathologischer Lügner war? Dass er den Großteil seiner Geschichte nur erfunden hatte? Dass sein Vater ein Hochwohlgeborener war, zum Beispiel. Die Fama von der Kerkerhaft und so weiter.«

»Ach ja? Ich dachte, wenigstens das mit der Gefangenschaft sei tatsächlich so passiert. Komisch. Und was ist mit den Attentaten auf ihn?«

»Langsam, Herr Kollege, langsam. Zum einen wurde in den Fall viel hineininterpretiert, damals schon, zu seinen Lebzeiten. Vielleicht wurde ihm das mit der lebenslangen Kerkerhaft nur aufoktroyiert, und er hat es dann als Wahrheit übernommen. Es sind ja diverse wissenschaftliche Arbeiten über das Kaspar-Hauser-Syndrom publiziert worden, und die Soziologen und Psychologen sind sich zumindest darin einig, dass er unter einer histrionischen Persönlichkeitsstörung litt.«

»Und was heißt das auf Deutsch?«

»›Histrionisch‹ kommt aus dem Englischen, steht für *›histrionic‹*, was ›theatralisch‹ bedeutet. Solche Menschen zeichnen sich durch ein übersteigertes Bedürfnis nach Aufmerksamkeit aus. Sie wechseln schnell mal ihr Gesicht. Neben einer ausgeprägten Egozentrik kann man bei ihnen eine übertriebene Emotionalität feststellen sowie eine geringe Frustrationstoleranz. Das heißt, der kleinste Anlass genügt, um etwas in ihnen auszulösen, was man hinter ihrer narzisstisch orientierten Fassade nicht vermutet, Hyperaggressivität zum Beispiel.«

»Und das vermuten Sie nun bei Benjamin.«

»Ich denke nur laut, Kollege Kaltenbach. Konnten Sie eruieren, ob der junge Mann sich schon mal selbst verletzt hat? Ich frage deshalb, weil im Fall Kaspar Hauser die behaupteten Attentate von ihm selbst inszeniert wurden, als probate Methode, um Mitleid zu erregen. Das Sich-Schmerz-Zufügen ist nichts anderes als der Aufschrei der gequälten Seele eines vom Leben Enttäuschten. Benjamin bekommt vom Vater, der auch noch der unechte Vater ist, wie Sie sagen, nur Verachtung und Herabsetzung zu spüren. Seine Krankheit wird nicht anerkannt, und so kann es –«

»Moment«, unterbrach Christoph, »Moment. Glauben Sie ernsthaft, dass der Junge wie weiland Kaspar Hauser ein höchst paranoides Verhalten an den Tag legt, nur weil er um die Liebe seines Vaters buhlt? Dass seine Gefühlsgemengelage und die damit eventuell verbundene emotionale Veränderung in eine Wesensveränderung umschlagen? Dass er mordet, der Anerkennung wegen?«

Sybille Hannewald nahm einen großen Schluck Wein. Auch sie spürte bereits den Alkohol. Das Gespräch gefiel ihr. Und der Kaltenbach war heller, als sie gedacht hatte.

»Möglich ist alles, Herr Kommissar. Den Kaspar Hauser haben Sie ins Spiel gebracht. Aber Ihre Empfindungen nehme ich ernst. Ich weiß, dass es Ihr besonderes Vorstellungsvermögen ist, Ihr Einfühlungsvermögen in die Psyche eines Täters, das Sie letztlich so erfolgreich macht und das Sie so schön von Ihren paragrafenreitenden Kollegen unterscheidet. Und darin sind wir doch gar nicht so weit voneinander entfernt, wie Sie immer meinen. Ich jedenfalls suche nur nach Erklärungen, das ist schließlich mein Job.«

Christoph sah die Psychologin skeptisch an. »Soll ich das jetzt als Kompliment auffassen?«

»Durchaus, Herr Kaltenbach. Und vielleicht nehmen Sie meine Tätigkeit in Zukunft etwas ernster als bisher. Ich glaube, Sie können meine Hilfe hier ganz gut brauchen, und wenn es nur Anregungen sind, mit denen ich Sie unterstützen kann.«

Christoph lächelte. »Schön. Aber das klingt jetzt gar nicht nach ›Professor Dr. Hannewald‹. Das klingt nach ›Partner‹.«

»So sollten Sie mich auch sehen, als Kollegen und nicht als Konkurrenz. Letztlich wollen wir beide doch das Gleiche, oder?«

Jetzt lächelte auch die Psychologin.

Ich habe sie noch nie lächeln sehen, dachte Christoph. Eigentlich ist sie eine hübsche Frau. Und nett kann sie offenbar auch sein, wenn sie will.

Er wusste nicht, dass Sybille Hannewald in jenem Moment ähnlich fühlte: Lächeln hatte sie ihn noch nie gesehen. Und welch schönes Lächeln der hatte.

***

Der Anruf am nächsten Morgen brachte Christophs komplette Täterwelt durcheinander, alles, was er sich um den Mörder im Wolfsfell herum konstruiert hatte.

»Das glaub ich einfach nicht.«

»Was heißt, ›das glaub ich nicht‹?« Atiks Stimme klang genervt. »Das Ergebnis des Gentests ist eindeutig. Das gibt's nichts dran zu rütteln, mein Freund. Die im Garten der Pölzens sichergestellte DNA ist identisch mit der von Strussner. Sage und schreibe neunundneunzig Komma zwei Prozent Übereinstimmung. Es war Strussner. Kapier's endlich.«

»Und der Junge? Jakob hat den Mann doch als eher klein beschrieben.«

»Mensch, Christoph! Das ist ein Kind. Und genau gesehen hat es den Kerl auch nicht. Steht jedenfalls so im Bericht. In deinem Bericht.«

»Dann bin ich auch ein Kind, ja?« Christoph wurde laut. »Ich hab den Killer ebenfalls gesehen. Wenn das der alte Strussner war, dann heiß ich Luis. Und der Jakob, das ist ein gescheites Kind. Der erzählt keinen Stuss! Seine Beschreibung passt nie und nimmer auf Strussner.«

Christoph hörte nicht auf, sich aufzuregen, besonders als Atik ihm mitteilte, dass der Oberstaatsanwalt am Nachmittag eine Presseerklärung abgeben und Strussner als den Täter präsentieren würde.

»Ja lernt der denn gar nichts dazu? Nur weil das allen so schön in den Kram passt! Die Dörfler sind ihren ungeliebten Nachbarn los, Gräfe kann sich wieder als Erfolgsmensch feiern lassen, wir haben eine tolle Aufklärungsquote und –«

Plötzlich unterbrach er seinen Redeschwall.

»Was ist«, fragte Atik in die Gesprächsstille hinein, »hast du jetzt einen Herzkasperl gekriegt?«

»Nein.« Christophs Stimmung war umgeschlagen. Auf einmal war er ganz ruhig. »Ich bin so blöd, Atik. Ich bin sooo blöd.«

»Okay, Alter, das ist jetzt nichts Neues. Aber was ist los?«

»Klar. Völlig klar.«

Atik hatte das Gefühl, Christoph wäre gerade weiter weg als nur die knapp neunzig Kilometer von München nach Hagstein.

»Würdest du mir freundlicherweise mitteilen, was plötzlich so klar ist?«

»Die DNA, Atik. Kein Wunder, dass die übereinstimmt. Jetzt weiß ich auch, warum der Strussner sich aufgehängt hat. Weil er erkannt hat, wer der Kindsmörder ist. Der wirkliche Mörder, Atik, das ist sein leiblicher Sohn.«

14

Inzwischen war Verena Drewitz nicht untätig gewesen. Absolut kommunikativ, aufmerksam zuhörend und mit viel Empathie, wenn es die Situation erforderte, hatte sie die Menschen im Dorf ausgequetscht. Sie hatte es sogar geschafft, den Kaiserbauern zu interviewen. Ihr Interesse, das eigentlich seinem Sohn galt, der sich aber einem Gespräch mit ihr bisher entziehen konnte, hatte er selbstverständlich rein auf sich bezogen, und Verena war klug genug, ihn in der irrigen Meinung zu lassen. Auf diese Weise kam sie zumindest näher an Benjamin heran.

Von ihrem Informanten wusste sie, dass er es gewesen war, der das erste Opfer gefunden hatte. Und dass er das tote Kind angefasst hatte. Seine DNA-Spuren waren somit an der Leiche zu identifizieren, ohne dass er sich dadurch besonders verdächtig gemacht hatte. Verena aber glaubte nicht an Zufälle. Niemand fasste so einfach eine Leiche an. Was war, so ihr Gedankengang, wenn der Bursche gerissener sein sollte, als alle dachten? Und was hatte eigentlich Lisa Mühlbauer oben am Bichlerhang zu suchen? Blumen hatte sie gepflückt, stand laut dem Informanten im Polizeibericht. Das Haus ihrer Eltern lag mehr oder minder auf der anderen Seite des Tals. Zum Blumenpflücken aber lief man nicht extra zwei Kilometer durch die Gegend.

Mit den Mühlbauers war leider nicht zu reden. Die sprachen kein Wort mit den Medien. Als sie trotzdem dort am Gartentor klingelte, mit vor dem Spiegel eingeübter Mimik der Trauernden, wollte niemand öffnen. Geräusche waren zwar von fern zu hören, es musste also jemand im Haus gewesen sein, aber rufen und klopfen oder gar, wie manche Kollegen es hielten, einfach über den Zaun steigen und ran ans Objekt der Begierde, das wagte sie dann doch nicht.

Nur die Nachbarn, die wollten reden, besonders ein reichlich unsympathischer Zeitgenosse namens Werner Richter, ein untersetzter Mann mit einer lauernden Kraft in seinen sparsamen Bewegungen, so sparsam, als müsse er sich ständig vor irgendetwas zurückhalten. Der schien einen ordentlichen Prass auf sein Gegenüber, den Zweiten Bürgermeister, zu haben. Aus seinen Andeutungen hörte Verena heraus, dass die Ursache hierfür eine Grundstücksangelegenheit war. Offenbar hatte Mühlbauer seinerzeit einen Bauantrag von Richter nicht bewilligt und den gesamten Gemeinderat auf seine Seite ziehen können, sodass der Antrag einstimmig abgelehnt wurde. Mit fadenscheinigen Begründungen, behauptete Richter, langsam in Fahrt kommend und seine anfängliche Zurückhaltung aufgebend. Ein Stück Gemeindegrund an der Schwarzach hatte er kaufen wollen, um seinen Betrieb zu erweitern. Nur ein winziges Stückerl sei es gewesen, und niemandem hätte das wehgetan. Aber seinen Bauantrag habe er sich gleich wohin stecken können. Weil er das Pech habe, mit seinem Sägebetrieb ein Konkurrent vom Bichler Josef zu sein, ein kleiner zwar nur, aber der Herr Kaiserbauer dulde nun mal niemanden neben sich. Was aber die wenigsten wüssten: Der Mühlbauer stehe auf Bichlers Gehaltsliste, wie so manch anderer eben auch, im Gemeinderat und bei den wichtigen Institutionen im Dorf, bei der BayWa, der Raiffeisenbank, dem Gaststättenverband und so weiter. Die Frau Reporterin wisse schon. Wie's halt so laufe im christlich-sozialen Oberland.

Wo er das denn alles herhabe, hatte Verena ihn provoziert. Ob das nicht nur Spekulationen seien.

Spekulationen, hatte Richter gespöttelt und sie etwas unfein am Arm gepackt, zur Seite gezogen und auf den gegenüberliegenden Ortsteil gedeutet, auf den Hang unterhalb der Kofler Wand, wo herrisch und ausbreitend das Bichleranwesen thronte. Was sie denn glaube, woher das Ganze komme, dieser schamlose Reichtum. Warum der Dreckskerl bauen und bauen dürfe, ein Ding nach dem anderen, da einen neuen Kuhstall, dort ein neues Zugehhaus für Pensionsgäste und, und, und. Den halben Hang habe der schon zugebaut, obwohl das früher Naturschutzgebiet war, dann aber plötzlich umgewandelt wurde in Bauland, und bevor's einer wusste, hatte der Bichler schon die Hand drauf gehabt, komisch, oder?

Er langte Verena erneut an, was sich die Reporterin nur unwillig gefallen ließ, aber was tat man nicht alles der Aufklärung zuliebe. Mit beiden Händen fasste er sie an den Schultern und zwang sie, sich zu drehen, sodass sie auf das Haus der Mühlbauers schauen musste. Ob ihr da etwas auffalle? Nein? Der Mühlbauer, der sei neben seinem Ehrenamt als Zweiter Bürgermeister Angestellter der Gemeinde, dem Bauhof stehe der vor. Ein einfacher Angestellter und dann so ein großes Haus. Erst kürzlich habe der sich eine neue Garage hinstellen lassen, für das nagelneue Auto. Einen BMW. Man stelle sich das vor: einen BMW. Seine Frau und er, die hätten sich da schon fragen müssen, woher das Geld denn komme, denn von zu Hause hätten die Mühlbauers nichts. Also.

Ob der Mühlbauer denn was in der Hand habe gegen den Bichler, hatte Verena weitergebohrt.

Gelacht hatte der Richter dann nur. Hier im Ort habe jeder was in der Hand, und zwar gegen jeden. Wie's in den Bauerndörfern nun mal gang und gäbe sei. Man kenne sich halt … Und der Mühlbauer: immer zur Stelle, wenn was zu entscheiden sei, und immer zu Diensten des alten Bichler. Dauernd seien die Mühlbauers Gast oben beim Bichler, dauernd. Und der Benni …

Als er den Namen des Bichlersohnes in den Mund nahm, vorsichtig, mit angewiderter Miene, als wäre allein der Name etwas Unanständiges, fuchtelte er sich bedeutungsschwer mit der Hand vorm Gesicht hin und her.

Der Benni … Richters Stimme senkte sich. Nicht ganz sauber sei der. Das wisse ein jeder im Dorf. Nie bekomme man den zu Gesicht, nie. Nicht mal am Sonntag zum Gottesdienst. Und wenn, dann habe der immer so eine dunkle Sonnenbrille auf. Als hätte der was zu verbergen. Einer, der das Licht scheute. Die Menschen sogar scheute. Aber nur die Erwachsenen. Die Kinder eher nicht. Mit denen habe er es. Er wolle ja nichts gesagt haben, aber: Man höre halt so einiges.

Mehr brachte Verena aus dem Mann nicht heraus. So frei von der Leber weg, wie er angefangen hatte zu lästern, so schnell verschwand er plötzlich in seinem Haus, die rechte Hand auf den Mund gelegt und die linke wie entschuldigend erhoben.

Instinktiv drehte sich die Reporterin um. Ein großer Wagen fuhr vor, langsam und beinahe lautlos, als hätte der Fahrer den

Motor abgeschaltet. Das elektrische Einfahrtstor öffnete sich, und das Auto verschwand wie ein Spuk in der Mühlbauer'schen Garage.

Verena wusste sofort, was nun zu tun sei. Brühwarm würde sie dem Kaiserbauern das soeben Erfahrene auftischen, brühwarm. Mal sehen, was der dazu sagte. Was dann so alles rauskommen würde. Für einen Reporter gab es doch nichts Schöneres als Fehden und Intrigen, denn dazwischen lag meist die Wahrheit verborgen. Sie kannte das aus der Promiszene in München. Aus der Gerüchteküche, wer mit wem, wann, warum. Und auch wenn gelogen wurde, was das Zeug hielt, der nicht pathologische Lügner war der zuverlässigste Lieferant der eigentlichen Wahrheit. Denn er wusste, dass er log. Also kannte er die Wahrheit. Und die galt es jetzt aus dem Bichler und seinem Sohn herauszukitzeln. Denn dass da irgendwas faul war, das spürte Verena Drewitz.

Nur, wie an den eigenartigen jungen Mann herankommen? Der Vater hatte ihr gesagt, dass er den Buben nicht zwingen könne, mit ihr zu reden. Der sei eh schon so durcheinander in letzter Zeit. Und die Hanni, seine Frau, bewache den momentan wie seine Hunde den Hof. Aus dem Haus gehe der grad gar nicht mehr, nur abends, wenn die Sonne unterging und er sich seine Kräuter oben am Waldrand pflückte.

Abends, wenn er sich seine Kräuter pflückte.

***

Christoph startete den Motor und fuhr zurück Richtung Hagstein. Kurz vor dem Ort bog er links ab und nahm die kleine, abseits der Häuser liegende Straße zur Kofler Wand. Es war gerade noch so viel Tageslicht, dass er die Scheinwerfer nicht einzuschalten brauchte. Er fuhr langsam, untertourig und vermied das Hochschalten. Bloß keinen unnötigen Lärm veranstalten. Heimlich sein. Er parkte das Auto unterhalb der Forststraße an einer uneinsehbaren Stelle, schloss mit Bedacht die Wagentür, packte seinen Rucksack und stieg den kleinen Waldweg hoch, der die Forststraße weiter oben abkürzte. Etwas trieb ihn hinaus heute. Es war so ein Bauchgefühl, dass er in dieser Nacht unterwegs sein müsse, leise, schleichend, unbemerkt, wie … ja, wie ein Wolf.

Vor einer halben Stunde war er in den Wagen gestiegen, den er für alle sichtbar vor der Pension abgestellt hatte. Der Zimmerwirtin hatte er gesagt, er müsse dienstlich noch nach Rosenheim und wisse nicht, ob er heute noch zurückkomme. Christoph traute niemandem im Dorf. Nicht einmal die Hannewald hatte er eingeweiht, obwohl sich seine Einstellung zu ihr deutlich verbesserte hatte. Doch als Einzelgänger blieb er seinen Methoden treu. Nur Atik hatte er Bescheid gegeben, wo er die Nacht zu verbringen gedenke, für den Fall, dass sein Handy mal wieder keinen Empfang hätte.

Eine halbe Stunde lang war er im Auto gesessen. Hatte sich Gedanken gemacht, welcher der noch unbekannten Strussner-Söhne der Mörder sein könnte. Ob er dem vielleicht schon über den Weg gelaufen war, hier im Dorf? Wer sah ihm ähnlich? Wer hatte dieses akzentuierte Gesicht? Lief einer so wie der Alte, so abgezirkelt mit ausgestellten Ellbogen? Hatte einer dessen Größe? Wer blinzelte ständig mit den Augen, so wie Strussner es tat? Fragen, lauter Fragen, die ihm fast den Kopf zerbrachen. Dass Benjamin nichts mit den Morden zu tun hatte, war für ihn ausgemacht, da konnten noch so viele Indizien darauf hinweisen. Nein, nicht der Benjamin. Auch da verließ er sich auf seinen Bauch. Und der sagte eben Nein.

Diese zarten, großen, unbeholfenen Hände, niemals.

Er hatte eine CD eingelegt. Nirvana. Das Album »Nevermind«. Der wunderbare Kurt Cobain. Auch so einer, der am Leben verzweifelt war. Der es nicht ausgehalten hatte auf dieser Erde. Zu groß der Hunger nach Befreiung, zu groß der Hunger nach Endlichkeit, zu groß der Hunger auf Heroin. Der wunderbare Kurt Cobain. Der sich getraut hatte, ein Ende zu machen wie ein Mann, ein richtiger Mann. Überdosis Heroin und Kopfschuss aus einem Browning-Auto-5-Gewehr. Wahnsinn. Die gleiche Schrotflinte hatte der Vater, der passionierte Jäger, zu Hause gehabt, in seinem umfangreichen Waffenschrank. Jetzt gehörte sie ihm.

Der CD-Player spielte »Smells Like Teen Spirit«, sein Leibstück. Er konnte nicht anders, scherte sich nicht mehr um alle Heimlichkeit, drehte auf volle Lautstärke, grölte den Text mit, denn »Smells Like Teen Spirit«, das konnte man nur laut hören, sehr laut. Diese zerstörerische, brachiale Kraft, diese Wut, die da rausbrach. Wut auf alles und vor allem auf sich selbst. Die Musik hatte ihn aufgeheizt, auf Touren gebracht, sein Herzschlag dröhnte. In ihm wühlte es, der Beat hämmerte in seinen Eingeweiden, es schrie in ihm die verzweifelte Stimme des Kurt Cobain. Diese gequälte Stimme. Sie brannte auch in ihm. Er sang leiser, als das Stück »Come as You Are« anklang. So war es gut.

Es war gut, ja. Und es war an der Zeit. Er hatte die Musik abgestellt und war losgegangen. Ganz ruhig.

Der Wald empfing ihn mit seinen abendlich sanften Chören, als er nun sorgsam, als müsse er über jeden Schritt erst nachdenken, aber unaufhaltsam den Pfad hinaufstieg. Niemand bemerkte ihn. Niemand war mehr unterwegs. Die verräterischen Eichelhäher waren verstummt und hatten den heimlichen Botschaftern der Nacht Platz gemacht. Grillen zirpten. Fledermäuse huschten durch das letzte Licht. Ein Waldkauz schrie. Sonst war es weitgehend still, nur seine Schritte und sein Atem waren zu hören. Und sein Herz wieder, jetzt auf niederer Frequenz. Bumm. Bumm. Der Kopfschmerz, der ihn den ganzen Tag wieder geplagt hatte, ließ nach. Ließ mehr und mehr Platz für den einen Gedanken.

Wer war der Mörder? Wer?

War er jetzt auch unterwegs, so wie er? Trug auch er einen Rucksack? Hatte er sein Fell dabei? War er auf Beutezug, so wie er?

Wer war der Mörder? Wer?

***

Langsam stieg Verena Drewitz den Berg hinauf. Der Hang war hier extrem steil. Sie machte zwar regelmäßig Sport, spielte ab und an Tennis und besuchte zweimal die Woche das Fitnesscenter. Doch auf den Berg gehen, das war noch mal etwas anderes. Bald war sie außer Puste. Sie blieb stehen und horchte in den Wald hinein. Der Wald war ihr fremd. Ebenso die Geräusche. Immer wieder blickte sie sich um. Sie hatte die Situation unterschätzt. Es war bereits ziemlich dunkel, als sie vom Hotel aus Richtung

Bichlerhang aufgebrochen war, und zwischen den Bäumen war mittlerweile kaum mehr etwas zu erkennen. Nur der kieselhelle Schotterpfad wies ihr noch den Weg. Verena suchte nach dem Mond, doch dessen schmale Sichel hatte sich hinter den Nachtwolken versteckt.

In dem Wanderführer hatte sie sich zwar die Route eingeprägt, doch realiter wirkte das Szenario völlig unterschiedlich. Momentweise schimmerten die Lichter vom Dorf durch die Bäume herauf, doch wenn sie ehrlich war, wusste sie überhaupt nicht mehr, wo sie sich jetzt befand. Und wenn sie noch ehrlicher war, musste sie sich eingestehen, dass sie sich fürchtete. So allein im Wald. Mit diesen unwirklichen Geräuschen. Diesen huschenden Schemen, die man zu sehen glaubte.

Von Christoph wusste sie, dass ein echter Wolf durch die hiesigen Wälder strich. Ausgerechnet jetzt musste ihr das wieder einfallen. Und war da nicht etwas, dort oben am Hang? Da bewegte sich doch was unter den Bäumen, oder? Wölfe griffen Menschen nicht ohne Not an, hatte Christoph sie belehrt. Den Menschen gingen sie in der Regel aus dem Weg. Aber was hieß das schon, »in der Regel«? Wenn das Tier doch da war, auf Beutezug? Auf der Jagd nach …?

Man glaubte immer, nachts wäre es still im Wald, so wie am Tag. Tagsüber war der Wald ja die Ruhe selbst, bis auf das plänkelnde Vogelgezwitscher verebbte der äußere Lärm an seinen Rändern. Was sie als Stadtmensch aber nicht wusste, war, dass der Wald nachts aus seiner vermeintlichen Stille erwachte. Dass die Wesen, die in ihm lebten, im Dunklen ihrem Treiben nachgingen, von dem der Mensch sie bei Licht abhielt.

Rehe und Hirsche zogen zum Äsen auf die Waldwiesen. Wildschweine rotteten durchs Unterholz auf der Suche nach Eicheln, Bucheckern, Würmern und sonstigem Essbaren. Sie fraßen ja alles, Wurzeln, Käfer, Pilze, und sogar ein verwaistes Rehkitz wurde nicht verschmäht. Der Fuchs schnürte über die Lichtungen, hielt da und dort inne, wenn er eine Maus roch, die sich in ihren Bau unter die Erde geflüchtet hatte, aber er roch sie trotzdem und wartete geduldig vor dem Mausloch auf seine Chance. Der gewaltige Uhu hielt bewegungslos Wacht auf einem

Baum, um beim geringsten Geräusch, das ihm eine Ratte, einen Igel oder gar einen unvorsichtigen Frischling oder Jungfuchs verriet, lautlos von seinem Hochsitz zu gleiten, in die Dunkelheit hinein, und die Beute mit tödlicher Sicherheit zu greifen.

Die Nacht war die Zeit der Jäger. Und heute Nacht waren gleich ein paar davon in jenem Waldstück unterwegs, auch welche, die einer schönen jungen Frau durchaus gefährlich werden konnten. Und wenn die Reporterin auch nur einen Hauch davon geahnt hätte, so wäre sie garantiert zu Hause in ihrer gemütlichen Suite geblieben. So aber irrte sie durch den Forst und versuchte, sich einigermaßen zu orientieren. Ihr Ziel war die Wiese oberhalb des Bichlerhofes, wo sie hoffte, auf Benjamin zu treffen. Den Vater hatte sie, kurz bevor sie zu ihrem nächtlichen Ausflug startete, nochmals auf dessen Handy angerufen. Ob der Sohnemann vielleicht daheim wäre, sie würde ihn zu gern einmal sprechen. Der Kaiserbauer gab ihr das zur Antwort, was sie hören wollte: Rausgegangen sei der, wohin, wisse er nicht, aber wahrscheinlich hoch zum Waldrand, wo die Hundsrosen wuchsen, zum Blütensammeln.

Überraschen wollte sie den jungen Mann. In der Überraschung waren manche wehrlos. Erzählten Dinge, die sie sonst nicht preisgeben würden. Angst vor einem Zusammentreffen, so ganz allein auf weiter Flur, hatte sie nicht. Bisher jedenfalls nicht. Solange sie in ihrem Hotelzimmer war. Aber jetzt war die Situation eine ganz andere. Sie versuchte, sich zu beruhigen. Hatte sie nicht ihr Pfefferspray bei sich, bereit, es sofort zu gebrauchen, wenn etwas Unvorhergesehenes geschehen sollte? Sie kannte sich doch aus mit der Wirkung, schließlich hatte sie es schon zwei Mal benützen müssen. Einmal, als sie versehentlich auf das Grundstück eines bekannten Schauspielers geraten war, nahe am Starnberger See. Ein Schauspieler, der sich allen Interview-Wünschen verweigerte, den sie jedoch überraschen wollte, so wie heute den Bichlersohn. Sie war durch ein Waldstück gegangen, unwissend, dass sie sich bereits auf fremdem Grund und Boden befand. Plötzlich war dieser riesige Hund vor ihr gestanden. Hatte die Zähne gefletscht und Anstalten gemacht, sich auf sie zu stürzen. Doch Verena war schneller gewesen. Und sehr schnell abgehauen, nachdem der Hund winselnd und niesend das Weite gesucht hatte.

Beim zweiten Mal hatte sie ein Politiker, mir dem sie eigentlich eine harmlose Homestory machen wollte, begrapscht. Als der immer zudringlicher wurde, hatte er die volle Ladung ins Gesicht bekommen. Aus der Homestory wurde dann zwar nichts, aber ihre Ehre hatte sie wiederhergestellt.

Sie wusste also, dass das Spray wirkte. Und was hatte noch ihr neuer, seit zwei Tagen ach so ferner Liebhaber doch gesagt? Kindermörder griffen erwachsene Frauen nicht an. Eher nicht. Und sexuelle Motive seien in den beiden vorliegenden Fällen zumindest bis jetzt nicht erkennbar. Der Mörder im Wolfsfell töte aus anderen Gründen.

Je näher aber Verena dem Ort kam, an dem sie Benjamin Bichler vermutete, desto größer wurde ihre Angst. Wie war sie überhaupt auf so eine dämliche Idee verfallen, nachts durch die Gegend zu marschieren, um einem vermeintlich Verdächtigen aufzulauern? Und dann noch diese seltsamen Geräusche im Wald. Da! War da nicht ein Knacken? Ihr Herz klopfte wild. Das Knacken kam näher. Verena zitterte am ganzen Körper. Das darf doch nicht wahr sein, dachte sie. Was soll das jetzt? Wer schleicht da durch den Wald? Sie nahm ihr Handy aus der Tasche und wählte Christophs Nummer. Doch der nahm nicht ab.

Mit dem Mut der Verzweiflung stellte sich Verena rückwärts an einen mächtigen Baumstamm und nahm ihr Pfefferspray in die Hand. Sie versuchte, ruhig durchzuatmen. Zu sehen war nichts, so dunkel war es inzwischen. Nur zu hören. Knack, knack. Sie packte das Spray fester. Sollte er doch kommen, der kleine Bichler!

***

Christoph lauschte in die Finsternis hinein. Sein Gehör funktionierte ausgezeichnet. Die Ergebnisse beim Hörtest waren nach wie vor phänomenal. Er hörte Dinge, die andere gar nicht wahrnahmen, Frequenzen, so hoch, dass das menschliche Ohr sie im Allgemeinen gar nicht mehr erkannte. Eine Nachtigall zum Beispiel, die dann und wann ihren Gesang unterbrach.

Vermeintlich. Doch das tat sie nicht. Sie sang in einer solch hohen Frequenz weiter, dass sie der Zuhörer eben nicht mehr wahrnahm. Der menschliche Zuhörer, selbstverständlich. Ohren wie ein Luchs habe er, hatte seine Mutter oft gesagt.

Und er sah gut. Sogar nachts. Im Prinzip waren alle seine Sinne scharf, fast so scharf wie die eines Tieres. Vor lauter Wölfebeobachten, hatte sich Atik bisweilen amüsiert, sei er schon selbst zum Wolf mutiert, die tierischen Sinne auf ihn übergegangen. Für diese Art von Späßen hatte Christoph wenig übrig. Er selbst glaubte nicht an solchen Schwachsinn wie Reinkarnation, aber er hatte einen Videofilm zu Hause, den er Atik einmal ausgeliehen hatte, damit sich der mal mit dem Thema Wolf befasse. Es war ein Horrorfilm, der Titel: »Wolfen«.

Der etwas sehr konstruierte Inhalt handelte von mysteriösen Morden in der Stadt New York: Als an den grausam zugerichteten Leichen Wolfshaare gefunden wurden, stieß die Polizei bei ihren Ermittlungen auf eine Gruppe von Indianern, die sich angeblich durch spirituelle Riten in Wölfe verwandeln konnten. Am Schluss kam heraus, dass es sich bei den Tätern tatsächlich um Wölfe handelte, aber welche mit überirdischen Kräften, die ihren Rückzugsraum in den Ruinen der South Bronx gegen gewissenlose Grundstücksspekulanten verteidigten, indem sie diese töteten. Ziemlich konstruiert eben, fand Christoph, dem alles Spirituelle völlig fremd war. Nur bei Atik hatte der Horrorstreifen reichlich Eindruck hinterlassen.

Christoph hatte den Film längst vergessen, als er den Fall des Mörders im Wolfsfell übernahm, den Film, der so einige Parallelen zu den aktuellen Verbrechen aufwies. Nur warum ihm just in diesem Moment jener Horrorfilm wieder einfiel, vermochte er auch nicht zu sagen. Vielleicht, weil es eine so beklemmende Situation war. Eine so dunkle Nacht, in der sogar er Schwierigkeiten hatte, sich zurechtzufinden. Vielleicht, weil er sich wieder so hineinsteigerte in seinen Wahn, den Mörder fassen zu müssen, heute noch. Weil er glaubte, dass der heute Nacht auf Beutezug war. Dass er ganz in der Nähe sein musste. Damals, als er ihn fast erwischt hätte, da hatte ihn das gleiche Gefühl begleitet. Fast glaubte er, ihn riechen zu können. Er schnüffelte mit scharf erhobenem Kopf, so wie Wölfe es taten, wenn sie einen Kontrahenten witterten.

Lag da nicht Raubtiergeruch in der Luft? Sein olfaktorisches System hatte diesen strengen Geruch der Wölfe gespeichert. Er roch es. Sicher. Da! Wieder! Die warme Nachtluft war schwanger von allen möglichen Gerüchen des Waldes, von Erde und Tannennadeln, von Pilzen und Himbeerkraut. Christophs Sinne waren wie gesättigt davon, von diesen satt machenden, überwältigenden Düften. Doch dazwischen zog Strenge ein, die harte Ausdünstung von … Scheiße.

Er hielt inne. Direkt vor ihm stand der Gestank. Jetzt konnte er ihn sogar spüren, so warm war das Material noch. Christoph ging in die Hocke, vorsichtig, ganz vorsichtig griff er in die Jackentasche und holte seine Taschenlampe heraus. Machte kurz Licht. Vor ihm lag, was Nichtfachleute als einen eklig großen Hundehaufen bezeichnet hätten. Doch Christoph wusste, was da noch dampfend auf dem Waldboden lag. Es war Wolfskot. Wahnsinn! Das Tier musste noch ganz in der Nähe sein. Es war nicht der Mörder, den er so nah gefühlt hatte, es war der Wolf, von dem Strussner erzählt hatte.

Christoph entspannte sich. Er lächelte. Tatsächlich, ein Wolf hauste in diesen Wäldern. Wie schön. Hoffentlich würde er das Tier einmal zu Gesicht bekommen. Ein wilder Wolf in den bayerischen Bergen, was für ein Glücksfall für einen Wolfsfreund. Für heute konnte er die Suche nach dem Mörder einstellen. Was sein Unterbewusstsein oder was auch immer es war, ihm vermeldet hatte, war eine mögliche Wolfsbegegnung. Deshalb der Gedanke an den Film. Deshalb seine Unruhe. Am Ende werde ich doch noch so ein spiritueller Spinner, dachte er. Christoph Kaltenbach, der Bauchmensch. Oder besser noch, der Wolfsversteher. Der Wolfsmensch. Das Wort belustigte ihn: Wolfsmensch. Er schüttelte den Kopf über so viel Unsinn in seinem Hirn.

Und freute sich gleichzeitig. Verena fiel ihm ein. Zwei Tage waren sie jetzt nicht mehr zusammen gewesen. Zeit, sie zu sehen. Am besten gleich. Seine Freude wuchs. Die Vorstellung von Verenas warmem, wunderbarem Körper erregte ihn. Bevor er sich auf den Weg machte, zog er eine Plastiktüte aus dem Rucksack und sammelte die Kotprobe ein. Morgen würde er sie an dieses Labor für Wolfsgenetik schicken. Mal schauen, wo der Kollege herkam.

Ein unterdrückter Laut irritierte seine Emphase. Nur für den Bruchteil einer Sekunde hatte er so etwas wie einen menschlichen Laut vernommen. Als ob jemand hätte schreien wollen, aber daran gehindert wurde. Jetzt war es still. Als würde die Natur kurz den Atem anhalten. Todesstille. Hatte er sich etwa getäuscht? Warum war es plötzlich so still? Warum?

Wenn ein Mensch stirbt, verstummt die Welt für einen Augenblick.

Das waren die Worte des Pfarrers gewesen, als seine Familie zu Grabe getragen wurde.

Wenn ein Mensch stirbt …

Nein, er hatte sich nicht getäuscht. Nicht, als er losgezogen war mit diesem vagen Gefühl, dass heute etwas passieren würde. Da stimmte etwas nicht. War der unheimliche Killer doch unterwegs, hier im Wald? Christophs Herz begann zu klopfen. Sein Atem ging stoßweise.

»Beruhige dich«, sagte er leise. »Ganz ruhig bleiben jetzt. Denk nach. Denk nach! Wo bist du gerade? Reiß dich zusammen, komm!«

Er versuchte sich zu orientieren. Seine Sinne wieder zu schärfen. Hören. Riechen. Schmecken. Sein Kopf schwoll an vor lauter Anstrengung. Plötzlich ein Geräusch. Undefinierbar. Nur die Richtung war klar. Das Geräusch kam von rechts unten. Daher, wo er hergekommen war. Das bedeutete, dass ihm einer folgte. Nur wer? Der echte Wolf? Der falsche, der Killer? Christoph zog die Pistole aus dem Halfter, entsicherte die Waffe mit einem leisen Klick. Horchte. Das Geräusch war verstummt. Dann ein Knacken. Noch eins und noch eins. Etwas entfernte sich. Mist! Das Etwas hatte ihn gehört. Floh jetzt, das war ganz deutlich. Ein Wolf war das jedenfalls nicht, so einen hörte man nicht, wenn er lief. Der Mörder musste das sein, der Mörder!

Er knipste die Taschenlampe an und hielt den Lichtstrahl in Richtung des Geräusches und sah stakkatohaft eine durch den Wald fliehende Gestalt. Doch anders als bei der letzten Begegnung mit dem Killer war er nun die Ruhe selbst. Langsam ging er den Geräuschen hinterher, die Taschenlampe voll aufgedreht. Ihm war bewusst, dass er so ein leichtes Ziel abgab, doch die Gunst des Augenblicks musste er nutzen. Mit der rechten Hand fingerte er sein Mobiltelefon heraus. Er hatte Empfang, kaum zu glauben. Er drückte die Schnellwahltaste, Atiks Nummer. Sein Freund meldete sich sofort.

»Was ist?«

»Ich bin oberhalb des Bichlerhangs, am sogenannten Bühl. Der Killer ist vor mir. Flieht in Richtung unterer Kofler Weg. Das volle Programm, Atik, Straßensperren, Hundertschaft, Suchhunde. Heut kriegen wir ihn. Ich weiß es. Ich leg jetzt auf, sonst entwischt er mir noch. Melde mich, sobald sich was Neues ergibt.«

Christoph wusste jetzt, wohin der Mörder floh. Er rannte los. Der Lichtkegel der Taschenlampe irrte durch den Wald. Erfasste schemenhaft Baumstämme, Äste, Moose, Farne. Einige Male stolperte Christoph, doch er schien den Abstand zwischen sich und dem Fliehenden zu verringern. Die Geräusche vor ihm wurden deutlicher. Er lief über eine Lichtung. Vor ihm, nur noch etwa dreißig Meter entfernt, verschwand ein Schatten zwischen den Bäumen. Diesmal würde er schießen, das schwor er sich. Das ganze Magazin leer ballern. Und dann noch eins und noch eins, bis das Schwein durchlöchert war wie ein Sieb. Für einen sicheren Schuss aber war der Mann noch zu weit entfernt. Also weiter. Schneller. Schneller!

Im Geflacker des Lichtscheines tauchte facettenweise ein Kleiderbündel auf. Nicht wieder der alte Trick! Er schrie.

»Nicht wieder der alte Trick!«

Und blieb dann doch stehen. Das Kleiderbündel. Er kannte die Sachen. Christoph hielt sich die Hand vor den Mund. Er schaffte es nicht, den Lichtkegel auf das am Boden liegende Bündel zu richten. Er schaffte es nicht.

»Nein. Nein. Bitte nicht.«

Er nahm alle Kraft zusammen. Der Schein der Taschenlampe tauchte den menschlichen Körper in ein unwirkliches Licht. Christoph ging in die Knie. Seine Hände zitterten. Schließlich gelang es ihm, den Leichnam umzudrehen. Es war Verena. Ihr heller, leichter Sommermantel war voll von Blut. Er strich ihr die schwarzen Locken aus dem Gesicht. Nahm sie auf seinen Schoß, wie er damals Nina auf den Schoß genommen hatte. Verenas Kopf fiel nach hinten. Jetzt sah er, was passiert war. Schaute mit Entsetzen auf die klaffende Wunde, aus der immer noch Blut spuckte. Der Mörder hatte ihr die Kehle durchschnitten.

***

Noch in der Nacht fuhr Atik nach Hagstein. Doch was heißt, er fuhr. Mit eingeschaltetem Blaulicht, das er noch im reifenquietschenden Anfahren auf das Dach seines 3er BMW gehievt hatte, raste er durch die Stadt. Auf dem Mittleren Ring hatte er bereits hundertdreißig Sachen drauf.

Der erste Anruf hatte ihn im »Peace« ereilt. Christoph hatte den Killer wieder aufgestöbert. Da war er noch ganz ruhig geblieben. Weil sein Freund ebenfalls die absolute Ruhe ausgestrahlt hatte.

»Endlich hat er den richtigen Abstand zum Fall gefunden«, hatte er noch zu Pies gesagt. Und sofort die Einsatzkräfte mobilisiert. Drei Telefonate, und schon lief die Maschinerie an. Danach war der zweite Anruf gekommen, ein furchtbares Déjà-vu. Dieselbe tonlose, völlig veränderte Stimme wie damals, nach dem Unfall. Atik wusste auf Anhieb nicht, wer diese Verena war, von der sein Freund stammelte. Er wusste nur, dass sie ihm etwas bedeutete. Und das machte ihm Angst. Er fürchtete um Christoph. Noch mal würde der so eine Katastrophe nicht verkraften. Nicht noch mal. Warum nur tat das Schicksal seinem Freund so etwas an, warum nur?

Als er den Autobahnzubringer gen Süden nahm, brachen seine Dämme. Atik weinte. Doch er schämte sich nicht. Er würde heulen, bis er in Hagstein war. Heulen um seinen gebeutelten Freund. Und wenn er aussteigen würde, wär's vorbei. Stark würde er dann wieder sein, denn Christoph, der brauchte ihn jetzt nötiger denn je.

15

»Komm, wir besaufen uns. Wir saufen so lange, bis wir wieder glücklich sind.«

Atik sah Christoph aus glasigen Augen an, als wäre er bereits in diesem Zustand hochprozentualen Vergessens.

»Und du meinst, das funktioniert?«

»Nein. Aber wenigstens löscht's den Durst.«

»Hast du denn Durst, Atik?«

»Ja. Einen kaum stillbaren Durst. Auf das Leben nämlich.«

Christoph nickte vor sich hin. Sie lagen auf ihren Betten in ihrem armseligen Pensionszimmer. Wie armselig, das wurde beiden gerade bewusst. Da lagen sie nun, die ehedem glorreichen Munich Vice Cops, ein duales Häuflein Elend, das nicht einmal mehr das Äußere mit dem früheren Erscheinungsbild gemein hatte.

»Weißt du noch, was Leben ist?«

Atik richtete sich auf. Er schwang die Beine aus dem Bett und beugte sich zu Christoph, der haltlos lag, als hätte er kein Fleisch mehr auf den Knochen. Keine Muskeln mehr im Leib.

»Das Leben, Christoph. Das Leben.«

Ohne eine Antwort abzuwarten, ging er aus dem Zimmer, um ein paar Minuten später mit einer Flasche Raki in der Hand zurückzukehren.

»Notverpflegung«, sagte er. »Eine hab ich immer im Auto.«

Sie tranken aus der Flasche. Weil sie keine Gläser hatten und weil es so schneller ging. Sie tranken schweigend, bis die Flasche leer war. Sie starrten still auf das Jesuskreuz an der Wand, und jeder hing seinen Gedanken nach, bis Christoph sich zur Seite rollte. Zu ihm, zu Atik. Er stützte das Kinn auf die Hand und suchte den Augenkontakt. Starrte ihn an, ohne auch nur ein Wort zu sagen. Wie so oft lag etwas derart Konzentriertes in seinem Blick, dass Atik diesem Blick nicht standhielt. Der kann einen regelrecht durchbohren mit seinen Augen, dachte er.

Aber was soll's. Er wollte jetzt eine Geschichte loswerden. Eine

Geschichte aus Afyon, der Stadt seiner Eltern. Eine Geschichte, die ihm sein Großvater noch erzählt hatte. Eine wahre Geschichte, die der Opa selbst erlebt hatte.

Er zwang seinen Blick aus Christophs visueller Umklammerung und richtete ihn in die Ferne, dorthin, wo er die Kulisse Afyons vor seinem geistigen Auge sah. Die alte Zitadelle, die noch aus Hethiter-Zeiten stammte, die Große Moschee ganz aus Holz, die schönen osmanischen Häuser … Er legte den Kopf in den Nacken und begann zu erzählen. Christoph unterbrach ihn bereits nach wenigen Sätzen.

»Mein Vater hat auch immer so geredet, so wie du jetzt, mit erhobenem Haupt. Nie sah er jemanden an, wenn er sprach, auch nicht, wenn man allein mit ihm im Zimmer war. Seine Worte galten gleichsam für alle. Er meinte nie mich, er meinte alle. Weißt du, wie man sich fühlt, wenn man nie direkt angesprochen wird?«

Atik dachte, dass selbst Christophs Vater diesen Blick wohl nicht ertragen konnte, behielt aber seinen Gedanken für sich.

»Afyon«, fuhr er fort, ohne auf Christophs Frage einzugehen. »Fast zehn Jahre war ich schon nicht mehr dort. Und ich glaube, ich komm da auch nicht mehr hin. ›Afyon‹ ist übrigens das türkische Wort für ›Opium‹. Bis heute wird das Zeug dort angebaut. Mittlerweile allerdings rein zu medizinischen Zwecken. Wusstest du, dass ein Drittel des weltweit angebauten Opiums aus Afyon stammt?«

»Nein«, sagte Christoph, »aber zumindest weiß ich jetzt, warum dir das Saufen so im Blut liegt. Sucht ist schließlich Sucht.«

»Stimmt. Wahrscheinlich ist das genetisch bedingt, wie alles, dessen man sich schämt. Wie auch immer, früher also war Afyon das Zentrum des Opiumanbaus. Ein Paradies für die Muslime, denen der Genuss von Alkohol ja verboten ist. Also rauchte man sich halt die Birne weg, verstehst du.«

»Ich dachte, sogar der Tabak ist den Moslems vom Koran her untersagt.«

»Hmmh.« Atik wiegte seinen vom Raki beschwerten Kopf hin und her. »Die Auslegungen der Worte des Propheten waren schon immer recht bunt, wie man's halt grad brauchte. Und Tabak ist schließlich kein Opium, oder?«

»Gut. Aber worauf willst du hinaus?«

»Nun. Mein Opa hat damals noch in einem Mohnfeld gearbeitet, als Taglöhner. Eines Abends, er wollte gerade Feierabend machen und ein Stück Brot essen, das meine Oma für ihn gebacken hatte, wurde er von einem Bären überrascht.«

»In Afyon gibt's Bären?«

»Gab's Bären, in ganz Anatolien gab's Bären. Und gibt's immer noch. Wölfe übrigens auch, Herr Wolfsforscher.«

»Ich weiß. Aber jetzt komm zur Sache.«

»Der Bär also haut meinem Opa eine runter und nimmt das Brot, das er vor Schreck hat fallen lassen, und will es auffressen.«

»Aha. Und der Opa? Hat er das überlebt?«

»Natürlich, was glaubst du denn? Ein echter Alkay lässt sich doch sein Brot nicht klauen. Aber die Geschichte geht weiter. Mein Opa also nimmt seine Schaufel, mit der er die Wassergräben zwischen den Mohnpflanzen gezogen hat, und haut sie dem Bären auf den Schädel.«

»Aha. Und hat der Bär das überlebt?«

»Blöde Frage. Mit einer Schaufel kannst du einen Bären nicht erschlagen. Aber beeindrucken. Der Bär also erschreckt sich zu Tode und haut ab. Okay?«

»Okay«, sagte Christoph.

»Und was lernen wir aus der Geschichte?«

»Muss man denn immer was lernen aus Geschichten, Atik?«

»Jo.« Atik rülpste vernehmlich. Einmal und noch einmal. »Dafür hat man das Geschichtenerzählen ja erfunden. Also, was lernen wir daraus?«

»Spuck's schon aus, Alter, ich weiß es nicht.«

»Egal, wie oft dir einer auf die Birne klopft, steh auf und hau zurück. Okay?«

»Okay.« Christoph brachte ein müdes Grinsen zustande.

»Und jetzt, wo wir schon so schön dabei sind und einen vorgeglüht haben, jetzt ziehen wir erst richtig los, schließlich sind wir immer noch die Munich Vice Cops, habe ich recht?«

Christoph erhob sich und fuhr sich mit den Händen übers Gesicht, als ob er die schweren Gedanken dergestalt wegwischen könne.

»Vielleicht hast du wirklich recht. Komm, auf geht's, Komasaufen ist angesagt.«

»Und was machen wir mit der alten Hannewald?«

»Wie kommst du grad auf die?«

»Nur so«, sagte Atik. »Vielleicht täte uns die Anwesenheit einer Frau ganz gut.«

»Die Hannewald, in Ordnung, dann nehmen wir sie eben mit. Aber pass auf, die kann einiges vertragen, mein Freund.«

Sie erhoben sich, schon leicht verunsichert von der Kraft des Raki, und klopften nebenan. Die Psychologin öffnete und wich sofort einen Schritt zurück. Mit der Hand wedelte sie den Alkoholdunst, der ihr von den vor ihr dräuenden Männerkörpern entgegenschlug, aus ihrem Gesichtsfeld.

»Ihr habt getrunken«, stellte sie fest.

»Und das war erst der Anfang«, sagte Atik. »Wir wollten Sie fragen, ob Sie uns nicht dabei helfen wollen, die Hagstein'schen Bier- oder Weinvorkommen oder was auch immer Frau Professor zu heben pflegen, zu reduzieren. Und zwar ordentlich.«

»Mindestens um die Hälfte«, lallte Christoph, der bereits Artikulationsprobleme hatte.

Trotz des bedauernswerten Zustandes der beiden und ihrer traurigen Mienen musste Sybille Hannewald lachen.

»In Ordnung. Ich ziehe mir noch schnell was an. Ihr könnt ja solange unten warten.«

Erst jetzt bemerkten die Kommissare, dass Frau Professor in Unterwäsche vor ihnen stand.

»Nicht schlecht.« Atik pfiff durch die Zähne. »Schade.«

»Was ist schade?«, fragte sie.

»Ach, nichts. Schon gut. Komm jetzt.« Atik zog seinen Freund, der unverhohlen auf Sybilles ganz in zarte Spitze gehüllte Brüste stierte, mit sich.

Es wurde eine lange Nacht. Sie saßen und soffen so lange im »Goldenen Hirschen«, bis Quirin Leitner, der Wirt, sie hinauswarf. Es war die Nacht der unverhüllten Wahrheiten, zu denen nur Betrunkene fähig waren. Alles kam ungeschminkt auf den

Tisch: Dass Christoph am Beginn einer Beziehung zu Verena Drewitz gestanden hatte. Dass mit dem Mord an ihr der Tod seiner Familie wieder in sein Bewusstsein gerückt war. Wieder Macht über ihn gewann. Dass er einmal mehr versagt hatte. Dass er den Fall am liebsten abgeben würde. Weil er nun befangen war, und zwar so richtig. Weil er nicht mehr weiterkonnte. Definitiv. Dass er jetzt nicht aufgeben könne, hatten Dr. Hannewald und Atik ihn beschworen und schließlich auch davon überzeugen können. Weil nur er es schaffe, den Mörder zu überführen. Weil er ihm so nahe gekommen war, nahe in jeder Beziehung. Weil er ja angeblich auch wie ein Wolf denken könne. Allein schon dieser unheimliche Blick, ein Wolfsblick, wie Atik meinte, der aber von einer seltenen Augenkrankheit herrührte, wie Christoph erklärte, und nichts damit zu tun hatte, dass er etwa im Begriff sei, sich in einen Wolf zu verwandeln. Atiks präpotentes Machoverhalten, das ihm Sybille (man duzte sich inzwischen) vorwarf und das er als genetisch bedingt verteidigte. Und schließlich Sybilles sexuelle Orientierung. Nein, lesbisch sei sie gerade nicht, sagte sie, aber von Männern habe sie die Nase gestrichen voll, nach so vielen Enttäuschungen. Zumindest im Moment.

Als der Morgen graute und das erste Tageslicht in der Polizisten Zimmer schien, in das man sich zurückgezogen hatte, hellten sich auch Gemüter und Gehirne auf, und man war wieder fähig, den Fall Verena Drewitz amtlich distanziert und aus polizeilich psychologischer Sicht zu diskutieren. Selbst Christoph.

Noch in der Nacht war das übliche Rollkommando am Tatort eingetroffen, eine halbe Hundertschaft, die den kompletten Wald absperrte, die weißen Männchen von der KTU in ihren Ganzkörperschutzanzügen (von Atik sonst immer als »Marsianer« begrüßt, nur diesen Morgen nicht, als er mit Dr. Hannewald dazustieß), in deren Gefolge weitere Kriminalbeamte vom LKA, unter ihnen Kollege Wächter und Dr. Jablonski, ein Gerichtsmediziner aus München.

Wie Christoph befürchtet hatte, waren die Straßensperren und die Durchsuchung eines jeden Fahrzeugs ergebnislos geblieben. Verenas Leiche war in die Pathologie überführt worden, die KTU hatte bereits zahlreiche fremde Faser- und sonstige verdächtige

Spuren an der Toten gesichert. Die halbe Hundertschaft durchkämmte gerade das Waldstück oberhalb des Bichlerhanges.

Im Moment konnten die Beamten nicht viel tun. Atik überließ den Kollegen die weitere Arbeit und kehrte mit Sybille in die Pension zurück, um nach dem reichlich derangierten Christoph zu schauen, den sie sicherheitshalber dort gelassen hatten.

»Warum nur hat er sie getötet?«, fragte Atik. »Glaubt ihr, Verena hat den Mörder dabei erwischt, wie er erneut zuschlagen wollte?«

»Mag sein«, sagte Sybille. »Jedenfalls passt der Mord nicht in sein Schema. Für seine bisherigen Motive, zumindest diejenigen, die wir ihm unterstellen, war Verena zu alt. Und er hat sie nicht auf die Art und Weise umgebracht wie die anderen Opfer.«

»Ich frage mich, was sie überhaupt dort oben wollte, mitten in der Nacht.«

Christoph, der noch im Bett gelegen hatte, stand auf und streckte die müden Glieder.

»Und warum sie mir nichts gesagt hat.«

»Das würde ich auch gern wissen. Sie wird doch nicht so verrückt gewesen sein, einem abnormen Killer aufzulauern, ihn vielleicht noch bei der Tat zu filmen oder was sie auch immer vorhatte.«

Sybille erhob sich von ihrem Stuhl und stellte sich neben Christoph, der aus dem Fenster hinunter auf die Straße schaute, wo sich bereits mehrere Reporter eingefunden hatten.

»Jetzt haben sie wieder was zum Fressen«, feixte Christoph, »den Mord an einer Kollegin.«

»Nein«, sagte Atik. »Keine Frau geht nachts allein in den Wald, einem Killer hinterher. Auch nicht so eine Forsche wie Verena. Nein. Der Grund muss ein anderer gewesen sein. Sie wollte sich dort oben mit jemandem treffen. Nur mit wem?«

»Das wird hoffentlich die Auswertung ihrer Mobilfunkdaten ergeben. Und was uns die KTU so beschert. Morgen erfahren wir mehr beziehungsweise heute Nachmittag.« Sybille lächelte die Kommissare aus übernächtigt-leeren Augen an. »Ich gehe erst mal 'ne Runde schlafen. Weckt mich, wenn es was Neues gibt.«

»Tolle Frau«, meinte Atik, als sie die Tür hinter sich geschlossen hatte. »Und ich habe geglaubt, die ist lesbisch.«

»Das denkst du doch von jeder, die nicht gleich schwach wird bei dir, Atik. Aber sie hat recht, gönnen wir uns eine Mütze Schlaf. Die nächsten Tage werden anstrengend sein.«

***

Nur wenige Stunden später weckte sie ein Anruf auf Atiks Handy. Es war Thorsten Wächter, die ersten Untersuchungsergebnisse der KTU lägen bereits vor. Und ein vorläufiger Bericht der Pathologie. Todesursache sei der Schnitt durch die Kehle, mit großer Gewalt ausgeführt. Auf extreme Wut des Täters oder extreme Professionalität oder gleich beides könne man daraus schließen. Dr. Jablonski, der die Tote in Vertretung von Frau Dr. Probst auf dem Tisch habe, habe gemeint, dass der Täter so etwas nicht zum ersten Mal gemacht habe, ein Profi eben. Oder einer, der wusste, wie ein Messer zu führen war, ein Chirurg eventuell oder auch bloß ein Metzger oder Jäger. Gewehrt habe sie sich nicht. Entweder kannte sie den Mörder, oder der Angriff sei so rasch gekommen, dass sie sich nicht mehr habe verteidigen können. Das Pfefferspray, das bei ihr gefunden wurde, sei jedenfalls nicht benutzt worden. Unter ihrem Fingernagel habe er allerdings Faserspuren von irgendeinem blauen Wollstoff entdeckt, die KTU schaue sich das gerade an.

»Und jetzt wird's spannend«, sagte Wächter.

»Darf ich auf Laut stellen?«, fragte Atik. »Dann kann der Kollege Kaltenbach mithören.«

»Von mir aus«, sagte Wächter. »Also: Der gute Jablonski hat noch was Nettes gefunden, gut für uns, schlecht für den Täter, falls sie mit dem noch gevögelt haben sollte, bevor er sie abgemurkst hat. Aber egal, ein wichtiger Hinweis ist es allemal.«

»Spermaspuren«, sagte Atik nachdenklich.

»Jawollja. Schon etwas älter, glaubt Jablonski, aber noch verwertbar. Eine DNA kann er daraus zumindest fabrizieren.«

Atik schaute Christoph fragend an. Der hob die Schultern und zog ein schuldiges Gesicht.

»Sonst noch was?«

»Ja, die Tatwaffe. Ein äußerst scharfes Messer, mit einer eher kurzen, aber ziemlich breiten feststehenden Klinge von etwa zwölf Zentimetern Länge. Wahrscheinlich ein Jagdmesser. Kollege Besold tippt auf einen norwegischen Hersteller namens Helle.«

»Woher will Besold das wissen?«, fragte Atik. »Ist der seit Neustem Hellseher?«

»Haha, Atik, sehr witzig. Nein, er hat selber so ein Ding. Aber gefunden haben wir noch nichts am Tatort. So ein Messer lässt man ja auch nicht liegen.«

»Okay. Dann besten Dank erst mal. Ruf mich an, wenn –«

»Warte. Ich hab noch was. Der Jablonski ist echt gut. Der hat noch was entdeckt. Der Täter hat seinem Opfer wahrscheinlich den Mund zugehalten, und dabei muss er an ihren Zähnen hängen geblieben sein.«

»Hautfetzen?«

»Nö, Reste eines Kunststoffes.«

»Der Mörder trug also Handschuhe«, sagte Atik.

Und von seinem Bett aus tönte Christoph: »Dann war's auch kein Affekt, sondern geplant. Kam die Attacke von hinten?«

»Voraussichtlich. Aufgrund des Schnittmusters an der Kehle der Drewitz geht Jablonski außerdem davon aus, dass der Täter ziemlich groß gewesen sein muss. Wie gesagt, das sind jetzt auf die Schnelle die ersten Erkenntnisse. Der Boss macht brutal Druck, und wir alle stehen mordsmäßig unter Dampf. Ich halt euch auf dem Laufenden.«

Atik legte auf. »Immerhin. Da muss doch was dabei sein für uns. Nur das Sperma, das stammt dann wohl von dir, oder?«

»Wahrscheinlich«, sagte Christoph.

»Dann wär's besser, du machst deine Beziehung zu Verena publik. Ruf wenigstens Kraus an, damit der Bescheid weiß. Jetzt ist der Wächter ja wohl oder übel mit von der Partie. Du weißt, wenn er dir schaden kann, dann macht er das. Angriff ist die beste Verteidigung.«

Er hielt Christoph sein Mobiltelefon entgegen. »Komm, dann hast du's hinter dir.«

»Gleich. Was ist mit Spuren von Wolfshaaren, hat Wächter was gesagt?«

»Das nicht. Aber wenn sie welche gefunden hätten, dann hätte er wohl was verlauten lassen. Ich funk ihn trotzdem noch mal an. Kümmer du dich um Kraus.«

***

In der Nacht hatte das Wetter umgeschlagen. Es hatte heftig geregnet, und mit dem Regen war es kalt geworden im Schwarzachtal. Erst am Mittag gelangte die Sonne zu Kraft und zerteilte nach und nach die geschlossene Wolkendecke. Wie aufsteigender Rauch hingen jetzt Fetzen davon nur noch an den Gipfeln, als ob sich die Berge durch mythische indianische Zeichen darüber verständigten, was unten im Tal geschehe. Als ob sich die Ereignisse nun überstürzen würden, und zwar in solcher Vehemenz, dass selbst die ewigen Berge, die über die Jahrtausende schon so viel gesehen hatten, das Kommende für dermaßen unvorstellbar hielten, dass man sich in der geheimen, seherischen Sprache der Berge darüber unterhalten musste.

Schlag zwölf Uhr ging es los. In der »Pension Annemarie« war unversehens der Bürgermeister Ludwig Schneider aufgetaucht, von gewichtiger Verstärkung begleitet: von Josef Bichler natürlich, dem Kaiserbauern. Vom Landtagsabgeordneten Severin Gerstlauer, zufällig derselben Partei wie Schneider angehörig. Und von der bekannt resoluten Karin Strobl, der Vorsitzenden des regionalen Hotel- und Gaststättenverbandes und Sprecherin des Tourismusverbandes.

Zur Rede stellen wollten sie dieses seltsame Dreigestirn aus der Stadt, das offenbar nichts anderes im Schädel hatte, als sich nächtelang sinnlos zu betrinken, anstatt sich die Nächte mit Ermittlungen um die Ohren zu schlagen, wie es sich für ordentliche Kriminaler halt gehörte.

Man war besorgt. Zahlreiche Gäste hatten ihre Urlaubsreisen ins Schwarzachtal storniert, darunter viele Stammgäste und viele Familien mit Kindern. Wenn das so weitergehe, könne man die Saison abhaken.

»Uns droht ein nie da gewesenes Minusgeschäft«, plusterte sich die Strobl auf, »und wer kommt dann für den Schaden auf?«

»Ihnen wird noch was ganz anderes drohen«, retournierte Sybille Hannewald diesen Angriff kühl. »Wenn Ihre Gemeindemitglieder die Ermittlungen weiter mit vorgeblichem Nichtwissen und hartnäckigem Schweigen behindern, ganz nach dem Motto: ›Was geht uns das an, wenn anderer Leute Kinder sterben?‹, werden wir genau das an die Presse lancieren, und dann, meine Liebe, dann wird überhaupt niemand mehr den Weg in Ihr nettes Örtchen finden, weil niemand es verstehen wird, dass Sie nur ans Geld denken und nicht daran, dass der Mörder vielleicht noch weitere Kinder umbringt.«

»Nennen Sie mir einen Einzigen im Ort«, mischte sich Bichler polternd ein, »der die Polizeiarbeit blockiert, mein Fräulein, einen Einzigen, und ich –«

»Sie zum Beispiel«, unterbrach ihn die Psychologin scharf. »Sie. Ich hätte gestern gern mit Ihrem Sohn gesprochen, aber Sie haben das verweigert. Und noch was, Herr Bichler: Soeben erhielt ich einen Anruf der Kollegen von der Kriminaltechnik. Der Mobilfunkverkehr von Verena Drewitz ist ausgewertet. Und wissen Sie, mit wem sie als Letztes telefoniert hat? Mit Ihnen, Herr Bichler. Warum haben Sie uns nichts davon gesagt? Nach neuestem Ermittlungsstand gehen wir davon aus, dass sich Frau Drewitz mit ihrem Mörder oben im Wald, in der Nähe Ihres Anwesens, verabredet hat. Also, raus mit der Sprache, was hat sie von Ihnen gewollt?«

So hatte noch keiner mit dem Kaiserbauern geredet, nicht einmal der Kaltenbach. Vor Schreck blieb dem massigen Mann der Mund offen stehen. Und vor Respekt. Richtig kleinlaut war er, als er nun vom Inhalt des Telefonates erzählte. Dass die Reporterin eigentlich den Benni habe sprechen wollen. Nicht ihn. Dass der Benni aber nicht mehr im Haus gewesen sei, wahrscheinlich wieder oben am Waldrand, seine Kräuter sammeln und die Hundsrosen pflücken, die dort wuchsen. Und das habe er auch der Drewitz gesagt.

»Und war Ihr Sohn dort oben?«, insistierte Sybille.

Bichler zuckte mit den Achseln. »Woher soll ich das wissen? Der Bub red' ja kaum mit mir. Wenn S' was erfahren wollen, müssen S' seine Mutter fragen, die kennt sich eher aus, was in dem Burschen vorgeht.«

»In Ordnung.« Sybille fixierte den Besuch streng über den Rand ihrer Brille. Streng wie eine Lehrerin ihre Klasse, die ihre Hausaufgaben vergessen hat. Und so fühlte sich die Abordnung Ortsoffizieller auch. Einer nach dem anderen schaute den Kaiserbauern an. Der stand auf.

»Was ist! Ist was?« Und mit diesen Worten verließ er türenknallend die Pension.

»Wie geht's jetzt weiter?«, fragte der Bürgermeister in schüchternem Tonfall. »Was können wir als Gemeinde tun?«

»Im Augenblick können wir noch nicht sagen, ob der Kindermörder auch Frau Drewitz getötet hat«, sagte Christoph. »Vor Tagen schon wollte ich einen Massen-Gentest im Dorf durchführen lassen. Dazu brauchen wir Ihrer aller Mithilfe. Bisher waren Sie ja strikt dagegen, Herr Bürgermeister. Das würden Sie bei den Leuten nicht durchkriegen. So ein Test ist freiwillig, wir können die Menschen nicht zwingen. Aber Sie können auf die Bevölkerung einwirken. Berufen Sie eine Bürgerversammlung ein, am besten noch heute, und machen Sie Ihren Leuten klar, dass wir nur so weiterkommen. Denn auf eins können Sie Gift nehmen: Der Killer wird wieder zuschlagen, heute, morgen, irgendwann. Vielleicht hat Frau Drewitz ihn bei einem Mordversuch erwischt. Wir wissen es nicht. Wir werden bei der Versammlung dabei sein, wenn's recht ist. Dann können wir die Herrschaften gleich befragen, wessen Kind zur Tatzeit noch unterwegs war. Oder …« Christophs Stimme wurde leise. »Oder wer sonst sich da oben am Hang rumgetrieben hat. Vielleicht hat einer ja mal was gesehen, endlich mal.«

Als die Abordnung aus dem Raum gegangen war, hielt Christoph die Psychologin, die sich ebenfalls zum Gehen wandte, am Arm fest.

»Sybille! Wie war das vorhin, die KTU hat dich angerufen?«

Die Kollegin wurde rot. Tief atmete sie durch, bevor sie wieder Platz nahm.

»Ja. Die KTU und danach Kraus. Ich sollte euch nichts davon sagen, erst mal. Aber jetzt ist es eh schon egal. Außerdem sind wir ein Team.«

Die beiden Kommissare tauschten Blicke. Blicke, die Sybille wohl zu deuten wusste.

»Ich hätte euch schon noch informiert, ehrlich.«

»Also.« Atik nahm Sybilles schmale Hand in seine Pranken und lächelte sie übertrieben freundlich an. »Stimmt das mit dem Anruf vom alten Bichler?«

»Nicht ganz. Sie hat mit ihm telefoniert, aber das war nicht ihr letzter Anruf.«

Sybille sprach nicht weiter.

»Mein Gott, Mädchen«, stöhnte Christoph, »muss man dir jetzt alles aus der Nase ziehen? Wen hat sie als Letztes angerufen, wen?«

Sybille sah hoch. Schaute Christoph an.

»Dich. Du warst ihr letzter Kontakt.«

***

Zur selben Zeit fand im Büro des Kriminalrates Korbinian Kraus eine kurzfristig einberufene Sitzung statt. Nur drei Personen nahmen teil: Kraus sowie die Hauptkommissare Thorsten Wächter und der wieder genesene Axel Strehle. Wächter hatte die Ermittlungsberichte im Fall Verena Drewitz dabei.

»Äußerst seltsam, das Ganze«, sagte er, als er seinem Vorgesetzten die Akte überreichte. »Da stimmt so einiges nicht, Herr Kriminalrat. Also: Die im Mund der Toten gefundenen Kunststofffitzelchen stammen eindeutig von Handschuhen, wie wir sie im LKA bei der Tatortbegehung verwenden. Solche Handschuhe werden nur im Polizeidienst benutzt, was natürlich nicht zwingend heißen soll, ein Kollege sei der Täter gewesen. Aber weiter. Verena Drewitz' letzter Anruf ging an Christoph Kaltenbach. Das war nur Minuten vor ihrem Tod. Und da erhebt sich doch die Frage: Was wollte sie von ihm, dort oben im Wald, in finsterer Nacht?«

»Vielleicht hat sie den Mörder gesehen und wollte Herrn Kaltenbach verständigen.«

Kraus hatte sich eisern vorgenommen, seinen Lieblingsbeamten bis aufs Messer zu verteidigen. Denn der Kaltenbach, der war ihm mehr als nur sein bester Polizist. Er mochte ihn. Weil er so gebildet war. So fein. So höflich. Doch war das noch nicht alles. Der Christoph, das wäre der Sohn gewesen, den er sich immer gewünscht hatte. Gut aussehend, klug, fleißig, selbstbewusst und gleichzeitig so verletzlich. So anders als seine beiden Töchter. Väterliche Gefühle hegte er für den Christoph, doch durfte das niemand wissen. Solange nur ein vager Verdacht im Raum stand, würde er seinen Protegé jedenfalls schützen. Mit aller Macht.

»Aber warum«, mischte sich jetzt Strehle ein, »warum hat Kaltenbach dann nicht abgenommen? Und warum hat er kein Sterbenswort von dem Anruf erzählt? Weil er was zu verbergen hat?«

»Genau!«

Wächter rückte seinen Stuhl näher an den seines Chefs, eine Manie, die Kraus nicht ausstehen konnte. Vom natürlichen Abstand schien der nichts zu halten.

»Was hatte die Drewitz überhaupt in Hagstein zu schaffen? Und woher hatte sie Kaltenbachs Mobilnummer?«

Der Kriminalrat hätte nun sagen können, dass er schon wisse, woher. Christoph hatte ihm die Beziehung zum Mordopfer ja gestanden. Doch er hielt lieber den Mund. Er mochte weder Wächter noch Strehle. Vor allem konnte er es nicht leiden, wie die beiden ihn bedrängten und dass sie überhaupt einen Kollegen verdächtigten. Doch es war eh schon zu spät.

»Ich kann Ihnen sagen, warum.« Wächter lehnte sich zurück, übers ganze Gesicht grinsend. »Die hatten was miteinander. Der Bichler hat mir das gesteckt, Sie wissen schon, der Vater des Jungen, der die Mühlbauer Lisa gefunden hat. Ihm gehört das Hotel, in dem die Drewitz abgestiegen ist. Und einmal hatte die Herrenbesuch, die ganze Nacht ist der Typ bei ihr geblieben. Der Portier hat den Mann beschrieben, eher klein, sportliche Figur, gut aussehend, dunkle Haare und …«

»Ja was, ›und‹?«, warf Kraus genervt ein.

»Und einen stechenden Blick. ›Als ob ein Raubtier einen fixiert‹, hat der Portier wortwörtlich gesagt. Und auf wen passt die Beschreibung?«

Unwillkürlich sah der Kriminalrat Strehle an. Ein Lächeln

huschte über sein besorgtes Gesicht. Er deutete auf den Kommissar.

»Na, auf Strehle! Oder was denken Sie, Herr Kollege Wächter?«

Strehle wurde weiß. »Was soll das, Chef? Sie wissen haargenau, wen der Portier gemeint hat. Außerdem war ich nachweislich nicht vor Ort. Ich war krank, wenn Sie sich erinnern.«

»Das war nur ein Scherz, Strehle. Trotzdem schauen Sie sich beide ähnlich. Nehmen Sie's einfach als Kompliment, okay?«

Die Gesichtsfarbe des Kommissars wechselte von Weiß auf Rot. Seine diesen Farbwechsel verursachenden Gedanken aber behielt er besser für sich.

»Zurück zu den Fakten.« Wächter nahm die Akte und blätterte darin. »Hier: die Faserspuren unter dem Fingernagel des Opfers. Laut KTU handelt es sich um ein Kaschmir-Seiden-Gemisch, wahrscheinlich von einem blauen Pullover. Ich kenne nur einen Einzigen in der Dienststelle, der sich so teure Pullover leisten kann und der gerne Blau trägt.«

»Und Kaltenbach war vor Ort, Herr Kriminalrat.« Strehle schien sich wieder gefangen zu haben. »Nur ein Zufall?«

»Nein, nein.« Nervös spielte Kraus an seinem Füllhalter. »Das ist doch alles an den Haaren herbeigezogen. Was sollte der Kollege für ein Motiv gehabt haben? Außerdem ist er hochintelligent. Wenn es denn so viele belastende Indizien gibt, so wäre, falls Christoph, ich meine, falls Kaltenbach tatsächlich was mit dem Fall zu tun hätte, was ich, meine Herren, nach wie vor als absolut unmöglich erachte, so wäre er die Sache anders angegangen. Der belastet sich doch nicht selbst. Also bitte!«

»Chef!« Wächter wirkte fast flehentlich. »Chef! Schön, dass Sie so hinter einem Kollegen stehen, das ehrt Sie, wirklich! Aber denken Sie mal an die Wucht, mit der dieser Kehlschnitt ausgeführt worden ist, da war 'ne Mordswut im Spiel, Hass sogar. Das schaut mir mehr nach Beziehungstat aus als nach eiskalt geplantem Mord. Der Kaltenbach hatte was mit der, das steht fest. Nehmen wir mal an, sie hat Schluss gemacht, er wird sauer, es kommt zum Streit, da oben im Wald. Der Kaltenbach ist doch eh schon psychisch schwer angeschlagen seit dem Unfalltod seiner Familie.

Der hat 'nen Knacks weg, und was für einen! In Therapie musste der, wissen Sie das noch? Vielleicht ist er durchgedreht, was weiß ich, endlich wieder was zum Vögeln, pardon, ich meine, endlich wieder 'ne Frau, und dann verlässt die den. Da wird alles wieder hochgekommen sein. Angeblich ist damals ja seine Gattin gefahren. Angeblich. Wir aber haben das nie geglaubt, gell, Axel? Und da sind wir nicht die Einzigen im LKA.«

Strehle nickte.

»Komisch war der schon immer, der Kaltenbach. Und aggressiv. Außerdem lügt der. Der belügt auch Sie, Chef. An Dienstvorschriften hat der sich noch nie gehalten, und wenn man ihm auf die Schliche kommt, dann schwindelt er halt. Ganz einfach. Und denken Sie an seine seltsame Vorliebe für Wölfe! Mein Gott, mein Gott.« Theatralisch schlug sich Strehle die Hände vors Gesicht.

»Was reden Sie da für einen Unsinn?«, beschied Kraus. »Das passt doch von vorn bis hinten nicht zusammen. Der Angriff auf den kleinen Jungen zum Beispiel, wie war noch mal sein Name?«

»Pölz«, sagte Wächter, »Jakob Pölz.«

»Also der Mordversuch an dem kleinen Pölz. Exakt zu der Zeit war Kaltenbach im Präsidium, da besteht wohl kein Zweifel. Was soll das Ganze dann, sind Sie jetzt auch schon irgendwelchen Sinnestäuschungen erlegen?«

»Chef, haben Sie schon mal darüber nachgedacht, dass das ein Trittbrettfahrer gewesen sein könnte?« Wächter ließ nicht locker. »Vielleicht haben wir es ja mit nicht nur einem Täter zu tun, immerhin weicht die Vorgehensweise in der Sache Pölz von den anderen Morden ab! Dort zwei kleine, tatsächlich gemeuchelte Mädchen, hier nur ein Mordversuch, und das an einem Buben. Hat Kaltenbach denn für die Zeit der Mädchenmorde ein Alibi, hat das irgendwer mal überprüft?«

»Ja wollen Sie Kaltenbach jetzt auch noch die Morde an den Kindern in die Schuhe schieben?«

Kraus wurde laut. Sehr laut. Er sprang auf.

»Ich verbitte mir das! Ein für alle Mal! Woher nehmen Sie die Chuzpe –?«

»Herr Kraus. Herr Kraus!«

Dass Wächter es wagte, ebenfalls die Stimme zu erheben, ließ den Kriminalrat innehalten.

»Hören Sie mir einen Moment noch zu. Bitte!« Wächter wurde leiser. »Wir sind alle ein bisschen neben der Spur. Diese schrecklichen Morde an den Kindern. Und dann noch diese hübsche Journalistin. Das ist auch mir zu viel, glauben Sie's mir. Aber da ist eben noch etwas, was Sie wissen sollten.«

Er zog einen weiteren Ordner aus seiner Aktentasche.

»Ich habe mich noch mal schlaugemacht. Ob irgendwo auf dieser Welt ähnliche Morde passiert sind. Wo sich ein Wahnsinniger ein Fell drübergezogen hat, um sich in was weiß ich was zu verwandeln, einen Werwolf, einen Bären.«

»Das haben die Kollegen Alkay und Kaltenbach doch schon getan«, sagte Kraus. Er hatte sich ebenfalls wieder beruhigt. »Die sind das komplette Rasterfahndungsprogramm durchgegangen, die ganzen in Frage kommenden letzten fünfzehn Jahre. Und da war nichts.«

»Das deutsche Programm, Chef, das deutsche. Doch ich war mir nicht sicher, besonders weil dieser eine Verdächtige, wie hieß der noch mal …«

»Gernot Wiedl«, half Strehle seinem Partner aus.

»Genau, Gernot Wiedl. Der ist ja spurlos verschwunden vor einem Jahr. Also habe ich EU-weit gesucht.«

Wächter schlug die Beine übereinander und lehnte sich gemütlich in seinem Sessel zurück, als genieße er die Situation.

»Und?«

Kraus verfiel in die Gegenreaktion: Versteifte sich und bewegte seinen Oberkörper in seinem Sitz weit nach vorn, als wolle er im Nu wieder aufspringen.

»Also. Der Kaltenbach war doch für ein Vierteljahr in Rom. Und exakt zu der Zeit gab es in der Gegend zwei mysteriöse Todesfälle. Nicht direkt in Rom, sondern etwa fünfzig Kilometer entfernt, in den sogenannten Albaner Bergen. Zwei Kinder sind damals auf grausame Weise ums Leben gekommen. Sie wurden zerfleischt. Und jetzt kommt's: Man hatte Wolfshaare an den Leichen gefunden. Und weil es nicht weit davon noch Wölfe gab, war für die Polizei der Fall klar. Die Itaker haben eine Treibjagd veranstaltet und ein paar von den Viechern abgeknallt. Danach kehrte wieder Ruhe ein. Keine weiteren zerfleischten Kinder, und das Thema war ruck, zuck erledigt. Aber auch der Herr Kaltenbach war punktgenau wieder in München zurück. Noch ein Zufall?«

Dem Kriminalrat wurde plötzlich schwindlig. Er sank in seinen Sessel zurück. Jede Kraft war aus ihm gewichen. Und jedes Vertrauen in diese Welt. Er unternahm einen letzten Versuch.

»Aber überlegen Sie doch: die Verfolgungsjagden, von denen Kaltenbach berichtete, das viele Blut, als er den Mörder angeschossen hat. Das kann er sich doch unmöglich alles aus den Fingern gesaugt haben.«

»Waren Sie dabei, Chef? War irgendwer dabei?« Wächter gab sich selbst die Antwort. »Nein, niemand war dabei. Kaltenbach war allein. Wahrscheinlich hat er sich das Ganze nur ausgedacht. Und das Blut, das könnte von ihm selbst stammen. Eine DNA-Überprüfung könnte das beweisen.«

»Noch was«, sprang Strehle seinem Kollegen bei. »Könnte doch sein, dass sich Kaltenbach das alles nur eingebildet hat, das mit der Verfolgung und so.«

»Genau«, sagte Wächter. »Einer, der sich im Polizeidienst ganz normal gibt, aber hinter seiner bürgerlichen Fassade ein brutaler Kindermörder ist, der ist doch hochgradig schizophren. Der hat sich gespalten in zwei Persönlichkeiten, und die eine weiß nicht, was die andere tut. Verstehen Sie, worauf ich hinauswill, Chef?«

Kraus gab auf. Wie Strehle vorhin barg er sein Gesicht in den Händen. Schüttelte wieder und wieder den Kopf, bevor er zur Sprache zurückfand.

»Furchtbar. Ganz furchtbar. Ich mag mir das gar nicht vorstellen. Der Kaltenbach … Nein.«

Mühsam richtet sich Kraus hoch.

»Wie katastrophal auch immer das für unsere Dienststelle ist, ausgerechnet einer aus den eigenen Reihen und ausgerechnet Kaltenbach. Doch wir müssen jetzt einen klaren Kopf bewahren und unsere Pflicht erfüllen. Also, was schlagen Sie vor, Kollegen?«

Wächter und Strehle tauschten vielsagende Blicke.

»Wir behalten das erst mal für uns«, sagte Wächter. »Kein Wort zu Kaltenbach und auch nicht zu Alkay. Dem traue ich genauso wenig über den Weg. Wir beobachten dieses seltsame Duo. Einer von uns geht nach Hagstein und heftet sich Kaltenbach an die Fersen. Einer bleibt hier und behält den Türken im Auge, obwohl ich nicht glaube, dass er mit der Sache direkt was zu tun hat. Aber er ist Kaltenbachs bester Freund, und sicher ist sicher.««

»Ich würde das übernehmen«, meldete sich Strehle zu Wort. »Das mit dem Kaltenbach, meine ich. Also, wenn Sie nichts dagegen haben, Chef. Ich kenne mich gut aus in der Region, die Berge sind ja quasi meine Heimat.«

Kraus war mental bereits vernichtend geschlagen. Nur sein Verstand war noch halbwegs klar.

»Aber wie wollen Sie das denn anstellen, Herr Kollege? Der kennt Sie doch, der Kaltenbach.«

Strehle konnte seine Genugtuung nicht verbergen, so strahlte er aus jeder Pore. Er stellte die Plastiktüte, mit der er bereits hereingekommen war, auf den Tisch und holte diverse Utensilien heraus, Faschingsklamotten auf den ersten Blick. Albern, dachte Kraus, bis sich der Hauptkommissar die seltsamen Artefakte ins und aufs Gesicht setzte. Mit weißer Perücke, grauem Vollbart und dicken Brillengläsern sah Strehle plötzlich nicht mehr wie Strehle aus. Als er dann noch einen altmodischen Regenmantel überwarf und das linke Bein beim Gehen dezent nachzog, die Schultern fallen ließ und den Kopf leicht schräg hielt, all diese Bewegungen nicht übertrieben, nur angedeutet, schien es so, dass da ein alter Mann vor dem Kriminalrat hin- und herschlurfte.

»Wahnsinn«, murmelte Kraus. »Wirklich Wahnsinn. Sie sind ein echter Verwandlungskünstler, Kollege Strehle. An Ihnen ist ja ein Schauspieler verloren gegangen. Nein, so wird er Sie garantiert nicht erkennen, der Kaltenbach. Nicht einmal, wenn Sie ihm im Wald begegnen.«

16

Hagstein hatte plötzlich einen neuen Mörder entdeckt. Einen, dem man das durchaus zutraute, mehr oder weniger. Zwangsweise musste ein neuer gefunden werden, denn die Journalistin hatte der Strussner ja nicht umbringen können. Er war ja schon tot, als die Dame ums Leben kam. Und dass der Kindsmörder auch die Reporterin auf dem Gewissen hatte, das war wohl klar. Denn gleich zwei verrückte Killer im Tal, nein, das wollte und konnte sich niemand vorstellen.

Für den Abend hatte der Bürgermeister eigentlich zu einer außerordentlichen Bürgerversammlung aufgerufen, aber das konnte man sich jetzt ja sparen.

In Gang gesetzt hatte das Gerücht der Kaiserbauer höchstpersönlich. Unfreiwillig, weil er die Polizei in Malling verständigt hatte.

Der diensthabende Polizeihauptmeister Gerhard Litzl hatte den Anruf entgegengenommen und flugs seinen Cousin mütterlicherseits, den Sägewerksbetreiber Werner Richter, informiert. Ja und der, der hatte es schon immer gewusst. Jetzt ging es nur noch darum, das Gerücht in Windeseile zu verbreiten, damit aus der bloßen Fama eine gefühlte Wahrheit wurde. Nur kurz musste er überlegen, an wen im Dorf er diese Nachricht unter dem Siegel der Verschwiegenheit weitergeben könne, um sicherzugehen, dass es auch wirklich jeder im Dorf erfuhr. Dann zog er von dannen. Sein erstes Ziel war die Bäckerei am Marktplatz und dort die Bäckersfrau Susanne Bachinger.

Er kaufte ein paar Semmeln und zwei Stück vom leckeren Nusskranz. Ein paar halb geflüsterte Sätze beim Zahlen genügten. Schon als Richter das Geschäft verließ, hörte er hinter sich, wie die Bachinger der nächsten Kundin, der Besitzerin der »Pension Annemarie«, zuraunte: »Weißt du schon das Neueste?«

Zufrieden besuchte er noch die Dorfmetzgerei, ließ auch die Metzgersfrau Uschi Fellmaier an seinen Erkenntnissen teilhaben und machte sich fröhlich pfeifend auf den Heimweg. Das Ding war nun in die Welt gesetzt und von keiner Macht mehr zu kontrollieren. Auch nicht vom Kaiserbauern.

Durch den glücklichen Umstand, dass ihre Pensionswirtin zur rechten Zeit am rechten Platz gewesen war, erfuhren auch die Kommissare sehr schnell vom plötzlichen Verschwinden des Benjamin Bichler.

»Das passt doch genial ins Bild«, sagte Atik. »Der abgedrehte Bichlersohn, das Waldstück gleich in der Nähe seines Zuhauses, der Zeitpunkt. Echt krass! Und jetzt haut er auch noch ab. Einen größeren Gefallen hätte der uns nicht tun können. Ich werd gleich mal die Fahndung nach ihm organisieren.«

»Du machst gar nichts«, befahl Christoph in ungewohnter Schärfe. »Dass einer abhaut, ist noch lange kein Indiz für einen Mord. Was weiß ich, was der Junge gesehen oder was ihn sonst zum Verschwinden gebracht hat. Ich sag's noch mal: Der Benjamin ist kein Mörder. Und das mit der Fahndung, das vergiss mal ganz schnell wieder.«

Sybille aber vertrat Atiks Ansicht. Christoph solle doch mal nachdenken: Der Fall Verena, das sei doch eine ganz andere Geschichte als die Kindstötungen. Aus psychopathischer Sicht komme der Wolfskiller nicht für den Mord an der Drewitz in Frage. Für sie gebe es zwei Mörder, eindeutig. Zum Beispiel die unterschiedliche Größe der Täter. Christoph selbst habe doch behauptet, der Wolfskiller sei klein gewesen. Und der pathologische Befund bei Verena gehe doch klipp und klar von einem hochgewachsenen Täter aus. So einem wie dem Benjamin. Und irgendwelche Spuren von Wolfshaaren oder was auch immer hätten sich doch auch nicht gefunden. Also.

»Der war's nicht«, beharrte Christoph. »Und solange ich die Ermittlungen leite, wird er auch nicht zur Fahndung ausgeschrieben, verstanden? Ich kann mir in etwa vorstellen, was in dem Burschen vorgeht. Vielleicht hat er ja wirklich was gesehen, etwas, das er nicht verkraftet. Und dann dieser Vater, der Kaiserbauer! Mit dem liegt er doch dauernd im Clinch. Da brodelt was ganz Furchtbares, ich schwör's euch. Und vor dem Furchtbaren ist er abgehauen. Ich glaube eher, der hat sich irgendwo in den Wäldern verkrochen.«

Christoph trat ans Fenster und schaute zur Felsformation der Kofler Wand hoch.

»Da oben soll's ein einsames Steilstück geben, mit schwer durchdringlichem Unterholz, hat der Strussner verlauten lassen. Da sei nichts bewirtschaftet, und deshalb ist da auch niemand. Der Benjamin ist sein Sohn, keine Ahnung, ob er das inzwischen nicht auch weiß. Ob das nicht der Grund seines Verschwindens ist. Eventuell fühlt er ja ähnlich wie sein richtiger Vater, und er ist dort hinauf.«

Er drehte sich zu seinen Kollegen.

»Ich werd da mal hochgehen. Aber allein. Und ihr zwei, ihr horcht jetzt den alten Bichler aus, für mich ist er der … Oh, entschuldigt.«

Sein Handy klingelte. Es war Hanni Bichler. Völlig aufgeregt bat sie, der Herr Kommissar möge doch bitte schnell kommen. Am besten mit Verstärkung. Vorm Haus stünden die Leute aus dem Dorf und wollten wissen, wo ihr Sohn sei. Die würden behaupten, sie habe ihn vor der Polizei versteckt. »Mörder«, würden die schreien, »Mörder!«. Sie verstehe nicht, was das alles solle. Ihr Sohn, der sei halt nur ein bisserl anders. Aber ein ganz Lieber. Keiner Fliege könne der was zuleide tun. Sicherheitshalber habe sie die Türen verrammelt. Die Hunde habe sie ins Haus geholt, ihr Mann sei nicht da. Auf die Jagd sei er gegangen.

Christoph beruhigte die völlig verängstigte Frau. »Lassen Sie niemanden herein. Wir sind in fünf Minuten bei Ihnen. Und keine Sorge, Frau Bichler: Ihr Sohn wird nicht verdächtigt.«

Als sie am Bichlerhof eintrafen, bot sich den Ermittlern eine filmreife Szene: An der Eingangstür seines Hauses hatte sich der Kaiserbauer breitgemacht, in der Hand ein Jagdgewehr. Vor ihm kniete Werner Richter, die Arme erhoben. Bichler zielte geradewegs auf seinen Kopf. Davor hatte sich ein aufgebrachter Mob von etwa zwanzig Leuten aus dem Dorf versammelt, die Fraktion der Unabhängigen.

»Ihr bleibt's, wo ihr seid«, brüllte Bichler die Polizisten an, als die aus dem Wagen stiegen. »Gleich verschwinden könnt's wieder! Der Benni ist fort! Aber nicht, weil er was getan hat, sondern weil er Angst hat. Niemand fasst mir meinen Buben an, niemand. Und niemand wird je wieder behaupten, dass mein Sohn ein Mörder ist. Die Drecksau hier«, er schwang sein Gewehr vor dem knienden Richter hin und her, »die Drecksau mach ich jetzt weg. Und den Litzl, den knöpf ich mir danach vor.«

»Okay«, sagte Christoph, »okay.«

Langsam ging er auf den Kaiserbauern zu, während Atik hinter seinem Rücken die Pistole entsicherte.

»Herr Bichler, wir wollen nichts vom Benjamin. Wir wissen, dass er unschuldig ist. Alles wird gut, bleiben Sie ganz ruhig.«

»Aber der«, schrie Bichler, »der hat behauptet, der Benni hätte die Reporterin umbracht.«

»Das ist nur ein dummer Mensch«, sagte Christoph mit leiser Stimme. »Ein schrecklich dummer Mensch. Ich werd mich schon drum kümmern, dass er so eine Schweinerei nicht ungestraft in die Welt setzt. Aber lassen Sie wenigstens die anderen gehen. Das sind nur Mitläufer.«

Mit unendlicher Geduld erreichte es Christoph, dass die Meute abziehen durfte. Ohne einen Laut schlichen sie davon, geprügelten Hunden gleich.

Schritt für Schritt näherte sich Christoph. Doch er hielt nicht direkt auf die Kontrahenten zu. Er ging rechts vorbei, als wolle er ganz woandershin, von Bichler misstrauisch beäugt. Mit einigen Metern Abstand stellte er sich neben den Kaiserbauern, der ihn gewähren ließ, aber nach wie vor auf Richters Schädel zielte.

»Sehen Sie, Herr Bichler, ich bin jetzt auf Ihrer Seite. Sie haben ja recht. Wahrscheinlich hätte ich genauso gehandelt wie Sie, wenn einer mein Kind verleumdet hätte. Nur hab ich leider keins mehr.«

Ruhig, in schlichten Worten, begann er in einem Tonfall zu reden, der so gar nicht zu der aufgepeitschten Situation passen wollte. Als erzähle er eine Geschichte. Christoph berichtete von dem Unfall. Als er seine Familie verlor. Dass er Schuld daran habe. Dass es das Schlimmste überhaupt sei, ein Kind zu verlieren. Und dass ein Kind das höchste Gut auf der Welt sei, egal ob schwerbehindert oder hochintelligent.

»Ihr Sohn, Herr Bichler«, schloss er seinen kurzen, aber eindrucksvollen Monolog, »der ist was sehr Besonderes. Vergessen Sie das nie, egal, was andere sagen. Und egal, was in der Vergangenheit war. Machen Sie Ihren Frieden mit ihm. Und auch mit dem da.«

Und ohne Bichlers Reaktion abzuwarten, sprach er zu dem am Boden Knienden, als sei er der vergebende Heiland und Richter der reuige Sünder: »Stehen Sie auf und gehen Sie nach Hause. Ich denke, ihr zwei seid jetzt quitt und wir können auf das übliche Anzeigengekaspere verzichten. Gebt euch die Hand, und die Geschichte ist vergessen.«

Was kaum einer der Beobachter geglaubt hätte: Unter dem Eindruck von Kaltenbachs Rede zeigten sich die Kontrahenten zu einem kurzen Händedruck fähig, und Richter verließ, ohne sich noch einmal umzudrehen, den Ort seiner Schmach.

»Ich wusste das nicht, das mit Ihrer Familie«, sagte Bichler, als sein Gegner außer Hörweite war. »Das tut mir furchtbar leid, ehrlich. Und …« Für einen Moment flackerten seine sonst so herrisch blitzenden Augen. »… und überhaupt tut mir so manches leid. Man ist halt auch bloß ein Mensch, oder?«

»Gott sei Dank«, erwiderte Christoph. »Ein Mensch wie ich auch. Wissen Sie, früher konnte ich mit keinem über den Unfall reden. Mittlerweile aber habe ich gelernt, dass ich darüber sprechen muss. Und manchmal muss ich es richtig rauskotzen, sonst frisst es mich auf.«

Bichler nickte, als habe er verstanden. Christoph winkte seine beiden Kollegen heran, die immer noch neben dem Wagen ausharrten.

»Ich glaub«, sagte der Kaiserbauer, »jetzt können wir alle ein Schnapserl gebrauchen. Kommt's rein! Ich hab da noch einen guten Selbstgebrannten.«

Nicht schon wieder, dachte Christoph, aber fügen würde er sich Bichlers Einladung schon, weil so ein guter Hausbrand …

»Sind hier im Tal denn alle Schwarzbrenner und Schnapsdrosseln?«, fragte Atik leise, damit es der vorangegangene Kaiserbauer nicht mitbekam.

»Mit Bestimmtheit nicht«, antwortete Christoph, »das hat eher was mit Tradition zu tun als mit Alkohol.«

»Verstehe ich nicht.« Atik sah Sybille an, doch die zuckte nur mit den Achseln. Von hinten legte sie Christoph die Hand auf die Schulter, eine sachte Berührung, für den einsamen Mann aber eine tief empfundene Geste. Am liebsten hätte er gleich den ganzen Kopf an ihre Hand geschmiegt.

»Alle Achtung, Herr Kommissar. Das war eine polizeipsychologische Lehrstunde. Besser hätte ich das auch nicht machen können.«

Er wandte sich ihr zu und lächelte. Sie erwiderte sein Lächeln. Doch sie dachte etwas ganz anderes: Was schlummern nur für verschiedene Seelen in seiner Brust? Der hat alles drauf, den Gefühlvollen, den Dominanten, den Friedensrichter, den Unbeherrschten. Was ist das nur für ein Typ von Mensch?

***

Eine ganze Stunde unterhielten sie sich mit den Bichlers über ihren Sohn. Dass heute Morgen, als er nicht zum Frühstück gekommen sei, die Mutter nach oben in sein Zimmer gegangen sei und das Bett unberührt gefunden habe. Da habe sie gleich gewusst, dass der Bub weggelaufen sei, und ihren Mann gebeten, die Polizei in Mailling zu verständigen, eine dumme Idee, wie sie im Nachhinein erkannt habe. Etwas Außergewöhnliches sei allerdings nicht vorgefallen, was Bennis plötzliches Verschwinden erklären könnte. In der Vergangenheit habe er das zwei Mal schon gebracht, damals, als die Großeltern verstorben waren, aber das sei lange her. Das erste Mal, bei der Oma, da sei er einen Tag und eine Nacht weggeblieben, und als dann der Opa tot war, an dem er sehr gehangen habe, gleich zwei Tage. Wiedergekommen aber sei er immer. Wo er sich jetzt versteckt haben könnte, das wüssten sie leider auch nicht.

»Kann ich mal sein Zimmer sehen?«, fragte Sybille. »Vielleicht findet sich da irgendetwas, was uns darüber Aufschluss geben könnte.«

»Natürlich.« Bichler sprang auf und führte die Ermittler in den ersten Stock zu Benjamins Zimmer. »Schauen Sie ruhig alles durch. Wenn Sie wollen, können Sie auch an seinen Computer, eventuell ist ja da was drauf. Sie haben völlig freie Hand, meine Herrschaften. Hauptsache, Sie bringen mir meinen Buben wieder zurück.«

»Was ist denn mit dem passiert?«, fragte Atik, nachdem Bichler aus dem Raum gegangen war und seine schweren Schritte auf der Holztreppe erklangen.

»Der hat einfach nur Angst um sein Kind«, meinte Sybille.

»Aber es ist doch gar nicht sein leiblicher Sohn.«

»Ich glaube«, sagte Christoph, »das wäre ihm jetzt auch schon egal. Der liebt den Jungen, obwohl ihm das gar nicht so bewusst ist.«

Mit aller gebotenen Zurückhaltung durchsuchten die drei das Zimmer. Obschon es draußen noch hell war, mussten sie die Lampen einschalten, weil der Raum kaum Tageslicht zuließ, als würde er jeden Sonnenstrahl schlucken. Decke und Wände waren mit kastanienbrauner Farbe gestrichen. Die Möbel, das Bettgestell, alles in dunklem Holz. Sogar bei Bettdecke und Teppich herrschten gedeckte Farben vor. Abgesehen von den düsteren Tönen und einer unangenehm peniblen Ordnung war nichts Auffälliges zu erkennen. Jede Menge Bücher stapelten sich in den Regalen, in schnurgeraden Reihen nach Verfassern sortiert. Überhaupt wirkte das Zimmer sehr aufgeräumt, da lag nichts unbedarft herum, kein Kleidungsstück, keine CD, nichts.

Sybille öffnete den Kleiderschrank. Auch hier war nichts dem Zufall überlassen. Beinahe millimetergenau lag Hemd auf Hemd, Pullover auf Pullover. Und alles in Dunkelgrau und Schwarz.

»Okay«, sagte sie. »Ich mach mir gerade ein Bild. Aber das Bild gefällt mir nicht. Was ist mit dem PC?«

»Sollen wir?«, fragte Atik.

»Ja, natürlich. Du bist doch sonst nicht so schüchtern.«

Atik fuhr den Rechner hoch. Wie erwartet war der Zugang verschlüsselt. Atik prüfte die üblichen Codes, Name der Mutter, des Vaters, der Schwestern, doch das Programm reagierte nicht.

»Probier's mal mit ›Hundsrosen‹«, schlug Christoph vor.

»Gut. Wie schreibt man das?«

»Mensch, Atik! Bist du behindert? Wie man's spricht, Hund, ein s und die Rosen.«

»Wieso heißen die eigentlich Hundsrosen?«

»Keine Ahnung«, sagte Christoph, »aber ich versprech dir, ich frag Benni, wenn ich ihn sehe.«

»Hunds-ro-sen.« Atik gab das Kennwort ein. Das System reagierte sofort.

Schnell klickte sich Atik durch die Programme.

»Nichts Besonderes«, sagte er. »Außer dass der Kerl keine Mails schreibt. Und auch keine kriegt. Komisch für sein Alter.«

Er stieß auf einen codierten Ordner.

»Ich komm verdammt noch mal nicht rein«, murmelte er, nachdem er verschiedene Kennwörter versucht hatte. »He, Mister Superschlau, hast du noch einen drauf?«

Christoph überlegte. Er dachte an die Hagebutte. Atik gab alles ein, was sein Partner ihm vorkaute.

»Ein Männlein steht im Walde.«

Nichts.

Sybille beteiligte sich an dem Ratespiel.

»Hagebutte. Heckenrose. Purpur. Schwarz Käpplein klein. Steht im Wald allein.«

Doch der Ordner ließ sich nicht öffnen.

»Rot, rot, purpurrot.«

»Was?«, fragte Atik.

»Rot, rot, purpurrot.« Christoph lächelte verlegen. »Komm, gib's ein.«

Und tatsächlich, der Ordner machte auf.

»Wie bist du darauf gekommen?«, wunderte sich Atik.

»Nur so ein Bauchgefühl. Doch egal. Was hat Benni in dem Ordner versteckt?«

Atik durchflog die Dateien.

»Ach du Scheiße.« Er rollte auf dem Bürostuhl zurück, als wolle er sich nicht anstecken mit dem, was er auf dem Bildschirm sehen musste.

»Was ist?«

»Schau selbst, du mit deinem ›Der Benjamin war's nicht‹.«

Christoph starrte auf den Screen. Neben allerlei wirren, offenbar selbst verfassten Gedichten hatte Benjamin Fotografien von halb nackten Kindern heruntergeladen, nichts wirklich Dramatisches, keine strafbaren pornografischen Darstellungen, doch im Kontext der Morde … Und dann entdeckte er auch noch Fotos der getöteten Mädchen, von Lisa und Marie. Offenbar waren die Bilder aus größerer Entfernung aufgenommen worden und ohne dass die Kinder etwas davon bemerkt hatten.

»Ist ja sehr eindeutig«, sagte Sybille. »Glaubst du immer noch, dass Benjamin Bichler unschuldig ist?«

Christoph blies die Luft aus den Backen. »Okay, die Situation hat sich geändert. Ich hab einen gewaltigen Fehler gemacht. Ein Idiot bin ich. Doch ich war mir so sicher, dass der Benjamin sauber ist. Sein Anderssein habe ich auf seine Lichtallergie geschoben und auf die Ablehnung durch den falschen Vater.«

»Du warst schon auf der richtigen Spur«, sagte Sybille. »Erinnerst du dich, als du mir deinen ersten Eindruck von ihm geschildert hast? Dass er dir wie Kaspar Hauser vorkam? Und wie ich dir erklärte, dass Hauser ein pathologischer Lügner war, mit einer histrionischen Persönlichkeitsstörung? Das hast du wahrscheinlich gespürt, aber nicht richtig einordnen können.«

»Du brauchst mich nicht zu entschuldigen, Sybille. Lieb von dir, aber ich mache Fehler über Fehler, seitdem ich in diesem Kaff hier bin. Aber den Burschen hol mir ich. Und zwar jetzt.«

***

Allein wollte Christoph zur Kofler Wand hoch. Allein. Das hatte er sich ausbedungen. Um seinen Fehler wieder auszubügeln. Er glaubte zu wissen, wo sich Benjamin Bichler versteckt haben könnte. Oberförster Authenrieth, den er telefonisch befragt hatte, ob sich in dem schwer zugänglichen Gebiet eine Hütte oder sonst ein Unterschlupf befinde, hatte ihm eine alte, vergessene Jagdhütte genannt. Oberhalb des Kars, das von der eigentümlichen Felsformation schräg nach links unten in den Hochwald abfiel, gleich bei jenem Gestein also, das von Weitem an die Gestalt eines Greises erinnerte und deshalb das Hagsteiner Mandl hieß, sei ein halb verfallener Unterstand, der jedoch seit Langem nicht mehr benutzt werde, weil er eben baufällig sei. Warum er das eigentlich wissen wolle.

Das sei Gegenstand der Ermittlungen, war Christoph der Frage ausgewichen, mehr könne er im Moment nicht sagen.

Ob er ihn begleiten solle, hatte der Förster angeboten, der Steig zur Hütte sei inzwischen zugewachsen und kaum mehr zu erkennen. Außerdem müsse man fürchterlich aufpassen da oben, ständig drohe Steinschlag vom Hagsteiner Mandl, und das Kar sei sehr steil und verdammt tief, saugefährlich sei's jedenfalls, allein da hochzugehen.

Christoph merkte, dass Authenrieth den wahren Grund seiner Erkundigungen ahnte. Der ließ sich nicht so leicht abwimmeln. So bedankte er sich für die angebotene Hilfe. Er werde darauf zurückkommen, wenn es so weit sei. Dann legte er auf, schnürte die Bergstiefel, nahm sicherheitshalber Kletterseil und Haken mit und machte sich auf den Weg.

***

Benjamin zitterte vor Kälte. Die alte Hütte, in die er sich geflüchtet hatte, war im hinteren Teil irgendwann von einem herabstürzenden Felsen stark beschädigt worden. Einige Deckenbalken waren heruntergekracht, und die Dacheindeckung aus alten Holzschindeln war zerstört, sodass Wind und Regen ungehindert eindringen konnten. Es war eisig kalt. Der Unterstand lag auf etwa eintausendachthundert Metern Höhe. Am Morgen hatte es sogar ein wenig geschneit. Doch er wagte es nicht, ein wärmendes Feuer zu entzünden, da der Schein ihn verraten könnte.

Die Hütte kannte er noch von früher. Der Strussner Simmerl hatte ihn ein paarmal mitgenommen, wenn er dort oben auf Gamsen aus war, heimlich natürlich, denn der Vater durfte nichts davon erfahren. Nur die Mutter wusste Bescheid und hatte ihm auch sozusagen ein Alibi gegeben. Bei der Therapeutin sei er, hatte sie ihrem Mann erzählt.

Der Vater hatte den Strussner schon immer gehasst, nur warum, das war Benjamin nie ganz klar gewesen. Er jedenfalls mochte ihn. Sehr sogar. Wenn er ehrlich war, sogar mehr als den Vater. Viel mehr. Der war ja auch immer so nett zu ihm. Und der Simmerl nahm seine Lichtallergie ernst. Eine Spezialbrille hatte er ihm sogar besorgt, mit stark abgedunkelten Gläsern, sodass er das Tageslicht relativ gut ertragen konnte. Doch sie zogen sowieso immer nur an Regentagen los, wenn die Sonne nichts zu vermelden hatte.

Der Simmerl hatte ihm auch Geschenke gemacht, aber nicht so Kinderkram, sondern Erwachsenenzeug. Zum Beispiel dieses tolle Jagdmesser. Scharf wie sonst was und mit extrabreiter Klinge. Ein schönes Messer, von einer Schmiede in Norwegen. Er hatte es dabei. Benjamin knöpfte seinen Anorak auf und zog die Jagdwaffe aus der ledernen Scheide. Ließ ihn in seiner Hand aufblitzen, den kalten Stahl. Was für ein Messer! Sein Vater hätte ihm so etwas nie geschenkt.

Der Simmerl war sein einziger Freund gewesen. Mehr noch, er betrachtete ihn als so eine Art heimlichen Vater. Wie oft hatte er ihn in seinem Haus besucht, wo es so schön dunkel war. Wo all die schönen Tiere herumstanden, vom Simmerl fast wieder zum Leben erweckt. Wie der heimliche Vater ihm sogar Szenen aus Märchen nachgestellt hatte, Rotkäppchen zum Beispiel. Und als er selbst Märchen verfasst hatte, da bauten sie gemeinsam mit Hilfe der ausgestopften Tiere die Geschichten nach. Eine schöne Zeit war das gewesen. Und jetzt war der Simmerl tot. Aufgehängt sollte er sich haben. Selbstmord, hatte die Mutter gesagt und sich dann in ihr Schlafzimmer zurückgezogen und geweint. Fürchterlich geweint hatte sie, das hatte er bis in sein Zimmer hören können. Jetzt hatte er also nur noch die Mutter.

Benjamin stand auf und ging aus der Hütte, um sich warm zu machen. Der Regen hatte nachgelassen, doch die klamme Feuchtigkeit saß ihm in jeder Pore. Lange würde er es nicht mehr aushalten, hier oben. Seine Essensvorräte waren zur Neige gegangen. Was sollte er nur tun? Zurückgehen? Aber wohin?

Er schaute ins Tal hinunter. Der elterliche Hof war von den tief stehenden Wolken verhüllt. Er nahm das Fernglas aus seinem Rucksack, um zu prüfen, ob er das Haus nicht doch würde sehen können. Das teure Glas, auch ein Geschenk vom Simmerl. Benjamin suchte den Talboden ab, doch erkennen konnte er nichts. Er richtete den Fernblick auf den Hochwald. Vielleicht würde er heute den Wolf zu Gesicht bekommen, von dem der Simmerl ihm erzählt hatte.

Und tatsächlich, im Wald war Bewegung. Etwas mühte sich den Steilhang hoch. Angestrengt verfolgte er die dunkle Gestalt, doch die Bäume verhinderten eine klare Sicht. Ob das der Wolf war?

Vom Hagsteiner Mandl zogen Nebel herab. Jetzt sah er gar nichts mehr, verdammt. Er setzte das Glas ab. Weiter oben war die kleine Lichtung. Wenn dieses seltsame Wesen dort … Plötzlich gab der Nebel den Blick frei. Der Junge drehte die Optikeinstellung schärfer. Es war ein Mensch, der da hochkletterte. Vielleicht der Vater. Aber er würde bleiben. Nichts auf der Welt könnte ihn davon abbringen. Er packte das Jagdmesser und verzog sich hinter einen Baum.

***

Christoph schwitzte. Seit über zwei Stunden war er bereits unterwegs und der Weg mühsamer, als er sich ihn vorgestellt hatte. Eine gute halbe Stunde würde er noch brauchen, schätzte er, bis er den Unterstand erreicht hatte. Durch den vielen Regen in der Nacht war der Boden komplett aufgeweicht und extrem glatt. Ein paarmal war er schon ausgeglitten und einmal den halben Hang hinuntergerutscht. Authenrieth hatte recht gehabt. Eigentlich hätte er nicht allein gehen dürfen, der Vorschriften wegen schon gar nicht. Doch er hatte das Gefühl, dass er diese Sache allein würde regeln müssen. Abgesehen davon, dass er weder Sybille noch Atik diesen beschwerlichen Aufstieg zugetraut hätte, war er immer noch nicht restlos überzeugt, dass Benjamin der Kindsmörder war, selbst wenn alle Indizien gegen ihn sprachen. Aber seine Meinung behielt er schön für sich. Sybille und Atik sollten erst mal nichts davon wissen. Nur das mit Verena, da war er sich nicht mehr sicher. Aber auch das wollte er allein mit dem jungen Bichler klären. Dass der da oben war, das lag im Bereich des Möglichen. Und falls nicht, hatte er es wenigstens versucht.

Er war jetzt aus dem Hochwald heraus und stieg die Matten unterhalb des Hagsteiner Mandls hoch. Die Luft schmerzte fast; so gut, wie sie einerseits tat, so schneidend war sie. Kalt und klar.

Wie gepikst war sie vom Duft der Kiefernadeln, dass Christoph schon der Kiefer schmerzte, weil er sie regelrecht kaute, diese grüne, harte Luft. Laubbäume wuchsen in dieser Höhe nicht mehr, nur die verkrüppelten, widerstandsfähigen Latschen, aus deren Zirben der Strussner seinen Schnaps gebrannt hatte. Der alte Strussner … Komisch, dachte Christoph, er hatte ihn gemocht, trotz seines borstigen Charakters. Oder gerade deswegen.

Vor ihm verhakten sich die Latschen nun dicht an dicht. So was wie eine Machete wäre jetzt nützlich gewesen. Er kämpfte sich durch das Gestrüpp. Immer wieder musste er stoppen, verschnaufen. Wenn der Benjamin hier tatsächlich hoch wäre, so müsste er über eine außerordentliche Kondition verfügen. Über eine Mordskraft. Doch so hatte der gar nicht gewirkt. Eher schwächlich. Aber er hatte sich schon einmal schwer getäuscht. Christoph dachte an den brutalen Schnitt durch Verenas Kehle. Das schreckliche Bild verfolgte ihn. Das Blut, das viele Blut. Ihr schöner Hals, zerstört von wahnsinniger Wut. Wer nur trug einen solchen Hass in sich, wer? Benjamin?

Plötzlich klingelte sein Handy. Ein unpassendes Signal aus der Zivilisation. Damit hatte er nicht gerechnet, dass er hier oben am Ende der Welt Empfang haben würde. Sein erstes Empfinden war, nicht abzunehmen. Weil er in der hier herrschenden absoluten Stille, in der die tief hängenden Wolken nicht einmal Vogelgezwitscher zuließen, nicht laut sprechen wollte.

Immer komischer wirst du, dachte er und ging dann doch dran.

Es war Atik. »Wo bist du, Großwesir?«

»Ich bin fast am Ziel, zwanzig Minuten noch, schätzungsweise.«

»Den weiteren Weg kannst du dir sparen.«

»Wieso, was ist los?«

»Du wirst es nicht glauben. Soeben rief mich Kollege Wächter an. Sie haben den Mörder, unseren Mörder.«

Christoph sank auf den Boden, vor Erschöpfung und blankem Erstaunen.

»Wie, was? Das kann doch gar nicht sein.«

»Doch, mein Freund, der Mann hat bereits gestanden. Es ist

übrigens ein alter Bekannter, Gernot Wiedl, der Perverse aus dem Englischen Garten, du erinnerst dich?«

»Ja, natürlich. Der Wiedl.« Langsam gewann Christoph seine Fassung zurück. »Wie kommt's?«

Atik lachte, doch sein Lachen klang hohl.

»Er wurde gestern bereits festgenommen, als er in der Neuen Pinakothek ein Bild zerstört hat. Von irgendeinem berühmten Maler, wem, habe ich vergessen. Es war jedenfalls ein Gemälde, das ein hübsches kleines Mädchen zeigt. Von makelloser Schönheit soll das Bild gewesen sein. Er hat es mit einem Jagdmesser zerschnitten, erst das Gesicht, dann das ganze Gemälde. Ein Jagdmesser der Firma Helle aus Norwegen. Ja, und dann muss er im Revier groß getönt haben, wen er schon alles aufgeschlitzt und gefressen hat. Er wusste von den Morden in Hagstein, sogar Details. Und er hat alle zugegeben, auch den an Verena.«

»Und die DNA, habt ihr die DNA schon?«

»Auch das. Siebenundneunzig Komma sechs Prozent Übereinstimmung mit den an den Leichen sichergestellten Genspuren.«

»Mann, Mann.« Christoph atmete durch. »Dieser Fall macht mich noch wahnsinnig. So etwas Verrücktes habe ich noch nie erlebt.«

»Dann musst du dir diesen Wiedl anschauen. Der ist definitiv verrückt.«

»Wieso, was ist mit ihm?«

»Schau's dir an, Christoph, mehr sag ich nicht. Der alte Kraus will dich sowieso sehen. Also pack deine Sachen und komm ins Präsidium. Ich bin bereits vor Ort.«

17

Erst am folgenden Tag war Christoph nach München zurückgefahren. Er hatte noch einiges zu erledigen gehabt in Hagstein, was ihm wichtiger war, als den Mörder in Augenschein zu nehmen. Festgesetzt war der ja und konnte daher nichts Schlimmes mehr anstellen.

Zutiefst widerstrebende Gefühle hatten ihn übermannt, als Atik ihm von der Verhaftung berichtete. Der Mörder war für ihn stets eine reale Gestalt gewesen, einer, den er im Geiste ständig vor sich sah, den er hätte beschreiben können, so genau war das Bild gediehen. Einer, den er zu kennen glaubte, und er war überzeugt gewesen, dass nur er ihn überführen könnte. Und jetzt stellte sich die Lösung des Falles als so banal heraus, der Täter einer aus der Polizeikartei, *business as usual.* In seiner Ehre fühlte er sich gekränkt und in seinem Intellekt.

Andererseits war er froh über diese überraschende Wendung. Froh, dass Benjamin nicht der Täter war. Froh, dass das Morden nun ein Ende hatte. Deshalb war es so wichtig, den jungen Burschen zu erlösen. Und deshalb war er doch noch bis zur Hütte aufgestiegen, hatte sich weit vorher schon durch lautes Rufen bemerkbar gemacht.

»Benjamin, Benjamin«, hatte gebrüllt, »wir haben den Mörder verhaftet. Du brauchst keine Angst mehr zu haben. Alles wird gut! Falls du in der Jagdhütte bist, dann bleib bitte da, ich komm hoch zu dir, und wir gehen gemeinsam zurück!«

Eine Antwort hatte er nicht erhalten, aber den Benjamin, den hatte er schnell gefunden. An einem Baum nahe dem Unterstand hatte er gehockt, ein verängstigtes Wesen, das zitterte und abwechselnd krampfte und vor sich hin schluchzte. Er hatte ihn zuerst mit seinem Körper gewärmt und ihm dann warmen Tee eingeflößt.

Der Junge war stark unterkühlt und dehydriert. Offenbar hatte er nichts getrunken und kaum etwas gegessen. Eine ganze Stunde hatte er gebraucht, ihm Energieriegel gegeben, ihn mit guten

Worten aufgerichtet, bis der Kerl wieder einigermaßen gehfähig war und sie den Abstieg wagen konnten.

Während des Abstieges hatte Benjamin kein Wort gesprochen, und Christoph hatte es dabei bewenden lassen. Es war klar, dass der Junge unter Schock stand, was auch immer den ausgelöst hatte. Es gab auch nichts zu bereden. Irgendwann würde der Bichlersohn von sich aus erzählen, was passiert war. Seine Aufgabe hatte nur darin bestanden, den Jungen wohlbehalten heim zu seinen Eltern zu bringen. Den alten Bichler hatte er sofort angerufen. Und seinen Ohren nicht getraut. Der bisher so hartherzig scheinende, egomanische Mann war in Tränen ausgebrochen, als er hörte, dass es Benjamin den Umständen entsprechend gut ging. Und dass er natürlich nichts mit den Morden zu tun hatte.

Christoph hatte Benjamin auch nur schnell abgeliefert, das nun hoffentlich folgende Versöhnungsdrama wollte er nicht stören, aber er hatte den Eltern versprechen müssen, bald wiederzukommen. Weil es doch noch was zu bereden gab.

Erleichtert, fast beschwingt war er in die Pension gefahren, hatte ein heißes Bad genommen und in der italienischen Trattoria im Ort erstaunlich gut gegessen. Die Frage des Obers nach Wein (»Rot oder weiß?«) hatte er verneinen können, so einfach war das gewesen. Fast neun Stunden hatte er geschlafen, so lang wie ewig nicht mehr. Traumlos, das erste Mal seit über einem Jahr.

Nun lief er zusammen mit Atik dem Justizbeamten hinterher, der sie in den Trakt im Präsidium führte, in dem die vorübergehend Arretierten untergebracht waren.

»Moment«, sagte Christoph, als der Beamte die Zelle aufschließen wollte, in der Wiedl seit zwei Tagen einsaß. »Ich will ihn mir erst in Ruhe ansehen, bevor wir mit ihm sprechen.«

Vorsichtig schob er die Abdeckung des Türspions zur Seite und blickte durch das Glas. Er war gespannt, wie der Kerl aussehen würde, der Verena auf dem Gewissen hatte, denn er wusste, dass davon viel abhing. Ob er den hassen könnte. Oder ob er ihm nur leidtat. Dazwischen würden kaum Gefühle passen.

Seltsames bot sich seinem Blick: Der Mörder lag weder im Bett, noch saß er auf dem Stuhl. Wie ein Hund hatte er sich in einer Ecke auf dem Fußboden zusammengekauert und schien zu schlafen, mit dem sichtbar schnellen Herzschlag eines Tieres. Sein Äußeres schien durchaus gepflegt, die Kleidung war zerknittert, doch nach zwei Nächten in einer Zelle schaute niemand mehr proper aus. Er wirkte älter, als er wirklich war. Klein, fast zart. Und zerbrechlich. Kleine, knotige Hände und auffallend kleine Füße in hellen Turnschuhen.

Klar, der passte in so ein Wolfsfell. Mit so kleinen Extremitäten. Aber woher hatte er die Kraft genommen, Verena mit einem einzigen Schnitt durch die Kehle zu töten?

»Ich will ihn jetzt noch nicht persönlich verhören«, sagte Christoph, der eine innere Entscheidung getroffen hatte. »Erst mal will ich beobachten, wie er unter Druck reagiert. Du nimmst ihn gleich mal in die Mangel, Atik.«

»Das hat Kollege Wächter schon erledigt. Der Wiedl sagt sowieso nichts mehr. Er hat die drei Morde gestanden, von sich aus, und seitdem schweigt er.«

»Hat er nach einem Anwalt verlangt?«

Atik schüttelte den Kopf. »Nein, nichts.«

»Was meint der Haftrichter?«

»Haftbefehl ist erlassen. Morgen wird er nach Stadelheim in U-Haft überführt.«

»Trotzdem. Bitte, Atik. Bringt ihn in den Verhörraum mit Videoüberwachung. Ich will sehen, was er macht, wenn du ihm die Morde vorhältst.«

»Ich weiß zwar nicht, was das noch bringen soll, aber von mir aus. Du bist der Boss.«

Auf dem Weg zum Verhör gesellte sich Thorsten Wächter zu ihnen. Er musste wohl mitgekriegt haben, dass der Verdächtige nochmals befragt werden sollte. Wie ein Hund lief Wächter ihnen hinterher, weil sie keine Notiz von ihm nahmen und einfach weitergingen.

»He, Kaltenbach«, sagte er in seiner aufdringlichen Art. »Warte doch!«

Er zupfte Christoph am Hemdärmel, dass dieser stehen blieb.

»Was willst du denn noch hier? Das Ding ist gelaufen, Alter. Du bist zu spät, wieder einmal.«

»Ich denke, Atik«, sagte Christoph, äußerlich absolut ruhig, »den Kollegen Wächter verlangt es nach einer Disziplinarstrafe. Oder hast du schon mal gehört, dass ein Untergebener so mit seinem Vorgesetzten spricht?«

Wächter blieb mit offenem Mund stehen, während die beiden weitergingen, ohne ihn noch länger zu beachten.

»Halt mir den bloß vom Hals«, sagte Christoph. »Den kann ich jetzt überhaupt nicht brauchen. Wieso ist der eigentlich immer noch mit im Fall?«

»Kraus«, sagte Atik. »Kraus hat das so entschieden.«

»Und weshalb?«

»Woher soll ich das wissen? Immerhin bist du erst heute im Dienst erschienen. Was hast du nur so lange in Hagstein getrieben?«

»Erklär ich dir später.« Sie waren vor dem Videoraum angekommen. »Jetzt nimm dir Wiedl vor.«

Wenige Minuten später brachten zwei Beamte den Mann. Einer ging aus Sicherheitsgründen mit in das Verhörzimmer, der andere, ein noch sehr junger Polizist namens Kevin Rohloff, blieb bei Christoph.

»Entschuldigen Sie, Herr Hauptkommissar, wenn ich Sie so einfach anrede«, sagte er, »aber mit dem Kerl da stimmt was nicht. Der verhält sich so komisch.«

»Das habe ich bereits gehört, Kollege.«

»Aber komischer noch als komisch. Ich weiß nicht, wie ich das sagen soll.«

Christoph sah dem jungen Beamten freundlich ins Gesicht. »Frei von der Leber weg, Herr Rohloff: Was ist so komisch an dem?«

»Na ja, der isst nichts, der trinkt nichts. Seit gestern geht das schon so. Nicht einmal das Bett benutzt er zum Schlafen. Der rollt sich auf dem Boden zusammen, als wäre er ein Tier.«

»Er isst nichts?«

»Keinen Bissen, Herr Hauptkommissar.«

»Geht er wenigstens aufs Klo?«

»Wenn ich Ihnen das erzähle, Sie würden es mir nicht glauben.«

»Was macht er denn?«

Der Beamte zögerte. »Na, er macht auf den Boden. Und er pisst wie ein Hund. Zieht sich die Hose runter, hebt das Bein und pisst in die Ecke.«

»Okay.« Christoph nickte nachdenklich. Er schaltete Bildschirm und Ton an und hörte, wie Atik den Mann befragte. Der kauerte apathisch auf dem Fußboden, ohne eine Reaktion zu zeigen.

»Rück ihm auf die Pelle.« Christoph sprach in das Mikrofon, das direkt mit dem Kopfhörer an Atiks Ohr verbunden war. Der Verdächtige konnte nichts davon hören.

Atik bedrängte den Mann. Seine Stimme wurde laut. Er rückte näher und näher. Wiedl wich zurück. Er hatte Angst, das war deutlich zu sehen. Mit bohrenden Fragen und seiner massigen Gestalt drängte Atik ihn weiter und weiter, bis Wiedl sich ganz in einer Ecke des Raumes verkroch und nicht mehr ausweichen konnte. Er machte sich klein, ganz klein. Atik stand nun direkt über ihm. Eine bedrohliche Situation. Der Oberkommissar beugte sich vor und herrschte ihn an, er solle endlich das Maul aufmachen.

»Warum hast du die Kinder getötet, warum! Und warum musste die junge Frau sterben!«

Da geschah etwas Unvorhergesehenes: Wiedl reagierte. Er hob den Kopf und fletschte die Zähne. Seine bisher ausdruckslosen Augen verengten sich zu Schlitzen. Sie flackerten gefährlich. Dann biss er blitzschnell zu, verbiss sich regelrecht in Atiks Bein. Atik schrie vor Schmerz. Er ballte die Faust und schlug dem Mann mit voller Wucht in den Nacken, einmal, zweimal. Erst jetzt lockerten sich die Kiefer, und Wiedl sank ohnmächtig zu Boden.

***

»Ich habe da so eine Idee«, sagte Christoph, nachdem sein Partner verarztet worden war und sie wieder in ihrem Büro saßen. »Wiedl glaubt, er ist ein Wolf.«

»Und«, sagte Atik, »das gibt ihm das Recht, sich in mich zu verbeißen? Wenn das meine Mama erfährt, ich schwör, der lebt nicht mehr lang.«

Christoph lachte. »Schön, dass du's so locker nimmst. Natürlich nicht. Das war nur seine letzte Option, sich zu verteidigen. Er hatte ja Angst vor dir, floh, so lange es ging. Nur als er nicht mehr auskonnte, biss er zu. Wölfe halten das genauso.«

»Was schließt du dann daraus?«

»Ich versuche nur, ihm näherzukommen. Seine Psyche zu ergründen.«

Atik tippte sich mit dem Finger an die Stirn.

»Was willst du eigentlich, Christoph? Wir haben doch alles, einen offensichtlich Verrückten und sein Geständnis. Wo ist dein Problem?«

»Mein Problem ist, dass mir das alles zu einfach erscheint. Und ich komme mit Wiedls Verhalten nicht klar. In Wächters oder Strehles Bericht, der übrigens jede Menge Rechtschreibfehler aufweist, steht, dass er sich im Museum widerstandslos abführen ließ. Wenn er sich für einen Wolf hält, so wie er es uns momentan vorspielt –«

»Er spielt den Wolf?«

»Ja. Aber lass mich meinen Gedanken zu Ende führen. Ein Wolf lässt sich nie und nimmer gefangen nehmen. Eher tötet er. Und dann das Geständnis. Laut Bericht hat er sich da noch normal gegeben, Fragen konzentriert beantwortet, das Geständnis allerdings nicht unterschrieben. Wächter und Strehle, diese Einfaltspinsel, haben sich selbstredend damit zufriedengegeben. Und erst dann hat sich Wiedl quasi in den Wolf verwandelt. Verstehst du, was ich damit ausdrücken will?«

»Ich glaub schon. Der Wiedl wollte erreichen, dass er ernst genommen wird. Dass er als Mörder akzeptiert wird. Wenigstens vorübergehend. Und die Kollegen haben den Fehler begangen, nicht weiter nachzuhaken. Das würde bedeuten, dass Wiedl uns an der Nase herumführt.«

»Könnte, Atik, könnte. Aber Respekt, du hast schnell begriffen. Irgendwas passt da nicht. Deshalb möchte ich Wiedl noch mal zum Reden bringen, zum Normalsein, seine Rückverwandlung in einen Menschen erreichen.«

»Verstehe. Aber wie willst du das hinkriegen?«

»Ich muss sein Vertrauen gewinnen, wie bei einem wilden

Tier eben auch. Das kann natürlich dauern, aber einen Versuch ist es wert. Und wie gesagt, ich habe da so eine Idee.«

Er nahm den Telefonhörer ab und beauftragte einen seiner Leute, beim Metzger ein halbes Kilo Rinderfilet zu kaufen, roh natürlich. Atik grinste. Er konnte sich in etwa vorstellen, was Christoph plante.

Als das Fleisch gebracht wurde, nahm Christoph es aus der Tüte und hieß Atik mitzukommen. Er solle sich jedoch im Hintergrund halten, so, dass Wiedl ihn auf keinen Fall zu Gesicht bekäme. Er meldete sich und Atik bei den Kollegen im Zellentrakt an, klarstellend, dass sie sich jetzt nicht wundern sollten. Aber die Klappe halten, und zwar jedem in der Dienststelle gegenüber.

An Wiedls Zelle angekommen, ließ sich Christoph aufsperren und kroch mit dem Stück Fleisch im Mund auf allen vieren in den Raum. Die Tür wurde, obwohl das strikt verboten war, auf des Hauptkommissars Geheiß hinter ihm verriegelt. Durch den Türspion beobachtete Atik gespannt die Szenerie, bereit, jederzeit in die Zelle zu schnellen und Wiedl Mores zu lehren, falls der erneut aggressiv werden würde. Die Bisswunde tat schließlich noch ordentlich weh, genug zumindest, dass er keine Rücksicht auf Verluste nehmen würde.

Eine Zeit lang passiert nichts. Wiedl hatte sich ängstlich in eine Ecke verzogen. Christoph hockte sich in aller Gemütsruhe in die gegenüberliegende und kaute scheinbar genüsslich auf dem rohen Stück Fleisch herum. Hin und wieder schnüffelte er mit erhobenem Kopf, um sich dann erneut dem Kauprozess zu widmen. Eine halbe Stunde verging, während deren Christoph stoisch kaute, ohne den Verdächtigen auch nur eines Blicks zu würdigen. Atik wurde nervös. Eine halbe Stunde konnte sehr zehrend sein, wenn nichts, aber auch gar nichts geschah. Endlich schien sich bei Wiedl etwas zu lösen. Seine verkrampfte Körperhaltung entspannte sich. Die Augen, die zwar offen gestanden hatten, aber wie tot waren, füllten sich allmählich mit Leben. So etwas wie Neugier bildete sich in ihnen.

Noch nie hatte Atik einen Menschen so lange beobachtet. Und noch nie hatte er eine Veränderung der Gemütsverfassung nur an den Augen ablesen können. Er war fasziniert.

Christoph, der wie teilnahmslos in seiner Ecke saß und kaute und kaute, schien auf diesen Moment nur gewartet zu haben. Er beugte sich vor und spie das vorgekaute Fleisch aus. Wiedl richtete sich auf. Der Kommissar, von dem man im Augenblick nicht mehr sagen konnte, ob er noch einer war oder eher ein wolfsähnliches Wesen, nahm eine Handvoll und warf das Herausgewürgte Wiedl vor die Füße. Der erschrak erst, beäugte den Haufen nach einer Weile und schnüffelte daran. Er sah zu Christoph hinüber, mit einem dankenden Blick, wie Atik später behaupten würde, und fraß das Zeug auf, leckte es bis zum letzten Rest vom Boden.

Atik musste sich partiell abwenden, um sich nicht übergeben zu müssen, doch er blieb standhaft auf seinem Posten. Die Prozedur wiederholte sich ein paarmal, bis Wiedl das halbe Kilo zerkautes Rindsfilet aufgegessen hatte.

Etwas sehr Abstoßendes und zugleich Bewegendes geschah nun: Der Verdächtige kroch langsam, in sichtbarer Demutshaltung zu Christoph, der sich emporreckte, aber auf allen vieren blieb. Vor dem Kommissar ging Wiedl unterwürfig auf den Boden, suchte mit Hundeblick dessen Augen, bat wohl um Erlaubnis, und als Christoph ihn gewähren ließ, begann er, anfangs zögernd, dann immer eifriger, ihm das Gesicht abzulecken.

***

Als Kaltenbach nach fast zwei Stunden die Zelle verließ, hatte Wiedl sein Geständnis widerrufen. Ja, er habe gesprochen, gesprochen wie ein Mensch. Und nein, die Kinder habe er nicht umgebracht, auch nicht die Journalistin. Gelesen habe er davon in der Zeitung. Den Wolfskollegen da draußen irgendwo verstehen können. Warum der so etwas tat. Manchmal komme die Bestie eben durch, da habe man keine Chance. Manchmal fühle er auch solchen Zorn in sich, solchen Hass auf all das unverschämt Schöne, auf das wahnsinnige Glück, das die anderen hatten. Dann würde er auch am liebsten alles zerfetzen, zerhauen, zerstören. Aber eigentlich wolle er das nicht, jemandem wehtun. Deswegen habe er das Bild im Museum kaputt gemacht. Er fürchte jedoch, dass das noch schlimmer werden würde mit ihm. So wie vorhin, als er den Polizisten gebissen habe. Und er wolle deshalb eingesperrt werden. Am besten für immer.

»Jetzt erklär mir als Kompaniedeppen doch mal, wie du das angestellt hast«, sagte Atik, als sie ins Büro zurückgingen. »Ist das Magie? Ich meine, damals, mit den Hunden beim Bichler, das war auch schon was für die Spiritualisten oder Animalisten unter uns. Komm, spuck's aus, was läuft da bei dir?«

Christoph lächelte. »Gar nichts. Das mit dem Fleisch hab ich mir bei Wolfsforschern abgeschaut. Wenn die Welpen großziehen, machen die das wie die alten Wölfe. Die schlagen ihre Beute meist weit ab von der Wurfhöhle, damit durch das Aas keine anderen Beutegreifer angelockt werden, die eventuell ihren Jungen gefährlich werden können. Irgendwie müssen sie das Fleisch aber transportieren, also tun sie es im Magen. Und bekömmlicher ist es auf diese Weise ebenfalls für den Nachwuchs, weil es schon vorverdaut ist.«

»Ist ja widerlich.« Atik verzog das Gesicht. »Wieso aber hast du dann so teures Fleisch genommen, hätt's was Günstiges nicht auch getan?«

»Ganz einfach: Filet ist nun mal schön zart, da musste ich nicht ewig drauf rumkauen. Alles klar?«

Atik nickte. »Was deine Methoden angeht, na ja. Aber was machen wir jetzt mit Wiedl?«

»Der arme Kerl muss hier raus«, sagte Christoph. »Der braucht eine Therapie und keine Zelle. Wahrscheinlich muss er erst mal in die geschlossene Abteilung. Ich will, dass er heute noch dem Amtsarzt vorgeführt wird, aber einem, der sein Handwerk versteht. Einem Psychiater. Ich habe zwar nicht gedacht, dass Wiedl sich mir so rasch öffnet, aber das zeigt ja nur, dass er regelrecht um Hilfe bettelt. Und Atik, ruf Sybille an, sie soll sich den Knaben mal anschauen.«

»Mach ich. Aber was ist mit der übereinstimmenden DNA?«

»Der alte Strussner muss wohl oder übel auch sein Vater sein. Eine andere Erklärung habe ich nicht. Wie der allerdings in die damalige DDR gekommen ist, bleibt ein Rätsel. Strussner kann uns ja nichts mehr darüber erzählen.«

»Der Strussner!« Atik schüttelte den Kopf. »Das hätte ich diesem komischen Kauz gar nicht zugetraut.«

»Als Junger war er wohl anders«, sagte Christoph. »Vielleicht werden wir auch seltsam drauf sein, wenn wir mal alt sind.«

»Wir sind bereits seltsam drauf«, meinte Atik. »Wie auch immer … Was hast du jetzt vor?«

»Ich fahre zurück nach Hagstein, ich denke, dort werde ich dringender benötigt als hier.«

***

Wächter schäumte vor Wut, als er hören musste, dass der des mehrfachen Mordes verdächtige Gernot Wiedl noch am frühen Nachmittag zur psychiatrischen Untersuchung überstellt worden war und der Gerichtsarzt ihn nach eingehender Anamnese in das Klinikum Haar in die geschlossene Abteilung eingewiesen hatte. In wüsten Tiraden schimpfte er auf Kaltenbach, der ihm einmal mehr einen Strich durch die Rechnung gemacht hatte. Er brüllte so laut in seinem Dienstzimmer herum, dass man sein Geschrei bis auf den Flur hören konnte.

»Das wird mir der arrogante Affe noch büßen, büßen muss er das, jawoll!« Wächter war außer sich. Völlig unbeherrscht trat er auf seine Bürotür ein, bis das Paneel brach und er mit dem Fuß darin stecken blieb. Als er sich dank zweier Valium wieder halbwegs beruhigt hatte, führte ihn sein erster Weg ins Tiefgeschoss zum Labor der KTU. Er hatte sich ein Beweisstück besorgt, von dem er hoffte, dass es als solches taugen würde. Und dann, ja dann würde der Kaltenbach noch sein blaues Wunder erleben.

»Die Drecksau. Der Misthund, der verreckte.« Noch Stunden danach murmelte er unselige Verwünschungen vor sich hin, sodass Kollegen, die ihn dabei erlebten, schon sagten, der habe sie nicht mehr alle.

***

»Benjamin hat den Mord an der Reporterin beobachtet.«

Der Satz traf Christoph wie ein Schlag ins Gesicht. Der Kaiserbauer hatte ihn angerufen. Der Bub habe sich seiner Mutter anvertraut. Ihr erzählt, warum er abgehauen war. Vieles war da wohl zusammengekommen. Erst der Tod vom alten Strussner. Offenbar hatte sein Sohn mehr Kontakt zu dem Sonderling gehabt, als er, Bichler, gewusst hatte. Arg mitgenommen habe den Benni der furchtbare Selbstmord. Und dann sei er abends den Hang rauf, Kräuter pflücken, Melisse und so Zeug, für sein angeschlagenes Nervenkostüm. Und da habe er eben was gehört im Wald. Er sei den Geräuschen nachgegangen. Viel sehen habe er nicht können, weil der Himmel so verhangen war. Nur undeutlich eine wahrscheinlich weibliche Person, die mit dem Rücken an einem Baum stand. Plötzlich sei da ein Schatten aus dem Boden gewachsen, direkt hinter der Person. Habe sie brutal gepackt und dann habe er schon etwas aufblitzen sehen. Die Frau sei dann weggesunken und der Schatten spurlos verschwunden. Erst habe sein Sohn geglaubt, er sei einer Sinnestäuschung erlegen, weil alles so schnell gegangen sei. Doch dann sei plötzlich noch eine Gestalt aufgetaucht und habe sich um die am Boden liegende Person gekümmert. Als er den Mann dann laut weinen hörte, sei ihm schlagartig bewusst geworden, was er hatte mitansehen müssen. Angst habe er da gekriegt, Angst, dass er verdächtigt werden würde, weil er doch vor Ort war. Und weil sich die Menschen doch immer gleich die Andersartigen ausguckten, für ihre Schuldzuweisungen.

Der Benni wolle ihm auch noch etwas sagen, aber nur ihm, dem Herrn Kommissar. Ob Herr Kaltenbach nicht vorbeischauen könne.

Klar, hatte Christoph geantwortet. Er sei sowieso gerade auf der Rückfahrt nach Hagstein. In einer Stunde circa könne er da sein.

Am Bichlerhof wurde er von den frei laufenden Schäferhunden wie ein alter Bekannter begrüßt. Die Rüden sprangen freudig bellend an ihm hoch und versuchten, ihm das Gesicht abzulecken. Doch vom Belecktwerden hatte Christoph für heute genug. Er wimmelte die Hunde ab und klingelte an der Tür.

Es war das erste Mal, dass Josef Bichler ihn höflich begrüßte. Freundlich sogar. Den angebotenen Kaffee nahm der Kommissar dankend an. Er war müde. Die aufreibenden Stunden mit Gernot Wiedl hatten viel Kraft gekostet, auch wenn es nach außen so ausgesehen hatte, als wäre er dabei die Ruhe selbst.

Nach kurzer Zeit trat Benjamin ins Wohnzimmer. Auch er schien erschöpft, doch es war wohl mehr eine seelische Erschöpfung, die seine Erscheinung noch transparenter als sonst wirken ließ. Ob er den Herrn Kaltenbach unter vier Augen sprechen könne. Sein Vater, sonst der Widerborst in Person, zog sich augenblicklich zurück. Er warte mit der Mutter in der Küche. Gleich gebe es was Gescheites zum Essen, Rinderfilet vom eigenen Ochs, mit Bratkartoffeln und den ersten Pfifferlingen der Saison, selbst gesammelt heute morgen.

Christoph musste nur das Wort »Rinderfilet« hören, und schon wurde ihm leicht übel. Leider müsse er ablehnen, wirklich schade, aber er habe noch eine Telefonkonferenz nachher mit dem Chef, leider.

»Was gibt's denn so Wichtiges, Benjamin?«, fragte er, als Bichler die Tür hinter sich geschlossen hatte.

»Ich weiß nicht recht, wie ich das sagen soll …« Der junge Mann suchte nach Worten, nach einem Einstieg in dieses für ihn schwierige, ja unmögliche Gespräch. Ein Gespräch, zu dem er sich erst nach langem Zögern entschlossen hatte. Weil das, was er zu sagen hatte über das, was er gesehen hatte, zu ungeheuerlich war. Weil es eigentlich nicht sein konnte. Eigentlich …

Aber er fühlte sich dem Kommissar verpflichtet, schließlich hatte der ihn aus echter Not gerettet und war immer fair zu ihm gewesen. Außerdem konnte er es sich nicht wirklich vorstellen. Dass das wahr sein sollte.

»Was auch immer es ist, Benjamin, du kannst ganz offen mit mir reden. Das, was dir offenbar so auf dem Herzen liegt, das bleibt unter uns, das garantiere ich.«

»Ha«, platzte es da aus Benjamin heraus, »das glaub ich wohl, dass Sie das garantieren.« Er stockte, wissend, dass es zur Umkehr nun zu spät war. Dass er es jetzt sagen musste. Doch egal. Im Notfall war sein Vater ja ums Eck. Und die Hunde vor dem Haus.

»Das … das waren Sie, Herr Kommissar, den ich da nachts bei der Frau sah, stimmt's? Sie haben … Sie haben geweint, oder?«

»Ja, das war ich. Und es stimmt, ich habe geweint. Die Frau, das war die Verena Drewitz. Ich war verliebt in sie, weißt du.«

»Verliebt … Ach so. Das Dumme ist nur«, Benjamin fiel es sichtlich schwer, weiterzusprechen, »das Dumme ist nur, in der Mordnacht habe ich drei Personen dort oben gesehen. Aber irgendwie waren's doch nur zwei.«

»Das verstehe ich nicht. Erklär's mir.«

Benjamin nahm all seinen Mut zusammen. Er schaute sich um, wie weit es zur Tür wäre, wenn … Sah Christoph tief in die Augen. Dann ließ er es endlich heraus.

»Die erste Person, also diejenige, die auf einmal hinter der Frau aufgetaucht ist … der Mörder, meine ich … das, das waren auch Sie, oder?«

18

Mitten in der Nacht schreckte das alte Kräuterweiblein hoch. Philomena Linsinger hatte einen leichten Schlaf, und oft hörte sie Dinge, die andere angeblich nicht gehört hatten, wenn sie am nächsten Tag darüber sprechen wollte. Weil es manchmal schreckliche Geräusche waren, Weinen, Schreien, Schlagen. Als ob sich nachts in den Häusern der Menschen Tragödien abspielten, die das Tageslicht scheuten. Doch glauben tat ihr schon lange keiner mehr. Weil es zu ungeheuerlich war, was sie vorgab, vernommen zu haben. Weil es letztlich niemand glauben wollte.

Hin und wieder aber, wenn sie danach nicht mehr zur Ruhe fand, aufstand und durch das nächtliche Dorf schlich, dann sah sie bisweilen, was sie vordem nur gehört hatte. Schlagen. Schreien. Weinen.

Dieser Ton aber, der ließ ihr das Mark in den alten Knochen gefrieren. Es war ein lang anhaltender Ton, ein Auf und Ab. Ein gar schauriges Heulen. Ein tierisches Heulen. Aber es war kein Hund, da war sie sich sicher. Es kam nicht aus dem Dorf. Es kam von weit droben, aus dem Wald bei der Kofler Wand. Und der Wind wehte es vom Berg herab ins Tal, nur als was? Als Mahnung, als Warnung?

Kaum graute der Morgen, lief sie geschwind, wie man es ihrem Alter nicht zugetraut hätte, zum Wald. Zur Försterei. Den Authenrieth musste sie noch aus dem Bett klingeln, so früh war es. Hannes Authenrieth war ein höflicher Mensch. Mit keiner Miene ließ er die Krauthex merken, dass es gerade einmal sechs Uhr war. Er bat sie in die Küche und kochte Kaffee, das einzige Genussmittel, das Philomena nicht abwies. Mit einem guten Kaffee, da konnte man sie kriegen.

Sie erzählte dem Oberförster, was sich letzte Nacht zugetragen hatte. Zu ihrem Erstaunen hielt ihr Gegenüber sie nicht für plemplem, wie so einige im Dorf. Nein, ganz im Gegenteil, er gab ihr recht.

»Ich hab's auch gehört, Philomena. Und du liegst da nicht so falsch. Es ist ein Wolf. Und weißt du noch was? Ich hab ihn sogar gesehen!«

»Wo?«

»Dort, von wo du ihn gehört hast, oben beim Hagsteiner Mandl. Ein prächtiger Bursche ist das! Aber sag niemandem im Dorf was davon, du kennst ja die Leut. Dann passiert das Gleiche wie damals mit dem Bären, dem Bruno. Und das wollen wir doch nicht, oder? Der Wolf ist ein Geschöpf Gottes und tut keinem Menschen was zuleide. Solange uns keiner draufkommt, bleibt es zwischen uns, als unser kleines Geheimnis, abgemacht?«

»Abgemacht, Hannes.«

Sie reichten sich die Hand. Wie zwei Verschwörer, dachte Philomena. Und dass eigentlich der Moment recht günstig sei für etwas, was sie dem Hannes schon ewig sagen wollte und jetzt auch sagen durfte, wo der Simmerl nicht mehr war. Und just, als sie den Mund endlich aufmachen wollte, da rief vom ersten Stock die Gundi, Authenrieths Frau. Ob er ihr bitte aufstehen helfen könne, sie sei jetzt so weit.

Als sie jetzt die Gundi hörte, da verließ sie dann doch der Mut. Die Gundi, das liebe Mädel! Querschnittsgelähmt war das arme Ding, seit dem Unfall damals vor zehn Jahren. Oder war's schon fünfzehn Jahr her? Fünfzehn Jahr, als sie beim Klettern abgestürzt war, ausgerechnet oben an der Kofler Wand. Das Hagsteiner Mandl hatte sie abgeworfen, als sie es hatte besteigen wollen. Gewarnt hatte sie das Mädel noch: dass das Mandl es nicht mag, wenn man auf ihm herumturnt. So mancher hatte das schon mit dem Leben bezahlen müssen, waren's elf oder zwölf, genau wusste sie es nicht mehr. Zur Mutter ist sie noch damals, dem Luiserl, ihrer Freundin seit Schulzeiten. Ach lass sie doch, hatte das Luiserl abgewehrt, die Gundi ist so eine gute Kletterin, die packt das schon.

Ja, gepackt hatte sie das Mandl, das furchtbare. Ausgerechnet ihr Mann, der Hannes, hatte sie finden müssen, halb zerschmettert unterhalb der Wand. Wie durch ein Wunder hatte sie überlebt, wobei … wobei es anders vielleicht besser gewesen wär für alle. Einfach war das nicht, mit einer Schwerstbehinderten. Und der Hannes, der war dann schon ein wenig komisch geworden in den Jahren, wo es für ihn nichts mehr zu lachen gab, nur noch Gundi, Gundi, Gundi. Obwohl er bei ihr geblieben war, alles ausgehalten hatte, treu, wie er halt war. Ein braver Bursch, so ganz anders als der Vater …

Das Hagsteiner Mandl. Wie oft hatte sie ihn verflucht, den verdammten Berg. Und wie oft hatte er versucht, sich zu rächen. Steine hatte er nach ihr geworfen, wenn sie bei der alten Jagdhütte nach seltenen Kräutern suchte, die nur dort oben wuchsen. Und einmal hatte er sogar eine Mure abgehen lassen, der Unhold. Im Dorf hieß es dann wieder, eine Gerölllawine sei runtergekommen. Sei halt die Erosion. Die Klimaerwärmung sei schuld, behauptete der Hannes in seinen Naturvorträgen, die er alle zwei Monate im Gemeindesaal hielt. Die Klimaerwärmung lasse das Eis tief im Fels auftauen. Und das Eis dehne sich dann aus, wie Sprengstoff sei das. Die Klimaerwärmung! Der Hannes, der selbst ernannte Umweltschützer. Hatte die alten Geschichten ganz vergessen. Die Geschichten der Altvorderen, in denen die Berge noch ein Leben hatten, jeder Gipfel eine Seel, eine Persönlichkeit. Da gab es versöhnliche und bösartige. Und zu Letzteren zählte nun mal das Hagsteiner Mandl.

Dass der Wolf jetzt dort sein Unwesen trieb, das war für die Philomena kein Zufall. Sie jedenfalls würde dort nicht mehr hin, da konnte der Herr Oberförster noch so gut über das Viech reden. Und überhaupt: Was hatte der eigentlich dort oben zu schaffen, der Hannes? Wo die Jagdhütte doch schon längst aufgelassen war.

***

Schwer angeschlagen kehrte Christoph Kaltenbach in die Pension zurück. Es war ihm gelungen, Benjamin davon zu überzeugen, dass er nicht der Mörder war. Dass der ihm anscheinend nur ähnelte, in Statur und Bewegungsablauf. Dass er nicht gleichzeitig an verschiedenen Stellen sein konnte. Dass er verflucht noch mal kein Motiv für so eine entsetzliche Tat habe, genauso wenig wie Benjamin. Dass er doch in diese Frau verliebt gewesen war. Und hatte er sein Weinen nicht gehört?

Es hatte gebraucht, bis der Junge ihm glaubte. Obwohl er

ihm ja auch glauben wollte, das hatte Christoph gleich gespürt. Ein Kommissar, der tötete. Undenkbar. Schlimm genug, dass er überhaupt mit einem Mord in Verbindung gebracht wurde.

In der Nacht fand er kaum Schlaf. Nur schreckliche Träume. Von Wolfsgeheul hatte er geträumt. Von Koljas Todeskampf. In diesem Alp aber war er der mörderische Bruder. Er, Christoph, hatte sich in einen Wolf verwandelt. Erst den Bruder gemeuchelt und dann aus dem Zoo hinaus, federleicht wie ein Geist über den meterhohen Zaun gesprungen und durch die Wälder bis nach Hagstein, hinauf zur Kofler Wand. Dort sah er sich in seinem Traum: wie er da oben stand und ins Tal blickte, auf das nächtliche Dorf mit den vielen Lichtern. Hinunter, wo die Menschen wohnten. Wo diese ganzen glücklichen Kinder waren, mit ihren makellosen Gesichtern. Wie ihm die Gier aus dem Rachen troff, die Gier nach deren Fleisch, nach deren Blut. Wie er seinen Hass hinausheulte in die finstere Nacht.

Am Morgen wachte er schweißgebadet auf. Er sah auf seine Hände, seine Füße. Alles normal, da war kein Fell, da waren keine Krallen. Er huschte ins Bad, kontrollierte im Spiegel sein Bild. Da waren keine spitzen Ohren, keine scharfen Zähne, nein. Er war kein Wolf. Er war nur ein sehr unglücklicher Mensch. Einer, dem alles über den Kopf wuchs. Am liebsten hätte er geheult. Ja, zum Teufel, geheult wie ein Wolf. Scheiße.

***

»Seit wann wird das Kind vermisst?« Atik Alkay klemmte sich den Telefonhörer unters Kinn und notierte eilig die Informationen, die ihm soeben von der Polizeidienststelle Malling durchgegeben wurden.

»In Ordnung, Kollege, wir kümmern uns darum. Hauptkommissar Kaltenbach ist bereits vor Ort. Ich gebe ihm umgehend Bescheid. Ja, danke.«

Chantal Schmitt. Atik schüttelte den Kopf. Die Ostdeutschen und ihre Neigung zu ausländischen Vornamen. Als wenn sie sich ihrer Herkunft schämen würden. Er war immer stolz darauf gewesen, Türke zu sein. Obwohl er kein richtiger Türke war.

Dennoch schämte er sich manchmal für die Landsleute seiner Eltern, wenn sie sich so gaben, wie es dem Klischee entsprach. Wenn sie in Männergruppen am Bahnhof herumlungerten, als ob sie nichts zu tun hätten. Wenn in der Stadt mal wieder ein anatolisches Familiendrama zu beklagen war, in dem die Tochter einer vorehelichen Beziehung geziehen wurde, von den eigenen Brüdern bedroht wurde, die aber selbst alles um sie herum flachzulegen versuchten. Und die die Schwester, wenn sie das Verhältnis nicht ruck, zuck sein ließ, auf offener Straße abschlachteten.

Aber man schämte sich ja erst für etwas, für das man sich auch verantwortlich fühlte. Dem man sich nahe fühlte. Für Heimat.

Atik überflog seine Notizen. Chantal Schmitt. Sieben Jahre. Blonde kurze Haare, eher dünn. Eltern Sabrina und Ronny aus Pirna, derzeit Feriengäste in der »Pension Sonnenschein« in Hagstein. Tochter seit gestern Abend circa neunzehn Uhr vermisst. War mit anderen Kindern in einem Klettergarten im Ortsteil Au. Seitdem abgängig.

Er rief Christoph an. Der schien wieder einmal in den Wäldern unterwegs zu sein, denn die Mailbox sprang sofort an. Atik schickte eine SMS: »Kind wird in Hagstein vermisst, bitte dringend um Rückruf!«

Dann wählte er die Nummer seiner Mutter. Heute war Freitag, traditionell versammelte sich da die Familie in der elterlichen Wohnung. Atik freute sich schon darauf, besonders auf das Essen. Er hatte sich Ali Nazik bestellt, mit Lammfleisch gefüllte Auberginen, und als *meze*, zur Vorspeise, Haydari, eine Paste aus türkischem Joghurt, Pfefferminz und Schafskäse. Jetzt wollte er hören, was es sonst noch gab und ob er noch etwas besorgen solle. Und wer alles kommen würde. Seine inzwischen verheirateten Schwestern Selin und Büsra samt Kindern mit Sicherheit. Nur Ada, die Jüngste, die noch zu Hause wohnte, die war fraglich. Seit Neuestem trieb sie sich in einer seltsamen Clique herum. Der Vater hatte sie letzte Woche beim Knutschen mit irgendeinem dahergelaufenen Typen erwischt, auf offener Straße. Und sie war doch erst sechzehn. Er solle ein Auge auf sie haben, hatte ihn der Vater gebeten. Mit ihm rede sie ja nicht mehr, nur weil er sie zu Hause darauf angesprochen habe, ein bisschen laut sei er vielleicht geworden, als sie ihm gleich so frech kam, aber das sei schon alles gewesen. Sein gütiger Vater. Atik konnte sich gar nicht vorstellen, dass der jemals seine Stimme auch nur erheben würde. Aber die Ada, die würde er sich als Ältester heute vorknöpfen, wenn schon der Vater zu weich war. Falls sie da war.

Kaum hatte sich seine Mutter am Telefon gemeldet, klopfte es, und die runde Gestalt von Kriminalrat Kraus erschien im Türrahmen. Ein kurzer Blick in dessen momentan recht unrundes Gesicht genügte, dass Atik das Gespräch schnell beendete. Möglichst amtlich sagte er in deutscher Sprache: »Ja, vielen Dank«, er werde sich später noch mal melden, und legte auf.

»Haben Sie einen Moment Zeit, Herr Alkay?«, fragte Kraus mit Grabesstimme. »Ich muss mit Ihnen mal unter vier Augen reden.«

»Natürlich, Chef. Worum geht's?«

»Es geht um Ihren Kollegen Kaltenbach. Wir haben da ein echtes Problem.«

***

Nachdem er seine Frau versorgt hatte, entschloss sich Hannes Authenrieth zu einer Inspektion des staatlichen Forstes am Hagsteiner Mandl. Die Begehung war überfällig. Vor einer Woche war er deswegen im Hochwald gewesen, doch hatte ihn die Sichtung des Wolfes, so wundersam die Begegnung auch war, von der eigentlichen Arbeit abgehalten. Der Schaden an den Tannenbeständen musste endlich aufgenommen werden. Durch die vielen Stürme in den letzten Jahren – auch das eine Folge des Klimawandels – war es verstärkt zu Windbruch und Windwurf gekommen. Ganze Waldstücke mussten gerodet werden, um Gefahr für Mensch und Tier abzuwenden.

Er rief Andreas Schäfer an, seinen jungen Mitarbeiter, der in seinem ersten Jahr nach dem Studium an der Uni Weihenstephan gerade seine Ausbildung zum Forstinspektor absolvierte. Sie verabredeten sich für eine halbe Stunde später am Gerstlinger

Weg, wo die Forststraße, am Pölzhof vorbei, sich mit dem Auweg gabelte.

Hannes packte seine Sachen. Er hatte es eilig. Gleich würde seine Schwiegermutter aufkreuzen, die Luise Paintner, und auf deren ewiges Gejammer wegen der Gundi hatte er heute so gar keine Lust. Auf seinen Pfiff hin erhob sich Edda, seine Bayerische Gebirgsschweißhündin, von ihrem Lager und sprang draußen vor der Garage mit einem einzigen Satz auf die Ladefläche seines Jeeps. Er nahm die obere Straße Richtung Au, um der Luise nicht zu begegnen zu müssen, die immer den unteren Feldweg entlangradelte, wenn sie am Morgen zu ihnen kam. Als er in den Rückspiegel blickte, sah er sie noch, wie sie ihr Fahrrad in den Hof des Forsthauses schob. Glück gehabt.

Andreas wartete bereits auf ihn. Er stieg in den Jeep um, und Authenrieth fuhr die steile Piste des Gerstlinger Weges Richtung Hagsteiner Mandl hoch. Er fuhr schnell, zu schnell für die Wetterverhältnisse, fand sein Mitarbeiter, sagte jedoch nichts. Er merkte, dass der Hannes heute schlecht gelaunt war, so wortkarg, wie der sich gab. In letzter Zeit war sein Chef oft mieser Laune, was auch immer der Grund hierfür sein mochte. Wahrscheinlich hing der Haussegen wieder einmal schief, verständlich. Der Chef hatte ja auch kein leichtes Los, mit seiner querschnittsgelähmten Frau.

Sie fuhren bis zum Schmiedinger Joch, ließen das Fahrzeug am Parkplatz des Klettergartens des Deutschen Alpenvereins stehen und gingen zu Fuß weiter. Etwas weiter oben lag das Waldstück, in das der Sturm so heftig hineingefahren war, dass zahlreiche Bäume entwurzelt waren. Vorgestern noch hatte Andreas den Zuweg ins Gebiet abgesperrt, nicht dass noch einer der Touristen auf die Idee käme, sich die Sturmschäden anzuschauen. Viel zu gefährlich war es jetzt dort. Jederzeit konnten weitere Tannen umstürzen oder durch den Windbruch marodierte Äste herabfallen und einen erschlagen.

Der Frühnebel lag noch über dem Hochwald, sodass die Sicht recht beeinträchtigt war. Edda lief vor ihnen her, die Schnauze am Boden, so wie sie es immer tat, wenn sie das Wild witterte, das hier oben zahlreich stand, in der Hauptsache Reh und Rothirsch.

Ob er den Wolf noch mal gesehen habe?, fragte Andreas, um den Chef auf andere Gedanken zu bringen. Authenrieth verneinte. Er glaube nicht, dass der Wolf noch hier in der Gegend sei. Sehr menschenscheu sei das Tier. Der sei sicher weitergezogen, nach der Begegnung letztens mit ihm. Sowieso sei das ein wahnsinniger Glücksfall gewesen, eine Wolfssichtung so wahrscheinlich wie ein Sechser im Lotto. Gerade hatte er vom Hochsitz runtersteigen wollen, als der Wolf am Rand der Lichtung erschien, so unversehens, als sei er einem Märchen entsprungen. Sehr vorsichtig sei der gewesen. Einen Lauf vor den anderen gesetzt, fast wie in Zeitlupe. Und dazwischen immer wieder gesichert, mit der Schnauze weit hoch. So ein schönes Tier.

Einmal mehr geriet der Oberförster ins Schwärmen. Die Wölfe, ja. Wenn die sich hier wieder ansiedeln würden, ein Segen wär das. Nur rauspredigen dürften sie das nicht. Wenn die Almbauern das spitzkriegten, wäre gleich wieder der Teufel los, selbst wenn der Wolf weder auf Schafe noch auf sonst was ging. Das hatten sie doch alles schon gehabt.

Obwohl Authenrieth schon so oft von der Wolfsbegegnung erzählt hatte, hörte Andreas ihm gern zu. Der Hannes war noch einer vom alten Schlag, obwohl er gar nicht so alt war, gerade mal einundvierzig. Aber der hatte noch eine echte Begeisterung für die Natur in sich, trotz der vielen Schreibtischarbeit, die ihm kaum noch die Zeit für seine geliebten Berge ließ. Deshalb wohl marschierte er manchmal noch in der Nacht hinaus, wenn seine Frau schlief. Da konnte er zwei, drei Stunden noch durch den Wald streifen, bis nach Mitternacht. Und Müdigkeit, die schien er ja nicht zu kennen, der Hannes.

Die Edda hatte offenbar etwas in die Nase bekommen, so eifrig, wie sie jetzt stöberte. Kreuz und quer schnürte sie durch den Wald, immer weiter hinauf, sodass die beiden Männer kaum noch Schritt halten konnten.

»Warum pfeifst du sie nicht zurück?«, fragte Andreas.

»Lass sie ruhig«, meinte Hannes, »vielleicht hat sie ja die Witterung des Wolfsrüden aufgenommen. Jedenfalls verhält sie sich anders als sonst. Da muss was Spezielles im Busch sein. Wär ja zu schön, wenn wir das Tier nochmals zu Gesicht bekämen.«

Inzwischen war der Hund außer Sichtweite. Hannes wurde es nun doch mulmig. Die Edda war sein Ein und Alles. Sein Ersatz für so vieles. Sie beschleunigten ihre Schritte. Der Steig wurde immer mühsamer, hohe Farne versperrten ihnen den Weg. Und die Edda wie vom Erdboden verschluckt.

Die Forstbeamten sahen sich an. Normalerweise gab Edda immer Laut. Da stimmte etwas nicht. Wie auf Kommando liefen sie los. Beide riefen sie nach dem Hund, doch nichts war zu hören.

»Scheiße«, fluchte Authenrieth, während sie über Busch- und Wurzelwerk stolperten, »Scheiße, Scheiße, Scheiße!«

Plötzlich ein Winseln. Die Edda! Sie rannten weiter, dorthin, wo das Winseln herkam.

»Das klingt nicht gut«, rief Hannes, »das gefällt mir gar nicht! Warum bellt die nicht?«

Endlich sahen sie den Hund vor sich. Er lag vor etwas aus der Ferne Undefinierbarem. Und Edda hatte Angst, das sahen sie bis hierher.

»Bleib«, schrie Authenrieth, »schön bleib! Brav, Edda, brav!«

Als sie völlig außer Atem bei dem Gebirgsschweißhund angelangt waren, einer speziell für die Berge gezüchteten Rasse, ruhig, ausdauernd, trittsicher und mit einer sehr guten Nase ausgestattet, blieb ihnen vor blankem Entsetzen schier das Herz stehen. Edda hatte eine Leiche aufgespürt.

Doch nicht der Umstand, dass da ein totes Mädchen im Wald lag, raubte ihnen fast den Verstand. Das Furchtbare war der Zustand des Kindes. Der Körper war halb entblößt; was noch als Kleidung zu identifizieren war, lag zerstreut auf dem Waldboden. Wie bei den Leichenfunden zuvor war das Gesicht des Mädchens nicht mehr als Gesicht zu erkennen. Den Tod schienen ein oder mehrere Kehlbisse herbeigeführt zu haben. Der Hals des Kindes lag in Fetzen. Und etwas hatte an dem Mädchen gefressen. Der Unterbauch war angefressen worden, der linke Oberschenkel wie zerstückelt.

Mit Grausen wandten sich die Männer ab. Authenrieth würgte es. Schäfer sank kraftlos auf den Boden. Keiner brachte auch noch ein Wort heraus. Es schien ihnen plötzlich so still im Wald. Doch es war nur ein subjektiver Moment: Todesstille hatte ihre Sinne erfasst.

Es dauerte endlose Minuten, bis Hannes zu tonloser Sprache fand.

»Das war kein Mensch, nein. Auch nicht der Kindsmörder. Kann er ja auch nicht gewesen sein. Die Polizei sagt ja, sie hätten ihn gefasst.«

Schwer atmete Authenrieth, schwer. Als wäre die Waldluft aus Blei. Er brauchte, bis er weiterreden konnte.

»Ich fürchte, Andreas, das war der echte Wolf. Kein Mensch frisst an einem toten Kind, kein Mensch. Nicht einmal ein Kindermörder, und mag er noch so abnorm sein.«

Authenrieth sah seinen Mitarbeiter an. Andreas zitterte am ganzen Leib.

»Ich verständige die Polizei. Wir müssen aber hierbleiben, bis sie eintrifft. Bist du in Ordnung?«

Andreas nickte. »Geht schon. Ich setz mich so lang da rüber. Ich kann da nicht mehr hinschauen.«

»Okay, okay, ganz ruhig.«

Authenrieth tippte die Notrufnummer ein. Und stornierte den Anruf sofort.

»Warte. Am besten, ich melde mich gleich bei dem Kommissar, dem Kaltenbach. Das ist schließlich der Spezialist für so was, und außerdem ist er noch in Hagstein. Ich hab ihn gestern noch gesehen.«

Hannes suchte nach der Nummer, irgendwo hatte er sie doch gespeichert.

Dann, auf einmal, doch ein Geräusch. Etwas Schweres bewegte sich durch den Hochwald. Es kam direkt auf sie zu.

Authenrieth packte sein Gewehr.

»Der Wolf«, flüsterte Andreas.

Edda sprang hoch und bellte. Die Nerven der Forstbeamten waren zum Zerreißen gespannt. Das hier ging eindeutig über ihre Kräfte. Der Hund rannte dem Geräusch entgegen.

»Steh, Edda, steh«, rief Hannes vergeblich.

Augenblicklich war sein Hund zwischen den Bäumen verschwunden. Edda schlug noch immer an. Sie war noch zu hören,

Gott sei Dank. Plötzlich aber erstarb das Bellen. Den Männern lief es eiskalt den Rücken herunter. Jeder Bewegung unfähig, starrten sie in die Richtung, in der Edda verschwunden war.

Dann wieder ein Knacken. Immer näher. Aus dem Nebel kam ein Mann. Es war Kaltenbach, gefolgt von Edda.

»Mein Gott«, sagte Authenrieth, »haben Sie uns erschreckt. Ich wollte Sie gerade anrufen, aber –« Er stockte, als hätte ein hakeliger Gedanke seine Hirnströme verstopft. »… aber Sie sind ja schon da.«

19

Dr. Jablonski schien bester Laune. Am Morgen hatte der Pathologe den die Ermittlungen in den Hagsteiner Mordfällen leitenden Oberkommissar Alkay in die Gerichtsmedizin München bestellt. Er sei jetzt so weit.

»Ich hoffe, Sie haben schon gefrühstückt«, begrüßte er Atik, als der in sein Büro kam. »Brauchen Sie einen Kotzbeutel? Sie wollen die Leiche doch sicher sehen.«

»Von Wollen kann keine Rede sein«, sagte Atik. »Ich muss, das gehört zu meinem Job. Aber keine Sorge, so schnell wird mir nicht schlecht, schließlich bin ich das Kantinenessen im Präsidium gewohnt.«

Jablonski lachte. »Trotzdem hab ich schon Pferde kotzen sehen. Und das tote Mädchen, na ja, es gibt sicher einen schöneren Anblick. Aber kommen Sie, dann haben Sie es hinter sich!«

Als er mit einem Ruck das Tuch von der auf dem Seziertisch liegenden Kinderleiche entfernte, als würde er ein Zauberkunststück vorführen, musste Atik dann doch die Luft anhalten. Pfeifend ließ er sie Sekunden später wieder seiner Lunge entströmen.

»Mein lieber Herr Gesangsverein! Das ist echt heftig. Welches Vieh hat das denn verbrochen?«

»Nix ›Vieh‹.« Jablonski grinste. »Homo sapiens. Ein Mensch, Herr Kommissar«, fügte er schulmeisterlich hinzu, als er Atiks fragenden Gesichtsausdruck sah. »Ich rede von einem Menschen.«

»Schon klar«, sagte Atik. »Aber ein Mensch … sind Sie sicher? Ein Mensch frisst an einem toten Mädchen? Das glaub ich nicht, so was gibt's doch gar nicht.«

»Was denken Sie, was es auf dieser Welt alles gibt. Ich hab noch Schlimmeres gesehen.« Jablonski wurde ernst. »Als junger Mann bin ich nach dem Studium von Polen nach Deutschland ausgewandert, fand aber zuerst keine Arbeit. Da habe ich mich bei ›Ärzte ohne Grenzen‹ beworben und wurde ins Kriegsgebiet nach Liberia versetzt. Und was ich da erleben musste …« Dr. Jablonski verzog das Gesicht zu einer Grimasse. »Da kriege ich heute noch

Alpträume davon. Die schlimmsten Verbrechen haben übrigens Kindersoldaten begangen, zwangsrekrutierte kleine Kinder, nicht viel älter als das arme Schwein da.« Er deutete auf das tote Mädchen. »Kinder sind zu Grausamkeiten fähig, daran wagen Sie nicht mal zu denken. Aber die wissen nicht, was sie tun. Moral kennen die nicht. Und zu den menschenverachtenden Untaten sind sie ja erst von den Erwachsenen angestiftet worden. Sachen habe ich gesehen … Von aufgeschlitzten Schwangeren, denen sie mit einer Machete –«

»Ist gut«, unterbrach ihn Atik. »Details brauch ich jetzt nicht. Eher einen Schnaps.«

»Wirklich? Ein Schnäpschen? Kein Problem, ich hab zufällig was da. Und ich trink gleich einen mit. Ist zwar noch früh am Tag, aber so ein kleiner Wodka kann nicht schaden.«

Jablonski eilte zu einem Medikamentenschrank und holte eine Flasche Mineralwasser hervor.

»Ein bisschen Tarnung muss leider sein. Ich bin hier zwar der Chef, aber es muss ja nicht jeder wissen, dass ich manchmal einen lüpfe. *Na zdrowie!*«

»Wieso *›na zdrowie‹*, ich denke, Sie sind Pole?«

»Das ist polnisch, mein junger Freund, genauso wie der Wodka. Oder glauben Sie, ein Pole würde russischen Wodka trinken?«

Atik zuckte mit den Schultern. Was sollte er schon sagen. Jablonski schien ein ganz spezielles Exemplar von Pathologe zu sein. Bis auf Frau Dr. Probst von der Rosenheimer Gerichtsmedizin kannte er nur seltsame Pathologen, aber wahrscheinlich war das berufsbedingt. Dr. Jablonski erinnerte ihn in seiner ganzen Art an diesen Literaturkritiker, der kürzlich erst in hohem Alter verstorben war, den Namen hatte er jetzt nicht präsent. Der gleiche östlich gehärtete Dialekt, die gleichen echsenhaften Bewegungen. Aber sympathisch war ihm der Pathologe dennoch, trotz dessen zur Schau gestelltem Zynismus.

»Zurück zur Toten«, sagte Jablonski, als er sein Glas auf einen Zug geleert hatte. »Es handelt sich in der Tat um das vermisste Mädchen, Chantal Schmitt. Todeszeitpunkt war zwischen neunzehn und zwanzig Uhr, Tatort allerdings ungleich Fundort, aber das haben die Kollegen von der KTU ja schon herausgefunden.«

»Was war die Todesursache?«

Jablonski jedoch ging zuerst nicht auf Atiks Frage ein.

»Wissen Sie«, sagte er, »ich liebe meinen Beruf. Weil ich dabei die interessantesten Geschichten erfahre. Jeder, der hier auf meinem Tisch landet, erzählt mir eine Geschichte, oft seine halbe Lebensgeschichte. Dieses Kind zum Beispiel. Ich kenne es nicht, und doch kenne ich es. Als ich es untersucht habe, hat sie … ja, jetzt schauen Sie mich nicht so komisch an, da hat sie also neben den Momenten ihres grausamen Todes auch ihre Vergangenheit offenbart. Die Kleine war gut genährt und top in Schuss. Tolle Zähne, Fingernägel, Haut, Haar, Organe, alles, was der Mörder von ihr übrig gelassen hat, zeigte mir: Um dieses Mädchen hat sich jemand gekümmert. Ich schätze, es war ein geliebtes Kind.«

»Es war, Herr Doktor, es war. Und jetzt? Meinen Sie, das Mädel hat seinen Frieden gefunden?«

»Das weiß ich nicht. Aber das Schöne an der Sache ist doch, dass so ein totes Kind nicht nur seinen Opfergang nacherzählt, sondern auch, was davor war. Und da war Glück. Für mich ist es ein Schöpfungswunder: Noch nach dem Tod kann ich im Leben des Opfers lesen. Also ist nur ein Teil gestorben. Etwas bleibt … Verstehen Sie, was ich meine?«

»In etwa. Schön, dass Sie auch die positiven Seiten Ihres Berufes sehen. Was mich aber als Nichtgläubigen schon immer interessiert hat: Haben Sie jemals so etwas wie eine Seele gefunden, wenn Sie die Menschen aufschneiden?«

»Ob Sie's glauben oder nicht, die Seele ist in jeder Zelle, in jeder Arterie, in jedem Hautfetzen. Jeder Mensch ist einzig. Und das ist seine Seele. Wollen wir noch einen nehmen?«

»Nein, danke. Ich muss gleich ins Präsidium zurück. Was gibt es noch, das auf den Täter hinweist?«

»Nun, der Mensch oder, besser gesagt, die Bestie, die dieses arme Ding hier getötet hat, das war derselbe Täter wie bei den anderen Morden. Derselbe übrigens, der Verena Drewitz umgebracht hat.«

»Ich dachte, man hat an Verenas Leiche keine eindeutigen Spuren feststellen können, keine DNA des Täters.«

Jablonski lächelte. »Sagte ich nicht, dass ich meinen Beruf liebe?

DNA, DNA, als wenn das ein Allheilmittel wäre. Was meinen Sie, wie viele Hunderte von fremden DNA-Spuren ich an einem Körper finde? Da hat doch ein jeder seine Finger drangehabt, an so einem Menschen. Nein, ich hab den Magen geöffnet, weil der Mageninhalt meist auch etwas zu vermelden hat. Und was habe ich da entdeckt?«

»Lassen Sie mich raten: Essen?«

»Exakt, Essensreste. Sie sind ein schlaues Kerlchen. Feine Scampi hat die Dame noch etwa eine Stunde vor ihrem Tod zu sich genommen, einen gemischten Salat dazu und zur Nachspeise eine Crème brulée. Wirklich lecker.«

»Und was ist daran so besonders?«

»Außer dass sie einen guten Geschmack hatte, nichts. Und da hat sich der alte Jablonski gedacht, schauen wir uns doch mal die Speiseröhre an. Und da fand sich das Corpus Delicti, Blüten der Hagrose, auch Hundsrose genannt.«

»Respekt«, sagte Atik und meinte das auch so. »Wie kommen die da rein, und warum waren sie nicht im Magen?«

»Auch dafür gibt's eine einfache Erklärung. Der Mörder muss ihr postmortal die Blüten in den Mund gestopft haben. Und die Hundsrosen, die sind doch seine Visitenkarte, oder?«

»Stimmt. Aber warum hat er ihr die Blüten in den Mund gesteckt? Ein Symbol?«

»Möglich. Mag sein, dass sie etwas herausgefunden hat, was ihn hätte belasten können. Er hat ihr quasi den Mund gestopft. Sie war doch Reporterin?«

Atik nickte. »Dieses erstmalige, gewaltsame Einführen der Blüten würde aber auch bedeuten, dass er peu à peu brutaler wird. Noch abnormer. Und das erklärt auch die Übertötung jetzt, an dem Mädchen.«

»So ist es. Wahrscheinlich hätte er Verena Drewitz auch noch übel zugerichtet, wenn Ihr Kollege ihn nicht überrascht hätte. Wie heißt er noch mal?«

»Kaltenbach, Christoph Kaltenbach.«

»Kaltenbach, ja. Wo ist er eigentlich?«

»Das ist auch so eine Geschichte.« Atik kratzte sich nachdenklich am Hinterkopf. »Man hat ihm den Fall entzogen.«

»Wieso das denn? Ist der nicht euer bester Mann?«

»Das schon. Aber da gibt es welche im Dezernat, die halten ihn für verdächtig.«

»Aber doch nicht etwa des Mordes?«

»Leider, Herr Doktor.«

»Und was glauben Sie?«

»Dass das kompletter Schwachsinn ist. Ich kenne den Mann seit Jahren. Der ist mein Freund, okay? Er hat sich nur so blöd in den Fall verstrickt. Und dann hat man überall seine Spuren gefunden, Faserspuren, Fingerabdrücke, DNA, den ganzen Mist halt.«

»Wirklich Schwachsinn. Und das reicht aus, einen Kollegen zu verdächtigen? Oft hab ich mehr Spuren von den Kripobeamten als vom Mörder an den Opfern.«

»Na ja, da ist noch eine Vorgeschichte, der Unfalltod seiner Kinder, die Therapie, die er dann machen musste, aber wieder abgebrochen hat. Sein Vorliebe für Wölfe … und dann war er eben meistens am Tatort, bevor das Verbrechen gemeldet wurde. Genauso wie bei Chantal Schmitt. Hat da eigentlich definitiv ein Mensch dran gefressen?«

»Sagte ich doch. Eindeutig. Den halben Unterleib hat sich der Perverse einverleibt. Und runtergeschluckt, jedenfalls hat die KTU nirgendwo mehr Reste entdeckt.«

»Und die DNA …?«

»Tätergleich. Endlich hat der so beliebte genetische Fingerabdruck seinen Auftritt. Und dann hat er noch seine Hundsrosen versteckt. Im Körper des Kindes. Da, wo er rumgefressen hat, Sie können sich vorstellen, wo.«

»Himmelherrgott!« Atik war geschockt. Sich vorzustellen, was in diesem Perversen vorging …

»Sind Sie nicht Türke?« Dr. Jablonski sah den Kommissar belustigt an.

»Volles Rohr, warum?«

»Und da reden Sie vom Herrgott im Himmel? Müssten Sie da nicht eher *›gök tanrı‹* sagen?«

»Nicht schlecht. Sie sprechen Türkisch?«

»Nicht wirklich. Ich tu nur so. Nein, in der Gerichtsmedizin gibt es einen tüchtigen Kollegen aus der Türkei. Und der hat mir ein paar Brocken beigebracht. Doch ich schweife mal wieder vom eigentlichen Thema ab. Wenn Sie so sicher sind, dass Ihr Freund mit den Morden nichts zu tun hat, dann vergleichen wir doch einfach seine DNA und vor allem seinen Kieferabdruck mit dem an dem toten Kind. Bei hoffentlich negativem Resultat wäre er wenigstens in dem Fall entlastet und wahrscheinlich auch in den anderen Fällen.«

»Danke, Doktor. Gute Idee. Ich werde mit ihm reden.« Atik verabschiedete sich.

***

Dr. Jablonski holte die Mineralwasserflasche aus dem Schrank und goss sich noch einen großen Schluck ein.

»Den habe ich mir verdient, oder?« Er prostete der Kinderleiche zu. In den Jahren hatte er sich angewöhnt, die Toten zu behandeln, als würden sie noch leben. Ein bisschen wenigstens. Es war seine Art, mit den schrecklichen Verbrechen zurechtzukommen. Er redete auch mit den Toten, in Form eines Selbstgespräches, bei dem er beide Rollen übernahm.

»Siehst du, liebes Kind? So schnell geht das also. So schnell wird man vom Jäger zum Gejagten. Und so schnell wird ein Leben zerstört.«

***

Der Wolf stand auf der Lichtung oberhalb des Klettergartens, dort, wohin er die Kleine gelockt hatte. Dieses Mal hatte er anders vorgehen müssen. Die Kinder liefen ja nirgends mehr allein herum. Ferien waren auch noch, viele Familien im Urlaub. Immerhin kamen dann welche von auswärts, Ersatz sozusagen. Er hatte überlegt, wo er sie am einfachsten würde packen können. Und klar, nur wenn sie ohne Eltern waren. Der Rest war Routine: im Internet die Kinderfreizeitangebote studieren. Was es da nicht alles gab! Sommerrodelbahn, Zauberspielpark, Rübezahl-Waldlehrpfad, Kletterpark.

Natürlich, der Klettergarten in Au, oben am Schmiedinger Joch. Sein Gebiet! Nur, wie kriegte man ein einzelnes Kind aus der Gruppe heraus? Er musste sie irgendwie locken. Nur wie? Mit Schokolade holte man doch kein Kind mehr hinterm Ofen hervor. Da war er auf die Idee mit den Handpuppen verfallen. Mit einem Kasperl und einem Krokodil hatte er dann eine aus der Kindertraube herauslocken können. Und zwar genau die, die er haben wollte, so eine süße Blonde.

Der Kasperl und das Krokodil. Zu Hause hatte er einen Dialog eingeübt, einen lustigen. Es hatte ihm so gefallen, dass er sich nun selbst öfters etwas vorspielte, nachts, vor dem Zubettgehen. Wie früher war es dann, wenn der Stiefvater unterwegs war und die Mutter genug Zeit für ihn hatte. Wenn sie ihm abends Geschichten zum Einschlafen vorlas. Denn nur wenn der Alte weg war, durfte die Mutter ihm ihre Liebe zeigen.

Anders als bei den Vorstellungen in Puppentheatern – er hatte zweimal eine besucht – war sein Krokodil nicht böse. Sein Kroko wollte den Kasperl nicht fressen, nein. Sein Kroko war lieb, so lieb wie der Kasperl. Freunde waren die nämlich, beste Freunde. So wie er und der heimliche Vater.

Die kleine Blonde. Was die für Augen gemacht hatte, als er das Fell des Gefährten auspackte. Geschnallt hatte die da immer noch nichts. War ja auch nicht von hier, dem Dialekt nach. Beinahe wäre es schiefgegangen deshalb, fast wie beim kleinen Pölz. Weil die Blonde, Chantal hieß sie, keine Angst gehabt hatte. Und man musste sich doch fürchten vor dem großen bösen Wolf! Das gehörte zum Spiel dazu! Erst als der Gefährte das Ruder übernommen hatte, konnte er sich auch überwinden, es zu tun. Gehörten ja zwei zu so was. Aber dann war es richtig zur Sache gegangen, mein lieber Scholli. Der Gefährte war gar nicht mehr zu stoppen gewesen in seinem Blutdurst. Sogar fressen wollte der an der schmalen Beute. Ziemlich ekelhaft war das, das kleine Fleisch so fest, dass der Gefährte es nicht von den Knochen reißen konnte. Na ja, hat er halt helfen müssen, mit den eigenen Zähnen. Leicht war's trotzdem nicht, und geschmeckt hat's ehrlich gesagt auch nicht besonders.

Aber danach! So gut hatte er sich noch nie gefühlt, wenn er

eins gepackt hatte, eines der verdammten, makellosen Glückskinder. Wie befreit war er. Und die Dämonen so zufrieden, dass sie ihn gelobt hatten. Das hatten sie noch nie getan, ihn gelobt. Und etwas Lustiges hatten sie sich ausgedacht: In die Handpuppen waren sie geschlüpft, so wie er oft in den Rachen des Gefährten. Und dann hatten sie ein Stück gespielt, wo er, nur er drin vorkam. Wo er der Größte und Beste war. Unbesiegbar. Unberührbar.

Kurz darauf aber hatten sie schon wieder nach Gaben verlangt. So schnell! Mehr bräuchten sie jetzt. Gab ja genug davon in dem Tal. Ja, wenn's so einfach wär, hatte er noch gesagt. Wo soll ich die denn alle hernehmen? Wo wohl, hatte sich der Gefährte eingeschaltet. Zum Zauberspielpark am Märchenwald solle er. Sich nicht so doof anstellen. Sonst. Sonst was? Ja, nicht dass der Stiefvater wiederkommt, jetzt, wo sein Beschützer, der heimliche Vater, nicht mehr ist. Ja doch, ja, hatte er schnell eingewilligt. Einwilligen müssen. Gleich übermorgen würde er losziehen, da hatte er frei.

Nun stand er da und blickte ins Tal. Er würde sich schon noch mehr holen, klar. Jetzt war eh schon alles egal. Der Kaltenbach ja kaltgestellt. Haha. »Kaltstellen allein reicht aber nicht«, sagte der Gefährte jetzt. »Kaltmachen, du musst ihn kaltmachen. So wie die Frau. War doch ganz einfach. Hast nicht mal mich dazu gebraucht. Respekt. Und jetzt hast du noch eine Rechnung mit dem offen. Gestört hat er dich doch. Hättest doch noch was machen können mit der Drewitz.«

»Das verstehst du nicht«, klärte er den Gefährten auf. »Die war schon berührt, da muss man nichts mehr machen, da ist eh schon alles zu spät.«

***

Der alte Mann war Christoph sofort aufgefallen. Weil das kein alter Mann war. Weil die Person den alten Mann nur spielte. Er beobachtete, wie der Kerl zu einem Tisch im hinteren Saal des »Goldenen Hirschen« schlurfte. Christoph beendete sein Abendessen, Wildschweinbraten mit Pfifferlingen und Spätzle. Er grinste in sich hinein: Wölfe mochten ja Wildschwein, auch wenn sie noch so strahlenbelastet waren. Allein deshalb müsste man hier ganze Rudel von Wölfen einfliegen, damit sie die verseuchten Sauen dezimierten. Die Ackerbauern zumindest würden sich freuen, wenn die Schäden an ihren Feldern weniger würden.

Mit Appetit hatte er das Fleisch gegessen. Authenrieth, der kurz vorher vorbeigeschaut hatte, hatte ihm noch abgeraten. Auch wenn das Wildbret streng auf Cäsium-137 untersucht werde, könne man durchaus ein Fleisch erwischen, dessen radioaktive Belastung weit über dem zulässigen Grenzwert liege. Jede dritte geschossene Sau müssten sie deswegen schon in die Tierverwertungsanlage geben, und der Prozentsatz steige, obwohl das mit Tschernobyl schon so lange her sei. Die Wildschweine aber fräßen für ihr Leben gern die Hirschtrüffel, die unter der Erde wüchsen und leider die besten Speicher für das hochgefährliche Cäsium-137 seien, und das für viele Jahre. Auch auf Schwammerl solle er verzichten. Das sei quasi das Gleiche.

Bei ihm sei es ja schon egal, hatte er geantwortet. Alles verloren im Leben und jetzt auch noch den Fall abgeben müssen. Da sei es wurst, was er fresse.

Mit dem Forstmann verstand er sich gut. Die etwas prekäre Situation oben am Klettergarten hatte er klären können. Dass er zwar nicht zufällig in dem Gebiet gewesen sei, weil er im Gefühl hatte, dass der Mörder in der Nähe sei. Aber auf die Leiche sei er aus reinem Zufall gestoßen. Plötzlich habe er dann was gehört im Wald und sich versteckt, weil er glaubte, der Täter komme zurück. Als er bemerkte, dass es die Förster waren, habe er sich auch gleich zu erkennen gegeben und die Edda, die ihn so schnell entdeckt hatte, mitgenommen. Er war auch so ehrlich gewesen, mit der Wahrheit rauszurücken: dass er vorübergehend suspendiert sei, weil selbst in Verdacht geraten. Eine böswillige Intrige unter Kollegen. Und dass er deshalb gleich wieder weitermüsse, nicht dass man ihn jetzt auch noch beschuldige, an Kindern zu fressen. Vielleicht wären die Herren Forstbeamten ja so freundlich, das nicht gleich rauszuposaunen, dass er bereits vor Ort gewesen sei. Er ermittle nun auf eigene Faust, und da könne er weiteren Ärger nicht gebrauchen.

Der Authenrieth hatte das kapiert. Nur bei dem jungen Mitarbeiter war sich Christoph nicht so sicher. Der hatte so komisch geguckt. Deshalb war der Oberförster vorhin auch zu ihm gekommen, um ihn vorzuwarnen. Der Schäfer habe der Polizei das nämlich gesteckt, dass der Kaltenbach schon da gewesen war. Und dann hatte er ihm seine Leidensgeschichte erzählt, das von seiner Frau, dem Absturz oben am Hagsteiner Mandl. Dass sie deswegen keine Kinder kriegen könnten, wo er doch Kinder so liebte. Von Christophs Unglück damals, mit dem Verkehrsunfall, habe er gehört. Schicksalsgenossen seien sie demnach, auf gewisse Weise.

Und nun der alte Mann. Weißes Haar, grauweißer Bart, Brille und Hut. Christoph tat so, als würde er ihm keinerlei Aufmerksamkeit schenken. Er ließ sich die Tageszeitung bringen und täuschte Lesen vor. Doch aus den Augenwinkeln beobachtete er den Kerl. Wie der schaute. Wie der sein Bier trank. Wie der das Gericht aß, das ihm der Wirt hingestellt hatte, Wildschweinbraten mit Pfifferlingen und Spätzle. Nach einer Weile war er sich sicher. Er stand auf und ging aufreizend langsam zu dessen Tisch, sich an der wachsenden Unsicherheit des Mannes weidend. Breitbeinig baute sich Christoph vor ihm auf.

»Na, Strehle. Hast wohl dein Faschingskostüm angezogen. Gut schaust aus, fast wie im richtigen Leben. Aber nur fast.«

Strehle blieb der Mund offen. Es dauerte, bis er seine Fassung wiedererlangt hatte.

»Woran … woran hast du mich erkannt?«

»Du riechst streng, Strehle, du riechst einfach streng.«

Strehle konnte sich kaum mehr beherrschen. Die Brille fiel ihm aus dem Gesicht, so zitterte er vor Wut.

»Der Teufel soll dich holen, Kaltenbach.«

»Das hat er schon längst, du Witzfigur. Und dich holt er auch noch, verlass dich drauf!«

20

»Was trinkst du?«, erkundigte sich Pies. »Bier war ja nicht so deins, wenn ich mich recht entsinne.«

»Hast du einen gescheiten Wein?«, fragte Christoph und griff sich einen Barhocker.

Wortlos kramte der Wirt in einem seiner Regale und stellte nacheinander elf verschiedene Flaschen auf den Tresen. Christoph wählte einen Primitivo di Manduria aus dem Salento.

»Dass du so ein Gewächs in deinem Laden überhaupt führst, Respekt, Pies. Das kann ja noch was werden mit uns zwei.«

»Würdet ihr euch jetzt bitte auf den Fall konzentrieren«, sagte Atik. »Schließlich sind wir nicht zum Vergnügen hier. Und gesehen will ich auch nicht unbedingt mit dir werden, Kollege Kaltenbach. Weißt du, Pies, ich dürfte eigentlich gar nicht mit dem reden. Wenn der Chef das spitzkriegt, geh ich demnächst wieder auf Streife.«

»Was hast du jetzt vor, Herr Hauptkommissar«, fragte Pies, »jetzt, wo du suspendiert bist?«

»Ich mache weiter«, erwiderte Christoph, »was sonst? Ich mache so lange weiter, bis ich den Killer erlegt habe.«

Genüsslich nahm er einen Schluck Wein, wobei er die Augen nach oben verdrehte. »Hervorragend. Lass die Flasche gleich stehen.«

Atik aber war nervös. »Was heißt das, du machst weiter? Du willst doch nicht etwa in dieses Kaff zurück!«

»Genau das habe ich vor. Kein Mensch kann mich davon abhalten, Atik, kein Mensch. Auch du nicht. Niemand kann mir verbieten, wieder nach Hagstein zu fahren.«

»Aber abgesehen davon, dass du es gar nicht darfst, ist es gefährlich, wenn du da allein herumturnst. Der Mörder wartet garantiert irgendwo in diesen Kackwäldern auf dich. Und was willst du tun, falls ihr erneut aufeinandertreffen solltet? Du bist im Moment kein Polizist mehr, vergiss das bitte nicht. *No license to kill*, verstehst du? Deine Waffe hast du ja eh abgegeben.«

Atik zögerte, bevor er weitersprach. Prüfend schaute er dem Partner ins Gesicht.

»Du hast noch eine Knarre, stimmt's?«

»Eine?«

»Scheiße, Christoph. Bau bloß keinen Mist. Wenn dich die Kollegen mit einer nicht registrierten Waffe erwischen, bist du dran.«

»Dran bin ich eh schon, was soll's also. Und sie werden mich nicht erwischen, keine Sorge. Aber jetzt erzähl, was gibt's Neues?«

»Nicht viel, außer dass der Pathologe Dr. Jablonski angeboten hat, einen Gentest mit dir zu machen und einen Abdruck deines Kiefers zu nehmen, dann hättest du die Sache mit der kleinen Schmitt vom Hals und mit Sicherheit auch die anderen Kindstötungen. Darüber hinaus kann's keine neuen Erkenntnisse geben, da die Herren Wächter und Strehle eifrig dabei sind, dir alle Morde in die Schuhe zu schieben. Im Moment sind sie damit beschäftigt, weitere Indizien zu sammeln. Nur warum, das ist mir nach wie vor ein Rätsel. Raus aus dem Fall bist du ja, wenn es das war, was sie erreichen wollten.«

»Vielleicht ist da noch mehr. Vielleicht haben sie ja was zu verbergen. Etwas, das wir uns noch gar nicht vorstellen können.«

»Wächter und Strehle? Das sind zwar zwei ausgemachte Riesenarschlöcher, aber Verbrecher oder gar Mörder? Dazu sind die doch viel zu einfach gestrickt.«

»Ich weiß nicht. Nach außen hin vielleicht. Komisch ist doch, dass der Strehle sich extra verkleiden muss, um mich zu beschatten. Was soll der Zirkus, das kann man als Polizist doch auch anders lösen.«

»Verkleidet?« Pies horchte auf. »Hör mal, Atik, du hast mich doch gebeten, mit der Eberspächer Rosi zu reden, wegen seltsamer Kunden bei ihren Mädels. Solche, die sich beim Vögeln verkleiden.«

»Ja und?«

»Gestern war sie zufällig hier, die Rosi. Hat sich ordentlich einen gegeben. Da hab ich sie noch mal darauf angesprochen, ob sie sich umgehört hat. Sie hatte es schon fast vergessen, in ihrem Suff, aber sich plötzlich erinnert, dass eines der Mädchen so einen Freier hat. Und jetzt kommt's: Vor zwei Tagen war der wieder bei ihr.«

»Jetzt sag bloß nicht, als Wolf getarnt«, tönte Atik.

»Natürlich nicht. Aber er hat sich als Schulmädchen verkleidet, mit irgend so 'ner blauen Schuluniform, wie die Kinder in England sie tragen. Mit weißen Strümpfchen und Ballettschuhen an, pervers, oder? Und dann hat das Mädel ihn schlagen müssen. Das muss sie wohl immer machen, diesmal aber sollte sie so tun, als wäre sie ein Wolf.«

»Scheiße!« Atik sprang von seinem Barhocker und knallte mit der flachen Hand auf die Theke. »Und das erfahre ich erst jetzt? Bist du von allen guten Geistern verlassen, Pies?«

»Das könnte unser Mann sein«, sagte Christoph. »Wie heißt das Mädchen, wo wohnt sie? Komm, Pies, mach voran!«

Pies drückte sich verdattert hinter seinen Tresen. »Tut mir leid, Leute. Ich wusste nicht, dass das wichtig sein könnte.«

»Schon gut«, meinte Christoph. »Also, ruf diese Rosi an. Jetzt!«

***

Eine halbe Stunde später standen die Kommissare in einem jener Gewerbegebiete der Stadt, in denen sich auch das horizontale Gewerbe angesiedelt hatte, vor einem gesichtslosen, grau gestrichenen Hochhaus aus den achtziger Jahren.

Atik suchte die Klingelschilder ab. »Da ist es. Scharfreiter, die heißt wirklich so.«

Die junge Frau, die ihnen kurz darauf im Morgenmantel die Tür öffnete, sah anders aus, als sie erwartet hatten. Sie war ungeschminkt, vernachlässigt, die Haare fettig, die Haltung achtlos. Und sie wirkte eher schüchtern denn provokativ. Dass sie früher einmal eine echte Schönheit gewesen war, konnte man nur noch erahnen, so sehr hatte der jahrelange Drogenmissbrauch ihr zugesetzt.

»Frau Scharfreiter?«, fragte Atik. »Kaltenbach und Alkay vom LKA, wir hatten telefoniert.«

Sie wurden hereingebeten. Die Einrichtung war bieder, fast spießbürgerlich: geblümte Sofas, grün gekachelter Couchtisch,

Eiche rustikal an der Wand. Es roch nach heiler Welt. Sie habe sich das ausbedungen, sagte die Frau, als sie die Blicke der Kommissare bemerkte. Sie brauche das, so etwas wie Normalität. Die anderen Apartments im Haus seien anders ausgestattet, so wie die Herren Polizisten das wohl kennen würden, rosa Plüsch und Leopardenmuster, überall Spiegel und Lack und Leder. Lange werde sie eh nicht mehr hier arbeiten, das mit dem Anschaffen, das habe sie langsam dick. Die Freier würden ja immer abnormer.

»Kein Problem, Frau Scharfreiter«, sagte Atik. »Leben und leben lassen, so heißt es doch bei uns in Bayern.«

»Und dann noch das mit meiner Freundin. Das hat mir zu denken gegeben. Ich muss mein Leben ändern, nicht dass mir auch noch so was passiert. Wie gesagt, die Freier werden immer perverser, immer brutaler.«

»Was ist denn passiert mit Ihrer Freundin?«, wollte Christoph wissen.

Die Frau schaute ihn verständnislos an. »Was soll die Frage? Deswegen sind Sie doch hier, oder? Ich meine, Scheiße, schließlich ist sie umgebracht worden, und da dachte ich –«

»Ganz ruhig, Frau Scharfreiter«, unterbrach Atik sie. »Wie hieß Ihre Freundin denn?«

»Na, Drewitz, Verena Drewitz. Wir kannten uns seit Schulzeiten. Und jetzt ist sie tot. Furchtbar. Sie war doch noch so jung.«

Atik sah, dass ihre Hände zu zittern begannen. Und er sah, dass auch Christophs Hände sich ineinander verkrampften.

»Okay.« Er holte tief Luft. »Okay. Wir ermitteln in diesem Mordfall, Frau Scharfreiter. Aber wir wussten nicht, dass es eine Verbindung zu Ihnen gibt. Manchmal hilft uns halt auch der Zufall.«

»Es gibt keine Zufälle«, sagte Christoph düster. »Es gibt nur Absichten. Und Kreisläufe.«

»Nein«, entgegnete Atik. »Die Absicht entspringt erst aus dem Zufall. Und manchmal springt sie eben im Kreis herum. So wie jetzt, wo sich ein Kreis hoffentlich schließt … Ihr Kunde, Frau Scharfreiter, der mit dem Schulmädchen-Outfit, haben Sie eine Adresse von ihm, einen Namen?«

»Sie sind wohl noch nicht lange im Geschäft«, sagte Melanie

Scharfreiter. »Glauben Sie im Ernst, irgendein Freier lässt mir seine Visitenkarte da?«

»Schon gut. Aber wie er aussieht, das können Sie uns doch sicher sagen.«

Melanie starrte Christoph an. Schon als sie die Wohnung betreten hatten, war Christoph dieser Blick aufgefallen, doch er hatte sich nichts dabei gedacht. Dass Frauen ihm auf der Straße offen ins Gesicht schauten, sich manchmal sogar nach ihm umdrehten, daran war er gewöhnt.

»Jetzt halten Sie mich nicht für total verblödet«, sagte sie nach einer Weile. »Aber irgendwie schaut der Ihnen ähnlich. Vor allem bewegen Sie sich so wie er. So wie … ja wie ein Katze. So geschmeidig.«

Sie wurde rot. Verlegen zog sie ihren Morgenmantel fester um sich und knotete den Gürtel neu.

»Beschreiben Sie uns den Mann«, sagte Christoph, »und bitte achten Sie auf jedes Detail. Was hat er mit Ihnen gemacht, was hat er von Ihnen verlangt?«

»Beschreiben …« Melanie suchte nach Worten. »Ich sagte doch, dass er Ihnen ähnlich ist.«

Ein Lächeln lief über ihr verhärmtes Gesicht. »Ganz so gut wie Sie sieht er freilich nicht aus.«

»Hat er irgendeine Besonderheit an sich?«, fragte Atik.

»Nein, wenigstens nicht äußerlich.«

»Und sein Verhalten? Irgendetwas muss er doch an sich gehabt haben, was anders war als bei Ihren sonstigen Freiern.« Atik konnte seine Angespanntheit nicht mehr verbergen. »Jetzt denk mal nach, Mädchen, los!«

»Sachte, sachte«, versuchte Christoph den Kollegen zu besänftigen. »So kommen wir nicht weiter. Frau Scharfreiter, bitte erzählen Sie uns, wie die Schäferstündchen mit dem Mann abliefen.«

»Im Großen und Ganzen war der eher harmlos. Da gibt es Verrücktere, Herr Kommissar. Brutal ist der nie geworden. Ich schätze, der war einfach bloß masochistisch veranlagt. Schlagen sollte ich ihn.«

Sie stand auf und öffnete eine Schranktür der eichernen Wohnwand.

»Damit!«

In der Hand hielt sie eine Lederpeitsche, im Fachjargon neunschwänzige Katze genannt.

»Für mich ist der Typ 'ne ganz arme Sau. Der hat mir leidgetan, ehrlich. Wenn ich ihn verdroschen hab, ist es ihm sauber gekommen, da brauchte ich nicht mal Hand anzulegen. Und danach –«

Sie stockte.

»Was war danach, Frau Scharfreiter?« Christoph gab sich alle Mühe, Geduld zu zeigen, obwohl es in ihm toste.

»Weinen hat er dann müssen. Immer. Ganz fürchterlich weinen, wie ein kleines Kind. Ich hab ihn dann getröstet, in den Arm genommen und so. Manchmal ist er eingeschlafen, so halb auf mir. Wenn er wieder aufgewacht ist, war er richtig glücklich. ›Mammi‹ hat er dann zu mir gesagt, ›Mammi‹.«

»Wollte der keinen Sex?«, fragte Atik.

»Nein, nie. Das Einzige, wonach er hin und wieder verlangt hat, war, an meinen Titten zu saugen. Wie ein Baby hat er dran genuckelt, ganz zart. Ganz lieb. Logisch war der pervers. Aber auch lieb.«

Die Beamten sagten nichts. Lieb, ganz lieb. Melanies Worte klangen wie Hohn in ihren Ohren.

»Aber Sie müssten ihn eh kennen«, fuhr sie nach einer Weile des Schweigens fort. »Schließlich ist er so was wie ein Kollege.«

»Er ist Polizist?«, fragten die Kommissare unisono.

»Ja. Ich hab ihn doch von Verena. Der Kerl war ihr Informant. Und ich bin quasi seine Belohnung. Ich glaube, er ist wie Sie beim LKA.«

Atik blickte seinen Freund fragend an.

Der starrte vor sich hin, seine Hände knetend.

»Strehle«, sagte er schließlich. »Irgendwie hab ich's geahnt. Strehle, natürlich. Der ist klein, fit, wendig. Und er stammt aus der Gegend. Mein Gott, warum sind wir da nicht früher draufgekommen. Aber die Vorstellung, dass ein Kollege zu so was fähig sein könnte … Mein Gott.«

Plötzlich schlug er sich mit der Hand an die Stirn.

»Verdammter Mist! Der ist doch garantiert noch in Hagstein!

Atik, du weißt, was das bedeutet. Lös die Fahndung nach ihm aus, und zwar mit Hochdruck. Der ist zu allem fähig. Und kein Wort zu Wächter, hörst du? Nicht dass der da auch mit drinhängt. Und Sie, Frau Scharfreiter, Sie kommen mit uns mit. Hier sind Sie nicht mehr sicher. Der Mann, den Sie uns eben so trefflich beschrieben haben, ist tatsächlich beim LKA. Und er ist Verenas Mörder. Aber nicht nur das, er ist auch für die Kindstötungen in Hagstein verantwortlich, Sie haben sicher davon gehört.«

Melanie brachte kein Wort mehr heraus. Sie war ebenfalls aufgestanden. Ihr schien schwindlig zu sein. Sie stützte sich auf der Sessellehne auf, als sei sie schlagartig zu einer alten Frau geworden.

Christoph hielt sie am Arm und ließ sie behutsam wieder in ihren Sitz gleiten. Er wandte sich zu Atik.

»Du bringst sie ins Präsidium und sprichst dich mit Kraus ab. Wächter muss isoliert werden, am besten, ihr setzt ihn erst mal fest. Von Strehle brauche ich eine Handyortung, und zwar jetzt.«

»Und was machst du?«, fragte Atik.

»Ich fahre schnell nach Hause, ist ja gleich ums Eck. Ich muss noch was holen und komm dann nach.«

***

Als Christoph Kaltenbach seine Wohnungstür aufsperrte, um den Kellerschlüssel zu suchen, glaubte er, eine atmosphärische Veränderung zu spüren. Jede Wohnung hatte ihren speziellen Eigengeruch. Seine roch noch immer nach dem der Kinder, ihrem süßen Malzduft. Doch heute lag noch etwas anderes in der Luft. Etwas Strenges. Als ob ein Tier da gewesen wäre.

Irritiert lief er durch die Räume. Alles war wie sonst auch, so als würde noch immer eine Familie mit Kindern hier leben. Nichts fehlte auf den ersten Blick. Er schaute die Kinderzimmer durch. Das Spielzeug. Einen Moment jeweils setzte er sich auf die Betten seiner Kinder. Ließ die Räume auf sich wirken. Nichts.

Er ging ins Wohnzimmer, nahm inmitten der Stofftiere auf der Couch Platz. Christoph schloss die Augen und konzentrierte sich auf sein Innerstes. Manchmal spürte er dann Dinge, die ihm sonst ungreifbar waren. Dann spürte er Krisztinas Haut auf seiner. Seine Hände machten sich selbstständig, sie strichen durch die Luft, als würden sie Krisztinas Körper berühren. Er hörte ihre Stimme, die der Kinder, wie sie miteinander spielten. Hörte sich selbst, wie er den Kindern eine Geschichte erzählte. Die vom Kasperl und dem Krokodil. Als er die Augen wieder öffnete, bemerkte er den Verlust. Zwei der Handpuppen fehlten, das Krokodil und der Kasperl. Jemand war in der Wohnung gewesen.

Strehle.

Er rannte in den Keller. In seinem Abteil, hinter all den Dingen, die eine Familie in den Jahren ansammelte und sich nicht wegzugeben entschließen konnte, Bücherkisten mit Jugendliteratur, vorerst ausrangierten Möbeln und vergessenem Sportgerät, stand ein abgeschlossener Stahlschrank. Fieberhaft fummelte er den Schlüssel aus seiner Hosentasche und sperrte auf. Er wickelte das Gewehr aus der Decke, in der es eingeschlagen war, nahm es vorsichtig in die Hand und lud einmal durch.

Es war die Jagdwaffe seines Vaters, die gleiche, mit der sich einst Kurt Cobain den Schädel weggeschossen hatte. Ein Selbstlader, der mit verschiedener Munition bestückt werden konnte, Schrot und Patronen. Aus den diversen Munitionsschachteln wählte er das schwerste Kaliber aus, die .375er Magnum für Großwild. Er packte die Sachen in eine Segeltasche und stellte sie in den Kofferraum seines Privatwagens.

Christoph fuhr nicht, wie angekündigt, ins Präsidium. Er nahm den direkten Weg nach Hagstein. Den Strehle wollte er noch vor den Kollegen von der Fahndung erwischen. Und dieses Mal, so schwor er sich, dieses Mal würde er wirklich sofort schießen, selbst wenn der sich ergeben sollte. Denn Strehle hatte nun alle Schwellen überschritten.

***

Einsam lag der Märchenwald im letzten Licht der Abendsonne. Das Wetter hatte wieder umgeschlagen, so wie es in den Bergen häufig geschah. Gestern noch war es empfindlich kalt gewesen, nicht mehr so frisch wie die Tage zuvor, als die Bergspitzen geweißt waren vom Schnee, aber immer noch viel zu kalt für die Jahreszeit. Rechtzeitig zur Hauptsaison im August hatte Petrus ein Einsehen gehabt mit den durch die Morde leidgeprüften Hagsteinern und würde ihnen nun wenigstens ein paar versöhnlich-milde Sommertage schenken.

Der Wolf sondierte die Lage. Das Gelände war perfekt für einen Angriff. Wellig, waldig und nicht zu weit weg von der nächsten Straße. Morgen würde er zuschlagen, er hatte es den Dämonen versprochen. Vielleicht mal wieder einen Jungen probieren, ein zartes Stück Knabenfleisch. So wie der Stiefvater ihn probiert hatte. Heimlich, als die Mutter im Krankenhaus lag. Niemandem hatte er je davon erzählt, zu tief steckte die Scham in ihm. Selbst jetzt, Jahre später, schämte er sich noch. Seiner ganzen Körperlichkeit schämte er sich, hatte er sich zeitlebens geschämt, sodass er zu der Sache an sich nie fähig war. Ein paarmal hatte es er probiert mit einer Frau, aber stets hatte er versagt. Da ging nichts, null. Sogar mit einem Mann hatte er es versucht, mit einem Stricher, den er im Untergeschoss am Stachus aufgegriffen hatte. Doch nicht einmal, als er den zum Oralverkehr zwang, hatte er einen hochgekriegt. Null. Nichts.

Da war er dann auf die Idee mit den Nutten gekommen. Hatte sich schlagen lassen. Und da endlich, da ging's! Vor allem mit der einen, die ihm die Drewitz besorgt hatte. Richtig fest zuhauen konnte die. Gar nicht zugetraut hätte er es der schmalen Person. Als wenn sie auch ihren Spaß dabei hätte. Er jedenfalls hatte ihn.

Der Zauberspielgarten. Was sich die Tourismusmanager so alles einfallen ließen. Ein wenig sah es so aus wie beim Vater, beim echten. Wobei die Tiere, die sie hier im Wald aufgestellt hatten, aus billigem Plastik waren. Immerhin war sogar ein Wolf dabei. Und aus Zufällen wurde ein Plan. Hier würde er einen locken können, im Fell des Gefährten. So tun, als gehöre das zum Spiel dazu. Zum Zauberwald. Der Wolf, der sich verzaubern kann. Der Zauberer, der sich verwolfen kann.

***

»Wo bleibt Kaltenbach?« Kriminalrat Kraus blickte auf seine Armbanduhr. »Es ist gleich achtzehn Uhr. Sie sagten doch, er käme jeden Augenblick.«

»Der kommt schon noch«, sagte Atik, »keine Sorge.«

»Ich mache mir aber Sorgen, Kollege Alkay. Sie kennen doch Kaltenbach, nicht dass der wieder seine Solotouren fährt. Sie rufen ihn jetzt an, los!«

»Hab ich doch grad schon, da meldet sich nur die Mailbox.«

»Dann probieren Sie es eben noch mal. Irgendwann wird er schon drangehen.«

Atik wählte Christophs Nummer. Er schüttelte den Kopf und hielt das Handy in die Luft.

»Nichts. Mailbox, immer noch.«

Kraus überlegte. Unruhig lief er im Zimmer hin und her.

»Halten Sie es für möglich –«

»Ja«, sagte Atik. »Ich halte es für möglich.«

»Gut, dann wissen Sie, was Sie zu tun haben. Sie müssen ihn finden, bevor er Strehle findet. Oder Strehle ihn.«

21

Christoph parkte den alten Kombi seiner Frau abseits der Straße am Ufer der Schwarzach. Er würde im Wagen übernachten. In die Pension wollte er nicht. Niemand sollte wissen, dass er hier war, am wenigsten Strehle.

Er holte sein Notebook hervor, um im Internet nach Möglichkeiten zu suchen, die Hagstein seinen Feriengästen zur Betreuung ihrer Kinder bot. Ein Thema nach dem anderen klickte auf: Kletterpark, Miniclub, Waldlehrpfad, Märchenwald, Zaubergarten.

Es war nur eine Idee gewesen, nachdem Strehle das letzte Mal am Klettergarten zugeschlagen hatte. Christoph ging davon aus, dass er sich jetzt an den Ferienkindern schadlos halten wollte, nachdem die Bevölkerung ihre Kinder nur noch unter Aufsicht nach draußen ließ, sie zu Verwandten geschickt hatte oder selbst mit ihnen in den Urlaub verreist war. Es war nur so eine Idee.

Er sondierte die verschiedenen Optionen. Vom Kletterpark würde sich der Mörder fernhalten, da war er sich sicher. Außerdem hatte die Leitung nach dem tragischen Vorfall mit Chantal Schmitt erfahrenes Wachpersonal eingestellt, um weiteres Unglück zu verhindern. Der Miniclub wiederum lag direkt im Dorf, eine Attacke dort würde Strehle nicht wagen, sein bisheriges Verhalten sprach dafür. Blieben noch der Waldlehrpfad, der Märchenwald und dieser Zaubergarten.

Er öffnete nochmals die Websites. Märchenwald und Zaubergarten schienen eins zu sein, zumindest an derselben Örtlichkeit. Der Gebietskarte entnahm er, dass sich der Märchenwald unweit seines Parkplatzes befand, etwa eine halbe Gehstunde den Berg hinauf Richtung Teufelsklamm. Die Klamm kannte er noch von früher, ein tief in die Felsen eingeschnittener Steig an einem Wildwasser entlang, nur im Sommer zu begehen. Während der anderen Jahreszeiten stand das Wasser so hoch, dass der Zugang unmöglich war. Es war nicht ungefährlich dort, selbst im Sommer. Der Steig war zwar gesichert, aber durch den Sprühregen des Wildbachs sehr rutschig.

Teufelsklamm. Allein der Name könnte Strehles bösartigen Humor anziehen. Christoph suchte nach dem Waldlehrpfad. Auch der wäre für eine Attacke geeignet, lag jedoch unten im Tal. Strehle aber hatte stets oben in den Bergen zugeschlagen. Also eher der Zaubergarten. Oder? Oder war Strehle längst entwischt? Versuchte woanders sein Jagdglück. Christoph war verzweifelt. Was, wenn er jetzt, jetzt in diesem Moment einem Kind auflauerte? Dass Strehles Tötungstrieb stärker und stärker wurde, war klar. Immer weniger konnte er sich kontrollieren. An seinem Opfer zu fressen war schon der wahnsinnige Höhepunkt seiner Schizophrenie. Was würde als Nächstes kommen? Horrorszenarien liefen vor seinem geistigen Auge ab. Christoph schüttelte sich.

Strehle. Was war nur passiert in seinem Leben, dass er zu solch abnormen Taten fähig wurde? Man wusste nichts Genaues über ihn im LKA. Persönlichen Kontakt hatte nur Wächter gehabt. Strehle stammte aus Flintsbuch, gleich in der Nähe der Tatorte. Das erklärte die Ortskenntnis. Er war ein leidenschaftlicher Tourengeher, das erklärte seine Fitness. Nur, was erklärte diese schrecklichen Verbrechen? Warum tötete er hauptsächlich kleine Mädchen? Die Prostituierte hatte gesagt, im Prinzip habe er einen harmlosen Eindruck gemacht. Da gebe es Verrücktere. Brutal sei er nie geworden. Und »Mammi« habe er sie genannt.

Es musste also etwas aus der Kindheit sein, sinnierte Christoph. Eine schlimme Kindheit könnte er gehabt haben. Vielleicht war er missbraucht worden, oft ein Trigger für späteres abnormes Verhalten. Doch egal, mit dem Eindringen in seine Privatsphäre hatte Strehle jedes Recht auf faire Behandlung verloren. Dass diese Drecksau in den Sachen seiner Kinder gestöbert hatte, war jenseits aller Vorstellung. Christoph war Polizist, klar. Mit einem eindeutigen Auftrag: das Recht zu schützen, aufzuklären, jedoch nicht zu verurteilen.

Aber er war auch ein Mensch, ein Vater. Und gleich drei Väter gab es nun, deren Kinder grausamst ermordet worden waren. Was sollte er ihnen sagen? Konnte er ihnen, konnte er sich je wieder ins Gesicht sehen, wenn Strehle nach zwanzig Jahren vielleicht wieder entlassen wurde? Bei günstiger Sozialprognose und einem freundlichen Gutachter? Und was dann? Würde er wieder töten?

Im letzten Jahr, nur wenige Wochen vor dem Unfall, war er als Zeuge zu einer Gerichtsverhandlung geladen. Es ging um Kindsmord. Vom eigenen Onkel war ein Zehnjähriger missbraucht und anschließend erwürgt worden. Danach hatte Christoph sich noch gut eine Stunde mit dem berühmten Soziologen, Psychiater und Forensiker Professor Dr. Habermann unterhalten, der als Sachverständiger in den Zeugenstand berufen war. Habermann, ein Altachtundsechziger, Verfechter eines humanen Strafvollzuges, ein glühender Vertreter der neueren Psychologieauffassung, dass Sexualstraftäter therapierbar seien. Dass sie auch nur Opfer seien, Opfer der Gesellschaft, ihrer schlimmen Kindheit und was sonst noch alles.

Ein halbes Jahr zuvor hatte er einen psychisch kranken Kindermörder begutachtet, einen gewissen Hellfried Zielonka. Ob der nach siebzehn Jahren in der Geschlossenen noch eine Gefahr für die Allgemeinheit darstelle. Nein, tue er nicht. Geheilt sei er. Glück für Zielonka. Pech für die kleine Petra Siebert. Und die süße Annika Weinzierl. Beide neun Jahre alt. Beide von Zielonka missbraucht und erschlagen, das gleiche Muster wie vor siebzehn Jahren, als er ebenfalls zwei Mädchen getötet hatte.

Dieses schreckliche Ereignis, an dem er mindestens Teilschuld habe, so Habermann in dem vertraulichen Gespräch, habe ihn zum Umdenken gebracht. Als Opfer sehe er Sexualstraftäter nach wie vor. Als nur bedingt schuldfähig. Aber rauslassen würde er keinen einzigen mehr.

Und Strehle? Was würde mit Strehle geschehen? Auch er war doch ein Meister der Verstellung. All die Therapien, die er in der Psychiatrie durchlaufen, all die Strategien, die Kontrollmechanismen, die er erlernen würde, die würde er sich zunutze machen, um die Gutachter zu täuschen.

Die Zivilgesellschaft hätte vielleicht Glück, und Strehle würde einen strengen Richter kriegen, so einen wie Dr. Hardt. »Stahlhardt« wurde er im Gericht genannt. Der würde ihm »lebenslänglich mit anschließender Sicherheitsverwahrung« aufbrummen, kein Zweifel. Und dann, in einigen Jahren? Würde sich dann das EU-Recht durchsetzen, das die Sicherheitsverwahrung als menschenunwürdig einstufte? Als Verletzung der Menschenrechte?

Nein, Strehle, das wird nicht passieren, dachte Christoph. Ich knall dich ab wie einen räudigen Hund, wenn ich dich erwische. Basta. Und was die Öffentlichkeit dann von mir denkt, was sie mit mir macht, das ist mir so was von scheißegal. Ich knall dich ab. Ich erlöse dich von deinem Leiden, denn dass du leidest, das glaub ich gern.

***

Er hatte genug gesehen. Morgen würde sein Tag sein, einmal mehr der Tag des Wolfes. Es war sein Geburtstag, der 19. August. Vorfreude bewegte seine Sinne. Er leckte sich mit der Zunge über die Lippen. Stellte sich vor, wie der Knabe aussehen könnte, den er sich morgen holen würde. Zart, feingliedrig, mit lockigem Haar. Fragil wie ein Zirkuskind, tänzerisch leicht, wie von Picasso in der rosa Periode gemalt. Und unschuldig wie die Blüte der Hagrose, jungfräulich duftend, nicht einmal von einer Biene bestäubt. Vollkommen unberührt, die Reinheit in Person.

Gerade wollte er gehen, der Wolf, der große Unbesiegbare, als er im letzten Licht des Tages eine Gestalt erblickte, die gebückt durch den Märchenwald schlich, als suche sie etwas auf dem Boden. Trotz der Vorsicht, mit der sich die Gestalt bewegte, ging eine Gefahr von diesem Wesen aus, wobei der Wolf nicht sagen konnte, wem diese Gefahr galt. Als wäre das ein Beutegreifer, der sich zur Jagd bereit macht. Doch es war ein Mensch, eindeutig.

Die Gestalt kam näher. Und nun erkannte der Wolf, warum er gespürt hatte, dass höchste Gefahr angesagt war. Der da durch den Wald schlich wie ein Raubtier, das war sein gefährlichster Feind. Es war Kaltenbach.

***

Immer wieder verharrte Christoph. Witterte, horchte hinein ins beginnende Dunkel. Wie ein Tier kam er sich schon vor, ein Beutegreifer auf der Jagd. Und es stimmte ja, er war auf der Jagd. Ein leiser Wind erhob sich. Er war noch warm, der Wind, voller Sommerwaldgerüche. Moose, Humus, Kiefernnadeln. Frisches, das zugleich von Vergänglichem kündete. Der Forst schien friedlich, wie ein Wald nur Frieden ausstrahlen konnte am Abend, wenn die tagaktiven Tiere sich zur Ruhe begaben und die nachtaktiven erst in der Vorbereitung ihrer Beutezüge waren. Es waren die Sentenzen der absoluten Ruhe und des absoluten Friedens. Momente, in denen keiner böse überrascht und keiner gefressen wurde.

Nichts deutete auf die Anwesenheit des Mörders hin. Christoph hatte das Gebiet weitgehend durchstreift. Menschen waren nicht mehr unterwegs, geschweige denn Kinder. Der nahe gelegene Zaubergarten hatte seine Pforten geschlossen. Er war zu spät dran. Strehle würde vielleicht erst morgen wieder angreifen, und ob das hier geschehen würde, wer weiß. Es konnte in jedem Waldstück passieren, an jedem Tag, zu jeder Stunde. Die Chance, auf ihn zu treffen: geringer als gering. Doch wie hatte Atik gesagt? Hinter jedem Zufall steckt eine Absicht. Was also waren Strehles Absichten?

Er hatte genug gesucht. Genug in sich hinein- und aus sich herausgespürt. Außerdem war es bereits zu dunkel. Morgen war auch noch ein Tag. Christoph setzte sich noch einen Augenblick ins weiche Moos. Ein Augenblick der Stille, der Ruhe vor dem vermeintlichen Sturm, dachte er. Ein seltsamer Gedanke streifte ihm durch den Kopf: wo er einmal begraben werden wollte. Bei seinen Kindern, bei Krisztina? Würden sie ihn denn wollen? Oder doch irgendwo in den Wäldern? Warum nicht? Trübe Gedanken. Warum gerade jetzt?

»Steh auf«, sagte er halblaut. »Steh auf und geh zu deinem Wagen. Schlaf ein bisschen, vielleicht ist morgen ja dein Tag. Der Tag des Jägers.«

***

Warum nur hatte er auf einmal solche Angst? Kaltenbach war doch allein. Und er schien nichts zu merken. Der saß dort drüben im Moos und glotzte vor sich hin. Warum nur war er wie erstarrt? Er hatte doch die Waffe bei sich. Einmal hinter sich greifen in den Rucksack, raus damit, rasch zusammenstecken und feste druff. Doch er konnte sich nicht bewegen, kein Stück. Nur blöd glotzen konnte er, so wie sein Widerpart dort drüben. Als hätte der ihn hypnotisiert.

Er spürte nur noch diese wahnsinnige Angst, eine Scheißangst. Das Fell, das Fell! Drüberziehen, schnell!

***

Im plötzlichen Gefühl, beobachtet zu werden, erhob sich Christoph mit einem Ruck. Er sicherte nach allen Richtungen. Doch der Wald gab seinem Spüren keine Antwort. Es blieb still. Christoph griff an sein Gewehr, das über seiner Schulter hing, ein beruhigender Griff ans schwere Eisen, an den warmen Holzschaft. Es war eine gute Idee gewesen, mit der Jagdwaffe loszuziehen und nicht mit der Pistole. Mit Zielfernrohr und größerer Schussreichweite würde er Strehle diesmal nicht verfehlen.

Einen weiten Bogen schlagend, kehrte er, einen anderen Pfad nutzend, durch den dichten Wald zu seinem Wagen zurück.

***

Unendlich vorsichtig zog der Wolf das Fell aus dem Rucksack und legte es sich über die Schultern. Sofort überkam ihn das gewohnte Gefühl, das Gefühl der Stärke, der unheimlichen Macht. Die Kraft des sibirischen Wolfes ging auf ihn über, durchströmte seinen Körper, befreite seinen Kopf von der Angst. Jetzt noch die Jagdflinte zusammenschrauben, das Zielfernrohr mit dem Infrarot aufsetzen, den Schaft einklinken und fertig. Doch wo war Kaltenbach? Einen Moment nur hatte er ihn aus den Augen gelassen, und schon war der Dreckskerl wie vom Erdboden verschluckt.

Der Wolf horchte in das Halbdunkel vor ihm, hinüber in den Tannenforst, in dem Kaltenbach gesessen war, wo die Bäume so dicht standen, dass er jetzt schon nichts mehr unter ihrem Schattenwurf erkennen konnte. Dort drüben musste er doch sein! Ein dürrer Zweig zerbrach mit leisem Ach unter schwerem Schritt. Kaltenbach!

***

Christoph betrachtete die kahle Tanne, an der er fast vorbeigelaufen wäre, genauer. Das helle Endstück eines dürren Zweiges fiel ihm auf. Die Bruchstelle war frisch. Irgendetwas war vor Kurzem hier entlanggegangen, etwas Großes, ungefähr so groß wie er. Ein Hirsch eventuell. Oder ein Mensch. Strehle? Er kniete nieder und untersuchte den Waldboden. Das weiche Moos war hier und da niedergedrückt, vage ließen sich Fußabdrücke erkennen. Die Spuren konnten höchstens Minuten alt sein.

Der Kommissar untersuchte die hier weit herabhängenden Äste. Viel war nicht mehr zu sehen, so schnell brach die Nacht herein. Er befühlte die Zweige, zerrieb das Feinfaserige, das ihm zwischen die Finger kam, roch daran. Es roch streng. Hornig. Christoph holte die Taschenlampe aus seiner Jackentasche. Kurz, nur für den Hauch eines Augenblicks, ließ er den Lichtstrahl auf das, was an seinem Finger hing, fallen. Es war ein Haar. Ein Tierhaar. Das Haar eines Wolfes. Er war da. Und er war auf der Jagd. Nur: Auf wen machte Strehle Jagd …?

***

Leise schlich der Wolf den hin und wieder zart Zweige knackenden Lauten nach. Kaltenbach bewegte sich geräuscharm wie ein Tier. Er versuchte, seine Gedanken von Kaltenbachs Fähigkeiten abzulenken. Denn Kaltenbach war stark. Und zäh, sehr zäh. Im Nahkampf war er ihm unterlegen, das musste er neidlos zugeben. Damals, als im LKA noch Kampfsport angeboten worden war, hatten sie manchmal gegeneinander gekämpft. Im Karate waren sie angetreten, gleiche Gewichtsklasse, fast identisch sogar ihr Gewicht, dreiundsiebzig Komma drei Kilo er und dreiundsiebzig Komma sechs Kaltenbach. Und beide schnell, verdammt schnell, hatte der Karatelehrer ihnen bescheinigt. Aber Kaltenbach war noch schneller, noch wendiger, noch härter. Immer hatte er verloren gegen den, immer. Heute würde es jedoch anders ausgehen. Denn heute würde mit anderen Waffen gekämpft, und da war er ihm überlegen. Er hatte Kaltenbachs Gewehr schon gesehen, eine alte Jagdwaffe. Kein Vergleich zu seinem modernen Gewehr. Und er hatte Infrarot. Er würde ihn nicht verfehlen in der Nacht.

Das Taktschlägen ähnelnde Knacken hatte plötzlich aufgehört. Wo war Kaltenbach, wo? Der Wolf konnte nicht verhindern, dass die Angst erneut in ihm hochstieg, wie eine Schlange kroch sie seinen Körper hinauf, legte sich um seinen Hals und drückte ihm die Luft ab. Wo war Kaltenbach?

***

Er spürte es mehr, als dass er Strehle wirklich hörte. Er spürte ihn in seinem Rücken. Der Mörder war nah. Christoph ließ sich auf den Boden nieder, nahm das Gewehr von der Schulter und legte die Munition ein, eine Patrone in den Lauf, vier ins Magazin. Das müsste reichen. Er hoffte, Strehle gleich mit dem ersten Schuss tödlich zu treffen. Das Großkaliber würde nicht viel von ihm übrig lassen. Ein Schuss in den Schädel, das kranke Hirn zerstören, auch ein Schuss auf den Oberkörper könnte ausreichen, das finstre Herz zu zerreißen, auf dass Ruhe sei, ein für alle Mal. Auf dass die Menschheit erlöst sei von diesem Monster.

***

Wo war Kaltenbach! Der Wolf zitterte. Er spürte, dass der dort vorn auf ihn lauerte. Ein Situation wie damals mit dem echten Wolf. Geordneter Rückzug hatte das seinerzeit geheißen. Und das war gut so. Kaltenbach war doch auch wie ein Wolf. Nur noch intelligenter, noch gefährlicher. Weil er ein Wolfsmensch war, weil er die Fähigkeiten beider Wesen in sich vereinte. Also Rückzug.

Eigentlich war er froh über die Entscheidung. Überdeutlich erinnerte er sich an Kaltenbachs Auftritt im »Goldenen Hirschen«, wie der ihn sofort erkannt hatte, sofort durchschaut. Anscheinend konnte der sich in ihn hineinversetzen, was für ein beklemmender

Gedanke! Deshalb war Kaltenbach hierhergekommen. Deshalb wusste der auch, dass er jetzt hier lag und auf ihn lauerte. Plötzlich wurde es warm in seiner Hose. Er hatte sich eingenässt. Vollgepisst wie damals, als der Stiefvater … Bittere Tränen stiegen ihm hoch und rollten ihm übers Gesicht. Er schämte sich. So wie er sich sein ganzes Leben geschämt hatte. Vor sich selbst. Vor Kaltenbachs Überlegenheit.

***

Plötzlich dieses Geräusch! Als ob ein Kind weinte. Unmöglich. Er musste sich verhört haben. So nah konnte Strehle nicht sein. Und heulen würde der wohl auch nicht. Doch, da war es wieder, ein unterdrücktes Schluchzen. Leise, ganz leise stand Christoph auf. Vorsichtig ging er ein paar Schritte vorwärts. In etwa zwanzig Metern Entfernung konnte er etwas erkennen. Leisen Schrittes, einen Fuß vorsichtig vor den anderen setzend, damit er auf keinen trockenen Zweig trat, dessen Bruch ihn verraten könnte, tastete sich Christoph voran.

Jetzt sah er Strehle. Und er hörte ihn. Der Kindsmörder, der Mörder seiner Geliebten, lag auf dem Boden und weinte wie ein Kind.

Christoph schluckte. Das Gewehr im Anschlag, ging er auf Strehle zu. Nahm dessen Schädel ins Visier, den Finger am Abzug. Eine millimeterkleine Bewegung mit dem Zeigefinger, und die Bestie wäre tot.

Er hörte sich reden. Warum sprach er noch mit dem?

»Strehle, steh auf! Die Hände über den Kopf. Steh auf, ganz langsam. Bei der geringsten falschen Bewegung bist du ein toter Mann.«

22

Die Kurve kam plötzlich. Klar, er war zu schnell, viel zu schnell. Und er sah nachts nicht so gut. Der Wagen schlingerte in die Kurve. Die Bäume! Sie kamen auf ihn zu, waren auf einmal so nah, so verdammt nah. Er versuchte, den Wagen noch abzufangen, doch vergeblich. Das rechte Vorderrad brach aus. Das Heck schien ihn zu überholen. Nein, es überholte ihn wirklich. Die Welt kreiste um ihn, seltsam. Zweimal drehte sich der 3er BMW um die eigene Achse.

Dann stand der Wagen, mit der Schnauze bereits über dem Abgrund.

Atik schaltete den Motor aus. Sein Herz hämmerte, sein Atem flog. Alle Kraft war mit einem Mal aus ihm gewichen.

Noch ganz wacklig, stieg er aus und setzte sich an den Straßenrand. Mit zitternden Händen fischte er die Schachtel Gitanes, die er immer noch bei sich trug, aus der Brusttasche. Er holte eine Zigarette heraus, hielt sie sich unter die Nase, roch, klopfte den Filter auf den Asphalt und steckte sie sich in den Mund. Dann zündete er sie an. Gierig sog er den Rauch ein. Wie gut das tat!

Mit wenigen, tiefen Zügen rauchte er die Gitanes zu Ende. Glück gehabt, wahnsinniges Glück. Die Straße nach Hagstein hinauf war nun mal kurvenreich. Er hatte das doch gewusst. Aber die Sorge um Christoph hatte seinen Verstand gelähmt. Er hatte ihn schon zigmal angerufen, doch sein Freund nahm nicht ab. Wahrscheinlich hatte er das Handy mal wieder im Auto liegen lassen, tröstete er sich. Ständig passierte ihm das doch. Nur, wo trieb sich Christoph jetzt herum? Wie nahe mochte er Strehle bereits gekommen sein? Die Überwachung von Strehles Mobilfunk hatte nur wenig Aufschluss ergeben, außer dass er in Hagstein geortet wurde. Atiks Gedanken rasten stets nur um dieses wahnsinnige, sich vielleicht anbahnende Duell. Wo war Christoph? Wo war Strehle?

Sein Handy klingelte. Er lief zum Wagen, um den Anruf entgegenzunehmen. Es war Sybille. Ob er Christoph schon gefunden habe.

»Nein«, sagte er, »aber ums Arschlecken den Tod.«

***

Inzwischen lief die Fahndung nach Axel Strehle auf vollen Touren. Seinen Freund Wächter hatte man aus Sicherheitsgründen in den Zellentrakt im Präsidium gebracht, in Einzelhaft. Immer wieder hatte er beteuert, von Strehles Verbrechen nichts gewusst zu haben. Man glaubte ihm sogar, so sehr war Wächter schockiert. Trotzdem hatte Korbinian Kraus entschieden, Wächter so lange einsitzen zu lassen, bis Strehle gefasst war beziehungsweise der Haftrichter entschieden hatte, was zu tun sei.

Rund um Hagstein wurden gerade Straßensperren errichtet. Die relevanten Institutionen in Hagstein und Umgebung waren benachrichtigt worden, die örtlichen Polizeidienststellen alarmiert. Haftbefehl und Fotos von Strehle rasten durch die Computer. In einer durchgehenden Wagenkolonne, als herrsche Krieg, wurde eine Hundertschaft Bereitschaftspolizisten ins Schwarzachtal gekarrt, um am folgenden Morgen beim ersten Tageslicht die Berge zu durchkämmen. Gleichzeitig stürmte ein Sondereinsatzkommando Strehles Pension, doch der Mörder war entkommen. Beim Durchsuchen seines Zimmers fanden die Beamten so manches, das auf Strehle als Täter hinwies und den leider zeitweise in Verdacht geratenen Hauptkommissar Christoph Kaltenbach auf den ersten Blick entlastete. Ganz offensichtlich war Strehle der Kindsmörder und wohl auch für den Tod der Journalistin verantwortlich. Die Indizien sprachen eindeutig dafür. Faserspuren wurden sichergestellt, Fingerabdrücke, DNA sowie weitere Beweismittel wie Frauenhaare an seiner Kleidung, die nur von Verena Drewitz stammen konnten, zwei Handpuppen, ein Kasperl und ein Krokodil, an dem noch Blutspuren hafteten, und, und, und. Der Fall schien klar. Doch wo war Strehle?

***

Noch vor dem Schuss hatte Christoph diesen brennenden Schmerz in der Brust verspürt. Den Knall Sekundenbruchteile darauf hatte er nur noch als von ferne hallenden, undefinierbaren Klang vernommen. Dann wurde es dunkel um ihn, immer dunkler. Das Letzte, was er fragmentweise noch sehen konnte, war eine seltsame Gestalt, die sich über ihn beugte. Die Gestalt sah ein wenig aus wie ein Mensch, doch sie hatte spitze Ohren und war in einen Pelz gekleidet. Ein Wolfsmensch. Wie hießen die noch?, war der schwindende Gedanke, bis es ihm im Augenblick des Versinkens in die totale Dunkelheit noch einfiel: ein Werwolf. Ein Werwolf, der sang. Dessen Lied er noch im Erlöschen seiner Sinne hörte.

Ein Männlein steht im Walde, ganz still und stumm.

Und dann kam das Licht! Das Licht, von dem immer alle sprachen, die schon hinübergeglitten waren ins Reich des Todes, aber zurückgekehrt zum Leben. Ein so gleißendes Licht, dass er zuerst kaum etwas erkennen konnte, bis in dem strahlenden Hell die Gesichter von Krisztina und Nina und Oskar erschienen. Größer und größer wurden sie. Er konnte ihre Körper sehen: Wie unversehrt sie waren! Sie winkten ihm zu.

»Komm«, riefen sie, »komm zu uns, wir warten schon so lang.«

***

Der Wolf, der unbesiegbare Wolf, legte seine Hand auf Kaltenbachs Herz. Er wollte dessen Tod spüren. Spüren, ob das vielleicht noch schlug, das harte Herz des Jägers. Doch da war nichts mehr. Plötzlich ein Schlag, ein letzter Reflex des leblosen Organs. Erschrocken zog er die Hand von Kaltenbachs Körper. Sie war voller Blut. Blut! Der Geifer troff ihm aus dem Mund. Doch er widerstand dem Verlocken, die Hand abzulecken. Er hatte Angst, immer noch. Angst, dass der wiederauferstehen würde. Den Wolf riss es empor. Tot. Der war tot. Er konnte es kaum glauben. Er hatte den Jäger erlegt, er!

Was tun mit der Leiche? Doch daran fressen? Doch dann,

was käme dann? Würde der Geist des bösen Kaltenbach von ihm Besitz ergreifen? Er starrte dem Toten ins Gesicht. Wie der zurückstarrte! Den Blick konnte er nicht ertragen. Der hatte Macht über ihn, der schreckliche Kaltenbach. Macht! Sogar nach seinem Tod.

Wie von Sinnen rannte er davon. Lautlos. Rannte und rannte, bis er weit weg war von diesem Kaltenbach. Und dann, allmählich, immer stärker: Glücksgefühle kamen auf. Heraus brach es jetzt, suchte sich seinen Weg vom Bauch in den Kopf. Er schrie vor Glück.

»Tot! Tot! Tot!«

Eine halbe Stunde noch lief er durch den Wald. Lief einfach. Wie gut das tat, das Laufen. Wie befreiend es war! Ein paarmal gleich verlor er sein Fell, musste zurück, es aufsammeln. Das Fell des Gefährten. Es hatte ihn gerettet vor Kaltenbachs Macht. Und er würde es wieder brauchen. Bald schon.

Nun ging es daran, Teil zwei seines Plans in die Tat umzusetzen. Nichts würde ihn jetzt mehr aufhalten. Nichts und niemand.

***

Drei Tage hatte die Bereitschaft nach Christoph Kaltenbach gesucht, drei quälend lange Tage. Doch der Kommissar blieb verschwunden, als hätten ihn die ewigen Wälder für immer in sich begraben. Seinen Wagen hatten die Beamten schon am ersten Tag nach seinem Verschwinden entdeckt, weil sein Handy geortet werden konnte. Die Suchhunde, die kurz danach in das umliegende Gebiet geschickt worden waren, hatten verschiedentlich angeschlagen und die flugs alarmierte KTU schließlich Blutspuren sichergestellt, die im Labor als Kaltenbach zugehörend verifiziert werden konnten. Weitere Spuren hatte der in der Nacht zuvor einsetzende Regen verwischt. Irgendetwas schien in jenem als Märchenwald bekannten Forst geschehen zu sein, nur was? Der Hauptkommissar war jedoch nirgendwo zu finden. Kein Lebenszeichen, aber auch keine Leiche, nichts.

Auch die Fahndung nach Strehle blieb ohne Ergebnis. Niemand hatte ihn mehr gesehen, seit er vor vier Tagen die Pension verlassen hatte. Wenigstens waren keine neuen Morde mehr zu beklagen, was auch immer sich daraus schließen ließ. Stimmen wurden laut, die eine potenzielle Verbindung zwischen den Verschwundenen herstellen wollten. Was zum Beispiel wäre, wenn es zwei Täter gäbe? Wenn der eine, entweder Strehle oder Kaltenbach selbst, Trittbrettfahrer des jeweils anderen gewesen wäre? Mehrere Täterschaften wurden nun in Betracht gezogen, was aufgrund der Häufigkeit der Verbrechen, des teils unterschiedlichen Tathergangs und auch weil Kaltenbach der Beweislage nach noch nicht endgültig vom Vorwurf der Beteiligung an einem oder mehreren Morden freigesprochen werden konnte, durchaus im Bereich des Möglichen lag.

Besonders Oberstaatsanwalt Gräfe vertrat diese These, und einige Kollegen im Präsidium schlossen sich dessen Meinung an, nachdem auch in den Medien richtungsweisend darüber diskutiert worden war.

Schließlich hatte Kriminalrat Kraus genug von solchen Spekulationen. Auf einen Schlag hatte er einen seiner fähigsten Beamten verloren und einen nicht so schlechten dazu, und nach wie vor war nicht final geklärt, welcher von beiden nun der Mörder war. Sosehr auch alles auf Strehle hindeutete, so konnten ihm die Beweismittel, die man in seinem Pensionszimmer gefunden hatte, auch untergeschoben worden sein. Von Kaltenbach oder sonst wem. Eventuell waren ja Helfershelfer im Spiel, mutmaßten welche. Eine blutgierige, serienmordende Sekte gar.

»Es muss einer angesehenen Institution wie dem LKA doch möglich sein, diesen verfluchten Mörder zu identifizieren«, hatte Kraus in der letzten Sitzung gezetert, an der neben Alkay, Dr. Hannewald und dem neu hinzugekommenen Oberkommissar Matthias Wegener auch der mittlerweile rehabilitierte Kollege Wächter teilgenommen hatte. »Unseren ganzen Ruf setzen wir aufs Spiel. Ich verlange, dass ab sofort jede Kleinigkeit im Leben von Kaltenbach und Strehle untersucht wird. Jedes beschissene Detail aus deren Vergangenheit will ich hier am Tisch haben, und zwar pronto. In zwei Tagen sehen wir uns wieder, Kollegen. Bis dahin will ich Ergebnisse sehen, verstanden?«

»Was ist mit einer Hausdurchsuchung?«, fragte Wegener, als die Beamten solcherart zurechtgestutzt das Büro des Kriminalrates verlassen hatten.

»Strehles Bude haben wir schon auseinandergenommen«, sagte Wächter. »Nichts, zumindest nichts Neues. Nur das, was wir eh erwartet hatten, hübsche Fotos kleiner Kinder, allerlei Literatur und Dokumentationen über Wölfe, Spuren im Internet in einschlägigen Päderastenforen, der ganze Scheiß halt. Strehle ist der Killer, so schwer es mir anfangs auch fiel, das zu kapieren. Ist ja auch nicht leicht, sich einzugestehen, dass man jahrelang mit einem Perversen zusammengearbeitet hat, oder? Was mit Kaltenbach ist, weiß ich nicht. Aber ich halte ihn inzwischen nicht mehr für fähig, solche Abscheulichkeiten begangen zu haben.«

»Hört, hört«, sagte Atik und funkelte Wächter aus seinen dunklen Augen an. »Das sind ja ganz neue Töne.«

»Tut mir leid, Atik«, murmelte Wächter, »ehrlich. Der Strehle hat mich immer so negativ beeinflusst. Aber trotzdem bin ich ein verdammtes Arschloch. Ich hätte was merken müssen. Nimmst du meine Entschuldigung an?«

»Passt schon«, sagte Atik. »Lass uns nach vorn schauen. Jetzt geht es darum, den Fall gemeinsam aufzuklären, und zwar ruck, zuck, bevor wieder etwas passiert.«

»Glaubt ihr denn«, fragte Wegener, »dass der Mörder wieder zuschlagen könnte?«

»Wenn er noch lebt, auf jeden Fall«, meinte Sybille. »Und dann wird sehr bald wieder etwas Furchtbares geschehen, vielleicht schlimmer als je zuvor.«

»Ach, Frau Doktor«, warf Wächter ein. »Wer wird denn gleich so schwarzsehen. Ich hab eher das Gefühl, die haben sich gegenseitig erschossen, bei so einer Art Showdown dort im Wald, wo wir das Blut von Kaltenbach gefunden haben.«

»Pass auf, was du sagst«, antwortete Atik. »Christoph lebt. Der ist nicht tot. Das sagt mir mein Gefühl.«

Wegener blieb abrupt stehen. »Ja, bin ich jetzt unter die Spirituellen geraten? ›Ich glaube‹, ›ich fühle‹, was soll das? Was wir brauchen, sind Fakten. Was ist mit Kaltenbachs Wohnung? Habt ihr da was gefunden?«

Atik schwieg. Auch Sybille ging nicht auf Wegeners Fragen ein. Der neue Kollege sah Wächter an. Der zuckte nur mit den Achseln.

»Weißt du, Matthias«, begann Atik zögernd, »das ist nicht so einfach für uns. Der Christoph ist mein bester Freund, und wir alle stehen noch ziemlich unter Schock ... Nein, niemand war in seiner Wohnung. Überhaupt war seit dem Unfall seiner Familie niemand mehr in seiner Wohnung. Und irgendwie traue ich mich immer noch nicht rein, verstehst du das?«

»Natürlich«, lenkte Wegener etwas überraschend ein. »So was ist immer eine Scheißsituation. Ich hab auch schon mal eine Kollegin verloren, bei einem Einsatz. Ist zwar schon ewig her, aber die Geschichte hängt mir immer noch nach. Trotzdem, Pietät hin, Pietät her, irgendwann müssen wir da rein. Gerade auf dein sogenanntes Gefühl hin, Atik, dass er noch lebt, auch wenn alles, aber wirklich alles dagegenspricht. Nur so können wir ihm doch helfen, falls er noch da draußen ist. Vielleicht finden wir ja tatsächlich was Brauchbares.«

»Wennschon«, sagte Sybille, »dann gehen wir alle rein, alle zusammen. Und zwar jetzt gleich.«

***

Wie gelähmt waren die Beamten, als sie eine Stunde später vor Kaltenbachs Wohnung standen. Keiner wagte den ersten Schritt. Sie standen da und schauten sich an. Schließlich nahm Wächter Atik den Schlüssel aus der Hand und sperrte auf. Einer musste es ja tun.

»Ist ja krass.«

Mehr brachte er nicht heraus, als er die unaufgeräumte Wohnung betrat, die nicht verwaist schien, sondern gefüllt mit Leben. Er drehte den Kopf nach rechts und links, als erwarte er, eines der früheren Familienmitglieder könne jeden Moment aus irgendeinem Zimmer kommen.

»Ich hab mir so was gedacht«, sagte Atik leise. »Der ist mit dem Unfall nie fertiggeworden. Das Unglück hat sich jeden Tag für ihn wiederholt. Wie in einer Endlosschleife.«

»Ein schreckliches Trauma«, sagte Sybille, »aber nachvollziehbar. Was muss der Mann gelitten haben.«

Zögernd, ja vorsichtig, als wollten sie nicht stören, nahmen sie die Räume in Augenschein.

»Wie sollen wir in dem Verhau etwas finden?«, sagte Wegener nüchtern. Er hatte Kaltenbach nur vom Sehen gekannt und ihn als recht arrogant empfunden. Und der Zustand der Wohnung hier, der sprach ja wohl Bände. Ganz richtig im Kopf war der Kollege seiner Meinung jedenfalls nicht gewesen. Er ging in die Küche.

»Kommt mal her«, rief er, »da ist was.«

Für jeden sichtbar lag ein Blatt Papier auf dem Esstisch, Christoph Kaltenbachs Abschiedsbrief. Er hatte ihn mit dem Computer geschrieben und nicht einmal unterzeichnet, warum auch immer. Mit zitternden Händen nahm Atik den Zettel in die Hand und las vor. Hin und wieder blieb ihm die Stimme weg, doch je länger er las, desto fester wurde sie.

»Atik, mein Freund!

Es tut mir unwahrscheinlich leid, was ich dir angetan habe, aber irgendwann muß die Wahrheit ans Licht. Ich war es, der die Kinder getötet hat. Und auch die Drewitz geht auf mein Konto. Sie war mir auf die Schliche gekomen und mußte deshalb sterben. Meine Dämonen waren am Ende stärker als ich. Der Kolege Axel Strehle hat mit der Sache übrigens nichts zu tun. Aber auch er mußte sterben, weil auch er drauf und dran war, mich zu überführen. Ihr werdet ihn nicht finden, ich habe ihn erschossen und die Leiche in Seure aufgeweicht, die Reste in den Kanal gekippt.
Wenn du das hier ließt, bin ich wahrscheinlich genauso tot. Ich werde mich selbst richten, irgendwo in den Wäldern bei Hagstein.

Mach es gut,
Christof«

»Oh mein Gott«, sagte Sybille, »das kann doch gar nicht sein. Nicht Christoph, bitte nicht.«

Zu aller Entsetzen flog ein diabolisches Grinsen über Atiks Gesicht.

»Ganz cool, Leute. Das ist nicht von Christoph. Weder ist das sein Stil, noch würden ihm je so viele Rechtschreibfehler unterlaufen.«

»Bist du sicher?« Misstrauisch beäugte Wächter den Kollegen.

»Hier! Lies selbst!«

Atik drückte Wächter das Papier in die Hand.

»Vorsicht«, wandte Wegener ein, »die Fingerabdrücke!«

»Schon gut«, sagte Wächter. »Aber Atik hat recht. Der Brief ist nicht von Kaltenbach. Er hat als Christof mit ›f‹ unterzeichnet. Er wird aber mit ›ph‹ geschrieben. Seinen eigenen Namen würde er ja wohl fehlerfrei hinkriegen. Nein, ich schätze, das Ding ist von Strehle. Mit der Rechtschreibung hatte er schon immer seine Probleme.«

Die vier schwiegen. Weil sie wussten, was das zu bedeuten hatte. Sybille fand schließlich als Erste den Mut, das auszudrücken, was allen im Kopf herumspukte.

»Okay, Strehle hat den Brief offenbar gefälscht. Das heißt aber auch, dass Strehle hier war. Und im Schlimmsten aller Fälle, dass er Christoph umgebracht hat.«

»Vielleicht ist der Brief ja ein Hinweis darauf, wie er es getan hat«, sagte Wächter. »Ich meine, das mit der Säure.«

»Nein.« Atik klang sehr entschieden. »Ich bleibe dabei, Christoph ist nicht tot. Verletzt ja, aber nicht tot.«

»Aber wo soll er dann sein?«, fragte Wegener. »Der kann sich doch nicht in Luft aufgelöst haben.«

23

In der Nacht des 18. August hatte Hannes Authenrieth einen Schuss gehört. Er kam aus Richtung Märchenwald, da war er sich sicher. Ein einziger Schuss. Auch Gundi, seine Frau, hatte den Knall mitbekommen.

»Wilderer«, sagte der Oberförster. »Seit der alte Strussner nicht mehr da ist, trauen die sich wieder aus ihren Löchern. Ich geh mal nachsehen.«

»Geh nicht.« Gundi fuhr ihren Rollstuhl zum Sofa, auf dem ihr Mann sich wie jeden Abend nach dem Essen ein wenig von seinem anstrengenden Tag ausruhte und in der Jagdzeitung las. »Geh nicht. Am Ende sind noch mehrere von denen da draußen. Das ist zu gefährlich, so allein.«

Authenrieth lachte. »Dass ein Wilderer auf den Förster schießt, das hat's doch bloß früher gegeben. Keine Angst, mir passiert schon nichts. Außerdem habe ich ja die Edda dabei.«

Er ließ sich nicht abhalten, sosehr Gundi ihn auch bat, zu bleiben. Sein Jagdgewehr nahm er dennoch mit, sicher ist sicher.

Authenrieth fuhr mit dem Wagen den knappen Kilometer bis zur Schwarzach und stellte den Jeep am Parkplatz ab. Es war zwar noch eine halbe Stunde Fußmarsch bis zum Märchenwald, doch falls da wirklich ein Wilderer sein Unwesen trieb, wollte er den nicht durch Autolärm vertreiben. Man muss die Burschen bei der Tat erwischen, dachte er grimmig, als er Edda an die Leine nahm und am Ufer entlangmarschierte. Dass er auf der richtigen Spur war, das sah er gleich: Vorn auf der Auwiese, die direkt an den Wald grenzte, stand ein Wagen mit Münchner Kennzeichen, ein alter Golf Kombi.

»Ich glaub's nicht, Edda. Jetzt kommen die schon aus der Stadt hierher. Mal sehen, wem die Kiste gehört.«

Leise schlich er in Respektsabstand von einigen Metern um das Fahrzeug herum. Es war verwaist. Authenrieth kam näher, nahm seine Taschenlampe und leuchtete das Innere des Wagens ab. Nichts Verdächtiges war zu sehen, kein Hinweis, wem das Auto gehörte, kein Hinweis auf einen Wilderer. Dennoch beschlich ihn das Gefühl, dass hier etwas nicht stimmte. Er überlegte, ob er nicht doch die Polizei rufen solle, verwarf den Gedanken aber wieder. Erst mal wollte er den Wald hoch, bis zum Zaubergarten. Die Polizei könnte er immer noch alarmieren, wenn sich sein Verdacht erhärten sollte.

Es war bereits dunkel, als er sich dem »Märchenwald« genannten Forstabschnitt näherte. Märchenwald. Ausnahmsweise passte die Bezeichnung, die sich die Leute vom Tourismusbüro dafür ausgedacht hatten. Der Boden hier unterschied sich von den Strukturen anderer Baumgebiete. Magerwiesen umgaben das Waldstück, in dem der Humusanteil höher war als anderswo. Hier gediehen noch gesunde Weißtannen, seltene Moose und sogar Wacholdersträucher.

Es duftete. Authenrieth blickte nach oben, in den Himmel. Sterne waren kaum mehr zu sehen. Nachtwolken trieben träge am Firmament und schlossen sich zu losen Verbänden zusammen. Wind kam auf. Bald würde es regnen, und die Spuren des Wilderers würden verwischen. Wenn einer da war.

»Such, Edda, such!« Er wusste selbst nicht, warum er plötzlich dieses Kommando gab. Die Hündin, bis dahin teilnahmslos, stöberte pflichtbewusst. Mit der Schnauze am Boden lief sie im Zickzack durch den Wald, der Förster ihr gemächlich hinterher. Vielleicht bekam sie ja doch was in die Nase.

Bald wurden Eddas Bewegungen zielgerichteter. Sie schien einer Spur zu folgen. Edda lief schneller. Der Förster verfiel in Trab, um sie nicht aus den Augen zu verlieren. Nervosität ergriff ihn. Der Hund würde doch nicht … ein Déjà-vu. Das Szenario, als er mit Andreas auf die Kinderleiche gestoßen war, lief wie grob geschnittenes Kintopp vor ihm ab, körnig flimmernd, als wäre es ein alter, zu schnell gedrehter Schwarz-Weiß-Film. Im Laufen nahm Authenrieth die Büchse von der Schulter. Sie war bereits geladen.

Vor ihm bellte der Hund. Edda schien einmal mehr fündig geworden zu sein. Hoffentlich, flehte Authenrieth, während er zu der Stelle lief, an der Edda etwas gestellt hatte, hoffentlich ist es nicht wieder ein Kind. Hoffentlich!

Doch nein, es war kein Kind, vor dem die Hündin auf ihn wartete, schwanzwedelnd, als freue sie sich über ihre Entdeckung. Es war Kaltenbach. Und er war tot.

***

Am Morgen des 23. August erwachte Atik aus einem quälenden Alp. Von Christoph hatte er geträumt. Im Wald auf einer Lichtung war er gelegen. Jemand hatte ihn auf ein weißes Laken gebettet und ihm ein Totenhemd angezogen. Deutlich hatte er das Gesicht seines Freundes sehen können. Es war so hinreißend schön, wie es nicht einmal zu Lebzeiten gewesen war. Sein makelloses Antlitz war weiß wie Porzellan, der Mund mit Lippenstift gerötet, die Augen umschminkt, die dichten Wimpern getuscht. Wie eine Puppe sah er aus. Um das Leichentuch herum waren rosa Blüten gestreut, die Blüten der Hundsrose.

Bis dahin war der Traum nur traurig gewesen. Dann wurde er schrecklich.

Aus dem Wald hinkte eine furchterregende Gestalt, halb Mensch, halb Wolf. Einem Monster aus Horrorfilmen glich dieses Wesen; behaart wie ein Affe, trug es den Kopf eines riesigen Wolfes und zog einen langen, geschuppten Schwanz nach sich. In der mit Klauen bewehrten Hand hielt die Bestie ein blitzendes Jagdmesser. Instinktiv ahnte Atik in seinem Traum, was dieser Werwolf vorhatte: Er wollte Christophs Gesicht zerstören, seinen Körper zerteilen, zerstückeln wollte er ihn, seine Unversehrtheit kaputt machen. Als heimlicher Beobachter stand Atik auf der anderen Seite der Lichtung, unfähig, zu schreien, unfähig, sich zu bewegen. Er war wie gelähmt, konnte nicht eingreifen, nur hilflos zusehen.

Dann änderte sich die Szene: Wölfe kamen aus dem Wald, richtige Wölfe, ein ganzes Rudel. Sie vertrieben das Monster, das sichtlich Angst vor ihnen hatte und feige floh. Die Wölfe gruppierten sich um Christophs Leiche, als wollten sie ihn beschützen. Sie hielten Totenwache. Auf einmal erschien Christophs Vater auf der Bildfläche, der alte Carl Maria von Kaltenbach, den Atik noch persönlich erlebt hatte. Würdevoll, in gemessenen Schritten, bewegte er sich auf die Wölfe zu. Er trug einen vornehmen schwarzen Frack und hatte seinen Dirigentenstab bei sich. Kurz vor den Wölfen blieb er stehen, nahm Haltung an und erhob den Taktstock. Wie ein Orchesterchor stimmten die Tiere nun ein Lied an. Sie heulten eine Melodie, die Atik bekannt vorkam. Es war ein Kinderlied.

Ein Männlein liegt im Walde, ganz still und stumm.

Atik stand auf. Sein Herz klopfte. Der Traum bewegte ihn. Er konnte nicht aufhören, daran zu denken. Sybille war schon weg, aber sie hatte gestern ja angekündigt, früh aufzustehen und ihn nicht zu wecken, sollte er noch schlafen. Auf der Bar fand er einen Zettel von ihr:

War schön gestern Nacht. Ich ruf dich an. Sybille

Die Bar hatte sein Cousin Mesut gezimmert. Er hatte schon immer eine eigene Bar haben wollen, damit er zu Hause saufen konnte und nicht immer bei Pies abhing oder auf der Leopoldstraße. Doch benutzt hatte er sie bisher nie. Bis gestern.

Er musste lächeln, wenn er an die gestrige Nacht dachte. Sie waren so verzweifelt gewesen wegen Christoph, dass sie aneinander Halt gesucht hatten. Sybille hatte ihn gefragt, ob es ihm was ausmachen würde, wenn sie noch zu ihm mitkäme, auf einen Absacker. Nicht im Geringsten, hatte er gesagt, und dass es auch zwei oder drei sein könnten. Erst hatten sie sich an der Bar ordentlich die Kante gegeben, und dann war es zu spät für sie. Und zu betrunken war sie auch. Gästebett hatte er ja keins, also war sie zu ihm unter die Decke geschlüpft. Ewig hatten sie noch geredet miteinander, bis der Schlaf sie endlich von ihren Sorgen erlöste. Wie Brüderchen und Schwesterchen waren sie nebeneinandergelegen und hatten über Christoph philosophiert.

Warum sie denn so traurig sei, hatte er sie gefragt, wo sie seinen Freund doch gar nicht so gut gekannt hatte. Ja, hatte Sybille gesagt, das schon. Aber sie habe sich ein bisschen verguckt in den Kaltenbach, ein bisschen sehr sogar. Ihr altes Problem, wahrscheinlich berufsbedingt. Immer schon hätten sie die Einsamen angezogen, die Straßenköter, die Schwierigen, die Gebrochenen. So gebrochen wie der Kaltenbach halt. Aber, hatte sie nach einer Weile hinzugefügt, nur die Gebrochenen ließen ihr inneres Licht durchscheinen. Nur die würden leuchten, so wie der Christoph eben.

Noch immer in sich hineinlächelnd, schlurfte er in Unterhosen auf den Balkon und rauchte eine Zigarette, die letzte aus der Packung. Atik schaute hinunter in den trostlosen Hinterhof. Die Mülleimer waren zum Bersten voll. Überall lagen Zigarettenkippen herum, das einzige Bäumchen war schon seit Langem verdorrt. Auf dem bisschen graubraunen Rasen stapelte sich die Hundekacke. Schräg gegenüber, im Hinterhaus, öffnete sich eine Tür, und eine ältere Frau trat auf ihren Balkon, schüttelte ein Staubtuch aus. Als sie des halb nackten Türken ansichtig wurde, wackelte sie missbilligend mit dem Kopf und verschwand wieder in ihren Räumen.

Es war Zeit, hier auszuziehen. Einen kurzen Moment überlegte er, ob er nicht Christophs Wohnung übernehmen könnte. Sie war ja frei jetzt. Dann könnte dort alles so bleiben, wie es war. Nur ein einziges Zimmer würde er sich herrichten. Für sich. Er müsste mit Simone reden, Christophs Schwester. Irgendwo hatte er ihre Nummer. Sie war ja weggegangen, nachdem die Eltern gestorben waren und ihr und Christoph einen schönen Batzen Geld und ein paar nette Immobilien vererbt hatten. Die Almwirtschaft hatte sie aufgegeben und war mit irgendeinem Künstler an die Riviera gezogen, wo sie sich ein großes Haus direkt am Meer gekauft hatte und nun mit ihrem Lover ganzjährig lebte. Mehr wusste er nicht, nur dass Christoph sie nie besucht hatte. Doch dann verwarf Atik den Gedanken, sie zu kontaktieren. Sie würde es sicher nicht wollen, dass ein Fremder die Wohnung ihres Bruders bezöge. Außerdem würde er sich damit eingestehen, dass sein Freund tatsächlich nicht mehr lebte.

Die Suche nach ihm war gestern aufgegeben worden. Die Kollegen hatten wirklich alles versucht, sogar ein Hubschrauber mit Wärmebildkamera war einen halben Tag lang über dem Gebiet gekreist, in dem Christoph verschollen war. Verschollen und verschwunden, wie Strehle. Am Ende lag Wächter doch richtig, und die beiden hatten sich gegenseitig umgebracht. Nur, wo waren dann ihre Leichen? Nein. Was nicht sein durfte, konnte nicht sein.

Beim Anziehen dachte er immer noch an den Traum. Und plötzlich hatte er eine Idee. Absurd, aber warum nicht?

Er steckte sich seine Dienstwaffe ein und machte sich auf den Weg zum Zoo. Einmal hatte Christoph ihn mitgenommen, zum Wolfsgehege. Er war ja nicht so der Tierfreund, aber die Wölfe hatten ihn schon beeindruckt. Nur schade, dass die auf so engem Raum gehalten wurden, größer zwar als manch anderes Gehege, aber Wölfe, hatte Christoph ihm erzählt, Wölfe würden in Freiheit dreißig, vierzig und mehr Kilometer laufen. Am Tag. Und sie seien die freiheitsliebendsten Tiere überhaupt.

Am Eingang wollte Atik zuerst seinen Dienstausweis zeigen, sagen, er sei amtlich unterwegs, um keinen Eintritt zahlen zu müssen. Aber dann kaufte er sich doch eine Karte. Wo das Wolfsgehege war, wusste er noch, gleich rechts an den Flamingos vorbei und dann noch hundert Meter den Weg entlang. Nur wenige Besucher hatten sich im Zoo eingefunden, obwohl ja noch Schulferien waren. Doch es war zu früh und das Wetter trüb.

Nur einer war vielleicht schon da. Einer, der vielleicht sein Jagdrevier hierher verlegt hatte. Weil es in Hagstein nur so von Polizei wimmelte. Und weil die Kinder schon noch hierherkommen würden, später am Tag, wenn sie ausgeschlafen hatten, die lieben Kleinen.

Es war nur so eine Idee gewesen. Eine absurde Idee. Abnorm vielleicht. So abnorm wie Strehle.

***

Am Wolfsgehege herrschte Ruhe. Prinzipiell lockten die Tiere nicht so zahlreiche Bewunderer an, weil sie sich nicht um die Menschen scherten. Weil sie ihr Futter nicht vor ihnen fraßen, sondern im Versteck der Bäume. Weil sie keine Show abzogen, wenn ihnen das Fleisch gebracht wurde. Sie stritten sich nicht ums Fressen, nur die Welpen probierten noch aus, wer später das

Sagen haben würde. Ausgewachsene Wölfe lebten in einer klar geregelten Gesellschaft. Da hatte jeder seinen Platz.

Ein einzelner Mann lehnte mit dem Rücken zu Atik an der niederen Sandsteinmauer, die den Besucher daran hindern sollte, in den Wassergraben zu fallen, der das Gelände umschloss. Er trug einen weiten roten Anorak, purpurrot wie ein Bischofsgewand, und hatte einen blaugrauen Rucksack geschultert, einen sehr großen Rucksack, viel zu groß eigentlich für einen Zoobesuch. Der Mann war eher klein, sein dichtes, dunkles Haar, das unter dem breitkrempigen Hut hervorquoll, nicht geschnitten.

Atik wusste, wer der Mann war. Er zog seine Pistole.

»Axel Strehle! Hier ist Atik Alkay. Meine Waffe ist direkt auf deinen Schädel gerichtet. Nimm die Hände hoch und dreh dich langsam um!«

Der Mann reagierte nicht. Das war doch Strehle, oder? Atik wurde für einen Moment unsicher.

»Hast du nicht gehört? Hände hoch und umdrehen!«

Entweder war das nicht Strehle, oder der Kerl war taub. Vorsichtig kam Atik näher, die Pistole nach wie vor auf den Körper des Mannes gerichtet. Er hörte etwas. Etwas singen. War er nun auch verrückt geworden, oder sang Strehle das Kinderlied aus seinem Traum?

Sagt, wer mag das Männlein sein, das da steht im Wald allein?

»Zum letzten Mal, Hände über den Kopf und mit dem Gesicht zu mir. Ich zähle bis drei, wenn dann nichts passiert, schieße ich!«

Immer noch verharrte der Mann, völlig reglos, als befände er sich in einem anderen Leben, in einer anderen Welt und würde das um sich herum nicht mehr wahrnehmen. Er sang weiter.

Es hat von lauter Purpur ein Mäntlein um.

»Eins … zwei … drei!«

Als der Mann sich plötzlich doch umdrehte, hatte er eine Pistole im Anschlag. Atik zögerte keine Sekunde, er drückte sofort ab. Einmal, zweimal, dreimal. Der Mann kam nicht mehr zum Schuss. Er brach zusammen, fiel nach hinten über die Mauer und war mit einem Platsch verschwunden. Vorsichtig näherte sich Atik dem Gehege, die Waffe mit beiden Händen vor seinen Oberkörper haltend, bereit, erneut zu schießen, falls der Kerl noch Bedarf hatte. Er lugte über den Rand der Mauer. Mit dem Kopf nach unten trieb der Mann im dunklen Wasser.

»Scheiße.«

Es war unmöglich, zu erkennen, wen er da soeben erschossen hatte. Er hoffte mehr, als dass er sich sicher war. Hinter ihm liefen Menschen zusammen. Er schob die Pistole in das Halfter und hielt seinen Dienstausweis hoch.

»Keine Angst, Polizei, Oberkommissar Alkay. Das ist ein Einsatz. Alles ist unter Kontrolle. Gehen Sie bitte weiter.«

Atik drehte sich wieder dem Toten zu. Um die Leute konnte er sich jetzt nicht kümmern. Unten lag die Leiche des Mannes noch immer im Wassergraben. Träge trieb sie ans Ufer. Aus dem roten Anorak quollen, eine nach der anderen, als wäre es eine letzte Inszenierung, rosa Blüten.

Die Wölfe, die sich – vom Schuss und dem Aufplatschen des Körpers im Wasser erschreckt – in die Büsche verkrochen hatten, kamen neugierig näher. Einer, es war der größte Wolf, wahrscheinlich der Rudelführer, dachte Atik, zeigte besonderen Mut. Nachdem er die Sache offenbar eingehend betrachtet hatte, tapste er mit den Vorderpfoten in den Graben und packte vorsichtig, als würde er aus der Hand seines Pflegers einen Leckerbissen nehmen, den Kragen des Anoraks zwischen seine Zähne. Atik konnte sehen, wie der Wolfskörper sich anspannte, als er den Mann aus dem Wasser zog, ein Stück weit die Böschung hinauf. Was für eine Kraft das Tier doch hatte!

Fasziniert beobachtete der Kommissar die nun folgende, unwirkliche Szenerie:

Die erwachsenen Wölfe hatten sich um den Menschenleib versammelt. Einer nach dem anderen schnüffelte daran und wandte sich dann ab, als wäre er höchst angewidert von diesem Geruch. Nur der große Wolfsrüde blieb stehen. Schließlich griff der Rudelführer erneut mit den Zähnen zu und zog den Mann zurück in den Graben. Wie von selbst rollte der Körper die Böschung hinunter und plumpste ins Wasser, mit dem Gesicht nach oben.

Das Gesicht kannte Atik. Es war eigentlich ein schönes Gesicht. Nur das, was sich dahinter verbarg, das war monströs. Das Gesicht gehörte Strehle, dem Kindermörder, den sogar die Wölfe zu verachten schienen.

24

»Und ich soll wirklich niemanden informieren? Auch nicht Ihren Kollegen, den Herrn Alkay?« Authenrieth wirkte beunruhigt.

»Nein«, sagte Christoph, »noch nicht. Ich will Strehle weiterhin im Glauben lassen, dass er mich getötet hat. Es könnte durchaus sein, dass er Alkays Handy angezapft hat. Früher war er auf solche Sachen spezialisiert, er hat ja eine entsprechende Ausbildung durchlaufen. Und auf einen Tag mehr oder weniger kommt es jetzt auch nicht mehr an.«

»Man wird sich aber Sorgen um Sie machen. Wollen Sie Ihre Leute nicht von der schrecklichen Ungewissheit erlösen?«

»Im Prinzip haben Sie recht, Hannes, aber momentan geht die Ergreifung des Mörders vor. Sie hatten mir ja angeboten, mich morgen nach München zu fahren. Vielleicht liege ich nicht so falsch mit meiner Idee, wo Strehle stecken könnte.«

Authenrieth schüttelte den Kopf. »Sie sind verrückt. Mit so einer Verletzung kriegen Sie das nie und nimmer hin. Wie wollen Sie Strehle denn festnehmen, falls er wirklich dort auftaucht? Sie können ja kaum laufen!«

»Ich will ja nur wissen, wo er ist. Ob er da ist, wo ich denke. Den Rest übernehmen dann schon meine Kollegen.«

Christoph wollte aufstehen, doch der stechende, der brennende, der klopfende Schmerz, der ihn seit jener Nacht begleitete, in der ihn wie durch ein Wunder Hannes Authenrieth entdeckt hatte, mehr tot als lebendig, zwang ihn sofort wieder auf das Sofa.

»Sehen Sie«, sagte Hannes, »Sie sind noch lange nicht so weit, wieder auf Mörderjagd zu gehen. Sie hatten eh mehr Glück als Verstand. Soll ich meinen Bruder anrufen, dass er noch mal nach Ihnen schaut? Sie machen mir grad keinen guten Eindruck, so blass, wie Sie wieder sind.«

»Es geht schon, danke. Ich muss nur aufpassen, mich nicht so plötzlich zu bewegen. Ihr Bruder kommt morgen früh doch sowieso vorbei, den Verband wechseln.«

»Wie Sie meinen. Ich schau schnell mal nach meiner Frau, und dann mach ich uns dreien was Feines zu essen.«

Authenrieth stieg in den ersten Stock. Seine Frau Gundi hatte sich hingelegt. Auch ihr ging es nicht so besonders heute. Die Aufregung, hatte sie gesagt.

Ja, es stimmte, mehr Glück als Verstand hatte er gehabt. Nur zwei Fingerbreit über dem Herzen war die Kugel eingeschlagen und im Brustmuskel stecken geblieben. Glück, dass Strehle ein so kleines Kaliber verwendet hatte, warum auch immer. Glück, dass der geglaubt hatte, er sei bereits tot. Glück, dass sein Herz einen traumatischen Schock erlebt und erst langsam wieder angefangen hatte zu schlagen. Weil es sonst, so Authenrieths Bruder, weiter fröhlich Blut gepumpt hätte und er schlicht und einfach verblutet wäre, und zwar bevor der Hannes beziehungsweise die gute alte Edda ihn gefunden hätte. Glück, dass er so ein verdammt zäher Hund war. Jeder andere wäre draufgegangen, da wette er. Und Glück, dass er, Hubert Authenrieth, die paar Semester Humanmedizin noch nicht ganz vergessen hatte. Und mit Kugeln-aus-einem-Körper-Rausholen, da habe er inzwischen Übung. Am Schluss hatte er noch das unwahrscheinliche Glück, dass Hubert Authenrieth gute Kontakte zur Blutbank hatte und noch in der Nacht an Konserven der Gruppe A herankam, denn er hatte bereits sehr viel Blut verloren, bis ihm der Veterinär die Patrone herausoperieren konnte.

Ja, ein Tierarzt hatte Christoph gerettet. Noch am Tatort hatte Hannes seinen Bruder alarmiert, weil er dem am meisten vertraute. Wie oft schon hatte der Hubert halb verreckte Kühe geheilt, Pferde mit offenen Brüchen wieder hingekriegt und schwerstverletzte Hunde wieder zum Leben erweckt, die von den Jägern beim Wildern erwischt und übel zusammengeschossen worden waren.

Den Humanmedizinern traute er nicht mehr über den Weg. Dass seine Frau zum Krüppel geworden war, lastete er zum Teil auch denen an. Im Unfallkrankenhaus hatte sich nach ungezählten Operationen ein Keim eingeschlichen und ihr die Beine zerfressen. Die Ärzte hatten es zu spät gemerkt und anfangs auch noch falsch diagnostiziert. Und dann hatten sie amputieren müssen, um den Rest ihres zerschmetterten Körpers zu retten.

Auf den leitenden Oberarzt, einen gewissen Dr. Erkath, der auch noch jede Verantwortung abstritt, hatte er eines Tages im Auto gewartet, nachdem feststand, dass die Gundi ihre Haxen verlieren würde. Als der die Klinik verließ, um in seinen hübschen Sportwagen zu steigen, hatte er ihn abgepasst, mit der Schrotflinte in der Hand. Aber er hatte es dann doch nicht tun können, Gott sei Dank. Und Dr. Erkath hatte schön das Maul gehalten, weil er sich vor Angst in die Hosen geschissen und sich alsbald hatte versetzen lassen, irgendwohin ins Württembergische, wo ihm keine wütenden Ehemänner auflauerten.

Die Geschichte hatte Hannes ihm gestern Abend anvertraut, nachdem sie sich darüber ausgesprochen hatten, warum Christoph dann doch nicht gleich geschossen und Strehle nicht einfach abgeknallt hatte, wie er es verdient hätte. Er kenne so etwas, hatte Authenrieth gesagt und ihm dann den Zwischenfall mit dem Oberarzt erzählt.

Trost war ihm das aber kaum. Solange Strehle frei herumlief, war er eine Gefahr für jedes Kind, eine tickende Zeitbombe. Deshalb wollte er unbedingt prüfen, ob er mit seiner Idee richtiglag. Er glaubte nicht, dass der Mörder noch in Hagstein war. Die Gegend dürfte auch einem Wahnsinnigen wie Strehle zu heiß geworden sein. Nein, er würde es anderswo versuchen.

Authenrieth kam zurück. Seine Frau sei eingeschlafen, jetzt müssten sie zu zweit etwas essen. Christoph fragte, ob er sich die Nachrichten im Fernsehen anschauen dürfe, eine Angewohnheit aus der Kinderzeit. Die Zwanzig-Uhr-Nachrichten verpasse er seit Jahren nur selten. Zu Hause bei den Eltern hätten sie sonst so gut wie nie fernsehen dürfen, obwohl sie ein Gerät besaßen. Den Apparat habe sein Vater jedoch ausschließlich für die Nachrichten angeschafft, ein essenzielles Ritual im Leben der Kaltenbachs. Dazu hatte sich die ganze Familie vor dem Bildschirm zu versammeln, selbst die Kinder, als sie noch ganz klein waren. Während der Sendung aber durfte kein Wort gesprochen werden, selbst von der Mutter nicht. Nur der Carl Maria natürlich, der durfte seine Kommentare abgeben, der durfte ja immer alles. Seine wortreichen Beiträge pflegte er stets mit generöser Gestik zu betonen, mit Händen, die nie still sein konnten. Oft war es so, dass seine Hände redeten, ohne dass er den Mund zu öffnen brauchte. Wenn der Moderator die Nachrichten vorlas, so dirigierte er selbst in seinen stummen Momenten dessen Vortrag, als müsse er ihn anleiten. Als könne der nur sprechen, weil er, Carl Maria von Kaltenbach, ihn dirigierte. Waren die Nachrichten vorbei, wurde das Gerät wieder ausgeschaltet. Basta.

Denn danach wollte er vortragen. Offenbar litt er es nicht, wenn andere den Taktstock schwangen, und sei es nur der Sprecher der »Tagesschau«. Meistens erzählte er dann von früher. Von der Oper natürlich und den großen Konzerthäusern der Welt, in denen er dirigiert hatte. Von den wunderbaren Sopranen seiner Zeit, der Ingeborg Hallstein, Anna Moffo und Grace Bumbry, den großen Tenören wie Fritz Wunderlich, Rudolf Schock und Franco Corelli, der Zeit in den sechziger Jahren, als Carl Marias Stern aufging und München noch elegant und glamourös war. Da veranstalteten seine Hände wieder gestenreich die konzertanten Reisen in die Vergangenheit, als winkten sie das ewig Bessere, ewig Gestrige heran.

»Gott sei Dank«, sagte Christoph, »war mein Vater ja nur selten daheim, und wenn er nicht da war, blieb der Fernseher einfach eingeschaltet. Seltsam war nur, dass wir während der Nachrichtenübertragung auch dann nicht sprachen, wenn der Carl Maria abwesend war. Denn sein Geist beziehungsweise sein Gebot, das schwebte immer über uns.«

Einen nachdenklichen Moment lang schwieg Christoph, bevor er weitersprach.

»Und schwebt wahrscheinlich heute noch, sonst hätte ich Ihnen den ganzen Käse wohl nicht erzählt.«

Authenrieth hatte lächelnd zugehört. »Dann führen wir jetzt doch die Familientradition weiter, gleich ist es acht Uhr. Und eins verspreche ich Ihnen, ich werde nicht dirigieren.«

Er stand auf und stellte das Gerät an. Der »Tagesschau«-Trailer ertönte. Die wichtigste Nachricht des Tages nach dem Haushaltsstreit in den USA, dem Bürgerkrieg in Syrien und dem Elend der Bootsflüchtlinge im Mittelmeer kam aus München. Wie elektrisiert verfolgten sie den Bericht.

München. Eine Region atmet auf. Der unheimliche Kindermörder, der in den vergangenen Wochen als Wolf getarnt ein ganzes Dorf in den bayerischen Bergen terrorisiert hatte, ist endlich gefasst. Der Mann, der vermutlich für den Mord an drei Kindern und einer jungen Frau verantwortlich ist, wurde heute Vormittag beim Versuch der Festnahme erschossen. Ein junger Beamter des Landeskriminalamtes stellte ihn in einem Münchner Zoo, ausgerechnet vor dem Freigehege der Wölfe. Der Täter war bewaffnet und offenbar auf der Suche nach neuen Opfern. Drei Schüsse wurden auf den Mann abgegeben, alle drei waren tödlich. Der Kommissar handelte aus Notwehr, wie ein Sprecher des LKA mitteilte.
Der mutmaßliche Mörder konnte bereits identifiziert werden. Es handelt sich um Axel Strehle, einen weiteren Polizeibeamten aus dem LKA, der erst vor Kurzem ins Visier der Fahnder geraten war. Der vor Tagen spurlos verschwundene Hauptkommissar Christoph von Kaltenbach, der die Ermittlungen in den Mordfällen leitete, wird nach wie vor vermisst. Die Polizei geht davon aus, dass auch er dem Mörder zum Opfer gefallen ist.

»Das gibt's doch gar nicht«, sagte Authenrieth. »Woher haben Sie gewusst …?«

Die Sprache blieb ihm weg. Er schüttelte ungläubig den Kopf.

»Das ist ja … also, das müssen Sie mir jetzt erklären.«

Als Christoph antworten wollte, hob Authenrieth abwehrend die Hand.

»Warten Sie, eines wurde in dem Bericht nicht erwähnt: Wer war der Beamte, der dort im Tierpark anscheinend auf Strehle gewartet hat? Haben Sie doch jemanden eingeweiht?«

»Nein. Aber ich bin mir zu hundert Prozent sicher, dass es Atik war, Atik Alkay. Ich persönlich hatte nur so ein Gefühl, dass Strehle in den Zoo gehen könnte. Er muss mich über einen längeren Zeitraum beobachtet haben, so viel, wie der über mich wusste. Deshalb könnte ihm auch bekannt gewesen sein, dass ich häufig meine Wölfe besuchte. Vielleicht war es das, was ihn angetrieben hat, es dort zu probieren. Er hat ja versucht, mir die Morde in die Schuhe zu schieben, und eine weitere Kindstötung an meinem Lieblingsort, das hätte dann gut ins Schema gepasst.«

»Wahnsinn«, sagte Authenrieth. »Wahnsinn. Aber woher wusste Ihr Kollege Bescheid?«

»›Bescheid wissen‹ ist nicht der richtige Ausdruck. Wahrscheinlich war es mehr so eine Ahnung. Wie dem auch sei, Herr Alkay ist eben ein hervorragender Polizist. Die richtige Nase ist in unserem Beruf entscheidend, nicht immer sind es die Fakten und Indizien. Da gehört schon mehr dazu, eine gewisse Spiritualität. Glauben Sie an Telepathie, Hannes? An Transzendenz?«

»Nein. Und Sie?«

»Bisher nicht. Aber langsam komme ich ins Grübeln.«

25

Der spektakuläre Fall des Serienmörders im Wolfsfell wurde schließlich abgeschlossen. Die Morde an Lisa Mühlbauer, Marie von Mangelsdorff, Verena Drewitz und Chantal Schmitt konnten samt und sonders Axel Strehle zugeordnet werden. Dass er der Täter war, darüber herrschte aufgrund der inzwischen klaren Beweislage kein Zweifel mehr. Nur das Warum sollte Ermittler und Öffentlichkeit noch lange Zeit beschäftigen. Die Menschen wollten wissen, weshalb einer aus ihrer Mitte, noch dazu ein Polizist, zu solch grausamen Verbrechen fähig war.

Der Spekulationen gab es viele, und die Vergangenheit Strehles lieferte hierzu ausreichenden Stoff. Nachdem das gesamte soziale Umfeld des Mörders untersucht und zahlreiche Zeugen verhört worden waren, zeichnete sich ein Bild des Schreckens. Offensichtlich hatte man es mit einer zweigeteilten, psychopathischen Persönlichkeit zu tun. Auf der einen Seite war da ein offizielles Gesicht, der beflissene Kriminalbeamte, der, solange er im Dienst war, Recht und Gesetz respektierte, sich nach außen als Biedermann gerierte. Doch es gab auch eine dunkle Seite. Den Mann, der sich in Bordellen von Prostituierten erniedrigen ließ. Der sich nächtelang in Internetforen mit gleichgesinnten Kinderschändern austauschte, selbst aber nie ein Kind sexuell belästigte. Der wahrscheinlich früher schon einmal versucht hatte, ein Kind zu töten, aber an der eigenen Jämmerlichkeit gescheitert war, Gott sei Dank.

Vor allem die Aussagen der Halbschwestern hatten so manches zur Aufklärung beigetragen. Wohl hatten beide seit Jahren keinen Kontakt mehr zu Strehle gehabt, doch waren es nicht die Vorkommnisse aus jüngerer Vergangenheit, die ihn letztlich zum Mörder werden ließen. Die schlimmen Erfahrungen aus Kindheit und Jugend mussten ihn derart negativ geprägt haben, dass es ihn erst in vollständige Vereinsamung trieb, später zu aggressivem Verhalten, das irgendwann in Selbsthass und masochistische Veranlagung umschlug und ihn am Ende zu den schrecklichen Verbrechen regelrecht zwang.

Roswitha Strehle, die ältere der beiden Schwestern, die, unverheiratet geblieben, in einem Altersheim in Regensburg arbeitete und noch die beste Beziehung zu Axel gepflegt hatte, gab an, dass ihr Vater den ungeliebten Stiefsohn missbraucht haben könnte, als ihre Mutter im Krankenhaus lag, zumindest ein Mal. Sie habe da was gerochen, weil der Axel zu jener Zeit ein paar Tage nicht mehr hatte sitzen können, und nachts hatte sie ihn oft weinen hören in seiner Kammer. Aber sie sei ja auch noch minderjährig gewesen damals und habe sich nicht getraut, was zu sagen. In der Familie wurde so etwas eh totgeschwiegen, wie so manch anderes eben auch.

Die Jüngere wiederum, eine inzwischen verehelichte Angelika Heilmann, glaubte, dass ihr Vater die Mutter immer wieder mal vergewaltigt habe. Beweise habe sie zwar keine, doch die Mutter habe so etwas angedeutet, als sie auf dem Sterbebett lag. Und dass der Axel das gewusst haben müsse, so wie die Rosi auch. Aber man habe halt auf dem Land gelebt, und damals seien solche Themen tabu gewesen, absolut.

Nie geklärt wurde auch der mysteriöse Tod ihres Vaters. Kaum sei die Mutter begraben worden, habe man ihn eines Morgens tot im Flintsbucher Weiher gefunden. Die Polizei sei seinerzeit davon ausgegangen, dass der ortsbekannte Alkoholiker Vinzenz Strehle nach dem Wirtshausbesuch völlig betrunken in den Teich gestürzt und einfach ersoffen sei wie ein Hund. Was er allerdings dort gewollt habe, dreihundert Meter vom Gasthaus entfernt und in der Gegenrichtung seines Hofes, das hätten sie auch nicht sagen können. Auch wie die klaffende Wunde an seinem Hinterkopf zustande gekommen war, sei nie untersucht worden. Sie habe ja schon immer den Axel im Verdacht gehabt, und wenn sie ehrlich sei, hätte sie dem am liebsten noch dazu gratuliert, denn eine Drecksau sei er gewesen, der sogenannte Vater, und verdient hätte er's allemal.

Aus den vielen Mosaiksteinchen konnten die Ermittler unter Anleitung der Profilerin Dr. Sybille Hannewald das Konterfei eines schizophrenen Paranoikers skizzieren, den wohl innere Stimmen zu den Morden getrieben hatten. Der sich in einen

Wolf verwandeln musste, um seine Verbrechen der zweiten, abnormen Seite seines Wesens zuschieben zu können, damit er nach außen gleichsam normal auftreten konnte. Die Mädchen tötete er offenbar aus verschiedener Motivation heraus.

Dr. Hannewald stellte die These auf, dass er einen zwanghaften Hass auf das Glück und die Makellosigkeit seiner Opfer empfunden haben musste. Ferner hielt sie es für möglich, dass sein krankes Hirn der Wahnvorstellung unterlag, er müsse den Mädchen ihre Jungfräulichkeit bewahren und sie noch vor der Frauwerdung ermorden, damit ihnen das Schicksal seiner Mutter erspart bleibe.

Der Mordversuch an Jakob Pölz könnte ähnliche Beweggründe gehabt haben. Wenn der Verdacht des Missbrauchs durch den Stiefvater zutraf, hätte Strehle vermutlich auch den auf den ersten Blick wohlgestalteten, unversehrten Jungen vor eventuellen zukünftigen Übergriffen schützen wollen. Als er jedoch bei der Attacke die Versehrtheit des Jungen erkannte, ließ er von seinem Vorhaben ab. Zu seinem großen Glück passte Jakob nicht in den wahnsinnigen Masterplan Strehles innerer Dämonen.

Dass er die Gesichter seiner Opfer zerstörte, stütze ihre These insofern, als sie dadurch für immer den Blicken sexueller Gier entzogen würden, totale Vernichtung als totaler Schutz vor dem Bösen. Dem Bösen, das er selbst repräsentierte.

Den Mord an Verena Drewitz, der aus diesem Schema falle, ordnete die Psychologin profaneren Ursachen zu. Als ihr mit sadomasochistischen Liebesdiensten bezahlter Informant war Strehle zu sehr in die Abhängigkeit der Journalistin geraten. Da sie nun selbst in den Tötungsdelikten recherchierte, sei sie ihm schlicht und einfach zu gefährlich geworden. Sie hatte zu viel gewusst. Und sie war ihm buchstäblich zu nahe gekommen, besonders in der Nacht ihres Todes.

***

Nach seiner wundersamen Wiederauferstehung und der Rückkehr nach München wurde Christoph Kaltenbach auf ganzer

Linie rehabilitiert. Kriminalrat Korbinian Kraus entschuldigte sich in aller Form und im Namen aller Kollegen für die unverzeihlichen Verdächtigungen und die daraus erlittenen Härten.

Wäre ihm früher solches Unrecht geschehen, hätte Christoph wohl demissioniert, doch die Nahtoderfahrung hatte ihn milde und nachdenklich gestimmt, und so nahm er die Entschuldigung an.

Für die Zukunft hatte er maßgebliche Entschlüsse gefasst, denn in seinem Leben müsse sich so manches ändern. Aus der alten Wohnung werde er ausziehen und versuchen, sich endlich mit seiner Vergangenheit zu versöhnen. Im Berufsleben wollte er kürzertreten und auf Alleingänge zukünftig verzichten. Als ein erstes positives Zeichen hierfür war zu werten, dass Christoph nicht sofort wieder seinen Dienst antrat, sondern, wie ihm die Ärzte dringend geraten hatten, sich für zwei Wochen in einer Reha-Klinik behandeln ließ, um die Verwundung auszukurieren und den verletzten Muskel wieder aufzubauen. Und er reichte, direkt daran anschließend, seinen Urlaub ein.

Seit dem Unfall hatte er keinen Tag mehr freigenommen, ebenso wenig wie Atik, den er nicht lange dazu zu überreden brauchte, gemeinsam mit ihm Ferien zu machen.

Sie buchten eine Reise nach Lettland, ins landschaftlich traumhafte Herz des Baltikums. Schon immer hatte Christoph das Land erkunden wollen, doch nie Muße dazu gefunden. Ein paar Tage faulenzten sie am Strand der Ostsee, um danach an einer Wolfssafari in den Wäldern nahe der weißrussischen Grenze teilzunehmen. Die Safari dauerte eine knappe Woche, doch einen Wolf bekamen sie nicht zu Gesicht. Sie konnten Hirsche, Elche, Biber und sogar die äußerst seltenen Wisente beobachten, doch keinen einzigen Wolf.

Es war Atiks Idee, noch ein paar Tage dranzuhängen. In Hagstein. In der »Pension Annemarie«. Vielleicht würden sie ja dort in den Bergen den Wolfsrüden sichten können, von dem der Oberförster erzählt hatte.

***

Hannes Authenrieth freute sich, die beiden wiederzusehen. Und er hatte einiges zu erzählen. Vor allem das, was ihm die krumme Krauthex, die Linsinger Philomena, in einer ruhigen Stunde gesteckt hatte. Sie hatte gewusst, wer im Dorf noch alles das Genmaterial des alten Simon Strussner in sich trug. Sie hatte es schon immer gewusst, doch schön für sich behalten, um des lieben Friedens im Dorfe willen. Denn den Strussner Simmerl, den hatte sie besser gekannt als jeder andere in Hagstein. Weil er ihr erster und einziger Mann gewesen war. Damals, in einer heißen Sommernacht 1957, sei es passiert, während des Trachtenfestes. Danach habe der Simmerl nichts mehr von ihr wissen wollen, so als Frau, doch sie, sie sei ihm treu geblieben, ihr ganzes Leben lang. Und sie sei die Einzige gewesen, der er sich je anvertraut habe, ein Leben lang. Und er habe ihr dabei auch seine zahlreichen Abenteuer gebeichtet. Erst nach Strussners Tod habe der Herrgott sie von ihrem Schweigegelübde erlöst, und so habe sie diese Liste erstellen können, auf der all die armen Kindlein vom Simon verzeichnet seien. Eine Tonnenlast sei nun abgefallen von ihr, jene Last, an der sie so schwer trug, dass es ihren Körper regelrecht zusammengestaucht habe. Ein Leben lang.

Authenrieth nannte ein paar Namen, die den Polizisten jedoch nicht alle geläufig waren. Nur als er den letzten Namen auf der Liste der Außerehelichen erwähnte, da horchten sie auf. Denn es war sein eigener, Hannes Authenrieth, auch er ein Produkt Strussner'scher Triebe.

Wie es ihm damit gehe, hatte Christoph gefragt.

»Ach«, hatte Authenrieth geantwortet, »nach dem ersten Schock halte ich es mittlerweile mit einer unserer bekanntesten Persönlichkeiten in Bayern. Als der Mann eines außerehelichen Sprösslings bezichtigt wurde, hat er nicht lang rumgetan, den Seitensprung eingestanden und gesagt: ›Der Herrgott freut sich über jedes neue Kind.‹«

»Und nicht jedes Strussner-Kind ist ein Fehlschlag geworden«, hatte Christoph hinzugefügt.

Natürlich interessierte es die Polizisten, was aus Benjamin Bichler geworden sei, wie es ihm gehe, ob er die Ereignisse im Sommer einigermaßen verkraftet habe.

Ausgezogen sei der von zu Hause, hatte Authenrieth erzählt, endlich ausgezogen und hinaus in die weite Welt, wohin, wisse allerdings nur die Mutter. Seinem Vater habe der Benni wohl nicht verzeihen können, auch wenn sich der alte Bichler wirklich bemüht habe um seinen Sohn. Dass der Benni nicht sein leibliches Kind sei, habe er jedenfalls nie erfahren, und das sei gut so. Trotzdem sei mit dem Bichler Josef eine Verwandlung vonstattengegangen. Weniger herrisch sei er seit jenen Tagen, umgänglicher und freundlicher, und selbst mit dem Konkurrenten Richter habe er sich zwischenzeitlich zusammengerauft, immerhin.

Doch gebe es auch eine traurige Nachricht: Der gute Pfarrer Koidl sei urplötzlich verstorben, vor einer Woche erst. Mit akuter Gelbsucht hätten sie ihn ins Krankenhaus eingeliefert, doch zurückgekommen sei er nicht mehr. Als Todesursache hätten die Mediziner Leber- und Nierenversagen angegeben. Darüber gewundert habe sich freilich niemand im Dorf, denn dass der Herr Pfarrer dem Rotwein reichlich zusprach, sei ein offenes Geheimnis gewesen.

Jetzt müssten ihm die zwei Hübschen aber verraten, was sie wieder nach Hagstein getrieben habe.

Natürlich wolle er sich einmal mehr bei seinem Lebensretter bedanken, hatte Christoph gesagt, und da sei noch die Sache mit der Wolfssichtung oben an der Kofler Wand. Ob Hannes dem Tier noch mal begegnet sei.

»Leider nein«, hatte der Oberförster geantwortet. Der Rüde, den er damals ein paarmal gesichtet habe, sei wohl wieder abgewandert. Keine weiteren Spuren habe der hinterlassen, keine Wildkadaver, keine Losung und auch keine geräuberten Haustiere. Wahrscheinlich sei es ihm wegen der massiven Störungen durch die vielen Suchtrupps zu hektisch in der Gegend geworden.

Atik und Christoph ließen sich jedoch nicht entmutigen. Eigentlich war es auch sekundär, ob der Wolf nochmals auftauchte oder nicht. Sie genossen die erbaulichen Tage, den ruhigen Bergherbst, der die Laubwälder in erdbunte Farben gehüllt hatte, die klare Luft, die wie geschnittenes Glas jedes noch so entfernte Detail sichtbar machte, und das hervorragende Essen am Abend im »Goldenen Hirschen«, begleitet von reichlich Alkohol aus diversen Einladungen seitens der Stammtischbrüder, hatten die Hagsteiner es doch den Herren Kriminalern aus der Stadt zu verdanken, dass ihr schönes Dorf wieder in Frieden leben konnte.

Am vorletzten Tag, bevor die Pflicht sie wieder nach München rief, stiegen sie nochmals zum Hagsteiner Mandl empor und legten sich nahe den Felsen an den Rand einer nach Heublumen duftenden Bergwiese. Über ihnen streckte sich eine weit verzweigte Bergkiefer aus. Sie hing voller Zirben, wie Strussner sie für seinen Schnaps hätte brauchen können. Christoph pflückte welche. Er wollte sich am Rezept des Tierpräparators versuchen. Die Sonne fleckte durch das Geäst. Es war still. Beide hingen verwobenen Tagträumen nach.

Atik überlegte gerade, allerdings mehr spielerisch, ob er nicht bei Pies mit einsteigen solle, der immer häufiger Ermüdungserscheinungen zeigte, als Christoph ihn am Ärmel zupfte und sich gleichzeitig den Finger an den Mund hielt. Er zeigte nach unten, wo die Alm in den Hochwald überging. Atik richtete sich langsam auf.

Dort, unter den Tannen, stand ein Wolf. Vorsichtig, einen Lauf vor den anderen setzend, verließ er den Schutz des Waldes. Ein paar Meter auf der Wiese ließ er sich ins Gras fallen und wälzte sich genüsslich auf dem Rücken, alle viere von sich gestreckt.

»Was macht er?«, flüsterte Atik.

»Ich kann's von hier aus nicht genau sehen«, flüsterte Christoph zurück. »Ich schätze, dass er dort ein Stück Beute liegen hat. Wahrscheinlich wälzt er sich in dem Kadaver, um sich einzuparfümieren. So verdeckt er seinen Eigengeruch.«

Fasziniert beobachteten die Männer das Tier, das sie nicht zu bemerken schien und sich völlig sorglos verhielt.

»Der Wind steht gut«, raunte Christoph. »Er kommt wolfsseitig, deshalb wittert er uns nicht.«

Plötzlich stand der Wolf auf und lief genau in ihre Richtung. Atik packte Christophs Arm. Etwa zwanzig Meter vor ihnen verhoffte das Tier und hob die Schnauze. Sein Schnüffeln konnten sie sogar hören. Noch immer hatte der Wolf sie nicht entdeckt, aber irgendetwas in die Nase bekommen.

Dann endlich fiel sein Blick auf die beiden Männer, die reglos im Gras lagen und zu ihm hinüberstarrten, als wäre er ein Wesen aus einer anderen Welt. Es war ein prächtiges Tier, eine junge Fähe, gut genährt, mit glänzendem graubraunem Fell. Dem Anschein nach ohne Arg schaute die Wölfin sie an, sekundenlang, ein furchtloser, eher neugieriger Blick, den die beiden nie vergessen würden. Schließlich wandte sie sich in aller Ruhe ab und verschwand im Wald.

Danksagung

Mein besonderer Dank gilt jenen, die mich bei der Realisierung dieses Buchprojektes unterstützt haben, Freunden und Familie, insbesondere Mascha, Claudia, Wolfgang, Martin, Birgitt, Gabi und Frank sowie Silke Beinroth und Thomas Helmer.